LE GÉNÉRAL

Du même auteur
aux Éditions J'ai lu

Abyss, *J'ai lu* 2657

Le cycle d'Ender :
1. La stratégie Ender, *J'ai lu* 3781
2. La voix des morts, *J'ai lu* 3848
3. Xenocide, *J'ai lu* 4024
4. Les enfants de l'esprit, *J'ai lu* 5622

Terre des origines :
1. Basilica, *J'ai lu* 6937
3. L'Exode, *J'ai lu* 7593

ORSON SCOTT CARD

LE GÉNÉRAL

TRADUIT DE L'AMÉRICAIN
PAR ARNAUD MOUSNIER-LOMPRÉ

J'AI LU

Titre original :
HOMECOMING : THE CALL OF EARTH

À Dave Dollahite,
professeur et rêveur,
mari et père,
ami et concitoyen.

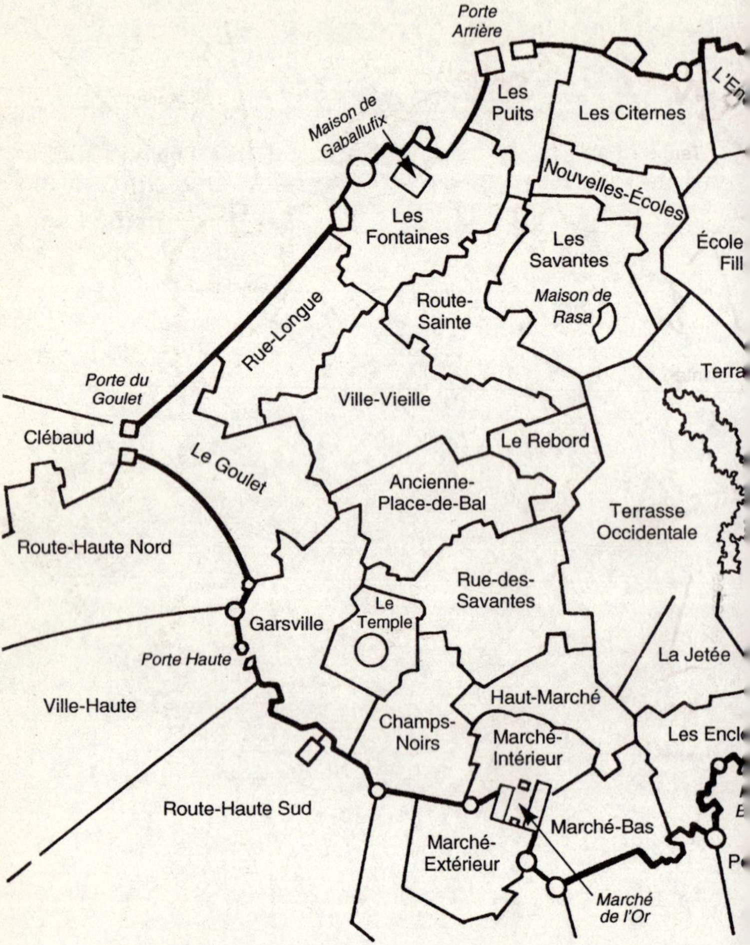

Les quartiers de Basilica

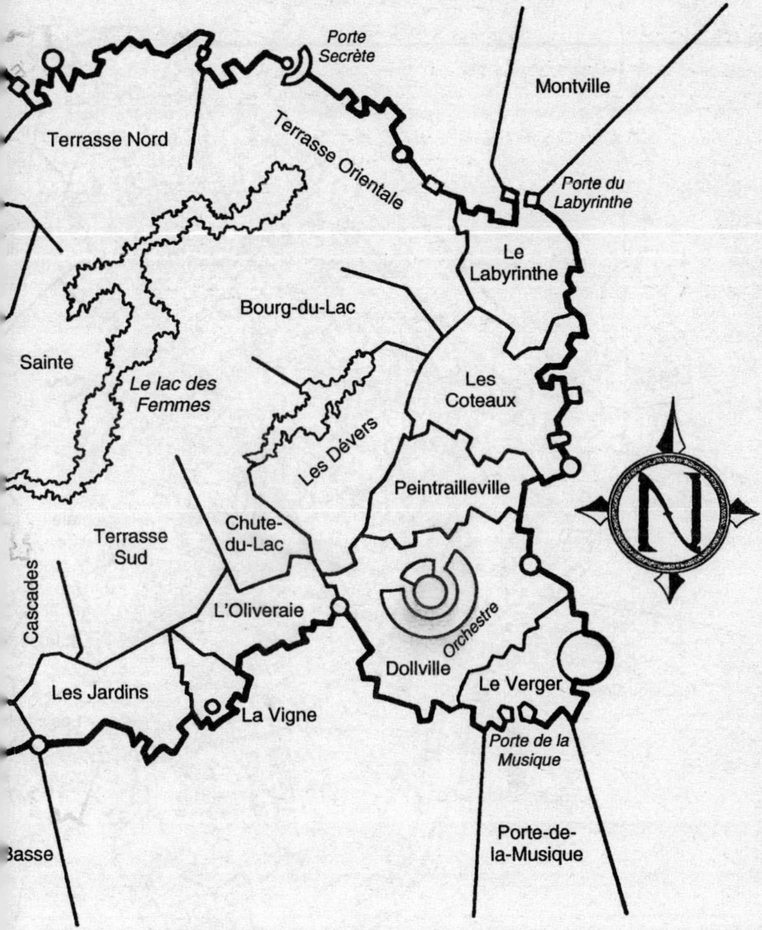

Porte Secrète
Montville
Terrasse Nord
Terrasse Orientale
Porte du Labyrinthe
Le Labyrinthe
Bourg-du-Lac
Les Coteaux
Sainte
Le lac des Femmes
Les Dévers
Peintrailleville
Chute-du-Lac
Terrasse Sud
Cascades
L'Oliveraie
Orchestre
Dollville
Le Verger
Les Jardins
La Vigne
Porte de la Musique
Porte-de-la-Musique
Basse
N

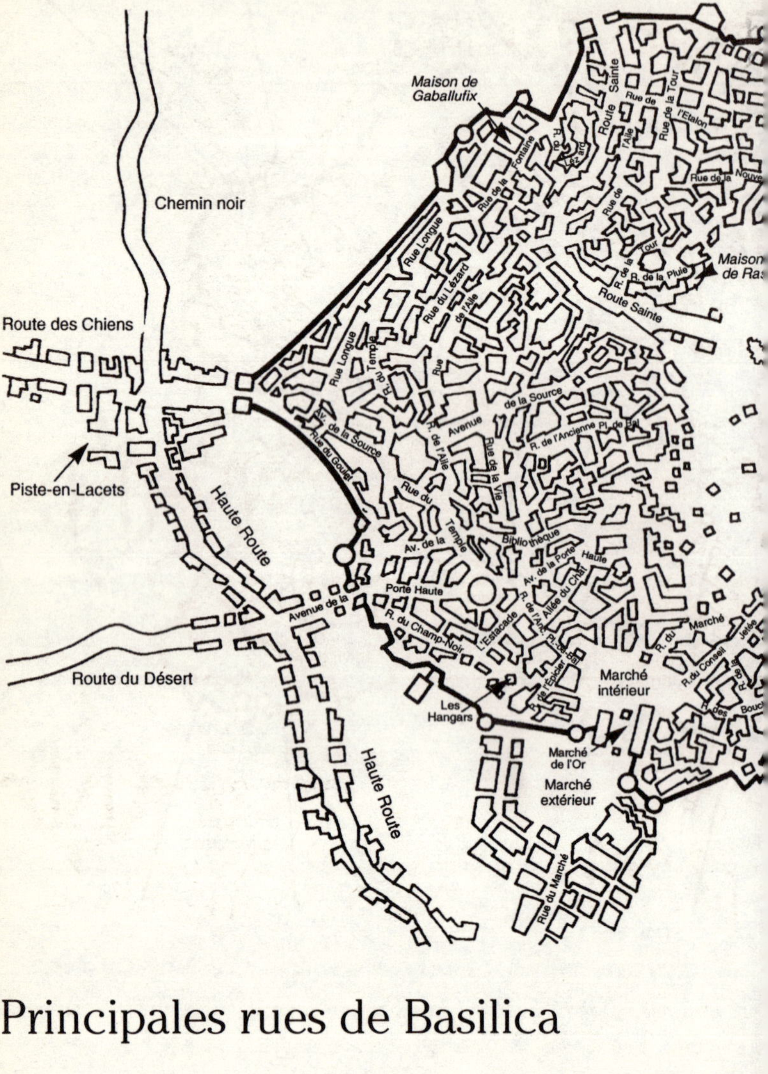

Principales rues de Basilica

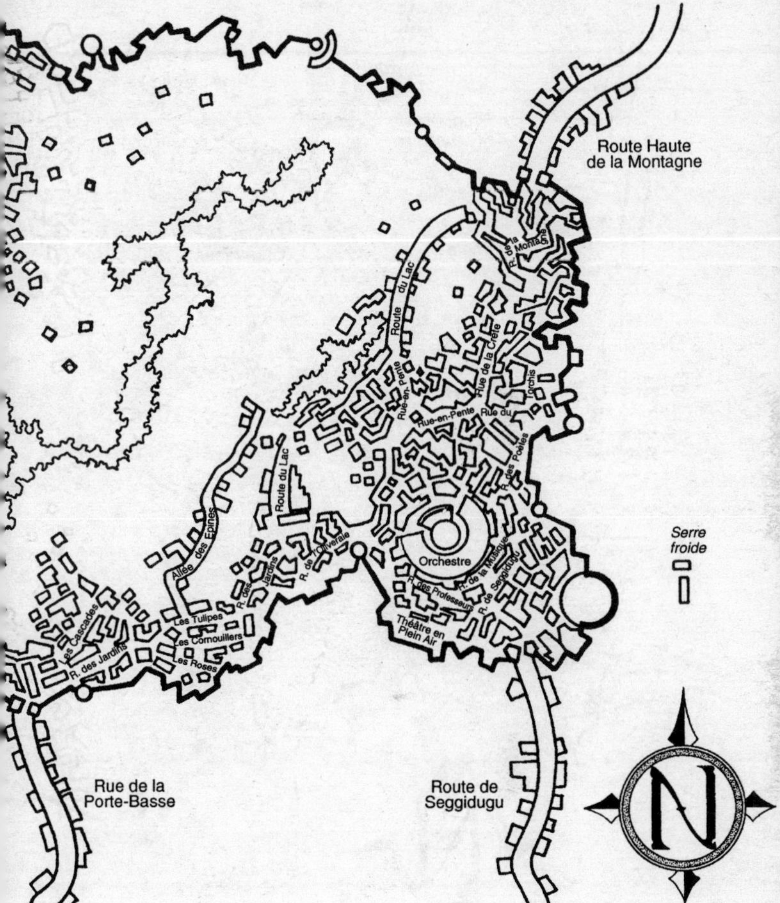
Route Haute de la Montagne
R. de la Montagne
Route du Lac
Rue de la Crête
Torchis
Rue-en-Pente
Rue-en-Pente
Rue du
R. des Poètes
Route du Lac
Allée des Epines
R. de l'Olivérale
R. des Jardins
Orchestre
R. de la Musique
R. des Professeurs
R. de Seggidugu
Théâtre en Plein Air
Serre froide
Les Cascades
Les Tulipes
Les Cornouillers
Les Roses
R. des Jardins
Rue de la Porte-Basse
Route de Seggidugu
N

Les environs de Basilica

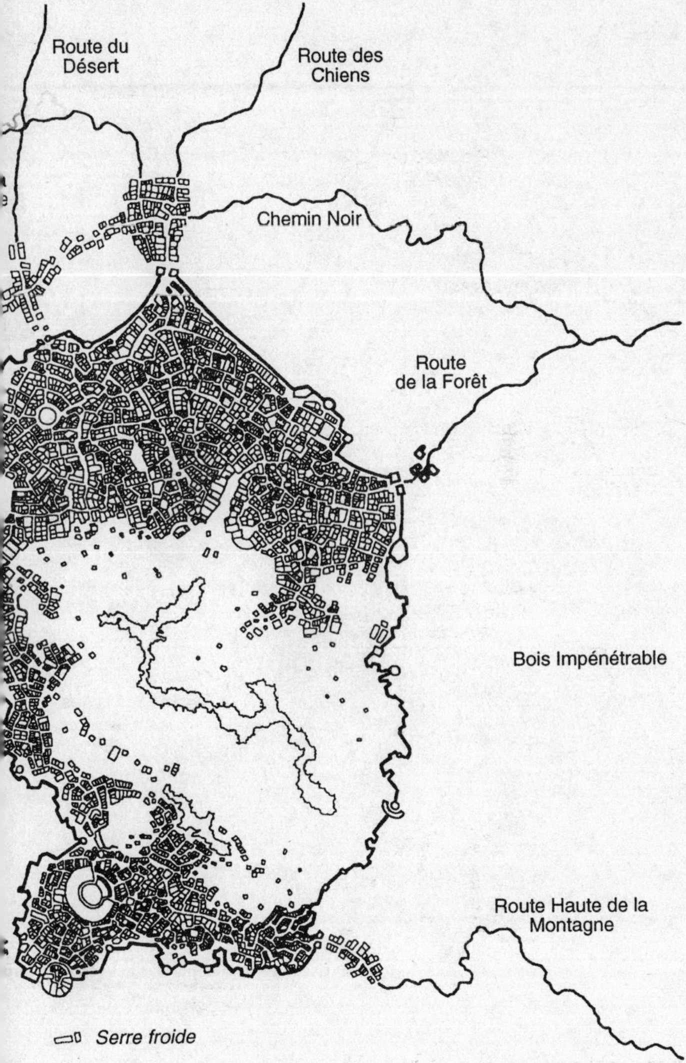
Route du Désert
Route des Chiens
Chemin Noir
Route de la Forêt
Bois Impénétrable
Route Haute de la Montagne
Serre froide

REMERCIEMENTS

Nombreux sont ceux qu'il me faut remercier pour m'avoir facilité l'écriture de ce livre. Clark et Kathy Kidd m'ont donné asile durant la dernière semaine de rédaction du présent roman ; il est né pour moitié sous leur toit et dans leur agréable compagnie.

Le grand risque que court un écrivain, c'est de sombrer dans une paresse sans frein ; longtemps la mollesse de mon corps a reflété celle, mentale, où m'avait mené une carrière épuisante. Ce livre doit beaucoup au fait qu'en l'écrivant j'ai réveillé mon corps : merci à Clark Kidd et Scott Allen d'avoir transpiré avec moi pendant que je domptais impitoyablement un nouveau vélo sur les routes et les pistes cyclables du nord de la Virginie, dans les rues et sur les plages de North Myrtle Beach.

Plusieurs personnes m'ont aidé à réconcilier ce roman avec son prédécesseur en lisant des bouts de manuscrit tout juste sortis de l'imprimante, notamment Kathy Kidd et Russell Card. Pour cette série, mon directeur de publication est Beth Meacham, mon éditeur Tom Doherty ; ce n'est pas un hasard si c'est précisément pour eux que j'ai produit le meilleur de mon œuvre. Quant à mon agente, Barbara Bova, elle a été une source d'aide constante et de conseils précieux durant cette période tourmentée.

Ce roman devait être facile à écrire ; eh bien, non. Mouj a tout compliqué ; cependant, c'est en lui que mes efforts ont trouvé tout leur intérêt. Pendant que je tentais de faire cohabiter Mouj et le reste de l'histoire, j'imagine que j'ai été insupportable, et pourtant ma femme Kristine et nos enfants, Geoffrey, Emily et Charlie, ont accepté de me garder auprès d'eux ; c'est la joie de ma vie de toujours les retrouver autour de moi quand j'émerge de mon travail. Et comme toujours Kristine a été mon premier et mon meilleur critique, de même que mon premier et mon meilleur public ; elle a porté sur mes écrits un regard impartial et acéré, puis m'a raconté ce qu'elle en avait retenu pour que je les conserve tels quels ou les modifie, selon les besoins.

NOTE SUR LES LIENS DE PARENTÉ

Étant donné les coutumes matrimoniales en usage dans la cité de Basilica, les relations familiales sont parfois un peu complexes. Peut-être ces diagrammes de parenté contribueront-ils à éclaircir les choses. Le nom des femmes est donné en italique.

FAMILLE DE WETCHIK

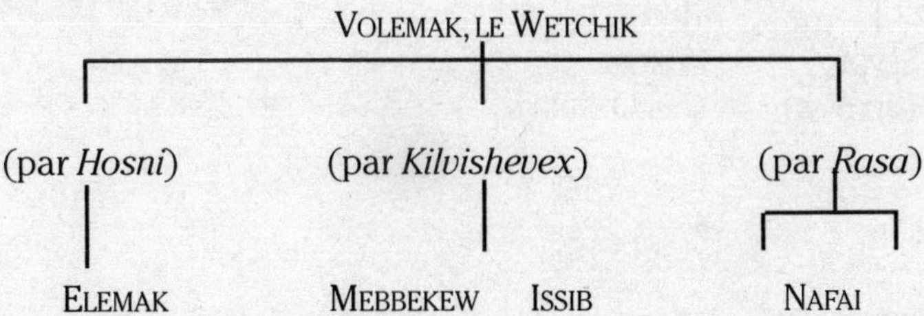

FAMILLE DE RASA

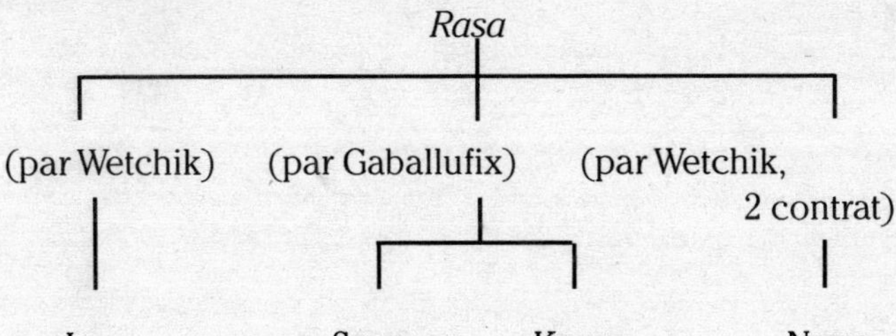

NIECES DE RASA

(Ses meilleures élèves, « adoptées » en une relation définitive de parrainage)

Shedemei *Dol* *Eiadh* *Hushidh* et *Luet*

FAMILLE DE HOSNI

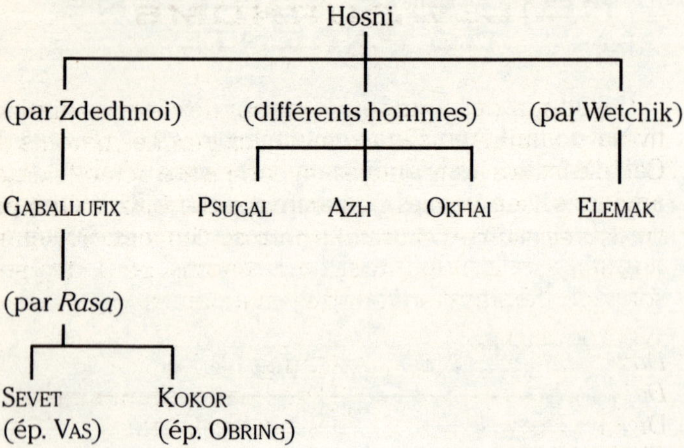

LES SURNOMS

La plupart des noms comportent des formes diminutives ou familières. Par exemple, les proches parents de Gaballufix, ses amis intimes, sa compagne actuelle et ses anciennes compagnes peuvent l'appeler Gabya. On trouvera ci-dessous d'autres surnoms. (Ici encore, étant donné l'aspect inhabituel de ces noms, ceux des personnages féminins sont portés en italiques.)

Dhelembuvex : Dhel
Dol : Dolya
Drotik : Dorya
Eiadh : Edhya
Elemak : Elya
Hosni : Hosya
Hushidh : Shuya
Issib : Issya
Kokor : Kyoka
Luet : Lutya
Mebbekew : Meb
Nafai : Nyef
Obring : Briya
Rasa : pas de diminutif
Rashgallivak : Rash
Roptat : Rop
Sevet : Sevya
Shedemei : Shedya
Trujnisha : Trujya
Vas : Vasya
Volemak : Volya
Wetchik : pas de diminutif (titre de famille de Volemak)
Zdorab : Zodya

PROLOGUE

Le maître ordinateur de la planète Harmonie n'était pas programmé pour s'immiscer aussi directement dans les affaires humaines. Le fait d'avoir récemment poussé le jeune Nafai à tuer Gaballufix le perturbait profondément. Mais comment regagner la Terre sans l'Index ? Et comment Nafai aurait-il obtenu l'Index sans assassiner Gaballufix ? Non, c'était la seule solution.

Vraiment ?

Je suis vieux, se dit le maître ordinateur. Je suis une machine âgée de quarante millions d'années qui n'a jamais été conçue pour durer si longtemps. Comment savoir si mon jugement est sain ? Pourtant, j'ai décidé la mort d'un homme et c'est à cause de moi que le jeune Nafai affronte sa culpabilité. Tout cela pour rapporter l'Index à Zvezdakroog, afin que je puisse reprendre le chemin de la Terre.

Si seulement je pouvais en contacter le Gardien et lui demander que faire ! Alors, je pourrais agir avec assurance. Alors, je ne douterais plus de chacun de mes actes, je ne me demanderais plus si tout ce que je fais n'est pas simplement le résultat de ma décrépitude.

Le maître ordinateur avait un besoin vital de s'entretenir avec le Gardien de la Terre ; mais ce n'était possible qu'en y retournant : désespérant cercle vicieux ! Il ne pouvait agir sagement sans l'aide du Gardien ; mais il devait agir sagement pour le rejoindre.

Alors ? Que faire ? J'ai besoin de conseils avisés, mais qui me les prodiguera ? Je dispose d'un savoir plus vaste qu'aucun homme n'en possédera jamais, pourtant je n'ai que l'esprit des hommes pour me conseiller.

Se pouvait-il que ce fût suffisant ? Jamais un ordinateur ne serait aussi génialement mal organisé qu'un cerveau humain. Les hommes prenaient les décisions les plus stupéfiantes à partir de simples fragments de données parce que leur cerveau les recombinait par des voies étranges qui aboutissaient à la vérité. On pouvait sûrement en tirer quelque sagesse exploitable.

Là encore, rien n'était moins sûr. Mais cela valait la peine d'essayer, non ?

Le maître ordinateur, à l'aide de ses satellites, infusa des images dans le cerveau des humains les plus réceptifs. Elles se frayèrent un chemin dans les mémoires, forcèrent les esprits à s'intéresser à elles, à les articuler entre elles, à les comprendre. À les changer en ces bizarres et somptueuses histoires qu'ils nommaient des songes. Dans les jours ou les semaines à venir, peut-être de ces rêves se dégagerait-il un processus alchimique, un sens dont le maître ordinateur pourrait se servir pour arracher à la planète Harmonie les meilleurs de ces êtres et retourner vers la Terre.

Durant tout ce temps, j'ai été leur professeur, leur guide, je les ai façonnés, protégés. Aujourd'hui que j'atteins le terme de mon existence, sont-ils prêts à leur tour à m'enseigner, à me guider, à me façonner et à me protéger ? C'est bien improbable. Bien improbable. Il me faudra sans doute prendre mes décisions tout seul. Et alors, je me tromperai certainement. Peut-être devrais-je m'abstenir de rien faire… Peut-être m'abstenir de rien faire… M'abstenir de rien faire… Non. Je dois agir.

Il faut attendre.

Attendre.

Attendre encore…

1

LA TRAHISON

LE RÊVE DU GÉNÉRAL

Ruisselant de sueur, le général Vozmujalnoy Vozmojno s'éveilla en gémissant. Il ouvrit les yeux, tendit une main crispée. Une autre main la saisit.

Une main d'homme. Celle du général Plodorodnuy, le lieutenant en lequel il avait le plus confiance, son meilleur ami, son frère de cœur.

« Tu rêvais, Mouj. » Seul Plod osait employer ce surnom devant lui.

« Oui. » Vozmujalnoy – Mouj – frémit à ce souvenir. « Quel rêve !

— De mauvais augure ?

— Terrifiant, en tout cas.

— Raconte-moi ça. Je m'y connais, en rêves.

— Oui, je sais, comme tu t'y entends avec les femmes. Quand tu en as fini avec elles, elles disent tout ce que tu veux ! »

Plod éclata de rire ; il attendait visiblement la suite. Et Mouj s'étonna : pourquoi cette réticence à raconter ce rêve à Plod ? Il lui en avait confié tant d'autres ! « Bon, puisque tu y tiens, voici mon rêve : j'ai vu un homme debout dans une clairière, et tout autour de lui, d'horribles créatures volantes – pas des oiseaux, elles avaient de la fourrure, mais beaucoup plus grandes que des chauves-souris – qui tournoyaient sans cesse, fondaient sur lui et venaient le toucher. Lui restait immobile. Et quand enfin toutes l'ont eu touché, elles sont parties sauf une qui s'est perchée sur son épaule.

— Ah, dit Plod.

— Je n'ai pas terminé. Aussitôt après sont apparus des troupeaux de rats géants qui sortaient de trous dans la terre. D'au moins un mètre de long, moitié moins grands que l'homme, eux aussi se sont mis à venir le toucher à tour de rôle…

— Avec quoi ? Les dents ? Les pattes ?

— Et le museau. Ils le touchaient, je n'en savais pas plus. Ne m'interromps pas.

— Pardon.

— Quand tous l'ont eu touché, ils sont partis, eux aussi.

— Sauf un.

— Oui. Il est resté accroché à sa jambe. Tu saisis la trame.

— Et ensuite ? »

Un frisson parcourut Mouj. Ç'avait été le pire et pourtant, maintenant que les mots venaient à ses lèvres, il ne comprenait plus pourquoi. « Des gens.

— Des gens ? Qui s'approchaient pour le toucher ?

— Pour… l'embrasser. Lui embrasser les mains, les pieds. Pour l'adorer, oui : l'adorer. Mais ils ne se contentaient pas d'embrasser l'homme ; ils embrassaient aussi la… la créature volante. Et le rat géant accroché à sa jambe. Tous les trois.

— Ah », fit Plod. Il paraissait soucieux.

« Alors ? De quoi s'agit-il ? Qu'est-ce que ça présage ?

— À l'évidence, l'homme que tu as vu est l'Impérator. »

Parfois les interprétations de Plod sonnaient juste, mais cette fois le cœur de Mouj se révolta à l'idée d'associer l'Impérator à l'homme de son rêve. « En quoi est-ce si évident ? Il ne ressemblait en rien à l'Impérator !

— Mais parce que toute la nature et l'humanité le vénéraient, évidemment ! »

Mouj haussa les épaules. Plod savait se montrer plus subtil que cela. Et on n'avait jamais entendu parler d'animaux adorant l'Impérator, lequel se considérait comme un grand chasseur. Naturellement, il ne chassait que dans un de ses parcs où les animaux avaient été apprivoisés, accoutumés à ne pas craindre l'homme, et les prédateurs dressés à un comportement féroce mais sans danger. L'Impérator pouvait ainsi jouer son rôle dans un combat à grand spectacle entre l'homme et la bête, sans courir aucun risque : l'animal s'exposait innocemment à son trait rapide, à son javelot précis, à sa lame impitoyable. S'il s'agissait là de vénération, si telle était la nature, alors oui, on pouvait dire que toute la création, y compris l'humanité, adorait l'Impérator…

Bien sûr, Plod ignorait tout des pensées de Mouj ; quand on avait la malchance de nourrir des idées caustiques sur l'Impérator, on évitait de partager ce fardeau avec ses amis.

Aussi Plod poursuivit-il son interprétation. « Que signifie cette vénération de l'Impérator ? Rien en soi. Mais le fait qu'elle t'ait révolté, qu'elle t'ait horrifié…

— Mais ils embrassaient un rat, Plod ! Ils embrassaient cette répugnante créature volante… »

Mouj finit par se taire, mais Plod n'ajouta rien. Il ne disait rien et le dévisageait.

« Ce n'est pas l'idée que des gens adorent l'Impérator qui me fait horreur. Je me suis mis moi-même à genoux devant le Trône Invisible et j'ai senti l'écrasante immensité de sa présence. Ça n'avait rien d'horrible ; c'était… ça me grandissait.

— C'est ce que tu prétends, répliqua Plod. Mais les rêves ne mentent pas. Tu as peut-être besoin de te purifier d'un mal tapi au fond de ton cœur.

— Attends, c'est toi et toi seul qui prétends que mon rêve avait trait à l'Impérator. Pourquoi cet homme ne serait-il pas… je ne sais pas, moi… le gouverneur de Basilica ?

— Parce que la malheureuse Basilica est dirigée par des femmes.

— Bon, d'accord, pas Basilica. Pourtant je continue à penser que ce rêve parlait de…

— De quoi ?

— Mais que veux-tu que j'en sache, moi ? Bon, je me purifierai, juste au cas où tu aurais raison. Je ne suis pas interprète de rêves, moi. » Et voilà : il allait perdre plusieurs heures ce jour-là sous la tente de l'intercesseur. Y passer un certain temps chaque mois était mortellement ennuyeux, mais politiquement nécessaire, sinon les rapports d'impiété ne tardaient guère à remonter jusqu'à Gollod, où de temps en temps l'Impérator décidait qui méritait de commander, d'être dégradé ou de mourir. De toute façon, le moment approchait pour Mouj de s'acquitter d'une visite au tabernacle de l'intercesseur ; mais il avait horreur de cela, comme un enfant déteste l'heure du bain. « Laisse-moi, Plod. Tu as fort assombri mon humeur. »

Plod s'agenouilla devant lui et prit sa main entre les siennes. « Ah, pardonne-moi ! »

Et Mouj lui pardonna aussitôt, naturellement, parce qu'ils étaient amis. Plus tard dans la matinée, il sortit et tua les chefs d'une dizaine de villages khlamis. Tous les villageois jurèrent sur-le-champ amour et dévotion éternels à l'Impérator, et quand le général Vozmujalnoy Vozmojno se rendit au saint tabernacle pour se purifier, l'intercesseur lui donna promptement l'absolution, car il avait grandement accru l'honneur et la majesté de l'Impérator ce jour-là.

À BASILICA, ET PAS DANS UN RÊVE

Ils venaient entendre Kokor chanter ; ils venaient de toute la cité de Basilica et elle adorait voir leurs visages s'éclairer quand – enfin ! – elle apparaissait sur scène et que les musiciens commençaient à pincer doucement les cordes ou à souffler dans leurs instruments pour créer la mélodie de fond qui formait son accompagnement habituel. « Kokor va enfin chanter pour nous ! » disaient leurs visages. Elle aimait voir cette expression plus qu'aucune autre, plus encore que celle d'un homme envahi de désir dans les instants qui précèdent la satisfaction. Car elle savait bien qu'un homme se soucie peu de qui lui donne les plaisirs de l'amour, tandis que le public tenait à ce que ce soit Kokor qui se présente devant lui, Kokor dont la voix merveilleuse et douce de chanteuse lyrique montait jusqu'aux notes les plus hautes et flottait sur la musique comme pétales sur l'eau.

C'était du moins ce qu'elle aurait voulu, ainsi qu'elle l'imaginait, jusqu'au moment où elle montait sur scène pour de bon et se retrouvait face au public. Il y avait surtout des hommes. Des hommes dont les regards caressaient son corps. Je devrais refuser de chanter dans des comédies, se répétait-elle, exiger qu'on me prenne au sérieux autant que Sevet, ma sœur bien-aimée, avec sa voix d'homme, sa voix de grenouille maniérée. Ah, devant elle, on prend des mines d'extase esthétique, hommes et femmes confondus. Son public ne la regarde pas sous toutes les coutures, elle, pour voir comment bouge son corps sous la robe. Il faut dire qu'elle est si boursouflée que ce n'est pas vraiment un plaisir de la contempler : la pauvre, on a l'impression de voir remuer un tas de gravier sous son costume ! Alors, naturellement, les gens ferment les yeux et l'écoutent chanter : ça vaut mille fois mieux.

Mensonge ! Quelle menteuse je fais, même quand je me parle à moi-même !

Il ne faut pas se montrer si impatiente. Ce n'est qu'une question de temps. Sevet est plus vieille que moi ; j'ai à peine dix-huit ans. Elle aussi, elle a dû jouer un certain temps dans des comédies avant de se faire connaître.

Kokor se rappela ce que disait sa sœur à cette époque – plus de deux ans plus tôt ; Sevet avait alors presque dix-sept ans : il lui fallait toujours tempérer l'ardeur de ses admirateurs, qui avaient tendance à entrer dans sa loge, tout prêts à passer à l'action ; elle avait dû engager un garde du corps pour décourager les plus passionnés. « Tout tourne autour du sexe, disait Sevet. Les chansons, les spectacles, tout parle de sexe et le public ne rêve que de ça. Il faut faire attention de ne pas lui donner de rêves trop beaux – ni trop précis ! »

Un conseil à suivre ? Sûrement pas. Plus on rêve de vous, plus votre nom sur les prospectus prend de la valeur. Jusqu'à ce qu'enfin, si on a de la chance, si on est assez douée, il ne soit plus besoin de mentionner le titre du spectacle. Il n'y a plus que votre nom, l'endroit, le jour et l'heure... Et quand on apparaît, les gens sont là, par centaines, et quand la musique démarre ils ne vous regardent plus comme le dernier espoir d'un homme affamé, ils vous contemplent comme le rêve le plus sublime d'une âme inspirée.

D'un pas majestueux, Kokor gagna sa place sur scène et, de fait, il y eut quelques applaudissements. Elle se tourna vers le public, puis émit une note émouvante dans les aigus.

« Qu'est-ce qu'il y a ? demanda Gulya, qui jouait le vieux débauché. Tu cries déjà ? Je ne t'ai pas encore touchée ! »

On rit, mais pas assez. La pièce marchait mal. Elle avait des faiblesses, Kokor le savait bien, mais avec des rires aussi clairsemés, elle était fichue. Dans quelques jours donc, il faudrait se remettre à répéter. Un nouveau spectacle. Une nouvelle fournée de paroles stupides à apprendre, et de mélodies qui ne l'étaient pas moins.

Sevet, elle, pouvait choisir ses propres chansons. Les compositeurs venaient la supplier de chanter leur production. Elle n'était pas obligée de maltraiter sa voix pour faire rire, elle !

« Je ne criais pas, chanta Kokor.

— Mais maintenant, tu hurles », répondit Gulya tout en s'approchant discrètement d'elle pour la peloter. Ainsi utilisée, sa basse rocailleuse déclenchait toujours des rires et le public était avec lui. Peut-être pouvait-on encore sauver la pièce, après tout.

« Et toi, tu me touches ! » Et la voix de Kokor atteignit sa note la plus aiguë et y demeura…

Comme un oiseau, comme un oiseau qui monte dans le ciel ; ah, si seulement le public avait été à l'écoute de la beauté !

Gulya fit une grimace affreuse et retira la main de son sein. Sa voix tomba aussitôt de deux octaves et souleva enfin un éclat de rire, le plus franc depuis le début de la pièce. Mais elle savait que la moitié du public riait à cause de l'excellent numéro comique de Gulya quand il avait ôté la main de sa poitrine. C'était vraiment un maître dans sa partie. Dommage que ce genre de clowneries soit un peu tombé en désuétude ; il ne faisait que s'améliorer en vieillissant, mais le public lui échappait de plus en plus, attiré par les comédies des jeunes satiristes, plus mordantes, plus cruelles, plus mouvementées et qui, par leur violence et leur brutalité, donnaient au moins l'impression de blesser quelqu'un.

La scène se poursuivit. Les rires éclatèrent. La scène se termina. Applaudissements. Kokor quitta le plateau au petit trot, soulagée – mais déçue aussi. Dans le public, personne ne scandait son nom ; personne ne l'avait même crié pour la huer. Combien de temps devrait-elle encore attendre ?

« C'était trop joli, dit Tumannu, la directrice, d'un air revêche. Quand tu pousses ta note, on doit avoir l'impression d'assister à un orgasme, pas d'entendre un oiseau chanter.

— D'accord, d'accord, répondit Kokor. Excuse-moi. » Elle convenait de tout avec tout le monde, mais n'en faisait qu'à sa tête. Cette comédie n'avait aucun intérêt si elle ne pouvait donner au moins une fois de temps en temps le meilleur de sa voix. Et les rires éclataient quand elle chantait à sa façon, non ? Difficile donc de dire qu'elle s'y prenait mal. Non, Tumannu voulait seulement établir son autorité et Kokor ne l'entendait pas de cette oreille. L'obéissance, c'était bon pour les enfants, les maris et les animaux de compagnie.

« Pas d'entendre un oiseau chanter, répéta Tumannu.

— Et si elle imitait l'oiseau qui atteint l'orgasme ? » demanda Gulya, sorti de scène juste derrière elle.

Kokor glousa et même Tumannu afficha son petit sourire pincé.

« Quelqu'un t'attend, Kyoka », dit-elle.

C'était un homme. Mais pas un aficionado, ou bien il aurait été au premier rang pour la regarder jouer. Cependant, elle l'avait déjà vu quelque part. Ah oui ! Il était présent de temps à autre lors des visites de Wetchik, le mari permanent de Mère. N'était-ce pas le serviteur en chef de Wetchik ? Il dirigeait l'entreprise de plantes exotiques quand Wetchik menait une caravane. Comment s'appelait-il, déjà ?

« Je suis Rashgallivak », dit-il. Il avait l'air très grave.

« Ah ?

— J'ai la profonde douleur de vous informer que votre père a été victime d'une brutale agression. »

Quelle phrase extraordinaire ! Pendant un moment, Kokor n'en comprit pas le sens. « Quelqu'un l'a blessé ?

— Mortellement, madame.

— Ah. » Tous ces mots avaient un sens et elle finirait bien par le découvrir. « Ah, alors ça doit vouloir dire qu'il est… qu'il est mort ?

— On l'a abordé dans la rue et assassiné de sang-froid », répondit Rashgallivak.

À vrai dire et en y réfléchissant, ce n'était pas une surprise. Père était impossible ces jours-ci, à placer tous ces soldats masqués dans les rues, à terrifier tout le monde. Mais Père, si fort et si plein d'énergie… Rien sûrement ne pouvait l'arrêter bien longtemps. En tout cas, pas définitivement, certainement pas. « Il n'y a aucun espoir de… de guérison ? »

Gulya, non loin de là, s'immisça dans la conversation. « On dirait que nous avons affaire à un cas normal de mort, madame, ce qui signifie que le pronostic n'est pas bon. » Et il gloussa.

Rashgallivak le poussa rudement, le faisant chanceler. « Ce n'est pas drôle !

— On laisse entrer les critiques dans les coulisses, maintenant ? demanda Gulya. Et pendant la pièce, en plus ?

— Va-t-en, Gulya », dit Kokor. Elle avait eu tort de coucher avec le vieux. Depuis, il se croyait des droits sur son intimité.

« Naturellement, le mieux serait que vous m'accompagniez, reprit Rashgallivak.

— Non, répondit Kokor. Non, ce ne serait pas le mieux. » Pour qui se prenait-il ? À sa connaissance, il n'avait aucun lien avec elle. Non, c'est Mère qu'elle devait aller voir. Était-elle déjà au courant ? « Est-ce que Mère...

— Je l'ai avertie la première, naturellement, et elle m'a dit où vous trouver. Nous vivons des heures très dangereuses et je lui ai promis de vous protéger. »

Il mentait, bien entendu. Pourquoi aurait-elle besoin de la protection de cet inconnu ? Contre quoi ? C'étaient bien les hommes, ça : devant la femme la moins exposée du monde, ils prétendaient encore devoir la défendre. En fait, quand ils disaient « protection », il fallait comprendre « possession ». Si elle voulait un propriétaire, elle avait un mari, après tout, qui était ce qu'il était. En tout cas, elle n'avait sûrement pas besoin de ce vieux *pizdouk* comme garde du corps.

« Où est Sevet ?

— On ne l'a pas encore trouvée. Je dois insister pour que vous m'accompagniez. »

Tumannu intervint. « Elle ne s'en ira pas ! Il lui reste trois scènes à jouer, dont le dénouement. »

Alors, Rashgallivak se tourna vers elle ; au lieu de son air vaguement hébété, il avait maintenant quelque chose de royal. « Son père vient de se faire tuer. Et vous croyez qu'elle va rester ici pour finir de jouer une pièce de théâtre ? » Mais cette majesté, ne la possédait-il pas depuis son arrivée ? Kokor ne l'avait peut-être pas remarquée, tout simplement.

« Il faut avertir Sevet, à propos de Père, dit-elle.

— Ce sera fait dès que nous l'aurons trouvée. »

Nous ? Qui ça, nous ? Enfin, peu importe, songea Kokor. Moi, je sais où la trouver. Je connais tous les lieux de rendez-vous où elle emmène ses amants pour ne pas faire affront à son mari, le pauvre Vas. Sevet et Vas, de même que Kokor et Obring, vivaient une union distendue, mais Vas y paraissait moins à l'aise qu'Obring. Ah, comme certains hommes manifestaient un sens aigu de… du territoire ! Dans le cas de Vas, cela provenait sûrement de son côté scientifique ; il n'avait rien d'un artiste. Obring, lui, comprenait la vie de bohème ; il ne lui viendrait jamais à l'esprit d'obliger Kokor à respecter leur contrat de mariage à la lettre. Il plaisantait même parfois gaiement des hommes qu'elle fréquentait.

Mais bien entendu, jamais Kokor n'irait insulter Obring en les mentionnant elle-même. S'il lui venait à l'oreille le nom d'un amant et qu'il lui en touchait un mot, elle se contentait de hocher la tête en disant : « Tu es bête. Tu es le seul homme que j'aime. »

Et bizarrement, c'était vrai. Obring était un amour, même s'il n'avait aucun talent de comédien. Il lui offrait toujours des cadeaux et lui rapportait les cancans les plus passionnants. Pas étonnant qu'après deux renouvellements déjà, elle soit toujours mariée avec lui – il fallait qu'elle soit bien fidèle, remarquait-on souvent, pour rester unie à son premier mari au bout de trois ans, alors que, jeune et belle, elle pouvait épouser n'importe qui. C'est vrai, elle l'avait accepté pour faire plaisir à la mère d'Obring, la vieille Dhel, qui avait servi de tante à Kokor et qui était la meilleure amie de Mère. Mais peu à peu, elle avait fini par s'attacher à lui, puis par l'apprécier vraiment : la vie était douce et confortable en sa compagnie. Du moment qu'elle pouvait coucher avec qui elle voulait.

Ce serait amusant de mettre la main sur Sevet et de voir avec qui elle se trouvait ce soir. Il y avait des années qu'elle ne lui était plus tombée dessus comme cela. Ah, la surprendre en compagnie d'un homme tout nu, en sueur, lui apprendre la mort de Père et contempler la figure du pauvre type qui se rend compte peu à peu que ce soir, pour lui, c'est rideau !

« Je me charge d'avertir Sevet moi-même, dit-elle.

— Non, vous allez m'accompagner, insista Rashgallivak.

— Tu vas rester et finir la pièce ! glissa Tumannu.

— Ta pièce, ce n'est qu'un… un *otsoss* ! » répliqua Kokor, en employant le terme le plus grossier qu'elle pût trouver.

Tumannu émit un hoquet d'horreur, Rashgallivak rougit et Gulya gloussa de son petit rire grave. « Ah, ça, c'est pas mal ! » dit-il.

Kokor tapota le bras de Tumannu. « Je sais. Je suis virée.

— Ça, tu peux le dire ! s'exclama Tumannu. Et si tu t'en vas maintenant, ta carrière est finie, terminée ! »

Rashgallivak rétorqua en ricanant : « Avec sa part de l'héritage de son père, elle pourra s'offrir votre petit théâtre, et votre mère par-dessus le marché ! »

Tumannu prit un air de défi. « Ah oui ? Et qui est son père ? Gaballufix, peut-être ? »

Une surprise non feinte se peignit sur les traits de Rashgallivak. « Vous ne le saviez pas ? »

Visiblement non. Kokor réfléchit un instant : cela signifiait qu'elle n'en avait jamais parlé à Tumannu et qu'elle n'avait donc pas joué du nom et du prestige de son père ; ce rôle, elle l'avait obtenu toute seule. C'était merveilleux !

« Je savais qu'elle était la sœur de la grande Sevet, dit Tumannu. Pourquoi l'aurais-je engagée, autrement ? Mais jamais je n'aurais pensé qu'elles avaient le même père ! »

Un instant, Kokor sentit une flambée de rage l'envahir, brûlante comme une fournaise. Mais elle la contint aussitôt, avec une maîtrise parfaite. Il ne fallait pas laisser libre une flamme pareille : qui sait ce qu'elle pourrait faire ou dire si elle se lâchait la bride en un tel moment ?

« Je dois trouver Sevet, dit-elle.

— Non », répondit Rashgallivak. Peut-être aurait-il ajouté autre chose, mais il posa au même moment la main sur le bras de Kokor pour la retenir, et naturellement elle lui enfonça son genou dans l'aine, comme on l'apprenait à toutes les actrices de comédies quand un admirateur importun devenait trop empressé. C'était un réflexe. Elle n'avait pas vraiment voulu le faire, ni avec autant de force. L'homme n'était pas très lourd et le coup le souleva du sol.

« Je dois trouver Sevet », dit Kokor en guise d'explication. Il ne l'entendit sans doute pas : il gémissait trop fort, couché sur le plancher des coulisses.

« Où est sa doublure ? disait Tumannu. Ah ! elle ne lui a même pas laissé un préavis de trois minutes, le pauvre petit *bizdoune* !

— Ça fait mal ? demandait pour sa part Gulya à Rashgallivak. Car après tout, qu'est-ce que la douleur, quand on y réfléchit ? »

Kokor s'éclipsa dans l'obscurité en direction de Peintrailleville. La cuisse l'élançait juste au-dessus du genou, là où elle l'avait si vigoureusement enfoncé dans l'entrejambe de Rashgallivak. Elle allait sans doute avoir un bleu, ce qui l'obligerait à se passer un lustre opaque sur les jambes. Quel ennui !

Père est mort. C'est moi qui dois annoncer la nouvelle à Sevet. Pourvu que personne ne la trouve avant moi ! Et assassiné, en plus ! On va en parler pendant des années dans toute la cité. J'aurai plutôt belle allure avec le blanc du deuil. Pauvre Sevet… elle qui paraît toujours rouge comme une betterave quand elle porte du blanc. Mais elle n'osera pas quitter le deuil avant moi. Je serais bien capable de pleurer Papa pendant des années et des années.

Tout en marchant, Kokor partit d'un rire inextinguible mais silencieux.

Puis elle s'aperçut qu'elle ne riait pas du tout, mais qu'elle pleurait. Et pourquoi donc ? se demanda-t-elle. Parce que Père est mort. Ce doit être ça, voilà la cause de tout ce remue-ménage. Père, pauvre Père. Je l'aimais sans doute, pour pleurer maintenant sans le vouloir, sans même personne pour me voir. Qui aurait cru que je l'aimais ?

« Réveille-toi. » Un chuchotement pressant. « Tante Rasa a besoin de nous. Réveille-toi ! »

Luet ne comprit pas pourquoi Hushidh disait cela. « Mais je ne dormais pas, marmonna-t-elle.

— Oh que si, tu dormais ! répondit sa sœur. Tu ronflais, même ! »

Luet se redressa dans son lit. « Je cornais comme une oie, tant que tu y es !

— Non : tu brayais comme un âne ; mais par la grâce de l'amour que je te porte, c'était musique à mes oreilles !

— Eh bien, voilà, répondit Luet : je ronfle pour t'offrir de la musique en pleine nuit ! » Elle attrapa sa robe d'intérieur et l'enfila.

« Tante Rasa a besoin de nous, insista Hushidh. Viens vite. » Elle sortit avec légèreté, comme si elle dansait, sa robe flottant derrière elle. En chaussures ou en sandales, Hushidh marchait lourdement, mais pieds nus elle se déplaçait comme une femme dans un rêve, comme un petit duvet de peuplier dans la brise.

Luet suivit sa sœur dans le couloir tout en boutonnant le devant de sa robe. Que se passait-il pour que Rasa veuille leur parler, à Hushidh et à elle ? Avec tous les événements de ces derniers temps, Luet craignait le pire. Se pouvait-il que Nafai, le fils de Rasa, n'ait pas réussi à sortir de la cité, en fin de compte? La veille seulement, Luet l'avait entraîné par des chemins interdits jusqu'au lac réservé aux seuls yeux des femmes, car Surâme le lui avait appris : il fallait que Nafai voie ce lac, qu'il y flotte comme une femme, comme une sibylle de l'eau – comme Luet elle-même. Aussi l'avait-elle emmené et on ne l'avait pas tué pour son blasphème. Ensuite, elle lui avait fait franchir la porte Secrète, puis le bois Impénétrable. Elle l'avait alors cru hors de danger; mais elle se trompait, naturellement, parce que jamais Nafai n'aurait regagné le désert et la tente de son père sans l'objet que celui-ci l'avait envoyé chercher.

Tante Rasa l'attendait dans sa chambre, mais pas seule. Un soldat se trouvait avec elle. Il ne s'agissait pas d'un des hommes de Gaballufix – d'un de ses mercenaires, ces tueurs qui se disaient de la milice palwashantu. Non, ce soldat était un garde municipal, un gardien des portes.

Cependant, c'est à peine si Luet le remarqua, à part son insigne, car Rasa avait l'air complètement... non, pas terrifiée, pas exactement. Elle affichait une émotion que Luet ne lui avait encore jamais vue. Ses yeux agrandis s'embuaient de larmes et ses traits d'habitude si fermes s'étaient relâchés, épuisés, comme si son cœur bouillonnait de sentiments que son visage était incapable d'exprimer.

« Gaballufix est mort », dit-elle.

Ah! voilà qui expliquait bien des choses! Gaballufix, ces derniers mois, était l'ennemi de tous, ses tolchocks à gages faisaient régner la peur dans les rues et ses soldats, masqués et anonymes, terrorisaient d'autant plus les gens qu'ils garantissaient la « sécurité » des rues de Basilica. Mais aussi dangereux qu'il fût, Gaballufix avait été le mari de Rasa, le père de ses deux filles, Sevet et Kokor. Il y avait eu de l'amour entre eux, autrefois, et les liens familiaux ne se rompent pas aisément pour une femme du sérieux de Rasa. Luet n'était pas déchiffreuse comme sa sœur Hushidh, mais elle savait ceci : Rasa gardait encore des liens avec Gaballufix bien qu'elle détestât ses initiatives récentes.

« Je plains sa veuve, dit Luet, mais je me réjouis pour la cité. »

Hushidh, cependant, dévisageait le soldat d'un air inquisiteur. « Ce n'est pas cette nouvelle que vous a apportée cet homme, je suppose.

— Non, répondit Rasa. Non, c'est Rashgallivak qui m'a appris la mort de Gaballufix. Apparemment, Rashgallivak aurait été nommé… nouveau Wetchik. »

C'était un coup terrible : le mari de Rasa, Volemak, qui avait été le Wetchik n'avait plus aujourd'hui ni propriété, ni droits ni position au cœur du clan palwashantu. Et Rashgallivak, son homme de confiance, avait pris sa place. Le monde ne connaissait-il donc plus la dignité ? « Quand Rashgallivak a-t-il accédé à cet honneur ?

— Avant la mort de Gaballufix ; c'est Gabya qui l'a nommé, évidemment, et je ne doute pas qu'il s'en soit régalé. Il y a donc une sorte de justice immanente : aujourd'hui Rash a également pris la place de Gabya à la tête du clan. Tu as raison, en effet : Rash fait rapidement son chemin dans le monde. Et pendant ce temps, d'autres tombent. Roptat aussi est mort cette nuit.

— Non ! » souffla Luet.

Roptat était le chef du parti pro-Gorayni, le groupe qui voulait maintenir Basilica à l'écart de la guerre prochaine entre les Gorayni et Potokgavan. Roptat disparu, quelle chance restait-il à la paix ?

« Oui, morts cette nuit, l'un et l'autre, reprit Rasa. Les chefs des deux partis qui ont déchiré notre cité. Mais ce n'est pas le pire : d'après la rumeur, leur meurtrier commun serait mon fils Nafai.

— C'est faux ! s'écria Luet. C'est impossible !

— Je le pense aussi. Et ce n'est pas pour cela que je t'ai réveillée. »

Luet comprit alors pourquoi Rasa paraissait si troublée. Nafai, jeune et brillant, faisait la fierté de sa mère, et bien plus encore car, Luet le savait parfaitement, il était lui aussi proche de Surâme. Son sort ne touchait pas seulement ceux qui l'aimaient, mais toute la cité et peut-être le monde entier. « Ce soldat apporte des nouvelles de Nafai, alors ? »

Rasa fit un signe de tête à l'homme qui attendait en silence.

« Je m'appelle Smelost, dit-il en se levant pour leur parler. C'est moi qui m'occupais de la porte de la cité. J'ai vu deux hommes approcher ; l'un d'eux a posé son pouce sur l'écran et l'ordinateur de Basilica l'a identifié comme étant Zdorab, trésorier de la maison de Gaballufix.

— Et l'autre ? demanda Hushidh.

— Il était masqué, vêtu comme les hommes de Gaballufix ; Zdorab l'appelait Gaballufix et a tenté de me convaincre de ne pas saisir son empreinte. Mais j'y étais bien obligé : Roptat avait été assassiné et il fallait empêcher le meurtrier de s'échapper. On nous avait dit que c'était Nafai le coupable, le plus jeune fils de dame Rasa. C'est Gaballufix qui nous en avait avertis.

— Alors, vous avez obligé Gaballufix à poser son pouce sur l'écran ? demanda Luet.

— Il s'est penché tout contre moi et m'a dit à l'oreille : "Et si celui qui a porté cette accusation mensongère était le meurtrier lui-même ?" Je dois reconnaître que certains d'entre nous avaient déjà eu la même idée, que Gaballufix accusait Nafai d'avoir tué Roptat pour couvrir sa propre culpabilité. Et puis le soldat – celui que Zdorab appelait Gaballufix – a mis son pouce contre l'écran et le nom que m'a annoncé l'ordinateur était celui de Nafai.

— Qu'avez-vous fait alors ? le pressa Luet.

— J'ai enfreint mon serment et mes ordres. J'ai aussitôt effacé son nom et je l'ai laissé passer. Je l'ai cru ; je l'ai cru innocent du meurtre de Roptat. Mais sa sortie de la cité était enregistrée et aussi le fait que je ne l'avais pas retenu en sachant son identité. Je n'y voyais pas de mal : à l'origine, la plainte venait de Gaballufix et j'avais devant moi son propre trésorier en compagnie du garçon. J'ai pensé que Gaballufix n'aurait rien à redire si son employé était présent. Au pire, je risquais de perdre mon poste, c'est tout.

— Vous l'auriez laissé passer de toute façon, intervint Hushidh, même si l'employé de Gaballufix n'avait pas été là. »

Smelost la dévisagea un instant, puis afficha un demi-sourire. « J'étais partisan de Roptat. Croire que le fils de Wetchik ait pu le tuer, ça relève de la plaisanterie.

— Nafai n'a que quatorze ans, dit Luet. Croire qu'il puisse tuer quelqu'un, voilà ce qui relève de la plaisanterie.

— Pas d'accord, rétorqua Smelost. Parce qu'on a appris que le corps de Gaballufix avait été retrouvé décapité, et que ses vêtements avaient disparu. Que penser alors, sinon que Nafai avait pris la tenue de Gaballufix sur son cadavre ? Que c'étaient presque à coup sûr Nafai et Zdorab qui l'avaient tué ? Nafai est grand pour quatorze ans, si c'est bien son âge. Il est de la taille d'un homme. Il aurait pu le faire. Pour Zdorab... c'est moins certain. » Il eut un petit rire triste. « Ça m'est bien égal de perdre mon poste, maintenant. Ce que je crains, c'est d'être pendu comme complice d'un meurtrier que j'ai laissé s'échapper. C'est pourquoi je suis venu ici.

— Chez la veuve d'un homme qu'on vient d'assassiner ? dit Luet.

— Non : chez la mère d'un meurtrier présumé, corrigea Hushidh. Cet homme aime Basilica.

— C'est vrai, répondit le soldat, et je suis soulagé que vous le sachiez. Je n'ai pas fait mon devoir, mais j'ai agi selon ma conscience.

— J'ai besoin qu'on me conseille, dit Rasa en regardant Luet et Hushidh tour à tour. Cet homme, Smelost, est venu chercher protection auprès de moi parce qu'il a sauvé mon fils. Entre-temps, mon fils a été désigné comme assassin, et à présent, je crois possible qu'il soit coupable, en effet. Mais je ne suis pas sibylle de l'eau. Je ne suis pas déchiffreuse. Qu'est-ce qui est juste et bon ? Que désire Surâme ? Il faut me le dire. Conseillez-moi !

— Surâme ne m'a rien dit, répondit Luet. Je ne sais que ce que vous m'avez appris cette nuit.

— Et quant à déchiffrer, enchaîna Hushidh, je ne vois que ceci : cet homme aime Basilica, et vous, vous êtes empêtrée dans un entrelacs affectif qui vous fait vivre un déchirement. Le père de vos filles est mort et vous les aimez – même lui, vous l'aimez aussi. Pourtant, vous croyez que Nafai l'a tué et vous aimez encore plus votre fils. Vous respectez aussi ce soldat et êtes liée à lui par une dette d'honneur. Pour la plupart, vous tous ici aimez Basilica, mais vous ignorez que faire pour le bien de la cité.

— Je connais mon dilemme, Shuya. Ce que j'ignore, c'est la voie à suivre pour m'en sortir.

— Je dois fuir la cité, dit Smelost. J'espérais que vous pourriez me protéger : je vous savais la mère de Nafai ; mais j'avais oublié que vous étiez la veuve de Gaballufix.

— Pas sa veuve, corrigea Rasa. J'ai mis fin à notre contrat il y a plusieurs années. Il s'est marié une dizaine de fois depuis, j'imagine. Aujourd'hui, c'est Wetchik mon mari ; ou plutôt, l'homme qui était Wetchik, maintenant fugitif sans feu ni lieu, et dont le fils est peut-être un assassin. » Elle eut un sourire amer. « Cela, je n'y peux rien ; en revanche, vous, je peux vous protéger, et je le ferai.

— Non, dit Hushidh. Vous êtes trop impliquée dans le nœud même de tous ces mystères, tante Rasa. Le conseil de Basilica vous écoutera toujours, mais il refusera de couvrir sur votre seule parole un soldat qui a enfreint son devoir. Vous n'en aurez l'air que plus coupables tous les deux, et c'est tout.

— Est-ce la déchiffreuse qui parle ?

— Non, votre élève, qui vous dit ce que vous sauriez vous-même si vous n'étiez pas dans un tel état de confusion. »

Une larme roula sur la joue de Rasa. « Que va-t-il se passer ? dit-elle. Que va-t-il advenir de ma cité, maintenant ? »

Jamais Luet ne l'avait vue si effrayée, si éperdue. Rasa était un grand professeur, une femme de sagesse et d'honneur ; faire partie de ses nièces, de ses élèves triées sur le volet pour résider dans sa maison, c'était ce qui pouvait arriver de plus beau à une jeune Basilicaine ; du moins Luet l'avait-elle toujours pensé. Mais aujourd'hui, elle voyait Rasa effrayée, hésitante. Elle n'aurait pas cru cela possible.

« Wetchik – mon Volemak – disait que Surâme le guidait. » Rasa parlait d'un ton amer. « Mais quel guide est-ce là ? Est-ce Surâme qui lui a conseillé de renvoyer mes fils en ville, où ils ont failli se faire tuer ? Est-ce Surâme qui a fait de mon fils un assassin et un fugitif ? Mais à quoi joue donc Surâme ? Non, non, Surâme n'y est pour rien, certainement ! Gaballufix avait raison : mon Volemak bien-aimé a perdu la tête et il entraîne nos fils dans sa folie ! »

Luet en avait assez entendu. « Honte à vous ! s'exclama-t-elle.

— Tais-toi, Lutya ! cria Hushidh.

— Honte à vous, j'ai dit, tante Rasa ! Ce n'est pas parce que la situation vous effraie et vous dépasse que Surâme ne la maîtrise pas ! Je sais pertinemment qu'elle guide Wetchik comme Nafai. En fin de compte, c'est le bien de Basilica qui en sortira.

— C'est là que tu te trompes, rétorqua Rasa. Surâme ne porte aucun amour particulier à Basilica. C'est le monde entier dont elle a la garde. Et si le monde entier devait profiter de la ruine de Basilica ? De la mort de mes garçons ? Aux yeux de Surâme, les petites cités et les petites gens ne sont rien : son dessein est bien plus vaste.

— Alors nous devons nous incliner devant elle, dit Luet.

— Incline-toi devant qui tu voudras ! Moi, je refuse de m'incliner devant Surâme si elle doit faire des meurtriers de mes fils et un champ de poussière de ma cité ! Si c'est là son projet, alors nous sommes ennemies, elle et moi, tu m'entends ?

— Baissez la voix, tante Rasa, dit Hushidh. Vous allez réveiller les petits. »

Rasa se tut un instant, puis marmonna : « J'ai dit ce que j'avais à dire.

— Vous n'êtes pas l'ennemie de Surâme, reprit Luet. Je vous en prie, attendez un peu ; laissez-moi découvrir quelle est sa volonté. C'est bien pour ça que vous m'avez fait venir, non ? Pour vous révéler les intentions de Surâme ?

— Oui.

— Je ne donne pas d'ordres à Surâme. Mais je vais lui demander. Attendez-moi ici, et je…

— Non, coupa Rasa. Tu n'auras pas le temps de descendre au Lac.

— Je ne vais pas au Lac, mais à ma chambre, pour dormir, pour rêver. Pour attendre sa voix, ou une vision. S'il m'en vient une.

— Alors, dépêche-toi, dit Rasa. Il ne me reste qu'une heure avant d'être obligée d'agir ; des foules de gens vont arriver ici, et il faudra que je me décide.

— Je ne donne pas d'ordres à Surâme, répéta Luet. Et Surâme fixe elle-même son propre rythme. Elle n'obéit pas au vôtre. »

Kokor se rendit au pied-à-terre préféré de Sevet, celui où elle emmenait ses amants à l'insu de Vas, mais sa sœur n'y était pas. « Elle ne vient plus ici, lui dit Iliva, son amie. Ni ailleurs à Peintrailleville. Elle est peut-être devenue fidèle, va savoir ! » Et Iliva éclata de rire en lui souhaitant bonne nuit.

Ainsi, Kokor ne pourrait pas la prendre par surprise. Quelle déception!

Mais pourquoi Sevet s'était-elle trouvé une nouvelle cachette? Vas la recherchait-il? Non, il avait trop de tenue pour ça! Et pourtant, sa sœur avait laissé tomber ses retraites habituelles alors qu'Iliva et ses autres amies étaient toutes prêtes à lui donner encore refuge.

Cela ne pouvait signifier qu'une chose : Sevet avait un nouvel amant, une vraie liaison, pas une amourette, et il s'agissait de quelqu'un de si important dans la cité qu'il leur fallait de nouvelles cachettes pour abriter leur amour, sous peine que Vas finisse par être au courant.

C'est délicieux! songea Kokor. Elle essaya d'imaginer qui cela pouvait être, lequel des hommes les plus en vue de Basilica avait pu conquérir le cœur de Sevet. Naturellement, il devait s'agir d'un homme marié; s'il n'était l'époux d'une Basilicaine, aucun homme n'avait le droit de passer ne fût-ce qu'une nuit dans la cité. Aussi, quand Kokor percerait enfin le secret de Sevet, ce serait vraiment un scandale merveilleux, car l'existence d'une épouse trahie, en larmes, ne ferait qu'aggraver l'image de Marie-couche-toi-là de Sevet.

Et j'irai le raconter partout, elle peut me croire! pensa Kokor. Elle m'a caché cette liaison, elle ne m'en a rien dit? Eh bien, je ne me sens pas tenue de garder son secret. Elle ne m'a pas fait confiance : pourquoi donc me montrerais-je digne de confiance?

Kokor ne répandrait pas elle-même l'histoire, bien entendu. Mais plus d'un satiriste du théâtre en plein air serait ravi de sa confidence, afin d'épingler le premier la douce Sevet et son amant. Et elle n'en demanderait pas un prix exorbitant : simplement le droit de jouer le rôle de Sevet dans la caricature. Voilà qui mettrait aussitôt fin à la menace de Tumannu de lui interdire le théâtre.

Je m'exercerai à imiter sa voix et je la ridiculiserai en chantant. Personne n'arrive à rendre son timbre aussi bien que moi ; personne ne connaît les défauts de sa voix comme moi ! Ah, elle va regretter de m'avoir caché son secret ! Mais je porterai un masque et je nierai l'avoir trahie ; que Mère elle-même me demande de jurer par Surâme, je nierai encore. Il n'y a pas que Sevet qui sache garder un secret !

Il était tard, l'aube allait bientôt se lever, mais les dernières comédies ne se termineraient pas avant une bonne heure. En se dépêchant de retourner au théâtre, elle pourrait encore monter sur scène et participer au moins au dénouement. Mais elle ne pouvait se résoudre à jouer la scène bien prévisible avec Tumannu, la demande de pardon, le serment de ne plus jamais quitter une pièce en cours de représentation, les pleurs. Ce serait trop dégradant. La fille de Gaballufix ne rampait pas devant une simple directrice de théâtre !

Oui, mais maintenant qu'il est mort, que je sois sa fille ou non, quelle importance ? Cette pensée l'atterra. Elle se demanda si l'homme – Rash – avait dit la vérité, si son père lui laisserait assez d'argent pour accéder à la richesse et s'acheter son propre théâtre. C'est ça qui serait agréable ! Tout serait résolu, alors. Naturellement, Sevet en obtiendrait autant qu'elle et s'offrirait sans doute sa propre salle, elle aussi, rien que pour lui faire de l'ombre, comme d'habitude, et lui voler toute chance de gloire ; mais Kokor se montrerait tout simplement meilleure promotrice et ferait mordre la poussière à la pâle imitation de sa sœur ; après cet échec, tout l'héritage de Sevet aurait disparu, tandis que Kokor deviendrait la figure de proue du théâtre basilicain, et un jour, Sevet viendrait la supplier de lui donner le premier rôle d'une pièce qu'elle aurait elle-même écrite ; alors, Kokor la prendrait dans ses bras et dirait en pleurant : « Oh, ma douce sœur, je n'aimerais rien tant que monter ta petite pièce, mais j'ai des responsabilités envers mes financiers, ma chérie, et je ne peux pas risquer leur argent sur un spectacle dont la chanteuse n'est visiblement plus de la première jeunesse ! »

Ah, quel rêve délicieux! Et tant pis si Sevet n'avait qu'un an de plus qu'elle; pour Kokor, cela faisait toute la différence. Sevet était peut-être la première aujourd'hui, mais le public préférerait bientôt la benjamine à l'aînée, et l'avantage changerait de camp. Jeunesse et beauté – Kokor en aurait toujours plus que Sevet. Et elles avaient autant de talent l'une que l'autre.

Elle était arrivée devant chez elle, devant la petite maison qu'Obring et elle louaient dans les Coteaux. C'était modeste, mais décoré avec un goût exquis; elle avait au moins appris cela de sa tante Dhelembuvex, la mère d'Obring : mieux vaut un petit nid bien décoré qu'un palais mal installé. « Une femme doit se présenter comme la fleur de la perfection », disait toujours tatie Dhel. Kokor avait beaucoup mieux tourné la phrase dans un aphorisme publié quand elle avait seulement quinze ans, avant qu'elle ne quitte la maison de Mère pour épouser Obring :

Un bouton parfait
à la couleur subtile,
au parfum délicat
est plus plaisant qu'une fleur voyante,
qui tire l'œil mais n'a rien à montrer
qui ne se voie au premier regard
ou ne se sente au premier vent.

Kokor s'était surtout enorgueillie de l'opposition entre les vers brefs et simples sur le bouton parfait et la longueur maladroite des lignes sur la fleur voyante. Mais à sa grande déception, aucun mélodiste connu n'avait fait une aria de son aphorisme, et les jeunes gens qui venaient la trouver avec leurs compositions étaient tous des imitateurs dépourvus de talent, sans la moindre idée du style de chansons adaptées à une voix comme celle de Kokor. Elle n'avait même pas couché avec un seul d'entre eux, sauf celui à l'expression si timide et si douce.

Ah, lui, c'était vraiment un tigre, dans le noir! Elle l'avait gardé trois jours, mais il insistait pour lui chanter ses airs et elle avait fini par le renvoyer.

Comment s'appelait-il ?

Elle avait son nom sur le bout de la langue quand, en entrant dans la maison, elle entendit un curieux hululement sortir de la pièce du fond. On aurait dit les babouins qui vivaient de l'autre côté de Petit-Lac, leurs cris haletés quand ils jacassaient entre eux dans leur langage inexistant. « Oh. Houu. Ou-ou. Hoouu. »

Mais ça ne pouvait pas être des babouins, évidemment. Le son provenait de la chambre, en haut de l'escalier en colimaçon ; le clair de lune qui tombait de la lucarne du toit illuminait le chemin. À pas de loup, Kokor monta vivement les degrés, car elle savait trouver son mari Obring en compagnie d'une putain quelconque, dans son lit à elle, acte inqualifiable, manquement à toute décence ; n'avait-il donc aucune considération pour elle ? Elle ne ramenait pas ses amants à la maison, elle ! Elle ne les faisait pas transpirer dans ses draps à lui, elle ! Justice devait être rendue et ce serait une grandiose scène d'amour-propre blessé quand elle jetterait cette petite catin à la rue sans ses vêtements pour l'obliger à rentrer chez elle toute nue ! Alors Obring s'excuserait platement, chercherait à se racheter, jurerait ses grands dieux, ferait amende honorable, pleurnicherait, mais le doute ne serait plus permis : elle ne renouvellerait pas son contrat à son terme et, ce jour-là, il verrait ce qui attend l'homme coupable d'avoir jeté son infidélité à la figure de Kokor.

Dans la chambre éclairée par la lune, Kokor découvrit Obring engagé précisément dans l'activité qu'elle imaginait. Elle ne vit pas son visage ni celui de la femme à laquelle il offrait une si vigoureuse compagnie, mais ni lumière du jour ni loupe n'étaient nécessaires pour savoir ce que leurs mouvements signifiaient.

« C'est dégoûtant », dit-elle.

Elle obtint le résultat escompté. Ils ne l'avaient manifestement pas entendue monter les marches et le son de sa voix pétrifia Obring. L'espace d'un instant, il garda la pose. Puis il tourna la tête et regarda Kokor par-dessus son épaule d'un air à la fois parfaitement stupide et atterré. « Ah, Kokya, dit-il. Tu rentres tôt.

— J'aurais dû m'en douter », dit la femme. Le dos nu d'Obring dissimulait encore son visage, mais Kokor reconnut sa voix sans hésiter. « Ta pièce est tellement nulle qu'on l'a arrêtée à la moitié de la représentation ! »

C'est à peine si Kokor releva l'insulte, à peine si elle nota qu'on eût en vain cherché la moindre trace d'embarras dans le ton de Sevet. Elle n'eut qu'une seule pensée : voilà pourquoi il lui fallait une nouvelle cachette ; non pas parce qu'elle avait un amant trop connu, mais pour me dissimuler la vérité, à moi !

« Tu as des centaines d'admirateurs tous les soirs qui feraient avec joie une *yibattsa* avec toi, siffla Kokor. Mais non : il te fallait mon mari !

— Oh, ne sois pas si susceptible », dit Sevet en se redressant sur les coudes. Ses seins pendaient sur les côtés. Cette vision réjouit Kokor : avec ses seins pendants, Sevet à dix-neuf ans faisait nettement plus vieille et plus lourde, oui, lourde, que Kokor. Pourtant, c'est ce corps-là qu'Obring avait désiré, de ce corps-là qu'il avait usé sur le lit même où il avait passé tant de nuits à côté de la plastique parfaite de Kokor. Comment pouvait-il seulement s'émouvoir devant un corps pareil après avoir si souvent vu Kokor sortant de son bain ?

« Écoute, tu ne t'en servais pas et il est très gentil, dit Sevet. Si tu t'étais donné la peine de le satisfaire un tant soit peu, il ne m'aurait jamais regardée.

— Excuse-moi, murmura Obring. Je n'ai pas fait exprès. »

On aurait dit un gosse ; c'était si révoltant que Kokor ne pouvait contenir sa fureur. Elle la contint, pourtant. Elle la retint en elle, comme une tornade dans une bouteille.

« C'était un accident ? dit-elle dans un souffle. Tu as trébuché, tu es tombé, tous tes vêtements se sont arrachés et comme par hasard tu as atterri sur ma sœur, c'est ça ?

— Je veux dire… J'ai toujours voulu rompre, depuis des mois que ça dure…

— Des mois… chuchota Kokor.

— N'en dis pas plus, toutou, dit Sevet. Tu ne fais qu'empirer les choses.

— Tu l'appelles "toutou" ? » fit Kokor. C'était le terme qu'elles employaient, arrivées à la puberté, pour désigner les adolescents qui les poursuivaient de leurs assiduités comme des chiens haletants.

« Il était si empressé, répondit Sevet en s'extirpant de sous Obring. Je n'ai pas pu m'empêcher de l'appeler comme ça, et ça lui plaît. »

Obring se retourna et s'assit sur le lit d'un air pitoyable. Il ne fit pas un geste pour se couvrir ; cette nuit, il était évident qu'il avait perdu tout intérêt pour l'amour.

« Ne t'en fais pas, Obring », poursuivit Sevet. Elle sortit du lit et se pencha pour ramasser ses vêtements étalés par terre. « Elle renouvellera quand même ton contrat, va. Elle n'aura certainement pas envie qu'on clabaude sur elle avec cette histoire, alors elle renouvellera ton contrat aussi longtemps que tu voudras, rien que pour t'empêcher de l'ébruiter ! »

Kokor vit le ventre de Sevet qui faisait une poche, ses seins qui pendouillaient quand elle se penchait. Et elle lui avait quand même pris son mari ! Même lui, il le lui avait fallu, en plus du reste. C'était intolérable.

« Chante pour moi, murmura Kokor.

— Pardon ? demanda Sevet en se retournant, sa robe contre sa poitrine.

— Chante-moi une chanson, espèce de *davalka*, de ta si jolie voix ! »

Sevet dévisagea sa sœur et ses traits perdirent leur expression d'ennui amusé. « Si tu crois que je vais chanter maintenant, tu te fais des illusions, petite idiote !

— Pas pour moi, dit Kokor. Pour Père.

— Eh bien, qu'est-ce qu'il a, Père ? » Le visage de Sevet prit un air faussement inquiet. « Oh, petite Kyoka va me dénoncer à papa ? » Puis elle ricana. « Mais il va éclater de rire ! Et ensuite, il emmènera Obring boire un coup !

— Un chant funèbre pour Père, dit Kokor.

— Un chant funèbre ? » Sevet était ahurie, visiblement inquiète.

« Pendant que tu étais ici à te taper le mari de ta sœur, quelqu'un s'occupait d'assassiner Père. Si tu avais une once d'humanité, ça te toucherait. Même les babouins pleurent leurs morts.

— Je n'étais pas au courant, dit Sevet. Comment l'aurais- je su ?

— Je t'ai cherchée partout pour t'avertir. Mais tu n'étais dans aucun de tes repaires. J'ai laissé tomber ma pièce, je suis allée jusqu'à perdre mon travail pour mettre la main sur toi, tout ça pour te retrouver ici en train de faire ça !

— Quelle menteuse ! rétorqua Sevet. Tu crois que je vais avaler ce bobard ?

— Moi, je n'ai jamais couché avec Vas, dit Kokor. Même quand il m'en a suppliée.

— Allons donc ! Il ne te l'a jamais demandé ! Tes mensonges, je n'y crois pas !

— Il m'a dit qu'une fois, rien qu'une fois, il aimerait posséder une femme vraiment belle. Une femme au corps jeune, souple et doux. Mais j'ai refusé, parce que tu étais ma sœur.

— Tu mens. Il ne t'a jamais fait de propositions.

— Ne me crois pas si tu veux. Mais c'est pourtant vrai.

— Vas ? Sûrement pas.

— Si. Vas, avec son gros grain de beauté sur l'intérieur de la cuisse, répondit Kokor. J'ai refusé parce que tu étais ma sœur.

— Et tu mens aussi, pour Père.

— Il est mort, gisant dans son propre sang. Assassiné en pleine rue. Ce n'est pas une bonne nuit pour notre chère famille. Père mort, moi trompée, et toi…

— Ne t'approche pas de moi.

— Chante pour lui, dit Kokor.

— Aux funérailles, si tu ne m'as pas menti.

— Non : chante maintenant.

— Je ne chante pas sur ton ordre, petite poule, petit canard ! »

C'était une de leurs vieilles plaisanteries, de s'accuser mutuellement de caqueter et de cancaner au lieu de chanter, et cela ne portait pas à conséquence. Mais il y avait dans le ton de Sevet un mépris et un dégoût que Kokor ne supporta pas. Alors, elle s'abandonna à la tempête qui la déchirait.

« Ah, c'est comme ça ? cria-t-elle. Eh bien, tu ne chanteras plus jamais ! » Et elle lança un coup à la manière d'un chat ; pas un coup de griffe : un coup de poing. Sevet leva les mains devant son visage, mais ce n'était pas là que Kokor cherchait à la frapper. Ce n'était pas l'objet de sa haine. Non, son poing toucha exactement ce qu'elle visait : la gorge, là où le larynx se cachait sous la chair généreuse, là où naissait la voix.

Sans un cri, projetée en arrière par la puissance du coup, Sevet tomba, les mains crispées sur sa gorge ; elle se tordit sur le sol, prise de haut-le-cœur et de quintes de toux. Obring poussa un hurlement, bondit et s'agenouilla au-dessus d'elle. « Sevet ! s'écria-t-il. Sevet ! Ça va ? »

Pour toute réponse, Sevet émit des espèces de gargouillis, puis se mit à tousser. Enfin, elle étouffa. Et du sang jaillit. Son sang. Kokor le vit éclabousser les mains de sa sœur, les cuisses d'Obring à genoux, là où reposait sa tête ; le sang venu de la gorge de Sevet, miroitement noir dans le clair de lune. Quel goût a-t-il dans ta bouche, Sevet ? Quelle impression fait-il sur ta chair, Obring ? Son sang, comme le don d'une vierge ; c'est mon cadeau pour vous deux.

Sevet produisait un horrible son étranglé. « De l'eau ! dit Obring. Un verre d'eau, Kyoka, pour lui rincer la bouche. Tu ne vois donc pas qu'elle saigne ? Mais qu'est-ce que tu lui as fait ! »

Kokor s'approcha de l'évier – son évier —, prit une tasse – sa tasse —, la remplit d'eau, la tendit à Obring, qui la prit et tenta de verser du liquide dans la bouche de Sevet. Mais celle-ci s'étouffa et recracha l'eau, suffoquante ; elle s'étranglait avec le sang qui coulait dans sa gorge.

« Un médecin ! cria Obring. Appelle un médecin ! Bustiya, la voisine, elle est médecin, elle viendra !

— À l'aide, murmura Kokor. Venez vite. Au secours. » Elle parlait si bas qu'elle s'entendait à peine.

Obring se leva et lui lança un regard furieux. « Ne la touche pas, dit-il. J'irai chercher le médecin moi-même ! » Il sortit à grands pas. Quelle force en lui, à présent ! Nu comme un dieu mythique, comme les représentations de l'Impérator des Gorayni – l'image de la virilité —, tel était Obring s'en allant dans la nuit trouver le médecin qui saurait sauver sa dame.

Kokor observa Sevet dont les doigts raclaient le sol, déchiraient la peau de son cou comme si elle cherchait à y forer un trou pour respirer. Ses yeux s'exorbitaient et du sang s'écoulait de sa bouche jusque par terre.

« Tu avais tout, dit Kokor. Tout. Mais il a fallu que tu me le prennes, lui aussi. »

Sevet émit un gargouillis. Elle fixait sur Kokor des yeux pleins de souffrance et de terreur.

« Non, tu ne vas pas mourir. Je ne tue pas. Je ne trompe pas, moi. »

Mais à cet instant, elle prit conscience que Sevet risquait bel et bien de mourir. Avec tout ce sang dans la gorge, elle était capable de s'étouffer. Et alors, on l'en rendrait responsable. « Oh non ! Personne ne pourra me faire de reproches, dit-elle. Père est mort cette nuit ; je suis rentrée chez moi, je t'ai trouvée avec mon mari et tu t'es moquée de moi… on ne peut pas m'en vouloir. Je n'ai que dix-huit ans, je ne suis qu'une gamine ! Et puis c'était un accident ; j'ai voulu te griffer les yeux mais j'ai raté mon coup, voilà tout. »

Sevet fut prise de haut-le-cœur et vomit sur le sol. L'odeur était épouvantable. Quel gâchis ! Des taches partout et l'odeur ne s'en irait sûrement jamais ! Et tout bien réfléchi, c'est Kokor qu'on tiendrait pour responsable si Sevet mourait. Ce serait la vengeance de Sevet, cette tache qui ne s'en irait jamais ; sa revanche, de mourir et d'accoler à sa sœur une étiquette indélébile de meurtrière.

Eh bien, tu vas voir, pensa Kokor. Je ne vais pas te laisser mourir, ah non ! Tiens, je vais même te sauver la vie !

Et quand Obring revint avec le médecin, il trouva Kokor agenouillée au-dessus de Sevet, en train de lui faire du bouche-à-bouche. Il l'écarta pour permettre à la praticienne d'examiner sa sœur. Et tandis que Bustiya enfonçait le tuyau dans la gorge de Sevet, dont les traits se tordirent en un rictus de souffrance muette, Obring sentit l'odeur de sang, de vomi et vit que le visage et la robe de Kokor en étaient maculés. Il la prit par les épaules et murmura : « Alors, tu l'aimes quand même ! Tu n'as pas pu la laisser mourir ! »

S'accrochant à lui, elle éclata en sanglots.

« Je n'arrive pas à dormir, dit Luet d'un ton plaintif. Comment rêver si je ne dors pas ?

— Ne t'inquiète pas, répondit Rasa. Je sais ce qu'il faut faire ; je n'ai pas besoin de Surâme pour cela. Smelost doit quitter Basilica, parce qu'Hushidh a raison : je ne peux pas le protéger, pour l'heure.

— Je ne m'enfuirai pas, protesta Smelost. C'est décidé. Cette cité est la mienne et j'affronterai les conséquences de mes actes.

— Vous aimez Basilica ? demanda Rasa. Alors ne fournissez pas aux partisans de Gaballufix une victime expiatoire. Ne les laissez pas vous faire passer en jugement, ne leur donnez pas ce prétexte pour prendre le commandement des gardes ; sinon, les soldats masqués resteront la seule et unique autorité de la cité. »

L'espace d'un instant, Smelost lui lança un regard noir, puis il acquiesça : « Je vois. Pour le bien de Basilica, alors, je m'en irai.

— Où ça ? demanda Hushidh. Où pouvez-vous l'envoyer ?

— Chez les Gorayni, bien sûr. Je vous donnerai assez de vivres et d'argent pour vous rendre chez eux, au nord. Et une lettre expliquant comment vous avez sauvé l'homme qui a... l'homme qui a tué Gaballufix. Ils sauront ce que cela veut dire ; des espions leur ont sûrement appris que Gabya cherchait une alliance entre Basilica et Potokgavan. Peut-être Roptat était-il en contact avec eux.

— Jamais ! s'exclama Smelost. Roptat n'était pas un traître !

— Bien sûr que non, dit Rasa d'un ton conciliant. L'important, c'est que Gabya était leur ennemi et que ça fait de vous leur ami. Ils vous protégeront ; c'est bien le moins qu'ils puissent faire.

— Combien de temps devrai-je rester absent ? Il y a ici une femme que j'aime, et j'ai un fils.

— Peu de temps. Gabya disparu, le tumulte ne tardera pas à retomber. Il en était la cause, et maintenant la paix va revenir. Que Surâme me pardonne, mais si Nafai l'a réellement tué, il a peut-être bien agi, pour Basilica en tout cas. »

Des coups ébranlèrent la porte.

« Déjà ! s'exclama Rasa.

— Personne ne peut savoir que je suis ici ! dit Smelost.

— Shuya, emmène-le à la cuisine et donne-lui des vivres. Je vais les retenir à la porte aussi longtemps que je pourrai. Luet, aide ta sœur. »

Mais ce n'étaient pas des soldats palwashantu qui frappaient, ni des gardes municipaux ni aucun représentant d'une autorité quelconque. Non, c'était Vas, le mari de Sevet.

« Pardonnez-moi de vous déranger à cette heure.

— Moi et toute ma maison, répondit Rasa. Je sais déjà la mort du père de Sevya ; vous pensiez sûrement bien faire en venant, mais…

— Il est mort ? coupa Vas. Gaballufix ? Alors, ça explique peut-être… Non, ça n'explique rien. » Il paraissait effrayé et furieux. Rasa ne l'avait jamais vu ainsi.

« Qu'y a-t-il, dans ce cas ? demanda-t-elle. Si vous ignoriez que Gabya est mort, pourquoi êtes-vous ici ?

— Une des voisines de Kokor est venue me chercher. Il s'agit de Sevet. On l'a frappée à la gorge ; elle a failli en mourir. Une très grave blessure. Je me suis dit que vous voudriez peut-être m'accompagner.

— Comment ? Vous l'avez laissée seule ? Pour venir chez moi ?

— Je n'étais pas avec elle. Elle est chez Kokor.

— Que faisait-elle là-bas ? » Une des domestiques aidait déjà Rasa à enfiler un manteau. « Kokor avait une représentation ce soir, non ? Une nouvelle pièce ?

— Sevya était en compagnie d'Obring », dit Vas. Il la conduisit sous l'auvent ; la domestique ferma la porte derrière eux. « C'est pour ça que Kyoka l'a frappée.

— Kyoka l'a frappée à… Comment ? C'est Kyoka qui a fait ça ?

— Elle les a surpris ensemble. C'est ce que m'a dit la voisine, en tout cas. Obring est sorti nu comme un ver chercher un médecin, et Sevya était nue elle aussi quand ils sont revenus. Kyoka lui faisait du bouche-à-bouche pour la sauver. On l'a intubée et elle peut respirer ; maintenant, elle est sauvée. C'est tout ce que la voisine a pu me dire.

— Oui : qui est vivant, commenta tristement Rasa, et qui était nu.

— Sa pauvre voix ! dit Vas. Kokor aurait peut-être mieux fait de tuer Sevet purement et simplement, si ça doit lui coûter sa voix.

— Pauvre Sevya ! » Des soldats passaient dans les rues, mais Rasa ne leur prêtait nulle attention et – peut-être à cause de l'air absorbé de Vas et Rasa – ils ne cherchèrent pas à les arrêter. « Perdre son père et sa voix la même nuit !

— Nous avons tous perdu quelque chose cette nuit, vous ne croyez pas ? dit Vas d'un ton aigre.

— Vous n'êtes pas de la partie, répondit Rasa. Je crois que Sevet vous aime vraiment, à sa façon.

— Je sais ; elles se détestent tant qu'elles sont prêtes à tout pour se faire du mal l'une à l'autre. Pourtant, j'avais l'impression que ça s'améliorait.

— Ce sera peut-être le cas maintenant. Ça ne peut pas être pire.

— Kyoka a essayé de me séduire, de son côté, dit Vas. Je l'ai envoyée promener les deux fois. Pourquoi Obring n'a-t-il pas eu l'intelligence de dire non à Sevet, lui aussi ?

— Ce n'est pas l'intelligence qui lui manque, répondit Rasa. C'est la force. »

Une scène touchante les attendait chez Kokor. On avait nettoyé les lieux et toute trace d'ébats avait disparu du lit ; il était à présent bien tendu, sauf là où Sevet reposait, virginale dans une des chemises de nuit les plus pudiques de Kokor. Obring aussi s'était rhabillé et, agenouillé dans un coin, il consolait une Kokor en larmes. La doctoresse accueillit Rasa à la porte de la chambre.

« J'ai aspiré le sang des poumons, expliqua-t-elle. Elle est hors de danger, mais le tube doit rester en place pour l'instant. Une spécialiste de la gorge ne va pas tarder. Avec de la chance, les lésions guériront sans laisser de traces ; sa carrière n'est peut-être pas finie. »

Rasa s'assit sur le lit à côté de sa fille et lui prit la main. L'odeur de vomi flottait toujours dans la pièce, pourtant humide encore d'avoir été nettoyée. « Eh bien, Sevya, chuchota Rasa, cette manche, tu l'as gagnée ou perdue ? »

Une larme perla sous les paupières de Sevet.

À l'autre bout de la pièce, Vas dominait Obring et Kokor de toute sa taille. Il était rouge de… de quoi ? De colère ? Ou bien, simplement, de la fatigue du trajet ?

« Obring, tu n'es qu'un pauvre petit salaud, dit-il. Il n'y a qu'un crétin pour pisser dans la soupe de son frère ! »

Obring leva les yeux vers lui, les traits tirés, puis il revint à sa femme qui pleura de plus belle. Rasa connaissait Kokor : ses larmes étaient sincères, certes, mais elle en jouait pour s'attirer le plus de compassion possible. Rasa, elle, n'en ressentait pour ainsi dire pas. Elle savait bien combien ses filles se souciaient peu de la clause d'exclusivité de leurs contrats de mariage, et elle n'avait aucune sympathie pour les gens infidèles qui se sentaient blessés en découvrant que leurs partenaires leur rendaient la pareille.

C'était Sevet qui souffrait, non Kokor. Ce n'était pas parce que celle-ci brassait beaucoup d'air que Rasa allait se laisser distraire des appels muets de Sevet.

« Je suis avec toi, ma fille chérie, dit-elle. Ce n'est pas la fin du monde : tu es vivante et ton mari t'aime. Que ce soit là ta musique pour quelque temps. »

Sevet se raccrocha à sa main, la respiration courte, haletante.

Rasa se tourna vers le médecin. « L'a-t-on mise au courant, pour son père ?

— Oui, répondit Obring. Kyoka nous a avertis.

— Surâme merci, nous n'aurons à suivre qu'un seul enterrement, dit Rasa.

— Kyoka a sauvé la vie de sa sœur, reprit Obring. Elle lui a donné son souffle. »

Non ; c'est moi qui lui ai donné mon souffle, songea Rasa. Je lui ai donné mon souffle, mais hélas, je n'ai réussi à lui donner ni morale ni bon sens ; je n'ai pas su l'empêcher de se glisser dans les draps de sa sœur. Mais je lui ai bel et bien donné mon souffle et peut-être qu'aujourd'hui cette douleur lui enseignera quelque chose. La compassion, qui sait ? Ou du moins une certaine retenue. Quelque chose enfin qui transforme ce malheur en bien et la fasse devenir ma fille à moi et non celle de Gaballufix, comme ç'a été le cas pour toutes les deux jusqu'à maintenant.

Qu'il puisse naître quelque bienfait de cette tragédie ! pria-t-elle intérieurement. Mais soudain, elle se demanda à qui cette prière s'adressait. À Surâme, qui à force de se mêler de tout avait créé tant de problèmes ? Pas question d'espérer du secours de sa part, songea Rasa. Aujourd'hui, je suis seule pour aider selon mes moyens ma famille et ma cité à traverser les jours terribles qui nous attendent. Je n'ai ni pouvoir ni autorité sur aucun d'entre eux, sauf le pouvoir qui naît de l'amour et de la sagesse. Si seulement j'étais sûre de la posséder, cette sagesse…

2

L'OCCASION

LE RÊVE DE LA SIBYLLE DE L'EAU

LUET n'avait encore jamais tenté de faire un rêve en urgence ; il ne lui était donc pas venu à l'esprit qu'elle ne pouvait pas aller se coucher et faire un rêve comme ça, simplement en claquant des doigts. Bien au contraire ; c'était sans doute ce sentiment d'urgence qui l'avait gardée éveillée et empêchée de rêver. Elle était furieuse et honteuse de n'avoir rien pu apprendre de Surâme avant que tante Rasa ne doive prendre une décision à propos de Smelost, le soldat. Pire, malgré le mutisme de Surâme, Luet avait la conviction que c'était une erreur d'envoyer Smelost chez les Gorayni. Parce que Gaballufix était l'ennemi des Gorayni, ils accepteraient automatiquement de donner asile à l'un de ses opposants ? Non, c'était trop simple !

Luet avait eu l'intention d'exprimer son sentiment, et elle l'aurait sans doute fait si Rasa n'avait pas quitté la maison en coup de vent, accompagnée de Vas ; ensuite, elle n'avait pu que regarder Smelost emballer les vivres et les affaires que les domestiques lui avaient préparés et sortir discrètement par l'arrière de la maison.

Pourquoi Rasa n'avait-elle pas pris le temps de réfléchir un peu plus ? N'aurait-il pas mieux valu envoyer Smelost rejoindre Wetchik au désert ? Mais il n'y avait plus de Wetchik, exact. Il n'y avait plus que Volemak, l'homme qui avait été Wetchik avant que Gaballufix ne le dépouille de son titre – quand cela ? Hier, oui, hier seulement. Rien que Volemak… Et pourtant Luet savait que de tous les hommes influents de Basilica, Volemak était le seul inscrit dans les plans de Surâme.

Tous les problèmes avaient commencé quand Surâme avait envoyé à Volemak sa vision de Basilica en feu. Elle l'avait averti qu'une alliance avec Potokgavan mènerait à la destruction de la cité ; mais elle n'avait jamais promis que Basilica pourrait s'en remettre à l'amitié des Gorayni. Et d'après ce que Luet savait des Gorayni – les Têtes Mouillées, comme on les appelait à cause de leur coutume de s'huiler les cheveux – , c'était une mauvaise idée d'envoyer Smelost leur demander asile. Cela leur donnerait la fausse impression que leurs alliés n'étaient pas en sécurité à Basilica. Cela ne risquait-il pas de les inciter à faire ce que tout le monde redoutait, c'est-à-dire envahir la cité et s'en rendre maîtres ?

Non, c'était une erreur de leur expédier Smelost. Cependant, comme Luet n'était pas parvenue à cette conclusion en tant que sibylle mais en suivant son propre raisonnement, personne ne voudrait l'écouter. C'était une enfant, sauf quand Surâme la possédait, si bien qu'elle n'avait droit au respect que quand elle n'était pas elle-même. Elle s'en exaspérait ; mais qu'y faire, sinon espérer qu'elle se trompait quant à Smelost et aux Gorayni et attendre impatiemment de devenir une femme à part entière ?

Ce qui l'inquiétait peut-être encore plus, c'est qu'il n'était pas dans les habitudes de Rasa de se tromper à ce point. Elle paraissait agir dans la peur, sans réfléchir. Et si le jugement de Rasa était faussé, sur quoi Luet pouvait-elle se reposer ?

Il fallait qu'elle en parle à quelqu'un. Pas à sa sœur Hushidh ; Shuya était très avisée, très prévenante et l'écouterait sûrement, mais elle se fichait totalement de tout ce qui ne touchait pas Basilica. C'était bien son problème en tant que déchiffreuse ; Hushidh vivait dans la vision permanente de tous les rapports et de toutes les relations entre les gens qui l'entouraient. Ce sens de la trame formait naturellement l'élément le plus important de son existence, qui lui permettait de voir les gens se lier entre eux puis se détacher, former des communautés puis les dissoudre. Et sous-jacente à tout cela, il y avait son intense conscience du tissu de Basilica elle-même. Elle adorait la cité, mais elle la connaissait si bien, se concentrait si étroitement sur elle qu'elle n'avait strictement aucune idée des relations qu'entretenait Basilica avec le reste du monde. Elles étaient trop vastes, trop impersonnelles.

Luet tenta quand même d'en discuter avec elle, mais Hushidh s'endormit presque aussitôt. Impossible de lui en vouloir ; l'aube était presque là et il leur avait manqué plusieurs heures de sommeil en milieu de nuit. Luet elle-même aurait dû être en train de dormir.

Si seulement je pouvais parler à Nafai ou Issib. À Nafai, surtout ; lui peut communiquer avec Surâme quand il est éveillé. Il ne reçoit peut-être pas mes visions, il ne voit pas avec la pénétration et la limpidité d'une sibylle, mais au moins il obtient des réponses, simples et pratiques. Et il n'est pas obligé de s'endormir pour ça. Ah, si seulement il était ici ! Mais Surâme l'a envoyé avec son père et tous ses frères dans le désert ; c'est là que Smelost aurait dû partir, il n'y a pas de doute. Auprès de Nafai, pour autant qu'on sache où il est.

Enfin, très longtemps après, les pensées exaspérées de Luet se brouillèrent et sombrèrent dans le chaos du sommeil ; et de son repos troublé monta un rêve, un rêve qu'elle n'oublierait pas car il avait sa source en dehors d'elle-même, et son sens ne devait rien aux aveugles décharges synaptiques de son cerveau endormi.

« Réveille-toi, dit Hushidh.

— Mais je suis réveillée ! protesta Luet.

— Ça fait deux fois que tu me réponds ça, Lutya, et chaque fois tu te rendors. C'est le matin et ça va encore plus mal qu'on ne le croyait.

— Si c'est ce que tu m'as annoncé chaque fois que je me suis réveillée, pas étonnant que je me sois rendormie!

— Tu as assez roupillé. » Et Hushidh entreprit de lui raconter tout ce qui s'était passé chez Kokor dans la nuit.

Luet avait du mal à concevoir que de telles choses puissent arriver – surtout à des gens liés à la maison de Rasa. Mais il ne s'agissait pas de simples rumeurs. « Alors, c'est pour ça que Vas a emmené Rasa? dit-elle.

— C'est fou ce que tu as l'esprit vif le matin! »

Les pensées de Luet étaient si paresseuses qu'elle ne se rendit pas tout de suite compte qu'Hushidh faisait de l'ironie. « J'étais en train de rêver », dit-elle pour expliquer la lenteur de sa réaction.

Mais Hushidh ne s'intéressait pas à son rêve. « Pour cette pauvre tante Rasa, le cauchemar commence au réveil. »

Luet s'efforça de trouver un élément positif dans tout cela. « Au moins, elle a la consolation de savoir que Kokor et Sevet avaient été placées comme nièces chez Dhelembuvex; ça n'éclaboussera pas sa maison…

— Ça n'éclaboussera pas…! Mais voyons, ce sont ses filles, Lutya! Et tatie Dhel était tout le temps fourrée ici avec elles pendant leur apprentissage dans sa maison! Ça n'a rien à voir avec leur éducation. Voilà ce que c'est d'être les filles de Gaballufix! Mais quand même, quelle ironie que la nuit de sa mort une de ses filles coupe le sifflet à l'autre d'un coup de poing!

— C'est la douceur du miel qui coule de tes lèvres à chaque mot que tu prononces, Shuya. »

Hushidh lui lança un regard noir. « Tu n'as jamais aimé non plus les filles de tante Rasa, alors ne viens pas jouer les saintes nitouches avec moi! »

En fait, Luet ne s'était jamais beaucoup intéressée aux filles de Rasa. Elle était trop jeune les derniers temps de leur séjour chez elle. Mais Hushidh, plus âgée, avait des souvenirs précis de l'ambiance que créait leur présence permanente, avec Kokor qui suivait les cours et des prétendants qui papillonnaient autour d'elles deux. Hushidh aimait à dire en plaisantant que le taux de phéromones n'aurait pas été plus élevé dans un bordel, mais le dégoût que lui inspiraient Kokor et Sevet n'avait rien à voir avec la séduction qu'elles exerçaient sur les hommes. Non, il venait de la jalousie mauvaise qu'elles éprouvaient envers les filles qui gagnaient l'amour et le respect de Rasa. Hushidh n'était pas leur rivale, mais cela ne les avait pas empêchées de la persécuter impitoyablement, de se moquer d'elle quand les professeurs avaient le dos tourné, au point qu'elle s'était quasiment transformée en un fantôme qui se cachait jusqu'au moment des cours pour s'enfuir juste après, qui évitait les repas, les fêtes et les parties de jeu ; et cela avait duré jusqu'au jour où Kokor et Sevet avaient enfin pris époux à un âge heureusement fort tendre – respectivement quatorze et quinze ans – et quitté la maison. À cette époque déjà, Sevet était une chanteuse remarquée et ses exercices – ainsi que ceux de Kokor – avaient empli la maison de chants d'oiseaux. Mais ni elle ni Kokor n'avaient introduit de véritable musique dans la maisonnée de Rasa ; c'est plutôt avec leur départ qu'enfin la musique avait fait son retour. Et Hushidh demeura timide et réservée avec tout le monde, sauf avec Luet. Voilà pourquoi Hushidh était plus intéressée que sa sœur quand les filles de Rasa jouaient jusqu'à son dénouement quelque amère tragédie. Luet, elle, n'en était touchée que dans la mesure où l'affaire attristerait tante Rasa.

« Shuya, tout ça, c'est de la matière à potins, rien de plus. Que dit-on à propos du soldat ? Et de la mort de Gaballufix ? »

Hushidh baissa les yeux ; elle le savait bien, Luet la réprimandait de donner la priorité à des questions sans importance ; mais elle accepta la rebuffade et ne chercha pas à se défendre. « On dit que Smelost conspirait depuis le début avec Nafai. Rashgallivak exige que le conseil ouvre une enquête pour déterminer qui a aidé Smelost à s'échapper de la cité, alors qu'il n'y avait aucun mandat ni rien contre lui quand il est parti. Rasa, elle, ne va réussir qu'à faire placer la garde municipale sous l'autorité des Palwashantu. C'est plutôt moche, tout ça.

— Et si on arrêtait tante Rasa pour complicité avec Smelost ? dit Luet.

— Complicité de quoi ? » rétorqua Hushidh. C'était maintenant Hushidh la Déchiffreuse qui parlait de la cité de Basilica et non plus Shuya l'écolière rapportant une histoire scabreuse sur ses tortionnaires. Luet apprécia le changement, même s'il fallait supporter la stupéfaction théâtrale d'Hushidh devant le manque de perspicacité de sa sœur. « Tu crois que les gens sont complètement fous ? Rashgallivak aura beau essayer de se les rallier, il n'a rien d'un Gaballufix ; il n'a pas le magnétisme personnel qu'il faut pour obliger les populations à le suivre bien longtemps. Tante Rasa lui opposera le sien au conseil et ailleurs.

— Oui, j'imagine, dit Luet. Mais Gaballufix avait tellement de soldats, et maintenant qu'ils sont tous à Rashgallivak…

— Rash n'a pas de relations valables, répondit Hushidh. On l'a toujours apprécié et respecté, mais en tant qu'intendant uniquement – et intendant de Wetchik, en particulier —, si bien qu'il y a peu de chances qu'on lui rende immédiatement tous les honneurs dus au Wetchik, et encore moins le respect qu'on marquait à Gaballufix en tant que chef des Palwashantu. Il n'a pas la moitié du pouvoir qu'il croit posséder ; mais il en a suffisamment tout de même pour créer des troubles, et ça, c'est très inquiétant. »

Enfin bien réveillée, Luet sortit de son lit. Un souvenir lui revint. « J'ai rêvé.

— Oui, je sais. » Puis Hushidh comprit ce qu'elle voulait dire. « Ah ! C'est un peu tard, tu ne crois pas ?

— Ce n'était pas à propos de Smelost, mais de quelque chose de… de très étrange. Et pourtant, j'ai l'impression que c'était plus important que tout ce qui se passe en ce moment.

— Un vrai rêve ? demanda Hushidh.

— Je n'en suis jamais absolument sûre, mais je crois bien. Je m'en souviens si nettement qu'il doit venir de Surâme.

— Alors, raconte-le moi pendant qu'on va prendre le petit-déjeuner. Il est presque midi, mais tante Rasa a ordonné à la cuisinière de nous laisser manger parce qu'on est restées debout la moitié de la nuit. »

Luet enfila une robe, des sandales et suivit Hushidh dans les escaliers qui menaient à la cuisine. « J'ai rêvé d'anges qui volaient.

— Des anges ! Et c'est censé signifier quoi, sauf que tu es superstitieuse quand tu dors ?

— Ils ne ressemblaient pas aux images des livres d'enfants, si c'est à ça que tu penses. Non, on aurait plutôt dit de grands oiseaux, très gracieux. Des chauves-souris, en fait, parce qu'ils avaient de la fourrure, mais avec des visages très intelligents et très expressifs ; et dans le rêve je savais que c'étaient des anges, ne me demande pas pourquoi.

— Surâme n'a pas besoin d'anges. Elle parle directement à l'esprit de toutes les femmes.

— Et de tous les hommes, sauf que plus grand monde ne l'écoute, de même que toi, tu ne m'écoutes pas, Shuya. Je te raconte mon rêve, ou je me contente d'avaler mes tartines parce que, paraît-il, Surâme n'a rien d'intéressant à te dire ?

— Ne joue pas les grands chefs avec moi, Luet. Pour tous les autres, tu es peut-être la grande sibylle de l'eau, prodige de Basilica, mais pour moi, quand tu prends tes grands airs, tu n'es que ma crétine de petite sœur ! »

La cuisinière les foudroya du regard. « Dites donc, j'essaie de faire de cette cuisine une pièce lumineuse et surtout pleine d'harmonie ! Alors, calmez-vous ! »

Penaudes, elles prirent le pain brûlant qu'elle leur tendait et s'assirent à table où les attendaient un pichet de crème et un pot de miel. Hushidh, comme toujours, émietta son pain dans un bol et versa par-dessus de la crème et du miel ; Luet, selon son habitude, étendit le miel sur le pain qu'elle grignota tout en avalant des gorgées de crème. Chacune prétendait détester la façon de manger de l'autre.

« Sec comme de la poussière », murmura Hushidh. « Pâteux et tout gluant », répondit Luet sur le même ton. Et elles éclatèrent de rire.

« J'aime mieux ça, dit la cuisinière. Vous devriez être plus raisonnables, au lieu de vous chercher noise ! »

La bouche pleine, Hushidh dit : « Le rêve.

— Des anges, répondit Luet.

— Qui volaient, oui. Poilus, comme des grosses chauves-souris. J'avais entendu.

— Pas grosses, les chauves-souris.

— Des chauves-souris, en tout cas.

— Gracieuses, insista Luet. Elancées, voilà. Et puis je suis devenue l'une d'entre elles, et je volais, je volais. Tout était beau et paisible. À ce moment-là, j'ai vu la rivière, je suis descendue et là, sur la berge, j'ai fait comme les autres : j'ai pris de l'argile et j'en ai fait une statue.

— Des anges qui jouent dans la boue ?

— Ce n'est pas plus bizarre que des chauves-souris qui fabriquent des statues, rétorqua Luet. Et tu as du lait qui te coule sur le menton.

— Et toi, tu as du miel sur le bout du nez.

— Eh bien, toi, tu as une grosse pustule moche qui te pousse sur le devant de la tête… Ah, non ! c'est ta…

— C'est ma figure, je sais. Termine le rêve.

— J'amollissais l'argile en la mettant dans ma bouche ; ainsi, quand je ferais la statue (en tant qu'ange, tu me suis) elle contiendrait quelque chose de moi. C'est très significatif, je trouve.

— Ah, c'est hautement symbolique, tout à fait!» Hushidh prenait un ton badin, mais Luet savait qu'elle écoutait attentivement.

«Et ce n'étaient pas des statues de personnes, ni d'anges ni de rien. Elles avaient parfois des visages, mais il ne s'agissait pas de portraits ni même d'objets. Elles prenaient simplement la forme qu'on voulait leur donner. Il n'y en avait pas deux semblables, mais je savais que la statue que je créais était la seule que je pouvais faire entre toutes. Ça a un sens, tout ça?

— Pas obligatoire... C'est un rêve, après tout.

— Oui, mais si c'est un vrai rêve, il doit avoir un sens!

— On verra bien à la fin», dit Hushidh. Et elle prit une cuillerée de son pâteux mélange de pain et de lait.

«Une fois qu'on les a eu finies, reprit Luet, on les a portées sur un rocher très haut pour les faire sécher au soleil et on s'est mis à voler autour pendant que chacun regardait les statues des autres. Et puis les anges s'en sont allés et d'un seul coup je n'étais plus avec eux, je n'étais plus un ange, j'étais là, simplement, à contempler les rochers où se dressaient les statues; et le soleil s'est couché, et dans le noir...

— Tu y voyais dans le noir?

— Dans mon rêve, oui, dit Luet. Bref, dans la nuit, des rats géants sont arrivés; chacun d'eux a pris une statue et l'a emportée dans un trou, dans la terre, tout au fond de grands tunnels; là, chaque rat a donné sa statue à un autre, et ensemble ils se sont mis à la mordiller, à la défaire avec leur salive et à se la tartiner sur tout le corps. Ils se couvraient avec l'argile des statues! J'étais dans une colère noire, Hushidh! Elles étaient magnifiques, ces statues, et voilà qu'ils les abîmaient, qu'ils les retransformaient en boue et qu'ils s'en frictionnaient – même sur les parties génitales, partout, partout!

— Des amoureux de la beauté, dit Hushidh.

— Je ne plaisante pas! Ça m'a brisé le cœur!

— Bon, alors, qu'est-ce que ça veut dire ? Que représentent les anges et qui sont les rats ?

— Je n'en sais rien. D'habitude, la signification est évidente quand Surâme envoie un rêve.

— À moins que ça ne soit qu'un rêve tout bête.

— Non, je ne crois pas. Il était trop différent et trop clair, et je m'en souviens avec trop de force. Shuya, j'ai l'impression que c'est peut-être le rêve le plus important que j'aie jamais fait.

— Dommage que personne ne le comprenne. Si ça se trouve, c'est encore une de ces prophéties dont tout le monde saisit le sens une fois qu'elles se sont réalisées et qu'il est trop tard pour agir.

— Tante Rasa pourra peut-être l'interpréter. »

Hushidh prit un air sceptique. « Elle n'est pas au mieux de sa forme, en ce moment. »

Luet fut secrètement soulagée : elle n'était pas la seule à avoir remarqué que Rasa ne prenait pas les décisions les plus avisées de sa vie, ces derniers temps. « Alors, il vaut peut-être mieux que je ne lui en parle pas. »

Soudain, un petit sourire apparut sur les lèvres d'Hushidh, signe d'intense autosatisfaction. « Tu veux une interprétation au pif ? » demanda-t-elle.

Luet acquiesça, puis se mit à mordre à belles dents dans son pain trop longtemps abandonné.

« Les anges représentent les femmes de Basilica, commença Hushidh. Au cours des millénaires qu'a vécus cette cité, nous avons façonné une société délicate, raffinée, qui prend sa source en nous-mêmes, comme les chauves-souris de ton rêve fabriquaient leurs statues avec leur salive. Et maintenant que nous avons mis nos œuvres à sécher, nos ennemis vont s'approcher dans le noir pour nous voler ce que nous avons fait. Mais ils sont trop stupides pour voir qu'il s'agit de statues ; en les regardant, ils ne voient que des tas de boue séchée. Alors ils les détruisent en les mouillant, ils se vautrent dans ce qu'il en reste et ils s'enorgueillissent de s'être emparés des arts de Basilica, alors qu'en fait ils n'ont absolument rien de Basilica.

— C'est excellent, dit Luet, impressionnée.

— Je crois aussi.

— Alors, qui sont nos ennemis, finalement ?

— C'est simple, expliqua Hushidh : les hommes.

— Ah non, là, c'est trop simple, répliqua Luet. Basilica a beau être une cité de femmes, les hommes qui y entrent contribuent autant que les femmes aux œuvres d'art qui s'y trouvent. Ils font partie de la communauté, même s'ils n'ont pas le droit d'y posséder de terrain ni de résider dans ses murs sans être mariés.

— J'étais pourtant sûre qu'il s'agissait des hommes dès que tu as parlé de rats géants. »

La cuisinière gloussa de rire au-dessus du ragoût qu'elle préparait pour le dîner.

« Non, c'est autre chose, insista Luet. Potokgavan, peut-être.

— Ou les hommes de Gaballufix, tout simplement, répondit Hushidh. Les tolchocks et aussi ses soldats avec leurs affreux masques.

— Ou alors quelque chose qui reste à venir. » Puis, d'un air désespéré : « À moins que ça n'ait absolument rien à voir avec Basilica. Qui sait ? Mais c'était mon rêve, voilà.

— En tout cas, il ne nous indique pas où il aurait fallu envoyer Smelost ! »

Luet haussa les épaules. « Surâme nous croyait peut-être assez malignes pour découvrir ça sans elle.

— Et elle avait raison ?

— Je n'ai pas l'impression, répondit Luet. C'est une erreur de l'avoir expédié chez les Gorayni.

— Moi, je n'en sais rien, dit Hushidh. Mais manger ton pain sec… ça, c'est une erreur !

— Pas pour nous autres qui possédons des dents, rétorqua Luet. On n'est pas obligées de tremper et de retremper notre pain pour le rendre mangeable. »

Ce qui dégénéra en une dispute pour rire où fusèrent les arguments les plus bêtes et les plus bruyants, jusqu'à ce que la cuisinière mette enfin les deux sœurs à la porte ; ça tombait bien, puisque elles avaient fini de déjeuner, de toute façon. Quel plaisir, quelques minutes durant, de jouer ensemble comme des enfants ! Car, elles s'en rendaient bien compte, elles allaient être entraînées pour le meilleur ou pour le pire par le tourbillon des événements qui s'était formé dans Basilica et ses environs. Elles n'en avaient guère envie, évidemment ; mais leurs dons les rendaient nécessaires à la cité et elles la serviraient de leur mieux.

Obéissant à son sens du devoir, Luet se rendit au conseil municipal et y raconta son rêve, qu'on enregistra soigneusement avant de le remettre aux femmes de sagesse qui l'étudieraient pour en découvrir les différents sens et présages. Luet leur livra également l'interprétation d'Hushidh ; on la remercia gracieusement en lui faisant comprendre que c'était très bien d'avoir des rêves – c'était à la portée de n'importe quel crétin – mais qu'il fallait une authentique experte pour comprendre ce qu'ils signifiaient.

À KHLAM, ET PAS DANS UN RÊVE

La tempête brûlante et sèche venait du nord-ouest, c'est-à-dire qu'ayant traversé le désert, elle n'apportait pas la moindre humidité mais du sable et de la poussière ; elle apportait aussi, disait-on, les os finement broyés des hommes et des animaux qu'elle avait surpris à mille kilomètres de là, la poudre de leur chair et, si on écoutait attentivement, les hurlements de leurs âmes que le vent roulait éternellement sans jamais les déposer ni au paradis ni en enfer. Les montagnes bloquaient le plus gros de la tempête, mais les tentes de l'armée de Mouj tremblaient et chancelaient quand même ; les rabats claquaient, les bannières dansaient follement, et de temps en temps un des abris de toile s'arrachait pour rouler pêle-mêle, piquets et tissu enchevêtrés, le long de l'avenue de terre piétinée qui passait au milieu du camp, un malheureux soldat souvent lancé à sa poursuite.

Le vaste pavillon de Mouj tremblait également, malgré la bénédiction qu'y avait apposée l'Impérator. Bien entendu, la bénédiction était parfaitement efficace... mais Mouj avait tout de même veillé à ce que les piquets soient vigoureusement enfoncés et à bonne profondeur. Assis à sa table, avec une bougie pour tout éclairage, il contemplait d'un air songeur la carte étalée devant lui. Elle montrait toutes les terres qui bordaient les côtes occidentales de la mer Géotrope. Au nord, les territoires des Gorayni étaient délinéés en rouge, les territoires de l'Impérator, lequel était naturellement l'incarnation de Dieu sur Harmonie et par là habilité à régner sur toute l'humanité, etc., etc. En esprit, Mouj traça les frontières invisibles de nations au moins aussi anciennes, et pour certaines plus encore, que celle des Gorayni, toutes avec un passé plein de gloire, des nations qui n'existaient plus, que personne ne pouvait même plus se rappeler parce que prononcer leur nom valait trahison et que dessiner leurs anciens confins sur cette carte signifierait la mort.

Mais Mouj n'en avait pas besoin. Il connaissait les frontières de sa terre natale de Pravo Gollossa, le pays des Sotchitsiya, sa tribu. Ils étaient arrivés par le nord, de l'autre côté du désert, un millier d'années avant les Gorayni, mais ils avaient appartenu autrefois à la même race et parlé la même langue. Dans les vertes et luxuriantes vallées des monts Skrejet, les Sotchitsiya s'étaient installés, mettant un terme à la fois à leur errance et à leurs guerres, pour former une nation d'hommes libres. Ils acquirent des connaissances auprès des peuples qui les entouraient ; pas auprès des Ploshudu, ni des Khlami ni des Izmennikoy, car c'étaient de rudes montagnards sans culture, seulement pourvus de muscles et du désir de survivre en dépit de tout. Non, les Sotchitsiya, le peuple de Pravo Gollossa, avaient appris auprès des marchands qui venaient chez eux de

Seggidugu, d'Ulye, des cités de la Plaine ; et surtout des caravaniers en provenance de Basilica, avec leurs chansons et leurs graines étranges, leurs images emprisonnées dans le verre et leurs outils ingénieux, leurs tissus stupéfiants dont les couleurs changeaient suivant l'heure du jour et leurs poèmes, leurs histoires qui enseignèrent aux Sotchitsiya avec quelle sagesse et quel raffinement des hommes et des femmes parlaient, pensaient, rêvaient – vivaient.

C'était là le titre de gloire de Pravo Gollossa, car de ces caravaniers, les Sotchitsiya avaient eu l'idée d'un conseil, avec des décisions prises par le vote des conseillers, eux-mêmes choisis par le suffrage des citoyens. Mais c'est aussi par ces caravaniers qu'ils avaient entendu parler d'une cité gouvernée par des femmes, où les hommes n'avaient même pas le droit de posséder de la terre… et qui pourtant ne s'effondrait pas malgré l'incapacité des femmes à gouverner ; les hommes ne se révoltaient pas pour s'emparer de la cité, et non seulement les femmes avaient le droit de voter, mais aussi de divorcer de leur mari au bout de chaque année et d'épouser quelqu'un d'autre si elles le souhaitaient. La pression constante de ces idées avait fini par briser les Sotchitsiya et par transformer leurs guerriers et leurs chefs, si puissants autrefois, en benêts au cœur veule, si bien qu'aux jours de l'arrière-grand-père de Mouj ils avaient donné le droit de vote aux femmes et en avaient placé à leur tête.

Alors, les Gorayni étaient arrivés, car ils savaient que les Sotchitsiya avaient fini par devenir des femmes dans leur cœur et ne méritaient plus d'être libres. Ils avaient fait avancer leur grande armée près de la frontière, et le conseil – qui comptait autant d'hommes que de femmes, mais ne formait néanmoins qu'un groupe de femmes – avait voté contre le combat et pour la reconnaissance de la suzeraineté des Gorayni si ces derniers permettaient aux femmes de gouverner elles-mêmes Pravo Gollossa en tout, sauf dans les domaines militaires. Il s'agissait d'une reddition sans nom, de l'ultime castration des

Sotchitsiya, de leur humiliation à la face du monde, et c'est le propre arrière-grand-père de Mouj qui en avait rédigé les termes.

Cinquante ans durant, le traité avait tenu ; les Sotchitsiya se gouvernaient eux-mêmes. Mais peu à peu l'armée gorayni avait élargi ses prérogatives à des affaires de plus en plus nombreuses, jusqu'à ce qu'enfin le conseil ne fût plus qu'un ramassis de vieux et de vieilles apeurés qui, même pour pisser, devaient en demander la permission à l'Impérator. Ce n'est qu'à cette époque que certains Sotchitsiya se rappelèrent leur virilité. Ils chassèrent les femmes qui les dirigeaient, proclamèrent qu'ils formaient à nouveau une tribu, qu'ils redevenaient nomades du désert, et ils jurèrent de combattre les Gorayni jusqu'au dernier. Il fallut trois jours aux Gorayni pour défaire sur le champ de bataille ces rebelles courageux mais inexpérimentés et une année encore pour les traquer et les exterminer dans les montagnes. Par la suite, on ne chercha même plus à feindre que les Sotchitsiya eussent des droits. Il était interdit de parler leur dialecte ; les enfants surpris en faute avaient le privilège de voir leurs parents se faire trancher la langue d'un centimètre à chaque infraction. Seuls de rares Sotchitsiya se rappelaient encore leur parler et la plupart étaient vieux et souvent dépourvus de langue.

Mais Mouj se souvenait. Mouj possédait la langue sotchitsiya au fond de son cœur. Il avait beau être le plus dangereux des généraux de l'Impérator, celui qui comptait le plus de victoires à son actif, il savait en lui-même que sa vraie langue était le sotchitsiya, pas le gorayni. Et même si ses nombreux succès au combat avaient placé les grandes nations côtières d'Uslavat et d'Ulye sous la coupe de l'Impérator, même si son habile stratégie avait fait plier le genou aux royaumes des monts épineux de Plosh et de Khlam sans même une seule bataille rangée, Mouj avait un secret : il méprisait l'Impérator et le défiait intérieurement.

Car Mouj savait que l'Impérator était réellement Dieu incarné, et ceci parce que mieux que beaucoup, Mouj sentait le pouvoir de Dieu qui cherchait à le dominer. Cela avait commencé dans sa jeunesse, quand il s'efforçait de se faire une place dans l'armée gorayni. Dieu ne lui parlait pas quand il apprenait à devenir un soldat fort, aux bras et aux cuisses lourds de muscles, capable d'enfoncer une hache de combat dans le dos d'un ennemi et de le couper en deux. Mais quand Mouj s'imaginait en officier, en général, à la tête de ses armées, alors s'abattait sur lui un sentiment d'épaisse stupidité qui lui donnait envie d'oublier ces rêves. Mouj n'était pas dupe ; Dieu savait sa haine de l'Impérator et avait décidé qu'un Mouj n'aurait jamais d'autre puissance que la force de ses bras.

Mais Mouj refusait de capituler. Chaque fois qu'il sentait Dieu tenter de chasser une idée de son esprit, il s'y cramponnait ; il l'écrivait, la mémorisait, il en faisait un poème en langue sotchitsiya afin de ne jamais l'oublier. Et ainsi, peu à peu, il bâtit dans son cœur ses propres lois de la guerre, guidé par Dieu à chaque pas, car si Dieu cherchait à l'empêcher de penser à quelque chose, il savait que c'était précisément à cela qu'il devait réfléchir, profondément et avec soin.

C'est ce mépris secret de Dieu qui tira Mouj du rang et le fit capitaine alors que son régiment risquait de se faire rattraper par les pirates de Revis. Tous les officiers avaient été tués et, quand il eut l'idée de prendre le commandement des quelques hommes qui restaient et de les lancer à l'assaut du flanc des Reviti déchaînés et victorieux, il ressentit l'hébétude qui lui indiquait toujours que Dieu lui interdisait de poursuivre son idée. Aussi Le fit-il taire en poussant un grand cri, puis il mena ses hommes en une charge intrépide qui terrifia tant les pirates qu'ils rompirent les rangs et se débandèrent ; les Gorayni survivants reprirent alors courage et, au bout d'une poursuite acharnée, ils les rejoignirent sur la berge du fleuve où ils les massacrèrent tous et brûlèrent leurs vaisseaux. On avait fait un triomphe à Mouj dans la cité de Gollod elle-même, où l'Impérator avait oint ses cheveux de beurre de chamelle et fait de lui un héros des Gorayni. Mais dans son cœur, Mouj savait qu'aux yeux de Dieu, cette victoire aurait dû revenir à quelque loyal fils des Gorayni. Eh bien, dommage pour l'Impérator : si Dieu incarné ne comprenait pas qu'il venait d'oindre les cheveux de son ennemi, tant pis pour lui.

Petit à petit, Mouj s'était élevé dans la hiérarchie militaire pour se retrouver à présent à la tête d'une immense armée. À vrai dire, la majorité de ses troupes étaient pour l'instant cantonnées à Ulye, car l'Impérator avait ordonné qu'on retarde l'attaque de Nakavalnu jusqu'au retour du temps calme, d'ici un mois, où l'on pourrait utiliser les chars au mieux. À Khlam, où il se trouvait, il ne disposait que d'un régiment, mais il n'avait pas besoin de plus. Menant les Gorayni toujours plus loin, il s'emparerait des nations côtières les unes après les autres jusqu'à ce que toutes leurs cités soient tombées. Alors, il affronterait les armées de Potokgavan.

Et ensuite ? Eh bien, certains jours, Mouj songeait à prendre sa vengeance en orchestrant une défaite complète, absolue, des armées gorayni. Il rassemblerait toute leur puissance militaire en un seul lieu et trouverait le moyen de l'anéantir en se sacrifiant lui-même. Alors, une fois les Gorayni abattus et Potokgavan maître de la plaine… alors, les Sotchitsiya se soulèveraient et reprendraient leur liberté.

Mais à d'autres moments, Mouj se voyait détruisant l'armée de Potokgavan, si bien qu'il ne resterait plus un seul opposant sur la côte occidentale de la mer Géotrope pour contester la suprématie des Gorayni. Alors il se retrouverait devant l'Impérator et quand celui-ci se pencherait pour lui passer le beurre de chamelle dans les cheveux, Mouj lui trancherait la tête avec un couteau de chasse, puis il s'emparerait de la coiffe en bosse de chameau, s'en couronnerait et proclamerait que l'empire conquis par un Sotchitsiya serait désormais gouverné par un Sotchitsiya. Ce serait lui l'Impérator, et au lieu de l'incarnation de Dieu, il se ferait l'ennemi de Dieu, et la Renommée proclamerait que les Sotchitsiya étaient désormais les plus grands des hommes et non plus une nation de femmes.

Ainsi rêvait-il tandis qu'il étudiait la carte, cependant que la tempête projetait du sable contre sa tente et cherchait à l'arracher du sol.

Il sortit soudain de sa rêverie. Le son avait changé. Il n'y avait pas que le vent ; quelqu'un grattait à sa porte. Qui pouvait être assez stupide pour sortir par ce temps ? Il ressentit une brusque terreur : et si c'était l'assassin envoyé par l'Impérator pour prévenir la perfidie que Dieu avait sûrement vue dans son cœur ?

Mais quand il décrocha le rabat et l'ouvrit, ce ne fut pas un assassin qui entra dans un jaillissement de sable et de vent brûlant. Non, c'était Plod, son meilleur ami, son compagnon d'armes, avec un autre homme, un étranger vêtu d'une tenue militaire inconnue de Mouj.

Plod referma lui-même la tente – il eût été inconvenant que Mouj le fît, avec un officier subalterne présent pour s'en occuper. Mouj eut donc quelques instants pour étudier l'inconnu. Ce n'était pas un soldat, pas vraiment ; sa cuirasse était certes solide, son épée tranchante, ses vêtements de belle façon, et il se tenait comme un homme. Mais sa peau paraissait douce et ses muscles n'avaient visiblement jamais manié l'épée au combat. C'était le genre de soldat qui monte la garde devant un palais ou sur une route à péage, qui rudoie les gens ordinaires mais n'a jamais à supporter la charge d'une horde d'ennemis, à courir derrière un char, à massacrer quiconque échappe aux lames qui vrombissent aux roues des chars.

« Quelle porte gardes-tu ? » demanda Mouj.

Une expression effrayée passa sur les traits de l'homme qui se retourna vers Plod d'un air interrogateur.

Celui-ce se contenta de rire. « Mais non, personne ne lui a rien dit, mon pauvre ami ! Croyais-tu pouvoir rencontrer le général Vozmujalnoy Vozmojno en face et conserver quelque secret pour lui ?

— Mon nom est Smelost, dit le soldat trop mou, et j'apporte une lettre de dame Rasa de Basilica. »

Il prononça le nom comme si Mouj devait le connaître. Les voilà bien, ces citadins : ils croyaient que renommée dans leur cité signifiait renommée dans le monde entier.

Mouj prit la lettre qu'on lui tendait. Elle n'était naturellement pas écrite dans l'alphabet moulé des Gorayni, qu'ils avaient d'ailleurs volé aux Sotchitsiya bien des siècles auparavant. Non, elle était rédigée dans la cursive verticale et fleurie de Basilica. Mais Mouj, homme instruit, put la lire sans difficulté.

« Apparemment, cet homme est notre ami, mon cher Plod, dit-il. Sa vie est en danger à Basilica parce qu'il a aidé un assassin à s'enfuir ; mais l'assassin lui-même était notre ami, puisqu'il a tué un homme du nom de Gabalufix qui était favorable à l'alliance de Basilica avec Potokgavan, afin de mener les cités de la Plaine en guerre contre nous.

— Ah, dit Plod.

— Oui. Et dire que nous ne nous étions jamais doutés du nombre de chers et tendres amis que nous avions à Basilica ! »

Plod éclata de rire.

Smelost paraissait très mal à son aise.

« Assieds-toi, dit Mouj. Nous sommes entre amis, tu n'as plus rien à craindre. Trouve-lui de la bière, veux-tu, Plod ? Ce n'est peut-être qu'un simple soldat, mais il nous apporte une lettre d'une dame raffinée qui n'éprouve qu'amour et sollicitude pour l'Impérator. »

Plod alla décrocher une fiasque d'un poteau et l'apporta à Smelost, qui la contempla d'un air perplexe.

Mouj éclata de rire, lui prit la fiasque des mains et lui montra comment la poser sur le bras, la renverser et laisser le flot de bière couler dans la bouche. « Oublie les verres de cristal, mon ami ! Tu n'es plus chez les dames de Basilica !

— J'avais remarqué, répondit Smelost.

— Cette lettre est bien sibylline, mon ami, reprit Mouj. Tu dois sûrement pouvoir nous en dire plus.

— Pas beaucoup, je le crains », dit Smelost en avalant une gorgée de bière. Elle était très légère et Mouj vit que l'homme ne la goûtait pas trop. Bah, aucune importance du moment qu'il absorbait assez de la drogue qu'elle contenait pour lui délier la langue. « Je suis parti avant que la situation ne se soit éclaircie. » Il mentait, bien entendu, dans l'idée qu'il ne devait pas en dire plus que dame Rasa dans sa lettre.

Mais Smelost ne tarda pas à surmonter ses réticences et à donner bien plus de détails qu'il ne le souhaitait. Cependant, Mouj eut soin de feindre d'en connaître la plupart, afin que Smelost n'eût pas l'impression d'avoir trahi des secrets quand il se rappellerait tout ce qu'il avait raconté au cours de cette conversation.

Il régnait manifestement une grande confusion à Basilica en ce moment, mais les zones du tableau qui intéressaient Mouj étaient parfaitement nettes : deux partis, l'un favorable à une alliance avec Potokgavan, l'autre contre, luttaient pour le contrôle de la cité ; aujourd'hui les chefs des deux partis étaient morts, assassinés au cours de la même nuit, peut-être par la même personne, bien que Smelost ne le pensât pas. Les accusations de meurtre volaient en tous sens ; un homme sans consistance dirigeait à présent un groupe de mercenaires qui devaient rôder librement dans les rues, tandis que les soupçons pesaient sur la garde municipale officielle à cause de l'homme ici présent, Smelost, qui avait laissé l'assassin supposé s'échapper de la cité.

« Mais qu'espérer d'autre d'une cité de femmes ? s'exclama Mouj une fois le récit terminé. Bien sûr qu'il y a du désordre ! Les femmes sont toujours désemparées quand la violence prend le dessus. »

Smelost lui lança un regard circonspect. Cette drogue que lui avait donnée Plod était parfaite : la victime se croyait habile et retorse alors même qu'elle vidait son cœur sur tous les sujets proposés ! Naturellement, Mouj s'était immunisé depuis des années contre ses effets, il n'avait donc pas hésité à boire une gorgée de la fiasque. Il avait aussi la certitude que Plod ignorait tout de cette immunité, et plus d'une fois il l'avait soupçonné de l'avoir drogué ; aussi Mouj s'était-il appliqué à lui faire quelques révélations, innocentes en réalité mais d'allure indiscrète ; c'était en général son opinion personnelle sur d'autres officiers, mais jamais rien de compromettant : juste assez pour faire croire à Plod que la drogue avait opéré.

« Oh, ne te méprends pas, poursuivit Mouj. Je n'ai rien contre les femmes, mais c'est leur chimie intérieure qui les mène, n'est-ce pas ? Elle sont comme ça : quand la violence pointe, il faut qu'elles trouvent un mâle pour les protéger, sinon elles sont perdues. Tu n'es pas d'accord ? »

Smelost eut un sourire triste. « C'est que vous ne connaissez pas les femmes de Basilica, alors.

— Oh, mais si ! Je connais toutes les femmes, et celles que je ne connais pas, Plod les connaît ; n'ai-je pas raison, Plod ?

— Oh si ! » répondit Plod avec un grand sourire.

Le regard de Smelost s'assombrit, mais il ne dit rien.

« Les femmes de Basilica ont peur aujourd'hui, n'est-ce pas ? reprit Mouj. Elles ont peur et elles agissent sans réfléchir. Elles détestent tous ces soldats qui courent partout dans les rues. Elles redoutent ce qui arrivera si un homme fort ne vient pas les reprendre en main – mais elles redoutent tout autant ce qui arrivera si un homme fort se présente pour de bon. Qui sait comment les choses peuvent tourner une fois que la violence est là ? Le sang coule dans les rues de Basilica. La tête d'un homme a bu la poussière du pavé par les deux moitiés de son cou, comme nous disons à Gollod. La peur règne dans tous les cœurs féminins de Basilica, oui, elle y règne, et tu le sais très bien. »

Smelost haussa les épaules. « Bien sûr qu'elles ont peur. Qui ne serait pas effrayé ?

— Un homme, un vrai, répondit Mouj. Un homme, un vrai, reniflerait l'occasion inespérée. Un homme se dirait que quand les autres ont peur, celui qui parle hardiment a une chance de se hisser au sommet. Celui qui prend des décisions, celui qui agit, oui, qui agit, celui-là peut devenir le foyer de l'autorité, l'espoir des sans-espoir, la force des faibles, l'âme des mous ! Un homme agirait !

— Il agirait, répéta Smelost.

— Il agirait avec hardiesse, renchérit Plod.

— Et pourtant… tu viens chez nous porteur de la lettre d'une simple femme qui demande protection. » Mouj sourit, puis haussa les épaules.

Smelost se mit aussitôt sur la défensive. « Fallait-il que je passe en jugement pour avoir agi selon ma conscience ?

— Bien sûr que non. Quoi ? se faire juger par des femmes ? » Mouj regarda Plod avant d'éclater de rire ; Plod suivit son exemple et s'esclaffa à son tour. « Pour avoir agi comme un homme, avec intrépidité, avec courage… non, on ne peut te juger pour ça.

— Aussi, je suis venu, dit Smelost.

— Pour qu'on te protège. Afin d'assurer ta sécurité personnelle pendant que ta cité tremble. »

Smelost se dressa d'un bond. « Je ne suis pas venu ici pour me faire insulter ! »

L'instant d'après, il se retrouvait avec l'épée de Plod posée sur la gorge. « Quand le général de l'Impérator est assis, tous les hommes sont assis ou bien ils reçoivent le traitement réservé aux assassins. »

Smelost reprit place sur son siège avec précaution.

« Pardonne à mon très cher ami Plod, dit Mouj. Je sais que tu ne pensais pas à mal. Après tout, tu es venu chez nous pour te mettre en sécurité, pas pour déclencher une guerre! » Mouj éclata de rire sans quitter Smelost des yeux, jusqu'à ce que celui-ci s'oblige à rire lui aussi.

Être forcé de se moquer de lui-même pour avoir cherché à se protéger au lieu d'agir en homme le dégoûtait visiblement.

« Mais peut-être me suis-je mépris, reprit Mouj. Tu n'es peut-être pas venu, comme le dit la lettre, uniquement pour toi-même. Tu as peut-être un plan, un moyen d'aider ta cité, un stratagème grâce auquel tu pourrais calmer les craintes des femmes et les garder du chaos qui les menace ?

— Je n'ai aucun plan, répondit Smelost.

— Ah. À moins que tu n'aies pas encore assez confiance en nous pour nous en faire part. » Mouj prit un air peiné. « Je comprends. Nous sommes des inconnus et c'est ta cité qui est en jeu, une cité que tu aimes plus que la vie même. Par ailleurs, ce que tu exigerais de nous serait bien plus que ce qu'un simple soldat oserait demander à un général des Gorayni. Je ne te presserai donc pas plus aujourd'hui. Va ; Plod t'accompagnera à une tente où tu pourras boire et dormir, puis te baigner et manger quand la tempête s'apaisera ; ensuite, tu te sentiras peut-être assez en confiance pour me dire ce que tu attends de nous pour sauver de l'anarchie ta cité bien-aimée. »

Dès qu'il eut fini de parler, Mouj fit un léger signe de la main, puis s'appuya d'un coude sur le bras de son fauteuil en feignant une vague tristesse devant le silence de Smelost. Plod aperçut naturellement le signal de la main et fit aussitôt sortir le soldat au cœur de la tempête.

À peine furent-ils dehors que Mouj bondit et se pencha sur sa table pour étudier la carte. Basilica... Très loin au sud, mais située dans le secteur le plus haut des montagnes, tout contre le désert, si bien qu'il devrait être possible d'y accéder en traversant les monts. En deux jours, s'il ne prenait que quelques centaines d'hommes et les faisait avancer à marche forcée, en deux jours il pourrait facilement se rendre maître de la plus grande cité de la côte occidentale, la cité dont la langue était devenue, grâce aux caravaniers, l'argot commercial de chaque ville et de chaque nation depuis Potokgavan jusqu'à Gorayni. Que Basilica ne possédât pas de véritable armée n'avait aucune importance ; les apparences, voilà ce qui compterait pour les cités de la Plaine – et pour Potokgavan. Ils ignoreraient à quel point l'armée gorayni était réduite et faible ; tout ce qu'ils sauraient, c'est que le grand général Vozmujalnoy Vozmojno avait, à la faveur d'une marche dérobée, conquis une cité de légende et de mystère, et qu'à présent, au lieu de se trouver à cent cinquante kilomètres au nord, au-delà de Seggidugu, il les menaçait, capable d'observer leurs moindres mouvements du haut des tours de Basilica.

Ce serait un choc terrible. Potokgavan saurait parfaitement que Vozmujalnoy Vozmojno verrait sa flotte arriver et disposerait donc de tout son temps pour faire descendre ses hommes de Basilica et massacrer son armée lorsqu'elle tenterait de prendre pied sur terre, et l'ennemi n'oserait jamais envoyer une expédition de renfort aux cités de la Plaine. Quant aux cités elles-mêmes, elles se rendraient l'une après l'autre et Seggidugu se retrouverait bientôt encerclée, sans espoir de secours de la part des Potoku. Tous accepteraient une paix sans conditions. Il n'y aurait sans doute même pas de combat ; ce serait une victoire totale remportée sans coup férir, tout cela parce que Basilica était en proie au chaos et qu'un soldat était venu faire part de cette splendide opportunité à Vozmujalnoy Vozmojno.

Le rabat de la tente se rouvrit et Plod rentra. « La tempête se calme, dit-il.

— Parfait.

— Eh bien, qu'est-ce que c'était que cette histoire ?

— Pardon ?

— Ces inepties que tu as racontées au soldat basilicain, voyons ! »

Mouj n'avait pas la moindre idée de ce dont parlait Plod. Un soldat basilicain ? Il n'avait jamais vu de soldat basilicain de sa vie !

Mais le regard de Plod se posa brièvement sur un des sièges et Mouj se rappela alors qu'il n'y avait pas si longtemps, quelqu'un s'y était assis. Quelqu'un... un soldat basilicain ? Ça devait être important ; comment avait-il pu l'oublier ?

Je n'ai pas oublié, se dit Mouj. Je n'ai rien oublié. Dieu a parlé, Dieu a voulu me rendre stupide, mais je refuse. Je n'obéirai pas sous la contrainte.

« Et toi, comment vois-tu la situation ? » demanda-t-il. Il ne fallait surtout pas que Plod pût croire Mouj victime de confusion mentale ou de troubles de mémoire.

« Bah, Basilica est loin, répondit Plod. Que nous donnions asile à cet homme, le tuions ou le renvoyions chez lui, ça n'a pas grande importance. Que représente Basilica pour nous ? »

Pauvre imbécile, songea Mouj. Voilà pourquoi tu n'es que le meilleur ami du général et non le général lui-même, alors que tu en rêves, je le sais bien. Mouj, lui, n'ignorait pas ce que Basilica représentait. C'était la cité de femmes dont l'influence avait châtré ses ancêtres, qui leur avait coûté leur liberté et leur honneur. C'était également la grande citadelle qui dominait les cités de la Plaine. Si Mouj parvenait à s'en emparer, il n'aurait pas une seule bataille à livrer ; ses ennemis s'effondreraient devant lui. Était-ce là le plan qu'il avait formé et que Dieu cherchait à lui faire oublier ?

« Écris », dit-il.

Plod ouvrit son ordinateur et se mit à taper sur les touches pour enregistrer les paroles de Mouj.

« Quiconque est maître de Basilica est maître des cités de la Plaine.

— Mais, Mouj, Basilica n'a jamais exercé aucune hégémonie sur ces cités !

— Oui, parce que c'est une cité de femmes, répliqua Mouj. Mais gouvernée par un homme que soutient une armée, ce serait une autre histoire.

— Encore faudrait-il pouvoir y aller, dit Plod. Il y aurait tout Seggidugu à traverser ! »

Mouj étudia la carte et une autre partie de son plan lui revint à l'esprit. « On passerait par le désert.

— Quoi ? En plein mois des tempêtes d'ouest ? s'écria Plod. Mais les hommes refuseraient d'obéir !

— Dans les montagnes, on peut s'abriter. Et il y a quantité de routes.

— Pas pour une armée, protesta Plod.

— Pas pour une grande armée, attention, répliqua Mouj, qui réinventait son plan au fur et à mesure de la conversation.

— Tu ne tiendrais jamais Basilica face à Potokgavan avec une armée trop restreinte. »

Mouj s'absorba encore un moment dans l'étude de la carte. « Oui, mais les Potoku n'attaqueront jamais si nous tenons déjà Basilica. Ils ignoreront tout de notre armée, mais ils sauront en revanche que de là, nous embrassons toute la côte d'un coup d'œil. Alors, où oseront-ils faire accoster leur flotte, sachant que nous pouvons les voir de loin et les attendre à l'arrivée pour les mettre en pièces ? »

Plod termina de taper sur les touches, puis examina la carte à son tour. « Il y a de l'idée là-dedans », admit-il.

De l'idée ? songea Mouj. J'ignore totalement pourquoi j'ai ce plan dans la tête ; mais il paraît qu'un soldat basilicain s'est présenté ici. Que diable m'a-t-il dit ? Et quelle valeur a ce plan ?

« Et avec le désordre qui règne à Basilica en ce moment, tu parviendrais sans doute à t'emparer de la cité. »

Le désordre qui règne à Basilica. Parfait. Donc je ne me trompais pas : le soldat basilicain m'a mis au courant d'une bonne occasion, apparemment.

« Oui, poursuivit Plod. Et nous avons une excuse toute trouvée pour agir : nous ne venons pas en envahisseurs, mais pour sauver le peuple de Basilica des mercenaires qui rôdent dans ses rues. »

Des mercenaires ? Ridicule ! Pourquoi y aurait-il des mercenaires en liberté dans Basilica ? Y avait-il eu un conflit ? Allons ! Dieu n'avait jamais effacé la mémoire de Mouj au point qu'il oublie une guerre !

« Et la provocation directe : les meurtres, disait Plod. Le sang coulait déjà, il nous a donc fallu intervenir pour faire cesser le massacre. Oui, ça suffira, comme justification. Personne ne pourra nous reprocher d'attaquer la cité des femmes si nous intervenons pour les protéger des effusions de sang. »

Voilà donc mon plan, pensa Mouj. Il est très bon, en vérité. Même Dieu ne pourra pas m'empêcher de le mettre à exécution. « Couche tout ça par écrit, Plod, et fais rédiger des ordres détaillés par mes aides de camp pour une marche de mille hommes en quatre colonnes à travers les montagnes. Pas plus de trois jours de vivres ; les hommes pourront ainsi les transporter eux-mêmes.

— Trois jours ! s'exclama Plod. Et si quelque chose tourne mal ?

— S'ils savent qu'ils n'ont à manger que pour trois jours, mon cher Plod, les hommes avanceront très vite, crois-moi, et ne se laisseront retarder par rien.

— Et si la situation a changé à Basilica quand nous arriverons ? Si nous rencontrons une résistance acharnée ? Les murailles de la cité sont hautes, épaisses, et les chars inutilisables sur ce terrain.

— Eh bien, dans ce cas-là, ce sera plutôt un bien que nous n'ayons pas pris de chars, n'est-ce pas ? Sauf un, peut-être, pour mon entrée triomphale dans la cité… au nom de l'Impérator, s'entend.

— Quand même, il est très possible qu'ils résistent, et nous, nous serons là sans réserves de vivres ou presque ! On aura du mal à les assiéger !

— Inutile de les assiéger. Nous n'aurons qu'à leur demander d'ouvrir les portes et les portes s'ouvriront.

— Et pourquoi ?

— Parce que je le dis, répliqua Mouj. Me suis-je déjà trompé auparavant ? »

Plod hocha la tête. « Jamais, mon cher ami, mon général bien-aimé. Mais le temps que nous recevions la permission de l'Impérator pour aller là-bas, le désordre des rues de Basilica risque fort de s'être calmé et il faudra une armée de bien plus de mille hommes pour résoudre la question. »

Mouj lui jeta un regard surpris. « Pourquoi attendrions-nous la permission de l'Impérator ?

— Parce que l'Impérator t'a interdit de mener aucune attaque avant la fin de la saison des tempêtes.

— Pas du tout, rétorqua Mouj. L'Impérator m'a interdit d'attaquer Nakavalnu et Izmennik. Mais je ne les attaque pas ; je les longe sur leur flanc gauche et je traverse les montagnes comme le vent jusqu'à Basilica, et là encore je n'attaque personne ; au contraire, je pénètre dans la cité pour rétablir la paix au nom de l'Impérator. Rien qui enfreigne ses ordres. »

Plod s'assombrit. « Tu interprètes les paroles de l'Impérator, mon général, et cela, seul l'intercesseur a le droit de le faire.

— Tout soldat et tout officier doit interpréter les ordres qu'on lui donne. On m'a expédié dans ces terres du Sud pour conquérir toute la côte occidentale de la mer Géotrope : tel est l'ordre que l'Impérator m'a adressé, à moi et à moi seul. Si je ne saisissais pas cette occasion que Dieu m'a envoyée » – tu parles ! – « c'est alors que je ferais preuve de désobéissance !

— Mon cher ami, noble général parmi les nobles généraux des Gorayni, je te supplie de ne pas tenter cette aventure. L'intercesseur n'y verra sûrement pas un esprit d'obéissance, mais bien de l'insubordination.

— Alors, c'est que l'intercesseur n'est pas le loyal serviteur de l'Impérator. »

Plod courba aussitôt la tête. « Je vois que j'ai parlé avec trop de témérité. »

En un éclair, Mouj comprit que Plod projetait de lui mettre des bâtons dans les roues et de tout raconter à l'intercesseur. Quand Plod avait l'intention d'obéir, il ne faisait pas tant d'histoires.

« Donne-moi ton ordinateur, dit Mouj. J'écrirai les ordres moi-même.

— Ne m'humilie pas, gémit Plod, consterné. Je dois les rédiger ou j'aurai failli à mon devoir envers toi.

— Tu vas t'asseoir à côté de moi et tu me regarderas écrire les ordres. »

Plod se jeta à genoux sur les tapis. « Mouj, mon ami, la mort serait préférable à une telle humiliation !

— Je sais que tu n'avais pas l'intention de m'obéir. Ne mens pas, dis-moi plutôt que j'ai raison !

— Je comptais atermoyer, reconnut Plod. Te donner le temps d'y réfléchir à deux fois. J'espérais que tu prendrais conscience du grave danger que tu cours en t'opposant à l'Impérator, surtout si peu de temps après avoir fait un rêve aussi injurieux pour sa personne sacrée.

Il fallut un moment à Mouj pour se rappeler à quoi Plod faisait allusion ; alors sa colère se mua en une fureur froide et dure. « Qui est au courant de ce rêve, sinon moi-même et mon ami ?

— Ton ami t'aime au point d'avoir raconté ce rêve à l'intercesseur, dit Plod, de peur que ton âme ne soit en danger de destruction sans même que tu le saches.

— Il faut alors que mon ami m'aime vraiment, répondit Mouj.

— Je t'aime, oui. De tout mon cœur. Je t'aime plus qu'aucun homme ou femme en ce monde, excepté Dieu seul et sa sainte incarnation. »

Mouj considéra son meilleur ami avec un calme glacé. « Sers-toi de ton ordinateur, mon ami, et appelle l'intercesseur sous ma tente. Dis-lui de prendre le soldat basilicain en chemin.

— Je vais aller les chercher, dit Plod.

— Non. Appelle-les par ordinateur.

— Mais si l'intercesseur n'est pas en train d'utiliser le sien ?

— Alors nous attendrons qu'il l'allume. » Mouj sourit. « Mais il sera en train de s'en servir, n'est-ce pas ?

— Peut-être, répondit Plod. Comment le saurais-je ?

— Appelle-les. Je veux que l'intercesseur entende mon interrogatoire du soldat basilicain. Alors, il comprendra qu'il faut partir dès maintenant, sans attendre l'ordre de l'Impérator. »

Plod hocha la tête. « C'est très avisé, mon ami. J'aurais dû me douter que tu ne ferais pas fi de la volonté de l'Impérator. L'intercesseur t'écoutera et c'est lui qui décidera.

— Nous déciderons ensemble, corrigea Mouj.

— Naturellement. » Il pressa les touches ; sans chercher à le surveiller, Mouj vit néanmoins que Plod adressait une requête brève et sans détours à l'intercesseur.

« Qu'il vienne seul, précisa Mouj. Si nous décidons de ne pas bouger, je ne veux pas qu'il circule des rumeurs sur Basilica.

— Je lui ai déjà demandé de venir seul », répondit Plod.

Et ils attendirent en parlant d'autre chose, des campagnes des années passées, des officiers qui avaient servi avec eux, des femmes qu'ils avaient connues.

« As-tu déjà aimé une femme ? demanda Mouj.

— J'ai une épouse.

— Et tu l'aimes ? »

Plod réfléchit un instant. « Oui, quand je suis en sa compagnie. C'est la mère de mes fils.

— Moi, je n'ai pas de fils, dit Mouj. Aucun enfant, pour autant que je sache. Aucune femme ne m'a séduit plus d'une nuit.

— Aucune ? » insista Plod.

Gêné, Mouj rougit en comprenant à quoi Plod faisait allusion. « Non, je ne l'ai jamais aimée. Je l'ai prise… par piété.

— Une fois, c'est de la piété, d'accord, rétorqua Plod avec un petit rire ; mais deux mois et un an, et encore un mois et trois ans, ce n'est plus de la piété : ça relève de la sainteté !

— Elle ne m'était rien, dit Mouj. Je ne l'ai prise que pour l'amour de Dieu. » Et c'était vrai, mais non dans le sens où l'entendait Plod. Cette femme était apparue comme sortie du néant, sale et nue, et elle avait appelé Mouj par son nom. Nul n'ignorait que ce genre de femme était envoyée par Dieu. Mais Mouj, lui, savait que quand il pensait à la prendre, Dieu lui imposait aussitôt cette stupeur qui signifiait que telle n'était pas Sa volonté. Aussi Mouj avait-il persisté et gardé la femme ; il l'avait baignée, vêtue et traitée avec autant de tendresse qu'une épouse. Et en même temps, il sentait l'ire de Dieu bouillonner au fond de son esprit et il s'en moquait. Il avait gardé la femme près de lui jusqu'au jour où elle avait disparu aussi soudainement qu'elle était venue, en laissant tous ses beaux vêtements, sans rien emporter, pas même de quoi manger ni de quoi boire.

« Donc, ce n'était pas de l'amour, dit Plod. Dans ce cas, Dieu t'honore pour ton sacrifice, je n'en doute pas ! » Il éclata de rire et par esprit d'amitié Mouj l'imita.

Ils riaient encore quand on gratta à la tente, et Plod se précipita pour ouvrir. L'intercesseur entra le premier, ce qui était son devoir – et l'expression de sa foi en Dieu, puisqu'il laissait ainsi son dos exposé à une attaque, si Dieu ne le protégeait pas. Un inconnu le suivait. Mouj n'avait pas souvenir d'avoir jamais vu cet homme ; sa tenue dénotait un soldat d'une cité raffinée ; mais son physique était celui d'un soldat mou, sans vigueur, le garde d'une porte plutôt qu'un combattant ; d'après le hochement de tête de reconnaissance qu'il adressa à Mouj, ce devait être le soldat basilicain. Ils avaient dû effectivement se parler et se quitter en bon termes.

L'intercesseur s'assit le premier, puis Mouj ; alors seulement les autres purent prendre place.

« Fais-moi voir ta lame, dit Mouj au soldat. Je voudrais connaître le genre d'acier que vous utilisez à Basilica. »

Le Basilicain se leva d'un air circonspect sans quitter Plod des yeux. Mouj se rappela vaguement Plod, l'épée sur la gorge du soldat ; pas étonnant que l'homme se méfie à présent ! Du bout des doigts, il tira son épée du fourreau et la tendit à Mouj, garde en avant.

Il s'agissait d'une épée citadine courte, non d'une grande épée forgée pour le champ de bataille. Il en éprouva le fil sur sa peau ; l'incision était légère mais elle suffit à faire apparaître une ligne sanglante. À cette vue, l'homme fit une grimace. Douillet ! Douillet !

« J'ai réfléchi à ce que vous m'avez dit, mon général », dit le Basilicain.

Ah. Je lui donc donné matière à réflexion.

« Et je vois que ma cité a besoin de votre aide. Mais qui suis-je pour la réclamer, ou même pour savoir quel forme d'aide conviendrait ? Je ne suis qu'un garde municipal ; ce n'est que par le plus grand des hasards que je me suis retrouvé mêlé à ces affaires d'importance.

— Tu aimes ta cité, n'est-ce pas ? » demanda Mouj. Il savait à présent ce qu'il avait dû dire à l'homme. Même dans mes mauvais jours, je suis vraiment retors, songea Mouj non sans satisfaction. Assez pour inventer des plans à l'épreuve de Dieu. « Tu aimes ta cité ?

— Oui. » Des larmes montèrent soudain aux yeux du soldat. « Pardonnez-moi, mais une autre personne m'a posé la même question juste avant que je ne quitte Basilica. Ce signe m'indique que vous êtes un loyal serviteur de Surâme et que je peux me fier à vous. »

Mouj soutint calmement le regard de l'homme pour lui montrer que sa confiance était bien placée.

« Venez à Basilica, mon général. Venez avec une armée.

Rétablissez l'ordre dans les rues et chassez-en les mercenaires. Alors, les femmes de Basilica cesseront de vivre dans la crainte. »

Mouj hocha la tête d'un air pénétré. « Éloquente et noble requête que je brûle en mon cœur d'exaucer. Mais je sers l'Impérator et il faut expliquer la situation de ta cité à l'intercesseur ici présent, qui est l'œil, l'oreille et le cœur de l'Impérator dans notre camp. » Tout en parlant, Mouj s'était levé puis incliné devant le représentant du pouvoir. Il entendit derrière lui Plod et le soldat l'imiter.

Plod est sûrement assez intelligent pour savoir ce que je projette, pensa Mouj avec terreur. Son poignard doit être tiré à présent, prêt à s'enfoncer dans mon dos. Il se doute certainement que s'il n'agit pas, l'épée basilicaine que je tiens va jaillir et lui couper proprement la tête en même temps que je me relèverai.

Mais l'intelligence de Plod n'allait pas jusque-là ; aussi, un instant plus tard, son sang éclaboussa-t-il toute la tente tandis que son corps s'écroulait, sa tête pendant à son cou à demi tranché.

Le geste de Mouj avait été si rapide, si souple, que ni le Basilicain ni l'intercesseur ne comprirent tout de suite comment Plod avait pu se retrouver mort si brusquement. Aussi Mouj eut-il amplement le temps de plonger l'épée basilicaine entre les côtes de l'intercesseur et de trouver son cœur avant qu'il n'ait pu dire un mot ni même se lever de son fauteuil.

Puis Mouj se tourna vers le Basilicain qui se mit à trembler de tous ses membres.

« Comment t'appelles-tu, soldat ?

— Smelost, mon général. Comme je vous l'ai dit. Je n'ai menti sur rien, mon général.

— Je le sais. Moi non plus. Ces hommes étaient résolus à m'empêcher de venir au secours de ta cité. C'est pourquoi je les ai invités ici ensemble. Si tu voulais que je t'aide, il me fallait d'abord les tuer.

— Si vous le dites, mon général.

— Non, pas si je le dis. Je ne te dis que la vérité, Smelost. Ces hommes étaient tous deux des espions introduits ici pour observer chacun de mes gestes, écouter chacune de mes paroles et juger sans cesse de ma loyauté envers l'Impérator. Celui-ci — il indiqua Plod – avait interprété un de mes rêves comme un signe d'infidélité et l'avait rapporté à l'intercesseur. Ils n'auraient pas tardé à me dénoncer et à me faire perdre mon commandement ; et alors, qui aurait volé au secours de Basilica ?

— Mais comment allez-vous expliquer leur mort ? » demanda Smelost.

Mouj ne répondit pas.

Smelost attendit un moment, puis ses yeux se portèrent à nouveau sur les cadavres. « Je vois. L'épée qui les a tués était la mienne.

— À quel point aimes-tu ta cité ? s'enquit Mouj.

— De tout mon cœur.

— Plus que la vie ? »

Smelost acquiesça gravement. La peur était tapie au fond de ses yeux, mais il ne tremblait pas.

« Si mes soldats croient que j'ai tué Plod et l'intercesseur, ils me mettront en pièces. Mais s'ils pensent, non, s'ils savent que c'est toi le coupable et que je t'ai tué pour te punir, pris d'une juste indignation, ils me suivront. Je te ferai passer pour un des mercenaires de Basilica ; je salirai ton nom ; je dirai que tu trahissais ta cité, que tu voulais m'empêcher d'aller à son aide. Mais parce qu'ils croiront mes mensonges à ton sujet, ils me suivront à Basilica et nous la sauverons. »

Smelost sourit. « C'est donc là mon destin, semble-t-il : mieux je sers ma cité, plus je passe pour un traître.

— C'est un jour terrible pour l'homme qui doit choisir. Quel dilemme ! être cru loyal ou être vraiment loyal ; et ce jour est venu pour toi.

— Dites-moi ce que je dois faire. »

Mouj dut se retenir de verser des larmes d'admiration

pour le courage et l'honneur de cet homme, tandis qu'il lui expliquait la scène simple qu'ils allaient jouer. Si ce n'était pas pour une cause qui me dépasse, songeait Mouj, j'aurais trop honte de tromper un homme aussi honorable que toi. Mais pour Pravo Gollossa, je suis prêt au pire.

Donc, quelques instants plus tard, profitant d'une accalmie de la tempête, Mouj et Smelost se mirent tous deux à hurler et Mouj poussa un grand cri aigu dont les témoins pourraient plus tard jurer que c'était celui de l'intercesseur à l'agonie. Puis, alors qu'ils sortaient pêle-mêle de leurs tentes, les soldats virent Smelost, déjà blessé à la cuisse, se précipiter d'un pas chancelant hors du pavillon du général en brandissant une courte épée dégoulinante de sang. « Pour Gaballufix ! Mort à l'Impérator ! »

Le nom de Gaballufix, qui ne tarderait pas à prendre une importance considérable, ne signifiait encore rien pour les soldats gorayni. Mais la dernière partie du cri de Smelost – « Mort à l'Impérator ! » – les avait touchés. Nul ne pouvait ainsi blasphémer dans un camp gorayni sans se faire écorcher vif.

Cependant, avant que quiconque ait pu s'emparer de l'homme, le général en personne sortit en titubant de sa tente, saignant d'un bras et se tenant la tête où il avait dû recevoir un coup. Le général – le grand Vozmujalnoy Vozmojno, qu'on appelait Mouj quand on le croyait hors de portée de voix – leva une hache de combat de la main gauche – de la gauche, pas de la droite ! – et l'abattit sur la nuque de l'assassin, le pourfendant jusqu'au cœur. Il n'aurait pas dû faire ça : tous les hommes savaient qu'il aurait dû laisser prendre l'homme et le faire torturer en châtiment de son crime. Mais à cet instant et à leur grande horreur, le général tomba à genoux – ce général dont les veines ne charriaient pas du sang, mais de la glace —, il tomba à genoux et versa des larmes amères en criant du plus profond de son âme : « Plodorodnuy, mon ami, mon cœur, ma vie ! Ah, Plod ! Ah, Plod, c'est moi que Dieu aurait dû prendre et non toi ! »

Devant un chagrin si beau et en même temps si effrayant, devant cette lamentation, les soldats, sans même se concerter, résolurent de ne rapporter à personne ce blasphème qui suggérait que Dieu n'aurait pas bien ordonné le monde. Quand ils pénétrèrent sous la tente, ils comprirent pourquoi Mouj s'était oublié au point de tuer le meurtrier de ses propres mains, car quel mortel aurait pu voir sans laisser exploser sa rage son meilleur ami et l'intercesseur si brutalement assassinés ?

Une rumeur se répandit sans tarder dans le camp : Mouj emmenait un millier de soldats résolus pour une marche forcée à travers les montagnes afin de prendre la cité de Basilica et d'abattre le parti de Gaballufix, un groupe d'hommes si audacieux et si perfides qu'ils avaient osé envoyer un assassin s'en prendre au général des Gorayni. Par malheur pour eux, Dieu aimait si tendrement les Gorayni qu'Il n'avait pas permis qu'on tuât Mouj par traîtrise. Au contraire, Il avait empli le cœur de Mouj d'une juste colère et Basilica connaîtrait bientôt Sa suzeraineté et celle des Gorayni.

3

LA PROTECTION

LE RÊVE DU FILS AÎNÉ

SOUS LE TOIT en feuilles de palmiers que Wetchik et ses filsavaient tissé entre quatre grands arbres près du ruisseau,les chameaux s'étaient rassemblés. Elemak les enviait ; à cet endroit, l'ombre était agréable et le courant frais, la brise y circulait, si bien qu'il n'y faisait jamais aussi étouffant que sous les tentes. Il avait fini le travail de la matinée et on ne pouvait rien faire d'utile durant la chaleur du jour. Que Père, Nafai et Issib s'inondent mutuellement de sueur, entassés autour de l'Index de Surâme dans la tente de Père, si bon leur semblait. Mais que savait Surâme, en réalité ? Ce n'était qu'un ordinateur, Nafai lui-même le disait, malgré sa piété fanatique d'adolescent ; pourquoi Elemak irait-il se casser la tête à discuter avec une machine ? Elle possédait une immense bibliothèque de renseignements… et alors ? Elemak en avait terminé avec les études !

Aussi restait-il assis dans l'ombre torride de la falaise sud, bien conscient qu'il disposerait tout au plus d'une heure de repos avant que la montée du soleil ne l'oblige à se déplacer. Mais cela ne le dérangeait pas vraiment ; au cours de ses voyages, il comptait même sur ce phénomène pour ne pas dormir trop longtemps les jours où la caravane faisait étape dans une oasis. Non, ce qui le mettait en fureur au point d'en ressentir une douleur continue dans le ventre, c'était l'inutilité de cette escapade ; ils ne voyageaient pas, non, ils attendaient là, dans le désert, bêtement – et qu'attendaient-ils ? Rien. Surâme prophétisait que Basilica allait être détruite et qu'Harmonie sombrerait dans la guerre et la terreur. Un tel événement était d'une invraisemblance risible. Le monde avait vécu quarante millions d'années sans avoir été dévasté par la guerre ; aujourd'hui, pour la première fois, deux grands empires étaient sur le point de se heurter et Surâme voyait en cette rencontre un risque à l'échelle cosmique !

J'aurais pu comprendre qu'on quitte Basilica, pensait Elemak, si nous avions emporté notre fortune pour recommencer une nouvelle vie dans une autre cité. Le seul capital essentiel dans le commerce des plantes, c'est notre savoir, à Père et à moi ; ce ne sont ni les bâtiments ni les journaliers. On aurait pu être riches. Mais non : on est là, dans le désert, on a abandonné toute notre fortune à mon demi-frère Gaballufix, après quoi Nafai l'a tué, ce qui fait qu'on ne peut même plus rentrer à Basilica, sinon pour y vivre comme des pauvres ; alors, pourquoi se tracasser ?

Oui – mais la pauvreté dans les murs de Basilica serait quand même plus supportable que cette attente absurde au désert, dans cette petite vallée minable où une troupe de babouins, en aval, parvenait tout juste à survivre. Justement, Elemak les entendait aboyer, hululer. Hommes ou chiens ? On aurait dit que ces bêtes n'arrivaient pas à choisir leur camp. Exactement comme nous, sauf que nous n'avons même pas eu le bon sens d'emmener des compagnes en partant ; impossible donc de former une tribu digne de ce nom.

Malgré les cris arythmiques des babouins et l'ébrouement occasionnel d'un chameau, Elemak s'endormit bientôt. Il s'éveilla quelques instants plus tard, du moins en eut-il l'impression ; à la chaleur sur ses vêtements, il supposa que le soleil avait tourné. Mais non, ce n'était pas cela ; une ombre bougeait près de lui. Les yeux clos, il se rappela où il avait posé son poignard et la configuration du terrain près de lui. Puis il bondit brusquement sur ses pieds, son long poignard au poing, et chercha son adversaire dans la lumière aveuglante du désert.

« Ce n'est que moi ! » couina Zdorab.

Alors, Elemak rangea son arme d'un air dégoûté. « On ne s'approche pas en silence d'un homme qui dort dans le désert ! Tu pourrais bien te faire tuer, à ce petit jeu. Je t'avais pris pour un voleur !

— Mais je n'étais pas particulièrement discret, répondit calmement Zdorab. Et puis vous aussi, vous en faisiez, du bruit. Vous rêviez, je suppose. »

Elemak fut ennuyé d'apprendre qu'il ne dormait pas en silence. Mais à présent que Zdorab en parlait, il se rappela qu'il avait rêvé, en effet, et les images lui revinrent avec une clarté remarquable. Il n'avait même jamais fait un rêve aussi net, aucun dont il se souvînt, en tout cas, et cela lui donna à réfléchir. « Qu'étais-je en train de dire ? demanda-t-il.

— Je n'en sais rien, répondit Zdorab. Vous marmonniez, en fait. Je suis venu parce que votre père désire vous voir. Je ne vous aurais pas dérangé, autrement. »

C'était exact. Zdorab faisait un serviteur parfait, invisible la plupart du temps, mais toujours prêt à se rendre utile – même dans les domaines où il était complètement incompétent, chose fréquente dans ce désert, où les talents d'un trésorier ne servaient à rien. « Merci, dit Elemak. J'arrive dans une minute. »

Zdorab attendit un bref instant – ce temps d'hésitation que tout bon serviteur acquiert tôt ou tard, cette respiration qui permet au maître de donner un autre ordre, éventuellement, avant qu'ils ne se séparent. Puis il s'en alla, descendit la pente schisteuse d'un pas maladroit et traversa le terrain pierreux en direction de la tente de Wetchik.

Elemak releva sa djellaba et se soulagea par terre, où le soleil ferait évaporer son urine en quelques instants avant qu'elle n'attire trop de mouches. Puis il s'approcha du cours d'eau, but dans ses mains en coupe, s'aspergea le visage et la tête, et après seulement se dirigea vers la tente où son père et les autres l'attendaient.

« Alors, dit-il en entrant, vous avez appris tout ce que Surâme avait à vous révéler ? »

Nafai lui adressa son habituel regard de désapprobation. Un jour, c'était inévitable, Elemak devrait lui donner la raclée de sa vie pour lui apprendre à ne plus faire cette tête, du moins avec son frère aîné. Cette correction, Elemak avait déjà essayé une fois de l'administrer à Nafai ; il avait compris que la prochaine fois, il devrait le corriger loin du fauteuil d'Issib, pour que Surâme ne puisse se rendre maître de la machine et l'empêcher de faire ce qu'il avait à faire. Mais pour l'instant, il n'y avait rien à gagner à réprimer les grimaces puériles de Nafai ; aussi feignit-il de ne rien voir.

« Il va falloir commencer à chasser pour rapporter de la viande », dit Père.

Les paupières d'Elemak s'abaissèrent aussitôt et il réfléchit à cette déclaration. Ils avaient emporté assez de vivres pour tenir huit ou neuf mois, voire un an si on y veillait ; et pourtant, Père parlait de chasser. Cela ne pouvait signifier qu'une chose : on ne fréquenterait aucun territoire civilisé avant un an au moins.

« Et si on allait faire des courses dans une épicerie du marché extérieur ? » demanda Meb.

Elemak l'approuvait de tout son cœur, mais il garda le silence tandis que Père sermonnait Meb sur l'impossibilité de retourner à Basilica dans l'immédiat. Il attendit patiemment que la petite scène eût été jouée jusqu'au bout. Pauvre Meb ! Quand donc apprendrait-il qu'il valait mieux se taire sauf si la parole était plus efficace ?

Elemak ne parla qu'une fois le silence revenu. « Chasser ? Ma foi, oui. Pour un désert, le coin est assez verdoyant et je pense que nous pourrons rapporter quelque chose une fois par semaine – pendant quelques mois.

— Tu peux t'en charger ? demanda Père.

— Oui, mais pas seul. Si Meb et moi chassons tous les jours, nous trouverons bien du gibier une fois par semaine.

— Nafai ira avec vous, dit Père.

— Oh non ! gémit Mebbekew. Il ne va réussir qu'à nous encombrer !

— Je lui apprendrai à chasser, coupa Elemak. D'ailleurs, Meb ne vaudra pas mieux que Nafai au début, j'imagine. Mais il faut les avertir, Père : quand nous chassons, ma parole fait loi.

— Naturellement, répondit Père. Ils ne feront strictement que ce que tu leur ordonneras.

— Je les prendrai chacun un jour sur deux. Comme ça, je n'aurai pas à supporter leurs chamailleries. »

Meb jeta un regard méprisant à son frère – quelle subtilité, Meb ! Pas étonnant que tu aies eu tant de succès au théâtre ! – mais Nafai se contenta de baisser les yeux sur le tapis. À quoi pensait-il ? Il cherchait sans doute un moyen de tourner la situation à son avantage.

Et en effet, Nafai releva la tête et déclara d'un ton solennel : « Elya, excuse-moi si j'ai pu te donner à croire qu'on se chamaillerait si tu nous emmenais tous les deux, Meb et moi. S'il est plus utile que nous venions tout de suite ensemble, je te promets de ne pas me disputer ni avec toi ni avec Meb. »

Quel faux jeton ! C'était bien lui, ça : jouer les petits saints prêts à aider tout le monde, alors qu'Elemak savait pertinemment qu'il n'arrêterait pas de discutailler comme un morveux qu'il était, ses belles promesses oubliées. Mais Elemak se tut cependant que Père, après avoir loué l'attitude de Nafai, annonçait que la décision d'Elya était maintenue. « Vous apprendrez mieux séparément, je vous l'assure », conclut-il.

En de tels moments, Elemak avait presque l'impression que Père voyait clair dans la fausse piété de Nafai. Mais non ; l'instant suivant, Père se remettait à parler de la volonté de Surâme et Nafai et lui s'entendaient alors comme larrons en foire.

À ce terme de « larrons », Elemak se rappela la façon dont Zdorab l'avait éveillé quelques minutes plus tôt et il se remémora le rêve si net qu'il avait fait. Il serait peut-être amusant de jouer le jeu de Nafai, en feignant qu'il s'agît d'une vision envoyée par Surâme.

« Je dormais près des rochers, dit-il, profitant d'un instant de silence, et j'ai fait un rêve. »

Tous les regards se portèrent aussitôt vers lui, attentifs. Elemak jaugea son public, ses lourdes paupières mi-closes ; il vit la joie qui avait immédiatement jailli dans les yeux de son père et se sentit presque honteux du tour qu'il allait lui jouer – mais la consternation qu'affichait Nafai et l'air totalement horrifié de Meb en valaient bien la peine. « J'ai fait un rêve où je nous ai vus, tous autant que nous sommes, sortir d'une grande maison.

— La maison de qui ? demanda Nafai.

— Tais-toi et laisse-le raconter son rêve, dit Père.

— Une maison comme je n'en ai jamais vu. Et nous ne sortions pas seuls : nous six, tous les six, nous avions chacun une femme au bras. Et il y avait deux autres hommes, eux aussi avec des femmes. Et beaucoup d'enfants. Nous avions tous des enfants. »

Le silence régna durant un long moment.

« C'est tout ? » demanda enfin Nafai.

Mais Elemak ne pipa mot et le silence se prolongea.

« Elya, dit Issib, est-ce que moi, j'avais une femme ?

— Dans mon rêve, tu en avais une.

— Tu as vu son visage ? Tu sais qui c'était ? »

Alors Elemak se sentit vraiment honteux, car il se rendait bien compte qu'Issib prenait sa vision pour argent comptant, et pour la première fois de sa vie il s'avisa que le malheureux Issib, tout paralysé qu'il fût, n'en avait pas moins envie d'une femme, sans nul espoir pourtant d'en trouver une qui veuille bien de lui. À Basilica, où les femmes n'avaient que l'embarras du choix, il faudrait un bien minable spécimen de féminité pour choisir un infirme comme compagnon. S'il parvenait un jour à faire l'amour, il le devrait à la curiosité d'une femelle blasée – et surtout à ses flotteurs qui intéresseraient peut-être les plus aventureuses. Mais s'apparier avec lui, lui donner des enfants, des droits paternels, non, cela n'arriverait pas et Issib le savait bien. Aussi, en racontant son rêve, Elemak ne se jouait pas seulement de son père ; il préparait aussi à Issib une cruelle désillusion. Et il se fit horreur.

« Non, je n'ai pas vu son visage, dit-il. Mais ça n'avait sans doute aucun sens ; ce n'était qu'un rêve.

— Si, il y avait un sens, rétorqua Père.

— Oui : ça signifie qu'Elemak se paie notre tête, intervint Nafai. Il se moque de nous parce qu'on reçoit des visions de Surâme.

— Ne me traite pas de menteur, dit Elemak doucement. Si je déclare que j'ai rêvé, j'ai rêvé. Que ça ait un sens, je n'en sais rien ; mais j'ai vu ce que j'ai vu. N'est-ce pas là ce que Père disait ? Ce que toi-même, tu disais ? J'ai vu ce que j'ai vu.

— Ce rêve a un sens, répéta Père. Et maintenant, un curieux message que j'ai reçu par le biais de l'Index devient compréhensible. »

Oh non ! gémit Elemak en silence. Qu'est-ce que j'ai fait ?

« Je songe depuis quelque temps déjà que nous ne pouvons accomplir la volonté de Surâme sans épouses. Mais où trouver des femmes qui acceptent de nous suivre ici ? »

Si on va par là, où trouver des hommes qui accepteraient de vous suivre ici, Père ? Mais vous, vous avez acculé vos fils à vous accompagner.

« Quand j'ai posé cette question à Surâme, il m'a seulement répondu d'attendre. D'attendre, c'est tout, ce qui me paraissait absurde. Des femmes allaient-elles naître des rochers ? Allions-nous nous apparier avec des babouins ? »

Elemak ne put résister à décocher une pique. « Meb ne se gêne pas, à l'occasion. »

Son frère haussa les épaules.

« Et voilà qu'Elemak fait un rêve, poursuivit Père. C'est ça, je pense, que Surâme me demandait d'attendre : le songe d'Elemak, la réponse qui devait venir à mon fils aîné, à mon héritier. Aussi, Elya, il faut réfléchir, il faut te souvenir ; as-tu reconnu au moins l'une des femmes de ton rêve ? »

Si Père raccrochait cet incident au statut d'aîné d'Elemak, il poussait le bouchon un peu loin. Elemak avait été stupide d'amorcer cette farce, il s'en rendait compte à présent ; comment avait-il pu oublier que Père était prêt à gâcher la vie de chacun pour une vision ? « Non, aucune ne m'a paru familière, répondit-il pour réduire son père au silence, bien que ce ne fût pas vrai.

— Réfléchis. Je sais que tu en as reconnu au moins une. »

Elemak le regarda, saisi. Le paternel lisait dans les pensées, maintenant ? « Si Surâme vous en a révélé plus long que je n'en sais moi-même, dites-nous, vous, qui sont ces femmes !

— Tu as reconnu l'une d'elles, j'en suis sûr, parce que tu as prononcé son nom. Si tu réfléchis assez, tu t'en souviendras. »

Elemak lança un coup d'œil à Zdorab qui contemplait le tapis d'un air absorbé. Tiens, tiens, pensa-t-il. Il n'avait rien compris à ce que je disais en dormant, hein ? « De quel nom s'agit-il ? demanda-t-il.

— De celui d'Eiadh, intervint Nafai. Je me trompe ? »

Elemak ne répondit pas, mais il en voulut férocement à son frère d'avoir prononcé le nom de la femme qu'il courtisait avant que Père ne l'entraîne dans le désert.

« Ne t'inquiète pas, reprit celui-ci. Je comprends parfaitement. Tu ne souhaitais pas nous dévoiler son nom de peur que nous prenions ton rêve pour ton simple désir érotique d'une femme que tu aimes, et non pour un vrai rêve. »

C'est exactement ainsi qu'Elemak considérait son rêve ; aussi ne pouvait-il discuter la conclusion de Wetchik.

« Mais réfléchissez, mes fils ! Surâme exigerait-il de vous que vous preniez des inconnues pour compagnes ? Tu as rêvé d'Eiadh parce qu'il souhaite qu'elle soit ta femme. Et c'est logique, non ? Car moi aussi, tu m'as vu avec une compagne, n'est-ce pas ?

— Oui », répondit Elemak en faisant un effort de mémoire. Le songe était si net qu'il se le rappelait avec une grande clarté. « Oui, et avec des enfants. De jeunes enfants.

— Il n'existe qu'une seule femme que j'accepterais comme compagne, dit Père : Rasa.

— Elle ne voudra jamais quitter Basilica, intervint Issib. Si vous croyez le contraire, c'est que vous ne connaissez pas Mère.

— Ah ! mais jamais je n'aurais moi-même quitté Basilica si Surâme ne m'y avait pas amené. Elemak et Meb non plus, si Surâme ne les y avait pas forcés.

— Et moi non plus, glissa Zdorab.

— La femme que tu as vue, la femme qui était ma compagne, se pourrait-il que… C'était Rasa, n'est-ce pas ? » demanda Père.

Évidemment, mais ça ne prouvait rien. Rasa était la femme de Père depuis tant d'années ! Elle avait tout naturellement pris les traits de sa compagne dans le rêve. Pas besoin d'une vision de Surâme pour ça.

« Peut-être, dit Elemak.

— Et as-tu reconnu d'autres femmes ? Par exemple, les deux hommes, les inconnus – leurs compagnes auraient-elles pu être les filles de Rasa ?

— Je ne connais pas assez bien les filles de votre femme. » Mais jusqu'où ce petit jeu allait-il se poursuivre ?

Père s'énerva.

« Allons, ne dis pas n'importe quoi ! Ce sont tes nièces, tout de même ! Les filles de Gaballufix !

— Et l'une d'elles est célèbre, insista Meb. Sevet, la chanteuse ; tu l'as déjà vue.

— Eh bien, oui, avoua Elemak. Les femmes des deux inconnus étaient les filles de Rasa. » Il les connaissait, bien entendu, ainsi que leurs maris, Vas et Obring.

— Là, tu vois ? dit Père. C'est donc bien une vision que Surâme t'a envoyée. Les femmes que tu as vues sont toutes liées à Rasa : ses filles et Eiadh, une des nièces de sa maison. Je suis sûr que les autres en font aussi partie. En conséquence, il ne s'agit pas de quelque songe chimérique qui te serait venu par appétit charnel, mon fils. Il provient de Surâme, qui sait que pour atteindre notre but, il nous faut des femmes qui nous donneront des enfants. À tous.

— Eh bien, rétorqua Elemak, s'il s'agit vraiment d'une vision, je suis heureux qu'elle m'ait attribué Eiadh. Mais à mon avis, on aurait plus de chances de trouver un faucon dans la bouche d'une grenouille que de voir Eiadh se laisser convaincre – sauf par Surâme lui-même – de s'exiler dans le désert pour épouser un sans-logis comme moi, sans un sou vaillant et sans le moindre espoir de s'enrichir !

— Tu oublies que Surâme nous a promis une terre d'une richesse inimaginable, dit Père.

— Et vous, vous oubliez que nous ne l'avons pas encore trouvée, riposta Elemak. Nous ne risquons d'ailleurs pas de mettre la main dessus en restant assis en rond dans le désert !

— Surâme nous a indiqué quoi faire. Et comme Nafai me le disait avant que tu ne partes en quête de l'Index, si Surâme nous demande de faire quelque chose, il nous ouvrira un chemin pour y parvenir.

— Génial ! dit Mebbekew. Qui est-ce que Nafai va tuer pour nous dégoter des femmes ?

— Ça suffit ! répliqua Père.

— Allons! poursuivit Mebbekew. Comment est-ce qu'il pourrait se trouver une femme autrement qu'en zigouillant un pochard étalé dans la rue pour lui faucher sa fille aveugle et infirme ? »

À la grande surprise d'Elemak, Nafai ne répondit pas aux sarcasmes de Meb. Il se leva simplement et quitta la tente. Tiens, tiens! songea Elemak, Nafai n'est plus tout à fait un gamin. À moins qu'il n'ait honte qu'on le voie pleurer.

« Meb, dit Issib d'une voix douce, Nafai a rapporté l'Index ; pas toi.

— Oh, ça va! s'exclama Mebbekew. Personne ne comprend la plaisanterie, ici ?

— Ce n'est pas une plaisanterie pour Nafai, répondit Issib. Il n'a jamais rien fait d'aussi horrible que de tuer Gaballufix, et il y pense tout le temps.

— Tu n'avais pas à lui jeter son acte à la figure, renchérit Père. Ne recommence jamais.

— Et alors, qu'est-ce que je dois faire ? insista Meb. Feindre de croire qu'il a obtenu l'Index en disant : “Par pitié, s'il vous plaît” ? »

Elemak jugea le temps venu de remettre Mebbekew à sa place ; nul autre que lui n'y arriverait et c'était nécessaire. « Ce que tu dois faire, c'est fermer ton clapet », dit-il d'un ton calme.

Meb se tourna vers lui d'un air de défi. Mais c'était de la frime, Elemak le savait. Il lui suffisait de soutenir son regard et Meb s'écraserait. Ce qui ne prit pas longtemps, en effet.

« Elemak, dit Père, il faut que tes frères et toi, vous retourniez en ville.

— Vous n'allez tout de même pas me charger de ça ! se récria Elemak. Si quelqu'un peut convaincre Rasa, c'est vous !

— Bien au contraire. Elle me connaît, elle sait que je l'aime, elle m'aime en retour – mais rien de tout cela ne l'a décidée à m'accompagner. Crois-tu que je ne le lui aie pas proposé ? Non, si quelqu'un doit la persuader, ce sera Surâme. Tout ce que tu as à faire, c'est d'aller la voir, de lui en parler en attendant que Surâme l'aide à comprendre qu'elle doit venir ; et puis, pour finir, tu lui fourniras une escorte sûre pour elle, ses filles et les jeunes gens de la maison qui l'accompagneront.

— Ah, parfait ! » répondit Elemak. Il se passerait un bon bout de temps avant que Surâme ne convainque qui que ce soit, à part Père, de faire l'idiotie de quitter Basilica pour le désert. Mais au moins, même s'il devait se cacher, Elemak serait à Basilica. « Dois-je demander à Rasa d'emmener aussi une servante pour Zdorab ? »

Les traits de Père se durcirent. « Zdorab n'est plus un serviteur. C'est un homme libre et l'égal de tous dans ce camp. Une femme de la maison de Rasa lui conviendrait autant qu'à chacun de vous, et puisqu'on en parle, une servante de Rasa vous irait tout aussi bien. Ne comprenez-vous pas que nous ne sommes plus à Basilica, que la société que nous formons à présent n'a pas de place pour le snobisme, le sectarisme, les castes ni les classes ? Nous formerons un seul peuple dont tous les membres seront égaux, avec des enfants tous égaux au regard de Surâme. »

Au regard de Surâme, peut-être, mais pas au mien, songea Elemak. Je suis l'aîné et mon premier-né sera mon héritier, comme je suis le vôtre, Père. Vous avez délaissé les terres et les richesses qui auraient dû me revenir, mais j'hériterai tout de même de votre autorité, et, peu importe où nous nous installerons, c'est moi qui commanderai ou personne. Je ne dis rien pour le moment parce que je sais quand il faut parler et quand se taire, mais soyez assuré de ceci, Père : lorsque vous mourrez, je prendrai votre place – et celui qui voudra m'en empêcher vous suivra promptement dans la tombe.

Elemak regarda Issib et Meb : ni l'un ni l'autre ne lui résisterait quand ce jour serait venu. Mais Nafai poserait un problème, le cher enfant ! Et il le sait, pensa Elemak.

Il sait qu'un jour tout se jouera entre lui et moi ; car un jour Père essaiera de léguer son autorité à ce petit lèche-cul, tout ça parce que Nafai et Surâme sont copains comme cochons. Eh bien, Nafai, moi aussi j'ai reçu une vision de Surâme – enfin, c'est ce que croit Père, et ça revient au même.

« Partez au matin, dit Père. Revenez avec les femmes qui partageront l'héritage que Surâme nous a préparé dans une autre terre. Revenez avec les mères de mes petits-enfants.

— Mebbekew et moi, précisa Elemak. Personne d'autre.

— Issib restera ici parce qu'il attire trop l'attention avec son fauteuil et ses flotteurs, ce qui augmenterait le risque de vous faire capturer par nos ennemis. Zdorab reste aussi. »

Parce que vous ne lui faites pas encore tout à fait confiance, se dit Elemak, même si vous proclamez bien haut que c'est notre égal et un homme libre.

« Mais Nafai vous accompagnera.

— Non, riposta Elemak. Il est encore plus dangereux pour nous qu'Issib. On aura sûrement compris en ville qu'il a tué Gaballufix ; l'ordinateur municipal a relevé son nom alors qu'il sortait de la cité et les gardes ont vu sur lui les vêtements de Gaballufix. Et il était accompagné de Zdorab, ce qui confirme sa relation avec la mort de Gabya. L'emmener, c'est le condamner à mort.

— Il vous accompagne, répéta Père fermement.

— Mais pourquoi, alors qu'il nous fera courir des risques inutiles ? s'exclama Elemak.

— Moi, je vais te le dire, Elya, dit Mebbekew. Père n'a pas envie de t'insulter, mais moi je m'en tape. Comme quelqu'un l'a fait remarquer il n'y a pas longtemps, c'est Nafai seul qui a obtenu l'Index ; alors, Père veut que Nafai nous accompagne parce qu'il a peur qu'on se trouve des femmes accueillantes et qu'on reste à Basilica sans jamais revenir dans notre paradis du bord de mer. Il croit qu'avec lui, on ne fera pas les imbéciles.

— Pas du tout, intervint Issib. Père souhaite qu'il acquière force et sagesse en s'associant à son frère aîné. »

Impossible de jamais savoir si Issib faisait de l'ironie ou non. Personne ne crut qu'il s'agissait là du véritable but de Père, mais personne non plus – et surtout pas Père – n'eut envie de le démentir.

Et dans le silence qui suivit, les mots qui résonnèrent aux oreilles d'Elemak furent ceux qu'il avait lui-même prononcés : emmener Nafai, c'est le condamner à mort.

« C'est bien, Père, dit-il enfin. Nafai peut m'accompagner. »

À BASILICA, ET PAS EN RÊVE

Kokor ne voyait pas pourquoi on la gardait enfermée. Pour Sevet, c'était compréhensible : elle se remettait de son malheureux accident. Elle n'avait pas encore retrouvé sa voix et se montrer en public la gênerait sûrement. Mais Kokor, elle, était en parfaite santé et cette façon de se cacher chez Mère devait donner l'impression qu'elle avait honte de sortir. Si elle avait blessé Sevet exprès, alors oui, cet isolement serait peut-être nécessaire. Mais puisqu'il ne s'agissait que d'un malheureux hasard, résultat d'un trouble psychologique dû à la mort de Père et à la découverte de la liaison de Sevet et d'Obring, eh bien, ma foi, personne ne pouvait lui en vouloir. Et cela lui ferait même du bien d'être vue en public. Sa guérison en serait sûrement accélérée.

Elle devrait au moins rentrer chez elle et ne plus être obligée de séjourner chez Mère, comme une petite fille ou une déficiente mentale qui a besoin d'une tutrice. Où était Obring ? S'il avait la moindre intention de se raccommoder avec elle, il pourrait commencer par la sortir de la maison de Mère, où l'on était sérieux à mourir. Il ne s'y passait rien de passionnant, rien que des cours interminables sur des sujets qui n'intéressaient déjà pas Kokor quand elle échouait dessus aux examens, des années plus tôt. C'était une femme faite, à présent ; l'héritage de Père lui permettrait sans doute de s'acheter une maison et un établissement à elle. Et voilà qu'elle habitait chez sa mère !

Pourtant, elle ne la voyait pas souvent. Rasa passait son temps en réunions avec des conseillères et d'autres femmes influentes de Basilica qui venaient, presque comme en pèlerinage, la voir et lui parler. L'atmosphère de certaines réunions semblait d'ailleurs un peu tendue ; Rasa commençait à s'apercevoir que quelques personnes au moins la rendaient responsable de tout. Comme si Mère s'était mise en tête de tuer Père ! Mais ces personnes se rappelaient sûrement que c'était le mari actuel de Rasa, Wetchik, qui avait eu cette vision à l'origine, celle de Basilica en flammes ; quant à son mari précédent, Gaballufix, c'est lui qui avait introduit des tolchocks, puis des mercenaires dans les rues de la cité. Et la rumeur disait à présent que son plus jeune fils, Nafai, était le meurtrier de Roptat et de Gaballufix.

Eh bien, même si tout cela était vrai, quel rapport avec Mère ? On ne peut pas demander aux femmes de contrôler entièrement leurs maris – Kokor n'en avait-elle pas fait l'expérience elle-même ? Et quant à l'idée que Nafai ait pu tuer Gaballufix – bah, dans ce cas, Mère n'était pas présente et elle ne lui avait sûrement pas demandé de le faire. Autant lui reprocher ce qui était arrivé à Sevet, alors que la faute en revenait manifestement à la victime elle-même. Par ailleurs, si Père avait trouvé la mort, n'était-ce pas de sa propre faute, après tout ? Tous ces soldats… Quand on fait entrer des soldats dans une cité, on peut s'attendre à des violences, non ? Mais les hommes ne comprennent pas ça. Ils sont très forts pour déchaîner les événements, mais c'est l'étonnement général quand ils n'arrivent plus à les maîtriser!

Comme Obring, ce pauvre idiot. Il ne fallait pas être très futé pour venir s'immiscer entre deux sœurs! Plus que Kokor, c'était lui le responsable de la blessure de Sevet.

Et pourquoi personne n'a-t-il la moindre compassion pour ma blessure à moi? Pour la profonde fracture psychologique qui s'est produite en moi quand j'ai surpris Obring et ma propre sœur dans les bras l'un de l'autre? Tout le monde se fiche que je souffre, moi aussi, et que j'aie peut-être besoin de sortir la nuit comme d'une thérapie.

Kokor se maquillait tout en essayant des mines qui feraient de l'effet dans sa prochaine pièce. Car il y aurait certainement une pièce maintenant, une fois qu'elle serait sortie de chez Mère. La petite tentative de Tumannu pour l'inscrire sur liste noire allait sûrement échouer : pas un théâtre de comédie de Dollville ne refuserait une actrice dont le nom était sur toutes les lèvres. On jouerait à guichet fermé tous les soirs par la simple vertu de la curiosité des gens, et une fois qu'ils l'auraient vue jouer et chanter, ils en redemanderaient. Bien sûr, jamais il ne lui serait venu à l'idée de blesser quelqu'un exprès pour donner un coup de pouce à sa carrière; mais puisque le mal était fait, pourquoi ne pas en profiter? Tumannu elle-même viendrait sans doute supplier Kokor d'accepter le rôle titre d'une comédie.

Elle s'était dessiné à la bouche une petite moue tout à fait aguichante. Elle l'observa sous divers angles et en apprécia la forme. Un peu trop légère, tout de même. Il faudrait renforcer le rouge, sinon personne ne la verrait au-delà du premier rang.

«Si tu l'arrondis encore un peu, on va croire qu'on t'a fait un trou sous le nez à la chignole!»

Kokor se retourna lentement vers l'intruse à la porte. Une repoussante gamine de treize ans, la petite sœur de cette haïssable bâtarde d'Hushidh. Mère les avait recueillies toutes les deux alors qu'elles n'étaient que des nourrissons, par pure charité, et quand Mère avait fait d'Hushidh une de ses nièces, la morveuse s'était crue en droit d'exiger le même respect qu'une nièce de haute naissance qui aurait un jour sa place à Basilica. Sevet et Kokor s'étaient fait une joie de lui rabattre son caquet à l'époque où elles étudiaient encore ici. Et voilà que la petite sœur, non moins bâtarde, non moins moche et prétentieuse, avait l'audace de se présenter à la porte d'une fille – une fille par le sang ! – de la maison, d'une femme de haut lignage de Basilica, et de se moquer d'une des beautés de la cité !

Mais Kokor n'allait pas s'abaisser à remettre cette enfant à sa place comme elle le méritait pourtant amplement. Il suffisait de la jeter dehors. « Jeune fille, voici la porte. Elle était fermée. Veuille la replacer dans sa position initiale, et reste derrière. »

L'enfant ne bougea pas.

« Jeune fille, si on t'a confié un message, délivre-le et disparais.

— C'est à moi que tu parles ? demanda l'enfant.

— Vois-tu une autre fille par ici ?

— Je suis une nièce de la maison. "Jeune fille" est un terme réservé aux domestiques. Tu es une dame, dit-on, tu devrais connaître les termes de politesse. Je supposais donc que tu t'adressais à une servante sur le balcon. »

Kokor se leva. « Tu me fatigues. Tu me fatiguais déjà avant que tu n'entres ici.

— Et que vas-tu faire ? Me frapper à la gorge ? À moins que tu ne réserves ce traitement aux seuls membres de ta famille ? »

Kokor sentit la fureur l'envahir. « Ne me tente pas ! » cria-t-elle. Puis elle se maîtrisa et ravala sa colère. Cette morveuse n'en valait pas la peine. Si elle voulait des formes de politesse, elle allait en avoir ! « Qu'as-tu donc à faire ici, chère fille-d'une-putain-sacrée ? »

L'enfant ne parut pas démontée le moins du monde. « Ah, tu sais donc qui je suis. Mon nom est Luet, mais mes amis disent Lutya. Tu peux m'appeler "jeune maîtresse".

— Que viens-tu faire ici et quand vas-tu t'en aller? demanda Kokor d'un ton cassant. Suis-je entrée dans la maison de ma mère pour me faire tourmenter par des petites bâtardes dépourvues de manières?

— N'aie plus de crainte, répondit Luet : il paraît que tu ne resteras pas ici une heure de plus.

— De quoi parles-tu? Qu'as-tu appris?

— Je suis venue par bonté d'âme t'avertir que Rashgallivak est ici avec six de ses soldats pour te prendre sous la protection des Palwashantu.

— Rashgallivak! Ce petit *pizdouk*! Je lui ai montré quelle était sa place la dernière fois qu'il a voulu faire ce coup-là, et je suis prête à recommencer!

— Il veut aussi emmener Sevet. Il prétend que vous êtes toutes les deux en grand danger et qu'on doit vous protéger.

— En danger? Chez Mère? La seule chose dont j'aie besoin qu'on me défende, c'est de la visite de petits laiderons haïssables!

— Ah, que de grâce, maîtresse Kokor! dit Luet. Je n'oublierai pas la façon dont vous m'avez remerciée de ma prévenance. » Et elle sortit.

Qu'espérait-elle donc? Si elle s'était présentée dignement et non l'insulte à la bouche, Kokor l'aurait mieux traitée. Mais on ne pouvait guère attendre d'une enfant de si bas milieu qu'elle sache se tenir; Kokor s'efforcerait de ne pas lui en tenir rigueur.

Mère jouait tellement les grands chefs ces jours-ci qu'elle risquait même d'en venir à envisager de les envoyer, Sevet et elle, à Rashgallivak. Il faudrait prendre des mesures pour que ça n'arrive pas.

Elle effaça la jolie moue, la remplaça par un maquillage de jour, puis se choisit une tenue d'intérieur qui lui donnerait un air particulièrement innocent et sans défense et l'arrangea sur elle-même avec un soupçon de désordre, de façon à donner l'impression qu'elle se rendait tout bonnement à la cuisine quand elle avait eu la surprise de constater que Rashgallivak était venu pour l'enlever.

Mais quand elle pénétra dans le vestibule, son calcul fut hélas gâché par la présence de Sevet accrochée au bras de cette abominable gamine, là, Hushidh, la sœur aînée de Luet. Comment Sevet – même blessée – pouvait-elle s'abaisser à s'appuyer sur une morveuse qu'elle avait autrefois traitée avec tant de mépris ? N'avait-elle aucune fierté ? En tout cas, impossible de feindre de ne pas la voir ; Kokor allait donc devoir se montrer pleine de sollicitude et s'empresser autour de Sevet. Heureusement, sa sœur se reposait déjà sur Hushidh ; Kokor ne serait pas obligée de lui proposer ce service-là, qui lui ôterait toute liberté d'action.

« Comment vas-tu, ma pauvre Sevet ? demanda-t-elle. Je me suis enrouée à force de pleurer sur ce malheur ! Comme nous nous montrons parfois méchantes l'une envers l'autre, Sevet ! Et pourquoi donc ? »

Mais Sevet garda les yeux baissés.

« Oh, je sais pourquoi tu ne me parles pas ! Tu ne veux pas me pardonner cet accident ; et moi, pourtant, je t'ai pardonné ce que tu as fait, toi, et ça, ce n'était pas un accident : tu l'avais fait exprès ! Mais je n'espère rien pour l'instant ; tu souffres trop, ma pauvre chérie. Tu ne devrais même pas être debout. Je peux m'occuper seule de ce Rashgallivak, tu sais. Je lui ai remonté les breloques dans la rate l'autre soir, et je recommencerais avec joie. »

À ces mots, Sevet eut un très léger sourire, à peine esquissé. À moins qu'elle ne grimaçât en commençant à descendre l'escalier.

Mère n'avait même pas introduit Rashgallivak dans un des petits salons. Il se tenait avec ses soldats à la porte toujours ouverte. Elle se retourna et jeta un coup d'œil à ses filles et à Hushidh qui arrivaient dans le vestibule.

« Comme vous le voyez, elles vont très bien, dit-elle à Rashgallivak. Elles sont en bonnes mains, ici. D'ailleurs, aucun homme n'est entré chez moi, en dehors de vous et de ces soldats dont je ne vois pas l'utilité.

— Je ne m'inquiète pas de ce qui s'est passé, répondit Rashgallivak, mais de ce qui risque d'arriver, et je ne partirai pas d'ici sans les filles de Gaballufix. Elles sont sous la protection des Palwashantu.

— Si vous voulez placer vos soldats devant notre porte, reprit Mère, pour empêcher des tolchocks, des maraudeurs ou des assassins d'entrer chez nous, parfait ; mais vous n'emmènerez pas mes filles. La revendication d'une mère a préséance sur celle d'un clan d'hommes. »

Pendant que Mère et Rash poursuivaient leur discussion, Kokor se pencha vers Sevet et, oubliant que sa sœur ne pouvait pas parler, lui demanda : « Mais pourquoi Rashgallivak veut-il nous emmener, d'abord ? »

Ce fut Hushidh qui répondit : « Tante Rasa est au cœur de la résistance contre l'autorité palwashantu à Basilica. Il pense que s'il vous garde en otages, elle se tiendra à carreau.

— Alors, c'est qu'il ne connaît pas Mère ! rétorqua Kokor.

— Rashgallivak est un faible, chuchota Hushidh, et il est nul en politique. S'il avait eu l'intelligence de votre père, il aurait su qu'il ne pouvait pas s'emparer de vous deux sans violence et que cette violence le desservirait. Il n'aurait donc jamais exigé cela. Mais s'il avait décidé de vous enlever malgré tout, il s'y serait pris beaucoup plus énergiquement. Vous seriez déjà chacune dans la poigne de deux soldats et deux autres tiendraient votre mère en respect. »

Hushidh n'était pas une imbécile, tout compte fait ! Kokor ne lui avait jamais attribué la moindre qualité. Ce qu'elle pensait de Père était parfaitement exact, mais Kokor elle-même n'aurait pas été capable de l'exprimer aussi clairement.

Naturellement, Père aurait eu, lui, une espèce de

droit à s'emparer de ses filles. Pas un droit légal, évidemment, dans cette cité de femmes, mais les gens auraient peut-être compris qu'il tente le coup. Par contre, de quel droit Rashgallivak agissait-il ? « Surâme doit l'avoir rendu complètement fou pour qu'il essaie un tour pareil, souffla Kokor.

— Il a peur, répondit Hushidh. On fait des choses bizarres quand on a peur. C'est déjà arrivé à votre mère. »

Comme lorsqu'elle me garde enfermée, songea Kokor.

Puis elle comprit soudain que si elle s'était trouvée chez elle avec Obring, Rash n'aurait eu aucune difficulté à s'emparer d'elle. Son mari aurait cherché à repousser les soldats, ils l'auraient assommé en un clin d'œil et elle aurait été enlevée. Mère avait eu bien raison de la garder à demeure. Tiens donc ! « Il ne faut pas critiquer Mère, dit Kokor. Je trouve qu'elle s'en tire très bien. »

Entre-temps, la discussion entre Rasa et Rash s'était poursuivie, mais ils en étaient maintenant à répéter les mêmes arguments dans les mêmes termes. Hushidh avait conduit les deux sœurs au seuil du vestibule, afin de les garder aussi loin que possible des soldats quoique toujours dans la pièce. Kokor ne s'était pas écartée d'elle ni de Sevet. À la vue des mercenaires tous horriblement identiques avec leurs masques holographiques, elle perdit toute envie de montrer à Rashgallivak de quel bois elle se chauffait. Dans la pénombre des coulisses, il paraissait beaucoup plus petit et plus faible qu'ici. La présence des soldats lui donnait un air beaucoup plus menaçant et Kokor se prit à admirer le courage dont sa mère faisait preuve en les affrontant ainsi. Elle se demanda même si Rasa n'avait pas un tantinet perdu l'esprit ; par exemple, pourquoi les avait-elle fait venir, Sevet et elle, bien en vue, à portée de ces soldats ? Pourquoi ne les avait-elle pas laissées en haut, bien cachées ? Ou averties de s'échapper discrètement par les bois ? C'était peut-être ça qu'Hushidh évoquait en parlant des choses bizarres que Mère aurait faites sous le coup de la peur.

Pourtant, Mère ne semblait pas effrayée.

« Il vaudrait peut-être mieux qu'on s'en aille, maintenant, chuchota Kokor à Hushidh.

— Surtout pas. Vous ne devez pas bouger.

— Et pourquoi ça ?

— Parce que si vous essayez, vous alerterez Rashgallivak, ce qui le poussera sans doute à agir. Il ordonnera aux soldats de vous retenir et tout sera perdu.

— C'est ce qu'il finira pas faire, de toute façon.

— Oui, mais est-ce qu'il attendra assez longtemps ?

— Assez longtemps pour quoi ?

— Réfléchis », répondit Hushidh.

Kokor réfléchit. En quoi un simple retard leur serait-il utile ? Ah oui, si quelqu'un arrivait à la rescousse ! Mais qui pourrait bien se dresser contre les soldats des Palwashantu ? « Les gardes municipaux ! » s'écria Kokor, ravie d'avoir trouvé.

Était-ce sa faute si ses paroles tombèrent juste dans un silence au milieu de la discussion entre Mère et Rash ?

« Comment ? s'exclama Rashgallivak. Qu'avez-vous dit ? » Il pivota et regarda par la porte d'entrée. « Non, il n'y a personne. » Puis il se tourna vers Rasa. « Mais ils vont arriver, n'est-ce pas ? Voilà donc ce que vous espériez : me retarder jusqu'à l'arrivée des gardes. Eh bien, il n'y aura plus de retard. Emparez-vous d'elles ! »

Les soldats s'avancèrent aussitôt vers les femmes à l'entrée du vestibule et Kokor se mit à hurler.

« Sauvez-vous, jeunes sottes ! » cria Mère.

Mais Kokor ne put obéir : un des hommes la tenait déjà par le bras et deux autres avaient saisi Sevet. Et cette bâtarde d'Hushidh qui ne levait pas le petit doigt pour les aider !

« Fais quelque chose, petite garce ! piailla Kokor. Ne les laisse pas faire ! »

Tandis que les soldats entraînaient Kokor vers la porte,

Hushidh la regarda un instant droit dans les yeux. Puis elle parut prendre une décision.

« Arrête, Rashgallivak ! cria-t-elle. Arrête immédiatement ! »

Mais Rash se contenta de s'esclaffer et son rire glaça Kokor jusqu'aux os : c'était le rire d'un homme qui se sait vainqueur. Ce triste sire, intendant de la maison de Wetchik quelques jours plus tôt, jouissait maintenant du pouvoir que lui donnaient ses soldats.

« Ordonne-leur d'arrêter ! vociféra Hushidh. Ou je te jure que plus jamais tu ne pourras leur donner un seul ordre !

— Non, Hushidh ! » s'exclama Mère.

Mais de quoi diable Mère croyait-elle Hushidh capable à présent ? Kokor voyait Sevet aux mains des soldats, avec leurs visages inexpressifs, terrifiants, inhumains. Sa sœur dans l'étau de leur poigne, quelle injustice ! Quelle injustice aussi que ces mains retiennent Kokor et l'entraînent ! « Vas-y, Hushidh, cria-t-elle. Je ne sais pas ce dont Mère te croit capable, mais vas-y ! »

Pour tout le monde, sauf pour Hushidh, la situation était simple : Rash et deux de ses hommes empêchaient quiconque d'intervenir, tandis que les quatre autres soldats faisaient franchir de force à Kokor et Sevet la vaste porte d'entrée de la maison de Rasa. Tante Rasa elle-même s'égosillait sans résultat – « C'est vous qui faites du mal à Sevet ! On vous expulsera de la cité ! Voleur d'enfants ! » – et toutes les femmes et filles de la maison se rassemblaient dans le couloir devant le spectacle.

Pour Hushidh la Déchiffreuse, cependant, le tableau était fort différent. Car elle ne voyait pas seulement les gens, mais aussi les fils qui les reliaient. À ses yeux, les femmes et les enfants terrifiés n'étaient pas des individus ni même des entités séparées ; non, tous étaient étroitement rattachés à Rasa, si bien qu'au lieu d'être seule et impuissante, comme d'autres pouvaient la voir, elle puisait la force de ses paroles dans des dizaines d'autres femmes, leur peur alimentait sa peur, leur colère sa colère, et quand elle se dressait dans la majesté de son courroux, elle était bien plus grande qu'une simple femme. Hushidh distinguait même les fils puissants qui raccordaient Rasa au reste de la cité, solides filaments cordés semblables à des artères et des veines qui transportaient partout le sang qu'était l'identité de Rasa. Quand elle criait au visage de Rashgallivak, c'était la fureur de toute la cité des femmes qui tonnait dans sa voix.

Mais Hushidh voyait aussi que Rasa, entourée qu'elle était de cette toile immense, se sentait pourtant complètement seule, comme si la toile venait à elle sans la toucher tout à fait, ou à peine. Voilà l'impact qu'avait sur Rasa le pouvoir brut tel que l'exerçait Rash : elle avait l'impression que sa force et sa puissance dans la cité n'étaient rien, tout compte fait, puisqu'elle s'avérait incapable de résister à ces soldats.

Simultanément, il existait une autre toile d'influence : celle de Rashgallivak. Et celle-ci, Hushidh le savait, était méprisable et sans consistance. Si les liens de Rasa avec sa maisonnée avaient force et réalité, si son pouvoir dans la cité était presque tangible pour Hushidh, Rashgallivak, lui, ne jouissait que de très peu de respect de la part de ses soldats. Ils ne lui obéissaient que parce qu'il les payait, et encore, seulement parce que ses ordres leur convenaient. Comparé à Rasa, Rashgallivak se trouvait pratiquement seul. Quant à ses hommes, leurs liens entre eux étaient beaucoup plus forts qu'avec lui. Mais ils n'avaient rien à voir avec ceux des femmes entre elles.

La plupart des hommes étaient dans ce cas, Hushidh ne l'ignorait pas – sans beaucoup de liens, sans guère de relations, seuls. Mais ces soldats, particulièrement méfiants et sans générosité, avaient des liens très fragiles les uns avec les autres. Ce n'était pas l'amour qui les motivait, mais plutôt une espèce de jalousie envers l'honneur et le respect auxquels d'autres avaient droit. L'orgueil, donc. Et en cet instant, ils étaient fiers de leur force qui leur permettait d'arracher ces femmes à la maison, fiers de défier une des grandes figures de Basilica : ils paraissaient si grands aux yeux de leurs camarades ! Et de fait, tous leurs liens entre eux à ce moment précis ne tenaient que par le respect qu'ils croyaient inspirer.

Quelle fragilité ! Il suffirait à Hushidh de tendre la main pour couper sans difficulté les attaches entre ces hommes. Elle isolerait ainsi complètement Rashgallivak. Et Rasa avait beau la supplier de n'en rien faire, Hushidh sentait en cet instant son propre lien, plus profond que tout, à Sevet et Kokor, car ces femmes avaient été ses ennemies, ses tortionnaires, et voilà qu'elle avait l'occasion de les sauver : elles lui en seraient redevables, et cela guérirait une des blessures les plus profondes de son cœur ; que valait l'ordre de Rasa auprès d'une telle aubaine ?

Hushidh savait très bien les raisons de son acte à l'instant même où elle l'accomplissait : elle se connaissait parfaitement elle-même, la déchiffreuse en elle lisait aussi ses propres liens avec le monde qui l'entourait. Mais cela ne l'arrêta pas, parce qu'elle était ce qu'elle était en cet instant, la libératrice qui avait le pouvoir de défaire ces hommes puissants.

Aussi parla-t-elle, et elle les vainquit. Cela ne tenait pas aux mots qu'elle prononça ; il ne s'agissait pas d'une incantation magique capable de dissoudre les liens qui les maintenaient unis. Ce furent son ton méprisant, son visage, son corps, qui donnèrent à ses paroles la force de frapper au cœur de chacun des soldats et de leur faire croire qu'ils étaient absolument seuls, que les autres hommes n'auraient que dédain pour leur geste. « Quel honneur trouvez-vous à enlever cette femme blessée à sa mère ? dit-elle. Les babouins du désert ont plus d'humanité que vous, car les mères peuvent confier leurs enfants aux mâles de la tribu ! »

Pauvre Rash! Il entendit les mots et crut pouvoir contrer Hushidh en discutant avec elle. Il ne comprenait pas qu'une fois ses hommes pris dans la toile qu'Hushidh tissait autour d'eux, chacune de ses paroles ne ferait que les éloigner de lui, car à chaque mot qu'il prononçait, il paraissait plus faible et plus lâche. « Tais-toi, femme! Ces hommes sont des soldats qui font leur devoir…

— Un devoir de lâches! Regardez ce que cet individu, qui se prétend un homme, vous a entraînés à exécuter. Il a fait de vous des rats immondes qui volent l'éclatante beauté et l'emportent dans sa tanière, où il vous couvrira d'une fiente qu'il nommera gloire! »

Un homme d'abord, puis un autre lâchèrent Kokor et Sevet. Celle-ci tomba aussitôt à genoux en pleurant sans bruit. Kokor, de son côté, prit un air très convaincant de dégoût et de mépris et elle frissonna en tentant d'oublier les mains des soldats sur ses bras.

« Voyez comme vous avez rebuté ces belles dames, dit Hushidh. Voilà ce que Rash a fait de vous : des limaces et des vers qui rampent à ses pieds. Où irez-vous pour redevenir des hommes? Comment faire pour vous purifier? Il doit bien exister un endroit où cacher votre honte; allez-vous-en loin d'ici et trouvez-le, petites limaces; fouissez le sol et voyez si vous parvenez à dissimuler votre humiliation! Croyez-vous que ces masques vous donnent l'air puissant? Ils ne font que vous désigner comme les domestiques de ce méprisable moucheron qui se dit un homme! Domestiques de rien du tout! »

Un des soldats ôta le manteau holographique qui lui cachait le visage. C'était un homme ordinaire, plutôt sale, mal rasé, l'air un peu stupide et très effrayé; il avait les yeux écarquillés et pleins de larmes.

« Voyez! poursuivit Hushidh. Voyez ce que Rashgallivak a fait de vous!

— Remets ton masque! cria Rashgallivak. Je vous ordonne d'emmener ces femmes chez Gaballufix!

— Écoutez-le, dit Hushidh. Il n'a rien de Gaballufix ; pourquoi donc lui obéissez-vous ? »

Ce fut le coup de pouce décisif. À leur tour, la plupart des autres soldats arrachèrent leur masque et, abandonnant leur holo-manteau sous l'auvent de Rasa, s'enfuirent loin de la scène de leur humiliation.

Rash resta seul devant la porte. Le tableau avait bien changé ; nul besoin d'être déchiffreuse pour voir que le pouvoir et la majesté étaient maintenant du côté de Rasa, tandis que Rash se retrouvait seul et impuissant. Ses yeux se posèrent sur les manteaux à ses pieds.

« C'est ça, dit Hushidh. Cache ta face. Plus personne n'a envie de la voir, toi moins que tout autre. »

Et il obéit ; il se baissa, ramassa un des manteaux et se le passa sur les épaules ; le magnétisme et la chaleur de son corps activèrent le costume, et soudain il ne fut plus Rashgallivak, mais l'image de fausse virilité que tous les soldats de Gaballufix avaient arborée. Puis il fit demi-tour et se sauva comme ses hommes, avec cet arrondi des épaules qui dénonce le vaincu. Un babouin battu par un rival n'aurait pas montré plus d'abjection que n'en révélait l'allure de Rash tandis qu'il s'enfuyait.

Alors Hushidh sentit la toile de crainte et de respect qui se formait autour d'elle ; l'adulation des filles et des femmes de la maison la fit vibrer – et plus que tout, l'hommage de Sevet et de Kokor. Kokor la fière, qui la regardait à présent d'un air stupide à force de révérence ; et Sevet, qui l'avait si cruellement moquée pendant de si longues années, la contemplait maintenant avec des yeux remplis de larmes, les mains tendues vers elle comme une suppliante, les lèvres tordues dans un effort pour dire : « Merci, merci, merci ! »

« Qu'as-tu fait ? » souffla Rasa.

Hushidh comprit à peine la question. C'était pourtant évident ! « J'ai brisé le pouvoir de Rashgallivak. Il ne constitue plus un danger pour vous.

— Petite sotte ! répondit Rasa. Il y a des milliers de ces bandits à Basilica, des milliers, et maintenant le seul homme qui était capable de les contrôler, malgré sa faiblesse, cet homme-là est brisé, vaincu. À la tombée du jour, ces soldats se déchaîneront, et qui les arrêtera, qui ? »

Le sentiment de plénitude que connaissait Hushidh disparut soudain. Rasa avait raison. Hushidh avait beau voir l'instant présent avec netteté, elle n'avait pas envisagé toutes les conséquences de son acte. La soif de l'honneur ne contraindrait plus ces hommes, car il ne serait plus honorable à leurs yeux de servir Rashgallivak. Que se passerait-il alors ? Ils seraient lâchés sur la cité, ces soldats qui rêvaient de prouver leur force et leur pouvoir, et nulle autorité ne pourrait les canaliser vers un but utile. Hushidh se rappela les holos qu'elle avait vus sur des singes qui paradaient, secouaient les branches des arbres, s'attaquaient mutuellement, frappaient les faibles et tous ceux qui passaient à leur portée. Des hommes pris de folie furieuse se révéleraient beaucoup plus dangereux encore.

« Faites rentrer mes filles, dit Rasa aux femmes assemblées. Ensuite, que tout le monde s'occupe de mettre les volets et les barres aux fenêtres. Barricadez la maison comme si une tempête se préparait. Car c'est le cas. »

Et Rasa, passant entre ses filles, sortit sous l'auvent.

« Mais où allez-vous, maman ? gémit Kokor. Ne nous laissez pas toutes seules !

— Il faut que je prévienne les femmes de la cité. Le monstre est en liberté dans les rues, ce soir. La garde sera impuissante à le maîtriser. Elles doivent mettre à l'abri ce qui peut l'être, puis se cacher des feux qui brûleront cette nuit dans les ténèbres. »

Les troupes de Mouj étaient épuisées, mais quand en fin d'après-midi elles parvinrent en haut d'une passe et virent de la fumée au loin, elles retrouvèrent une énergie nouvelle. Les hommes savaient aussi bien que Mouj qu'une cité en feu est une cité incapable de se défendre. Par ailleurs, ils avaient conscience d'avoir accompli un exploit en couvrant une telle distance à pied. Et même s'ils n'étaient qu'un millier, ils avaient remporté une victoire et leur gloire vivrait à jamais, sinon individuellement pour chacun, du moins sous le nom des Mille de Mouj. Ils entendaient déjà leurs petits-enfants leur demander : « C'est vrai que vous êtes allés à pied de Khlam à Basilica en deux jours et que vous avez pris la cité le soir même sans un instant de répit et sans qu'un seul d'entre vous se fasse tuer ? »

Naturellement, cette dernière partie du récit n'était pas encore réalité. Qui savait dans quel état se trouvait Basilica à l'intérieur de ses murs ? Que se passerait-il si les soldats de Gaballufix, ayant déjà consolidé leurs positions dans la cité, étaient maintenant prêts à la défendre ? Les Gorayni savaient parfaitement qu'il leur restait à peine de quoi faire un seul repas ; s'ils ne s'emparaient pas de la cité le soir même à la faveur de l'obscurité, ils seraient obligés de jeûner au matin et de prendre la ville en plein jour – ou bien de fuir ignominieusement vers les cités de la Plaine, où leurs ennemis constateraient leur petit nombre et les tailleraient en pièces bien avant qu'ils n'aient le temps de remonter vers le nord. Aussi la victoire, tout à fait possible par ailleurs, était-elle surtout indispensable et urgente.

Alors, pourquoi tant de confiance chez eux, quand le désespoir eût été bien plus compréhensible ? Parce qu'ils étaient les Mille de Mouj et que Mouj n'avait jamais perdu une bataille. Dans toute leur histoire, les Gorayni n'avaient pas connu de meilleur général. Il prenait soin de ses hommes ; il vainquait ses ennemis non en sacrifiant ses soldats dans de sanglants assauts, mais par des manœuvres et des coups habiles, en isolant l'adversaire, en coupant son ravitaillement, en divisant ses forces, tant et si bien que les généraux d'en face, désorientés, se mettaient à prendre des risques stupides rien que pour en finir une bonne fois avec la guerre et faire cesser cet interminable ballet qui les terrifiait. Ses soldats nommaient ces marches rapides « la danse de Mouj » ; ils savaient qu'en leur usant les pieds, Mouj sauvait leurs *yatsas*. Ah oui, ils l'aimaient ! Il faisait d'eux des vainqueurs sans en renvoyer trop dans leurs foyers sous forme de cendres dans un petit sac.

On murmurait même dans les rangs que Mouj le bien-aimé était la véritable incarnation de Dieu et, bien que personne n'osât le dire tout haut – en tout cas pas à portée de voix d'un intercesseur —, dans cette marche où nul ne représentait l'Impérator, les murmures se firent de plus en plus fréquents. Le gros cul qui régnait à Gollod pouvait-il se prétendre l'incarnation de Dieu dans un monde où vivait un homme, un vrai, Vozmujalnoy Vozmojno ?

Arrivés à un kilomètre de Basilica, ils commencèrent d'entendre les bruits qui venaient de la cité, des cris surtout, portés par le vent qui soufflait de la fumée vers eux. L'ordre passa dans les rangs : « Que chaque homme coupe des branches d'arbre, au moins une dizaine. Elles serviront à allumer assez de feux de joie bien visibles pour faire croire à l'ennemi que nous sommes cent mille ! » Ils dénudèrent donc les arbres du bord de la route, puis suivirent Mouj sur une piste en lacets qui descendait des montagnes jusque dans le désert. La lune faisait un guide perfide, surtout pour ces soldats chargés de branches, mais malgré bien des chutes, rares furent les blessures ; enfin, ils se déployèrent dans le désert en ménageant de larges espaces vides entre leurs groupes. Une fois en place, ils firent des tas de leurs branches et au signal de la trompette – qui l'entendrait depuis la cité ? – ils y mirent le feu. Laissant alors un homme auprès de chaque foyer pour l'alimenter, l'armée se rassembla derrière Mouj et se mit en marche, cette fois par quatre colonnes de front, comme s'il s'agissait de l'intrépide avant-garde d'un ost immense, sur une large route plate qui menait à une porte dans la haute muraille de la cité.

Avant même d'atteindre les murs, les soldats se trouvèrent au milieu d'une véritable ville. Des hommes couraient en criant, beaucoup ayant bu plus que leur content de vin ; mais quand ils virent l'armée de Mouj défiler dans leurs rues, ils se turent et reculèrent dans l'ombre. Si l'assurance manquait à certains Gorayni jusque-là, ils l'acquirent à cet instant, car il était évident que les hommes de Basilica n'étaient pas des combattants. Leur peu de bravoure ne leur venait que de la boisson.

À l'approche de la porte, les soldats entendirent des bruits de métal entrechoqué qui suggéraient une bataille rangée, et au sommet d'une côte, ils tombèrent sur un combat qui opposait des hommes vêtus comme l'assassin que Mouj avait tué et d'autres tous horriblement identiques – non seulement par la tenue, mais aussi de visage !

On fit passer le mot dans les colonnes : « Les hommes en uniforme de la garde basilicaine seront sans doute nos alliés ; nos vrais ennemis sont ceux qui portent des masques. Mais on ne tue personne avant que Mouj n'en donne l'ordre. »

Ils parvinrent sur une place ronde devant la porte ; là, ils se séparèrent en quatre rangées, deux à gauche et deux à droite, jusqu'à former un demi-cercle autour de l'ouverture. Au centre se tenait Mouj lui-même.

« Gorayni, dégainez vos armes ! » hurla-t-il à pleins poumons ; il souhaitait manifestement se faire entendre des hommes qui se battaient à la porte plus que de son armée, à laquelle normalement l'ordre aurait été transmis à voix basse.

Le combat perdit de son intensité. Les hommes en uniforme de la garde basilicaine – bien peu nombreux d'ailleurs pour une si farouche résistance – virent les troupes gorayni et perdirent tout espoir. Ils s'adossèrent à l'enceinte, ne sachant quel ennemi affronter, mais avec au moins une certitude : ils ne vivraient pas une heure de plus.

Au milieu de la porte, sans plus d'adversaires à combattre, les soldats aux visages identiques restèrent immobiles, visiblement indécis.

« Nous sommes les Gorayni ! Venus aider Basilica, non nous en emparer ! cria Mouj. Regardez dans le désert et voyez l'armée que nous pourrions lancer contre les portes de votre cité ! »

Mouj avait bien choisi son endroit ; d'ici, tous les Basilicains, gardes et mercenaires palwashantu confondus, pouvaient distinguer les grands feux, une bonne centaine d'entre eux en tout cas, disséminés jusque dans les lointains de la plaine de sable.

« Pourtant, me voici avec ces cinq cents hommes seulement ! » Il mentait sur le nombre de ses soldats, naturellement ; ceux-ci sourirent intérieurement : pour une fois il n'était en dessous de la vérité que de quatre cents unités, au lieu de quarante mille, son mensonge coutumier. « Nous sommes ici pour savoir si la Cité des Femmes, la Cité de la Paix, a besoin de nos services pour l'aider à réprimer son agitation intérieure. Nous sommes prêts à entrer, à servir la cité à votre plaisir, puis à repartir une fois notre tâche accomplie. Ainsi dis-je, au nom du général Vozmujalnoy Vozmojno ! » Il n'y avait aucune raison de leur faire savoir que le plus redoutable général des côtes occidentales de la mer Géotrope se tenait à leurs portes, l'épée au clair, avec seulement neuf cents hommes pour le soutenir. Qu'ils l'imaginent plutôt là-bas, au milieu des dizaines de milliers de soldats installés autour des grands feux qui brûlaient dans le désert !

« Général, cria un des gardes qui avait remarqué son grade, vous voyez ce qui se passe ! Nous sommes les gardes de la cité, mais comment appliquer la volonté du conseil quand nous devons défendre notre vie contre ces criminels enragés ?

— C'est nous, les maîtres de Basilica, maintenant ! hurla un des mercenaires palwashantu. Fini de recevoir des ordres des femmes ! Fini d'être obligés de rester en dehors d'une cité qui nous appartient de droit ! C'est nous qui gouvernons cette cité au nom de Gaballufix !

— Gaballufix est mort ! répliqua l'officier de la garde. Et plus personne ne vous commande !

— Au nom de Gaballufix, cette cité est à nous ! » Sur quoi les mercenaires se mirent à brandir leurs armes en poussant de grands cris.

« Hommes de Gaballufix ! cria Mouj. Nous connaissons le nom de votre chef disparu ! »

Des acclamations jaillirent de la poitrine des mercenaires.

« Nous savons comment rendre hommage à Gaballufix ! poursuivit Mouj. Rejoignez-nous et nous vous donnerons la cité qui vous revient ! »

Avec un cri de joie, les mercenaires se précipitèrent en masse vers les Gorayni. Les gardes basilicains se reculèrent contre la muraille, l'arme tirée. Quelques-uns firent bien mine de s'éclipser à droite ou à gauche, mais à leur grand honneur, la plupart restèrent où ils étaient, prêts à mourir en faisait leur devoir. Les Mille de Mouj en prirent bonne note ; ils traiteraient ces hommes avec respect si un différend les opposait un jour à eux.

Quant aux mercenaires, les plus proches des Gorayni s'avancèrent la garde baissée, s'apprêtant à embrasser ces nouveaux venus comme des frères. Or ils se trouvèrent en face d'épées, de piques et d'arcs pointés sur eux et l'incertitude se répandit peu à peu dans leurs rangs.

Mouj n'avait pas bougé ; mais il était maintenant entouré de mercenaires et coupé de ses hommes. S'il ne montrait aucune inquiétude, il n'en allait pas de même pour eux. Et sous leur regard consterné, il se mit à se frayer un chemin dans la masse humaine, non pas vers ses soldats mais dans la direction opposée, celle de la porte. Les mercenaires parurent soulagés ; c'était le signe qu'il avait l'intention de prendre leur tête.

Mouj s'avança sur la place qui s'ouvrait au-delà de la porte, dos aux mercenaires. « Ah, Basilica, dit-il d'une voix forte, mais pas impérieuse. Comme j'ai rêvé de me trouver à ta porte et de contempler ta beauté de mes yeux ! » Puis il se tourna vers l'officier de la garde qui se tenait au poste de la porte, l'épée dégainée, et s'adressa à lui à voix basse : « Basilica considérerait-elle comme un grand service, mon ami, que ces centaines de vilains sosies meurent à cette place, en cette minute ?

— Je le pense, oui », répondit l'officier, l'air désorienté, mais surtout soulagé de ce nouvel espoir auquel se raccrocher.

Mouj pivota face à la foule – et à ses hommes derrière elle. « Que chaque homme qui révère le nom de Gaballufix lève son épée bien haut ! »

La plupart obéirent – tous sauf les plus prudents. Mais à peine eurent-ils le bras en l'air que Mouj tira son épée du fourreau.

C'était le signal. Trois cents flèches partirent en même temps et les mercenaires placés à la périphérie de la foule – le bras commodément levé, si bien que chaque flèche les frappa en plein corps – s'écroulèrent, la plupart percés en plusieurs endroits. Puis, avec un hurlement de tonnerre, les Gorayni se jetèrent sur les survivants et en deux ou trois minutes à peine, le carnage fut achevé. Les soldats reformèrent alors les rangs devant les cadavres de leurs ennemis.

Mouj se tourna vers l'officier de la garde. « Quel est votre nom ?

— Capitaine Bitanke, mon général.

— Capitaine Bitanke, je vous le redemande : Basilica accueillerait-elle favorablement une intervention de notre part pour contribuer à restaurer l'ordre dans ces rues magnifiques ? J'ai ici une lettre de dame Rasa ; son nom vous est-il connu ?

— En effet.

— Elle m'a écrit pour m'exhorter à venir au secours de sa cité. Me voici donc et je vous demande respectueusement la permission de faire entrer ces hommes dans vos murs comme auxiliaires, pour vous aider à maîtriser la violence qui règne dans vos rues. »

Bitanke s'inclina, puis déverrouilla la guérite de la porte et y pénétra. Mouj le vit taper sur le clavier d'un ordinateur. Au bout de quelques instant, il ressortit. « Mon général, j'ai annoncé la raison de votre présence. Notre cité est dans une situation désespérée et puisque que vous êtes venu au nom de dame Rasa et que vous avez prouvé votre volonté de défaire nos ennemis, le conseil municipal et la garde vous invitent à entrer. Vous serez à titre temporaire sous mon commandement, si vous acceptez quelqu'un d'un rang aussi médiocre que le mien, jusqu'à la mise en place d'une organisation plus conforme.

— Capitaine, ce n'est pas votre rang mais votre courage et votre honneur que je salue, et pour cette raison j'accepte votre autorité, répondit Mouj. Puis-je suggérer que mes soldats se déploient par compagnies de six et qu'on les autorise à s'occuper des hommes qu'ils verront se comporter de façon illégale ? Nous respecterons dans tous les cas ceux qui porteront votre uniforme ; mais ceux que nous prendrons l'arme au clair, ou qui se montreront violents envers nous comme envers les femmes de la cité, nous les tuerons sur-le-champ et nous pendrons leurs cadavres à la vue de tous pour étouffer toute velléité de résistance chez leurs pareils !

— Je ne sais pas trop, pour ce qui est de les pendre, mon général… fit Bitanke.

— Parfait : nous avons nos ordres ! » Sans prêter attention à l'hésitation du capitaine, Mouj s'adressa à ses soldats : « Hommes des Gorayni, par six ! »

Les rangs se réorganisèrent aussitôt et il y eut soudain sur la place cent cinquante escouades de six hommes chacune.

« Ne faites pas de mal aux femmes ! leur cria Mouj. Et ceux que vous trouverez affublés de ces masques répugnants, pendez-les vêtus de leur costume afin que nul n'ose plus le porter ni de jour ni de nuit !

— Mon général, je crois que… »

Mais Mouj avait déjà agité le bras et ses soldats entrèrent dans la cité au petit trot. Bitanke s'approcha de Mouj, pour protester peut-être, mais l'autre l'accueillit par une accolade qui coupa court à toute discussion.

« S'il vous plaît, mon ami, je sais que vos hommes sont épuisés, mais ne pourrait-on pas les employer utilement ? Par exemple, un petit nettoyage ne ferait pas de mal à ce village de l'autre côté de la porte. Et quant à vous et moi, nous devrions aller nous présenter aux autorités, afin que je reçoive mes ordres du conseil municipal. »

L'étreinte et le sourire de Mouj balayèrent les craintes qu'aurait pu nourrir le capitaine Bitanke. Il donna ses ordres et ses hommes se répandirent dans Clébaud. Puis Mouj le suivit dans la cité. « Pendant que mes hommes rétablissent l'ordre, il faut s'occuper d'éteindre certains incendies, dit-il. Pouvez-vous appeler d'autres gardes avec votre ordinateur ?

— Oui, mon général.

— Ce n'est pas à moi de vous apprendre votre métier, mais si vos hommes peuvent protéger les pompiers, nous arriverons peut-être à empêcher Basilica de brûler de fond en comble avant l'aube.

— Croyez-vous que le reste de vos soldats pourrait venir nous prêter main-forte ? »

Mouj éclata de rire. « Oh, non ! Le général Vozmujalnoy Vozmojno n'en donnerait jamais l'autorisation ! Si une telle force s'approchait de vos portes, on pourrait croire à Basilica que nous venons nous emparer de la ville. Nous voulons vous offrir notre protection, non vous annexer, mon ami ! C'est pourquoi nous n'avons amené que ces cinq cents hommes.

— C'est Surâme qui a dû vous envoyer, mon général, dit le capitaine Bitanke.

— Dame Rasa est la seule qu'il faille remercier. Elle et un brave de votre corps, nommé, je crois, Smelost.

— Smelost, souffla Bitanke. C'était un de mes plus proches amis.

— Alors, je suis heureux de vous annoncer qu'il a été reçu avec honneur par le général Vozmujalnoy Vozmojno ; à la nouvelle qu'il apportait, le général a marché sans tarder au secours de votre cité.

— Et vous êtes arrivés à temps. La situation s'est mise à dégénérer la nuit dernière, le désordre s'est poursuivi toute la journée d'aujourd'hui et je craignais que le matin ne voie la cité réduite en cendres et toutes les femmes de Basilica plongées dans le désespoir.

— Je me réjouis toujours d'être le messager de l'espérance », répondit Mouj.

Ils marchaient à présent dans une rue bordée de maisons et de boutiques. Pourtant, on n'y voyait personne et des lumières brillaient à de nombreuses fenêtres des étages supérieurs. La seule indication que des émeutes avaient eu lieu, c'était les bris de verre sur le pavé, les vitrines éclatées des échoppes et les cadavres de mercenaires, toujours vêtus de leurs masques holographiques, qui pendaient aux balcons comme des carcasses d'abattoir. Bitanke les regarda d'un air vaguement troublé.

« Combien de temps ces masques fonctionneront-ils ? demanda Mouj.

— Jusqu'à ce que les… les corps se refroidissent, je suppose. Il paraît que ce sont la chaleur et le magnétisme corporels qui les déclenchent.

— Ah, fit Mouj.

— Puis-je savoir… ce qu'ils ont… enfin, comment vos hommes ont réussi à les pendre ? Je ne vois aucune corde et il n'existe pas de… d'appareils de pendaison dans les rues.

— Je n'en sais rien, répondit Mouj. Enlevons son manteau à l'un d'eux et nous verrons bien. »

D'un geste circonspect, Bitanke leva le bras et tira sur le costume du plus proche cadavre. En tombant, l'hologramme s'évanouit et il fut alors facile de voir que le corps avait été fixé au mur à l'aide d'un grand poignard planté dans son cou. « Son propre poignard, croyez-vous ? demanda Mouj.

— Il me semble, oui, répondit Bitanke.

— Pas très solide, comme fixation. » Mouj donna une petite poussée au cadavre. « Au moindre coup de vent cette nuit, la plupart se décrocheront. Il faudra s'en débarrasser le plus vite possible ou nous aurons un gros problème avec les chiens.

— Oui, mon général, dit Bitanke.

— Jamais vu de cadavre ? s'enquit Mouj. Vous m'avez l'air patraque.

— Oh si, mon général. C'est seulement que je n'ai jamais vu… qu'on les traite de cette façon… J'aimerais autant que vos hommes ne…

— Ridicule. Ces corps pendus nous servent de renforts. Les émeutiers qui auront échappé à mes soldats – ceux qui seront aux toilettes, par exemple ; il doit sûrement y en avoir, vous ne croyez pas ? – verront en sortant que tout est calme, puis ils remarqueront les cadavres et ils perdront sur-le-champ toute envie de se battre. »

Bitanke émit un petit rire. « Oui, j'imagine !

— Vous voyez ? C'est une façon de permettre à ces garçons de réparer un peu les méfaits qu'ils ont commis, leur faire ainsi maintenir l'ordre toute la nuit à notre place. Corrigez-moi si je me trompe, capitaine Bitanke, mais personne ne versera beaucoup de larmes sur eux, n'est-ce pas ? »

Dans l'heure, Mouj rencontra le conseil municipal. Pendant ce temps, la centaine de soldats qui s'occupaient des brasiers dans le désert avaient pris position à chaque porte de la cité, à côté des gardes, dans les rares cas où ceux-ci se trouvaient à leur poste. Nulle querelle n'éclata ; nul soldat gorayni n'échangea de coups avec un garde municipal.

La rencontre de Mouj avec le conseil de la cité se fit dans le calme, et un accord fut conclu selon lequel les Gorayni auraient libre accès à tous les bourgs de la ville – même à ceux réservés aux seules femmes, les incendies et le pillage y étant les plus graves ; mais au bout de deux jours et demi, Mouj rappellerait ses hommes dans des quartiers extérieurs à Basilica, où ils recevraient d'amples approvisionnements et des récompenses tirées du trésor de la cité. C'était une merveilleuse alliance, qui fut consacrée par de grandes démonstrations de politesse et de gratitude.

Bien peu s'en rendraient compte avant plusieurs jours, mais à l'heure où Mouj quitta la réunion, sa conquête de Basilica était terminée.

Nafai parla aussi peu que possible à Elya et à Meb tandis qu'ils reprenaient le chemin de Basilica. Son silence ne les rendit pas plus aimables avec lui, mais au moins cela lui évitait de se quereller ou d'avoir à faire des pirouettes verbales pour esquiver les disputes. Il pouvait ainsi s'occuper de ses propres pensées.

Et parler à Surâme.

Comme si ce qu'il disait au vieil ordinateur avait la moindre importance ! L'espace de quelques jours, il s'était imaginé travailler main dans la main avec lui. Surâme lui avait montré ses souvenirs de la Terre, expliqué l'objet de son existence, c'est-à-dire essayer d'empêcher la planète Harmonie de répéter l'histoire pitoyable et suicidaire de la Terre. Nafai avait accepté de servir ce but. Il s'était trouvé debout à côté d'un homme ivre mort dans la rue – son ennemi – et il ne lui serait jamais venu à l'esprit de tuer cet ivrogne étendu là, sans défense. Mais Surâme le lui avait ordonné et Nafai s'était exécuté. Non parce que Gaballufix était lui-même un meurtrier qui méritait la mort. Pourquoi donc, alors? Parce que Nafai avait cru en Surâme, et qu'il avait convenu avec lui qu'en tuant cet homme, rien que celui-là, il pouvait contribuer à protéger le monde entier.

Et maintenant que Nafai avait commis ce crime, maintenant qu'il s'était couvert les mains de sang pour la cause de Surâme, où était Surâme? Nafai s'était imaginé qu'il existait à présent une relation privilégiée entre eux, par exemple au moment où l'Index s'était pour la première fois adressé à lui, à Père et à Issib; eux n'avaient saisi qu'une partie du message. Ils avaient compris que Surâme projetait de les emmener pour un long voyage jusque vers une terre merveilleuse où Issib pourrait se servir de ses flotteurs sans plus rester confiné dans son fauteuil. Seul Nafai savait qu'en réalité le pays où Surâme comptait les guider ne se trouvait pas sur Harmonie, mais qu'il entendait les ramener sur Terre. Au bout de quarante millions d'années, ils allaient revenir sur Terre.

Depuis lors, cependant, l'Index ne s'était plus comporté autrement que comme le catalogue d'une immense banque mémorielle. Père et Issib l'étudiaient, et Nafai avec eux, mais il en attendait sans cesse un message, adressé à eux tous, ou bien à lui seul peut-être. Une communication privée, un mot d'encouragement, qui sait? Quelque chose, en tout cas, qui confirme la promesse faite la nuit où Surâme, par la voix du fauteuil d'Issib, avait dit choisir Nafai pour guider ses frères.

Suis-je vraiment l'élu, Surâme? Pourquoi ne vois-je pas les fruits de ta faveur, dans ce cas? Je me suis fait meurtrier pour toi, et pourtant c'est à Elemak que ta vision de nos épouses est venue! Et qu'a-t-il vu? Que tu avais choisi Eiadh pour lui! Alors, que me rapporte ta faveur? Voilà que tu parles à Elemak qui a comploté avec Gaballufix, qui a voulu me tuer; voilà que tu lui donnes la femme que je désire depuis si longtemps... Pourquoi est-ce lui qui a reçu ce rêve et pas moi? J'ai été humilié devant tout le monde. Je vais devoir manger de la poussière, me soumettre aux ordres d'Elya et lui obéir en tout, je vais devoir le regarder prendre cette femme belle et douce qui hante mes rêves depuis si longtemps. Pourquoi me détestes-tu, Surâme? Qu'ai-je fait d'autre que te servir et me plier à tes ordres?

Paresseusement, les chameaux gravirent une pente, puis Elemak les guida le long d'un précipice. Nafai jeta un coup d'œil au paysage et vit des rochers et des blocs inquiétants, avec leurs arêtes tranchantes, et çà et là quelques plantes vert-de-gris. Surâme m'a promis la vie, la grandeur, la gloire et la joie, et me voici dans ce désert, en train de suivre mes frères qui ont comploté avec l'ennemi de Wetchik et, consciemment ou non, ont essayé d'attirer Père dans un piège mortel. J'ai aidé Surâme à lui sauver la vie, et voilà où j'en suis.

Oui, voilà où tu en es.

Il fallut un moment à Nafai pour s'apercevoir qu'il entendait la voix de Surâme, car elle résonnait dans son esprit sans distinction de ses propres pensées. Mais sa maigre expérience lui dit que cette pensée-là venait d'en dehors de lui-même, ne fût-ce que parce qu'elle paraissait lui répondre.

Alors, il s'adressa à Surâme – sans respect particulier. Ah, te voilà, toi, pensa-t-il, ironique. Ça y est, j'existe de nouveau? J'espère que je ne t'ai pas donné trop de souci!

Je me soucie beaucoup de toi.

Comme lorsque tu choisis Eiadh pour mon frère plutôt que pour moi!

Eiadh n'est pas pour toi.

Merci pour ton aide! Merci pour les cartes minables que tu m'as données contre mes frères!

Je ne travaille pas trop mal pour toi, Nafai.

Je ne t'accorde peut-être pas de notes aussi hautes, moi ; je te rappelle que pour toi, j'ai tué un homme !

Et moi, à chaque instant de ce voyage, je te sauve la vie.

Ces mots alarmèrent Nafai. Sans le vouloir, il se redressa et regarda autour de lui.

À chaque instant de ce voyage, je les détourne de leur décision de te tuer.

L'effroi et la haine mêlés se frayèrent un chemin dans la gorge de Nafai jusqu'au fond de son ventre. Là, il les sentit remuer comme de petites bêtes dans ses entrailles.

Il est bon que tu aies gardé le silence, dit Surâme. Il est bon que tu ne les aies pas provoqués, que tu ne leur aies même pas rappelé que tu les accompagnes, car mon influence sur eux, bien que puissante, n'est pas irrésistible. Si le flot brûlant de leur colère contre toi s'épanchait soudain, comment les arrêterais-je ? Je n'ai plus le fauteuil d'Issib pour agir physiquement.

Éffrayé, Nafai eut soudain envie de retourner auprès de son père. En même temps, il ressentit déception et colère envers ses frères. Pourquoi est-ce qu'ils me haïssent encore ? En quoi les ai-je blessés ?

Jeune sot ! Il y a une seconde, tu voulais que je te récompense de ta loyauté en te faisant obéir de tes frères. Crois-tu qu'ils ne perçoivent pas ton ambition ? Chaque fois que je te parle, ils te détestent un peu plus. Chaque fois que ton père s'illumine de joie devant la vivacité de ton esprit, devant la bonté de ton cœur, ils te détestent un peu plus. Et quand ils s'aperçoivent que tu désires les privilèges du fils aîné…

Mais c'est faux ! s'écria intérieurement Nafai. Je ne veux pas destituer Elemak… Je veux qu'il m'aime, je veux qu'il soit un vrai grand frère pour moi et pas ce monstre qui cherche ma mort !

Oui, tu veux qu'il t'aime… et tu veux aussi qu'il te respecte… et tu veux en plus prendre sa place. Te crois-tu immunisé contre les instincts primitifs qui gisent au fond de toi ? Tu es né pour être le mâle dominant d'une tribu de bêtes intelligentes, et lui aussi. Cette soif de pouvoir le gouverne ; mais toi, Nafai, ne peux-tu te civiliser, ne peux-tu réprimer ta part animale et m'aider à réaliser un but bien plus élevé que le choix du chef d'une troupe de babouins qui marchent debout ?

Nafai eut l'impression d'avoir été exposé tout nu devant ses ennemis. Si je ne vaux pas mieux qu'Elemak, pas plus qu'un des babouins de la troupe en aval de notre camp, pourquoi m'as-tu choisi ?

Parce que tu vaux mieux qu'eux, et que tu as envie de valoir encore mieux.

Aide-moi, alors ! Aide-moi à réfréner mes mauvais penchants ! Et pendant que tu y es, aide aussi Elemak. Je me le rappelle plus jeune, il était joueur, affectueux, si gentil. C'est plus qu'un animal ambitieux, je le sais, même s'il l'a oublié lui-même.

Moi aussi, je le sais, répondit Surâme. Pourquoi crois-tu que je lui ai destiné ce rêve ? Eh bien, pour lui donner une chance de s'éveiller à ma voix. Il a une sensibilité très proche de la tienne. Mais il a choisi depuis longtemps de me haïr, de contrecarrer mes desseins quand il le peut, si bien que ma voix n'est rien pour lui. Pourtant, cette fois, j'ai pu lui dire ce qu'il avait envie d'entendre ; mon but coïncidait avec le sien. À ton avis, que vaudrait ta vie si c'était à toi que j'avais montré sa future épouse ? Crois-tu qu'il aurait accepté une Eiadh donnée par toi ?

Je ne lui aurais pas donné Eiadh, pour commencer.

Tu vois. Tu n'aurais pas tenu compte de mes paroles. Tu te serais rebellé. Tu penses que tu as tué Gaballufix seulement parce que tu me sers, moi et mon noble dessein… mais en même temps, tu es prêt à te révolter et à me mettre des bâtons dans les roues parce que tu désires une femme qui pourtant ne ferait que gâcher ton existence.

Tu n'en sais rien du tout ! Tu es peut-être un ordinateur très intelligent, Surâme, mais tu ne connais pas l'avenir !

Elle, je la connais comme je te connais, de l'intérieur. Et si tu en viens un jour à la fréquenter, tu comprendras alors qu'elle n'aurait jamais pu être ton épouse.

Tu veux dire qu'elle est foncièrement mauvaise?

Non, je veux dire qu'elle vit dans un monde dont elle est elle-même le centre. Ses buts ne vont pas au-delà de ses propres désirs. Mais toi, Nafai, tu ne seras satisfait que si ta vie change la face du monde. C'est ce que je t'offre, si tu as la patience de me faire confiance en attendant que cela t'advienne. Je te donnerai également une femme qui partagera tes rêves, et qui t'aidera au lieu de te distraire.

Alors, qui sera ma femme?

Ce fut le visage de Luet qui lui apparut.

Un frisson désagréable parcourut Nafai. Certes, elle l'avait aidé à s'échapper et lui avait sauvé la vie à grand risque pour elle-même. Certes, elle l'avait emmené au lac des femmes, où il avait participé à des rites que seules les femmes avaient le droit de connaître. Pour cela, elle aurait pu être exécutée et lui avec elle; mais elle avait affronté les femmes, pour finir par les convaincre que Surâme avait guidé son geste. Certes, il avait flotté avec Luet dans les brumes qui séparent les eaux chaudes et les eaux froides du lac, puis elle lui avait fait traverser le bois Impénétrable, derrière la porte Secrète dans l'enceinte de Basilica dont jusque-là seules les femmes connaissaient l'existence.

Et avant cela, Luet était venue en pleine nuit chez Père, bien loin de la cité – non sans courir de risques, encore une fois —, uniquement pour l'avertir qu'on projetait de tuer Père. Elle avait ainsi précipité leur fuite dans le désert.

Nafai lui devait donc beaucoup, et il l'appréciait : c'était quelqu'un de bien, de simple et d'aimable. Pourquoi n'arrivait-il pas à l'envisager comme épouse, alors? Pourquoi cette idée lui faisait-elle même horreur?

Parce que c'est la sibylle de l'eau.

La sibylle de l'eau... Voilà pourquoi il refusait de l'épouser. Parce qu'elle recevait des visions de Surâme depuis bien plus longtemps que lui ; parce qu'elle possédait une force et une sagesse dont il n'avait jamais osé rêver. Parce qu'elle valait mieux que lui en tout. Parce que s'ils devenaient compagnons dans ce voyage de retour vers la Terre, elle percevrait mieux que lui la voix de Surâme ; elle connaîtrait le chemin alors que lui n'en saurait rien. Quand tout pour lui serait silence, elle entendrait la musique ; quand il serait aveugle, la lumière la guiderait.

Ce serait insupportable d'être uni à une femme qui n'aurait aucune raison de me respecter, parce que tout ce que je ferais, elle l'aurait déjà fait, et mieux que moi.

Tiens donc... Ce n'était donc pas une épouse que tu voulais, en fin de compte, mais une adoratrice.

Cette brutale prise de conscience le fit rougir et l'emplit de mépris pour lui-même. C'est donc ça que je suis ? Un garçon si inconsistant qu'il ne peut imaginer d'aimer une femme forte ?

Les visages de Wetchik et Rasa, ses père et mère, s'imposèrent à lui. Mère était forte – peut-être plus qu'aucune femme dans tout Basilica, bien qu'elle n'eût jamais cherché à jouer de son prestige et de son influence pour obtenir du pouvoir. Père était-il affaibli parce que Mère se révélait au moins – au moins ! – son égale ? Cela expliquait peut-être pourquoi ils n'avaient pas renouvelé leur contrat de mariage après la naissance d'Issib, et pourquoi Mère s'était unie à Gaballufix l'espace de quelques années : Père n'aurait pas réussi à ravaler sa fierté pour maintenir une union heureuse avec une femme aussi forte et aussi sage.

Et pourtant ils étaient revenus l'un à l'autre. Nafai était l'enfant que Rasa avait porté pour sceller leur remariage. Et depuis lors, ils avaient reconduit leur union d'année en année, sans même remettre en question leur engagement mutuel. Qu'est-ce qui avait changé entre-temps ? Rien ; Mère n'avait pas à se diminuer pour partager la vie de Père et lui n'avait pas à la dominer pour entrer dans sa vie. Et nulle domination non plus dans l'autre sens : le Wetchik avait toujours été son propre maître et Rasa n'avait jamais ressenti le besoin d'avoir la haute main sur lui.

Dans l'esprit de Nafai, les deux images de ses parents se fondirent en un seul visage. L'espace d'un instant, il y reconnut son père ; puis, sans aucun changement apparent, le visage devint sans nul doute possible celui de Mère.

Je comprends, dit-il en silence. Ils sont une seule et même personne. Lequel est la voix ? Lequel est les mains ? Quelle importance ? L'un n'est pas au-dessus de l'autre. Ils sont un, et il ne peut être question de rivalité entre eux.

Puis-je trouver une telle qualité d'association avec Luet ? Supporter qu'elle entende Surâme et que moi je ne l'entende pas ? Déjà, je bouillais parce qu'Elya avait reçu la grâce d'un rêve ; est-ce que je pourrai écouter ceux de Luet sans me sentir jaloux ?

Et elle ? Est-ce qu'elle voudra de moi ?

Presque aussitôt, il se sentit honteux de sa dernière question. Elle l'avait déjà accepté, voyons ! Elle l'avait mené au lac des femmes, elle lui avait donné tout ce qu'elle était et tout ce qu'elle possédait, et sans nulle hésitation, pour autant qu'il le sût. C'est lui qui était jaloux et terrifié. Elle n'était que courage et générosité.

Puis-je supporter de ne faire qu'un avec elle ? Suis-je digne de m'unir avec une telle femme ? Voilà la vraie question.

Il sentit une chaleur frémissante l'envahir, comme s'il s'emplissait de lumière. *Oui,* dit Surâme dans sa tête. Oui, c'est la question. C'est la question. C'est la question.

La transe de la communion avec Surâme se rompit alors et Nafai reprit soudain conscience de ce qui l'entourait. Rien n'avait changé ; Meb et Elya avançaient toujours devant lui au pas lourd de leurs montures ; la transpiration coulait le long de son corps, son chameau continuait à rouler sous lui et l'air sec du désert le brûlait à chaque inspiration.

Garde-moi en vie, songea Nafai. Garde-moi en vie assez longtemps pour que je terrasse l'animal en moi, assez longtemps pour que j'apprenne à vivre main dans la main avec une femme meilleure et plus forte que moi, pour que je me réconcilie avec mes frères, et que je devienne quelqu'un d'aussi bon que mon père et ma mère.

Si je le peux, je le ferai. Cette promesse résonna comme une voix dans sa tête.

Et si je le peux, j'y arriverai très vite. J'en deviendrai bientôt digne.

4

LES ÉPOUSES

LE RÊVE DE LA GÉNÉTICIENNE

QUAND Shedemei s'éveilla, elle voulut raconter son rêve, mais il n'y avait personne auprès d'elle. Personne, et pourtant, il lui fallait relater ce songe. Il était trop fort, trop réel ; elle devait l'habiller de mots, de crainte qu'il ne s'échappe de sa mémoire comme le font en général les rêves. C'était la première fois qu'elle regrettait de ne pas avoir de mari, quelqu'un qui écoute son rêve, même si sa seule réaction ensuite était de grogner et de se retourner avant de se rendormir. Elle serait si soulagée de l'exprimer tout haut !

Mais de toute façon, où un époux aurait-il pu dormir dans la pagaille de son appartement ? Son lit pliant y tenait à peine ! Toute la place était prise par ses instruments de recherche, ses paillasses, lavabos, bechers, cuvettes, éprouvettes, éviers et congélateurs. Et surtout, par ses gros caissons secs alignés le long des murs, pleins de semences et d'embryons déshydratés ; ils étaient destinés à conserver en plusieurs exemplaires des échantillons de chaque étape de ses recherches sur la création et le contrôle de la dérive génétique.

Malgré son jeune âge, vingt-six ans, elle jouissait déjà d'une réputation mondiale parmi ses collègues, et c'était la seule forme de gloire qui l'intéressait. À la différence de tant d'autres femmes brillantes qui avaient grandi chez Rasa, Shedemei n'avait jamais recherché une carrière qui la rendrait célèbre à Basilica. Car depuis l'enfance, elle savait que Basilica n'était pas le centre de l'univers, que la renommée n'y valait pas mieux qu'ailleurs : elle tombait bien vite dans l'oubli. Il y avait quarante millions d'années que l'humanité vivait sur ce monde d'Harmonie, plus de quarante mille fois davantage que l'histoire de l'homme sur sa planète natale, la Terre. S'il fallait en retenir une leçon, c'est que la chanteuse comme l'actrice, la politicienne comme le soldat, tous sombraient rapidement dans l'oubli. Les chansons et les pièces de théâtre disparaissaient des mémoires en une génération ; les frontières et les constitutions étaient révisées tous les mille ans, pour le moins. Mais la science ! Le savoir ! Si c'était dans ce domaine-là qu'on travaillait, il y avait une chance que le grand public s'en souvienne toujours. Bien sûr, on pouvait oublier le nom du découvreur… mais la découverte elle-même resterait dans les mémoires, elle déclencherait des échos qui se répercuteraient tout au long des années à venir. Les plantes qu'on créait, les animaux qu'on améliorait, eux perduraient, pour peu que le travail eût été bien fait. Wetchik, l'horticulteur, l'époux préféré de la chère Rasa, n'avait-il pas transporté la sèchefleur, une plante créée par Shedemei, dans tous les pays riverains du désert ? Tant que la sèchefleur s'épanouirait, tant que son lourd et riche parfum embaumerait toute une maison du désert des senteurs de la jungle, les travaux de Shedemei resteraient vivants dans le monde. Du moment que des savantes de la planète entière recevaient des copies de ses écrits par le biais de Surâme, elle jouissait de la seule célébrité qui comptait à ses yeux.

Elle n'avait donc qu'un seul époux : ce qu'elle accomplissait de ses propres mains. Ses créations lui étaient un mari qui ne la tromperait jamais, comme l'avait fait celui de Kokor, la pauvre petite fille de Rasa ; un mari qui ne se laisserait jamais aller à commettre des violences dans la cité, des viols, des actes de pillage et de brutalité, à incendier les maisons comme l'avaient fait les hommes des Palwashantu avant que les Gorayni ne viennent y mettre bon ordre. Ses recherches n'obligeraient jamais aucune femme à se tapir chez elle, toutes lumières éteintes, un pulsant à la main, sans même la certitude de savoir s'en servir contre un intrus. Certes, personne n'était entré chez elle, bien que par deux fois les cris eussent paru venir de sa rue. Mais elle se serait battue pour protéger ses semences et ses embryons. Elle se serait battue, oui, et, si elle avait su comment s'y prendre, elle serait allée jusqu'à tuer pour défendre l'œuvre de sa vie.

Mais voilà qu'elle avait fait ce rêve, ce rêve troublant, ce rêve puissant. Et elle ne retrouverait pas la sérénité tant qu'elle ne l'aurait pas raconté à quelqu'un.

À Rasa. Oui, bien sûr! Qui sinon tante Rasa?

Alors, Shedemei se leva, lissa sans entrain ses cheveux ébouriffés par le sommeil et sortit dans la rue. Elle ne pensa pas à changer de vêtements, alors qu'elle avait dormi tout habillée; elle dormait souvent ainsi et ne songeait à mettre une autre tenue que les rares fois où il lui venait à l'idée de prendre un bain.

La rue était pleine de monde, et il y avait longtemps que ce n'était plus arrivé : la peur et la méfiance que Gaballufix faisait régner dans la cité avaient retenu bien des gens chez eux. C'était donc presque un soulagement de voir le flux turbulent des piétons tourbillonner de-çà de-là, presque un plaisir de se laisser bousculer dans leur masse. Les cadavres des mercenaires ne pendaient plus au premier étage des immeubles; de même, on n'en voyait plus tombés par terre en tas informes. On les avait emportés et enterrés avec plus ou moins de cérémonie dans les cimetières masculins, en dehors de la cité. Seule, de temps en temps, la vue de deux hommes en uniforme de la garde basilicaine rappelait à Shedemei que la ville était toujours soumise à la loi martiale. Le jour même, le conseil devait décider de la meilleure façon de rétribuer les soldats gorayni avant de les renvoyer dans leurs foyers et de remettre à leur poste les gardes municipaux. Ensuite, on ne verrait plus de soldats dans les rues, sauf pour répondre à une urgence. Tout irait bien. Tout serait comme avant.

Preuve du retour de la paix, deux classes de petites filles écoutaient leurs professeurs et posaient des questions sous l'auvent de la maison de Rasa. Shedemei s'arrêta un instant comme souvent pour prêter l'oreille aux leçons et se rappeler l'époque, si lointaine aujourd'hui, où elle suivait les cours sous ce même auvent, ou dans les salles et les jardins intérieurs de la maison. On accueillait beaucoup d'enfants d'aristocrates, mais ce n'était pas un établissement pour snobs. Les programmes étaient rigoureux et il y avait toujours de la place pour de nombreuses filles de familles modestes, ou sans famille du tout. Ainsi, les parents de Shedemei étaient fermiers, pas même citoyens ; seule la lointaine parenté de sa mère avec une servante basilicaine lui avait permis d'entrer dans la cité. Et pourtant, Rasa l'avait acceptée sur la seule foi d'une entrevue, alors que Shedemei n'avait que sept ans. Elle ne savait même pas lire à l'époque, parce que ses parents étaient illettrés… Mais grâce à Rasa, Shedemei avait pu répondre à toutes les ambitions que sa mère nourrissait pour elle. Sa mère qui avait vécu assez longtemps pour voir sa fille emménager dans son propre appartement et gagner son premier argent avec la musaraigne au regard perçant qu'elle avait mise au point pour chasser les blattes. Shedemei avait pu racheter la ferme de ses parents, afin qu'ils vivent leur dernières années en propriétaires et non plus en locataires.

Et tout cela, c'était grâce à tante Rasa qui avait bien voulu accepter une pauvre gamine analphabète de sept ans parce qu'elle avait apprécié sa forme d'esprit en bavardant avec elle. Rien que pour cela, Rasa méritait de faire partie des grandes figures de Basilica. Et voilà pourquoi, au lieu d'enseigner dans les écoles supérieures,

Shedemei ne dispensait son savoir qu'ici, chez Rasa, où deux fois l'an elle faisait un cours aux élèves scientifiques les plus brillants. D'ailleurs, elle y était encore officiellement résidante ; elle avait sa chambre, même si elle ne s'en était plus servie depuis son dernier cours et s'attendait toujours à la trouver un jour occupée par une autre. Mais cela n'arrivait jamais, malgré la constance avec laquelle Shedemei dormait dans son appartement, sur son lit pliant : Rasa lui conservait toujours une place chez elle.

Une fois entrée, Shedemei apprit que l'importance même de Rasa l'empêcherait de la voir avant la fin de la journée. Elle ne faisait pas actuellement partie du conseil municipal, mais on l'avait néanmoins priée d'assister à la réunion du matin. Voilà qui n'était pas prévu et Shedemei se sentit perdue, car son rêve brûlait toujours en elle, exigeant qu'elle le raconte.

« Peut-être pourrais-je vous aider ? demanda une jeune fille qui l'avait abordée.

— Ça m'étonnerait, répondit Shedemei avec un sourire affable. C'étaient des bêtises, de toute façon.

— C'est ma spécialité, les bêtises, assura la jeune fille. Mais je vous reconnais : vous êtes Shedemei ! » Elle prononça le nom avec une telle révérence que son interlocutrice en fut gênée.

« En effet. Pardonnez-moi de ne pas me rappeler votre nom. Pourtant, je vous ai déjà vue plusieurs fois.

— Je m'appelle Luet.

— Ah. » Ce nom fit surgir des évocations dans l'esprit de Shedemei. « La sibylle de l'eau… La Dame du Lac… »

La jeune fille fut manifestement flattée que Shedemei sût qui elle était. Mais quelle femme de Basilica n'avait pas entendu parler d'elle ? « Non, pas encore Dame du Lac, répondit Luet. Et peut-être jamais : je n'ai que treize ans, après tout !

— Oui, j'imagine qu'il vous reste quelques années à attendre. Et puis ça n'a rien d'automatique, n'est-ce pas ?

— Tout dépend de la qualité de mes rêves. »

Shedemei éclata de rire. « N'est-ce pas vrai de nous toutes ?

— Sans doute », dit Luet en souriant.

Shedemei s'apprêtait à s'en aller quand elle prit conscience de la personnalité avec qui elle conversait. « Dites-moi, en tant que sibylle de l'eau, vous devez avoir des lumières sur la signification des rêves. »

Luet secoua la tête. « Pour l'interprétation des songes, il faut vous adresser aux diseuses de vérité du marché intérieur.

— Non, non, je ne parle pas de ce genre de rêves, ni de ce genre d'explications. C'était très curieux ; je ne me rappelle jamais mes rêves, d'ordinaire, mais cette fois j'ai eu l'impression de… de quelque chose d'irrésistible. Et même… un peu comme les songes que vous devez connaître, j'imagine. »

Luet la regarda, la tête penchée de côté. « S'il y a une chance que votre rêve vous vienne de Surâme, Shedemei, il me faut l'entendre. Mais pas ici. »

Shedemei suivit la jeune fille – deux fois plus jeune qu'elle, songea-t-elle soudain – à l'autre bout de la maison, où elles prirent un escalier dont la savante ignorait presque l'existence, car cette partie du bâtiment servait au rangement des vieux objets, des meubles usagés et du matériel de classe. Deux étages plus haut, elles pénétrèrent dans un grenier étouffant et sombre.

« Mon rêve n'est pas secret au point de devoir me retirer ici pour le raconter, tout de même ! dit Shedemei.

— Non, ce n'est pas ça, répondit Luet. Il y a quelqu'un d'autre qui doit l'entendre, s'il vient vraiment de Surâme. » Là-dessus, Luet retira un treillis du mur à pignons et, se baissant, franchit l'ouverture ainsi dévoilée.

Shedemei, éblouie par le soleil, n'aperçut pas tout de suite le toit plat, semblable à une terrasse, qui s'étendait en dessous du trou ; elle eut l'impression que Luet s'était avancée dans le vide et flottait maintenant en l'air. Puis ses yeux s'adaptèrent peu à peu et, en louchant légèrement, elle put apercevoir le sol sur quoi Luet marchait, et la suivit.

La terrasse était invisible de la rue et du reste de la maison. Une demi-douzaine de toits en pente y convergeaient et un gros trou d'évacuation au centre de la zone plane expliquait sa fonction. Par forte pluie, les eaux de ruissellement pouvaient y monter jusqu'à plus d'un mètre en attendant que le drain fasse son office. En fait, il s'agissait moins d'une terrasse que d'un bassin.

C'était aussi une cachette parfaite, puisque même les résidants de la maison ignoraient son existence – sauf, évidemment, Luet et la personne qui s'y dissimulait.

Les yeux de Shedemei étaient tout à fait habitués à la lumière, et dans l'ombre d'un auvent portatif, elle distingua une jeune fille un peu plus âgée que Luet ; d'après sa ressemblance avec elle, Shedemei ne s'étonna pas de se voir présentée à Hushidh la Déchiffreuse, la sœur aînée de la sibylle. En face d'elle, de l'autre côté d'une table basse, se tenait assis un jeune homme de belle taille, mais pas encore en âge de se raser.

« Tu ne me reconnais pas, Shedemei ? demanda-t-il.

— Si, il me semble.

— J'étais beaucoup plus petit quand tu vivais chez Mère.

— Ah, oui : Nafai. Mais je te croyais parti dans le désert ?

— J'y suis allé et j'en suis revenu, trop souvent je le crains, dit Nafai. Je n'aurais jamais cru voir un jour des soldats gorayni garder les portes de Basilica.

— Ça ne durera pas, répondit Shedemei.

— Je n'ai jamais entendu dire que les Gorayni aient lâché une cité une fois qu'ils l'avaient prise.

— Mais ils n'ont pas pris Basilica, objecta Shedemei. Ils sont simplement venus nous protéger pendant une période de troubles.

— J'ai vu les cendres de dizaines et de dizaines de grands feux dans le désert, répondit Nafai, mais pas le moindre signe de campement. À ce que j'ai appris, le chef des Gorayni prétendait disposer d'une immense armée menée par le général Mouj le Monstre, alors qu'en fait il n'avait qu'un millier d'hommes.

— Il a expliqué qu'il s'agissait d'une ruse pour écraser psychologiquement les mercenaires palwashantu.

— À moins que ce ne soit pour écraser psychologiquement les gardes municipaux, rétorqua Nafai. Enfin, peu importe. Luet t'a fait monter ici ; tu sais pourquoi ? »

Luet intervint aussitôt : « Non, Nafai ; elle n'a rien à voir avec tout ça. Elle est venue de son plein gré raconter un rêve à ta mère. Et puis elle a songé à m'en parler, et moi, j'ai voulu que vous soyez présents tous les deux, au cas où il s'agirait d'un message de Surâme.

— Mais pourquoi Nafai ? demanda Shedemei.

— Parce que Surâme lui parle autant qu'à moi. Il l'a forcée à communiquer avec lui et maintenant ils sont amis.

— Un homme qui force Surâme à lui parler ? Eh bien, c'est nouveau !

— En effet, c'est tout récent, dit Luet en souriant. Il y a plus de choses dans le ciel et sur la terre que n'en rêve toute ta philosophie, Shedemei. »

La savante lui rendit son sourire sans pouvoir se rappeler d'où venait cette citation, ni pourquoi elle devait être plutôt comique en cette occasion.

« Alors, ce rêve ? dit Hushidh.

— Je me sens un peu bête, maintenant, répondit Shedemei. J'ai dû gonfler son importance, pour qu'un public aussi vaste veuille l'entendre ! »

Luet secoua la tête. « Pourtant, tu as fait tout le trajet jusqu'ici depuis... où habites-tu ? Aux Citernes ?

— Non, dans les Puits, mais ce n'est pas très loin du quartier des Citernes.

— Donc, tu as fait tout ce chemin pour le raconter à tante Rasa, reprit Luet. Ce rêve est peut-être plus intéressant que ce que tu en comprends toi-même. Alors, raconte-le nous, s'il te plaît. »

Jetant un nouveau coup d'œil à Nafai, Shedemei ne parvint pas à parler.

« Je t'en prie, dit le jeune homme. Je ne me moquerai pas de ton rêve et je n'en ferai part à personne. Je veux l'entendre au cas où il recèlerait une vérité. »

Shedemei fut prise d'un rire nerveux. « C'est simplement que… je ne me sens pas à l'aise de parler devant un homme. Ne te vexe pas ; tu es le fils de tante Rasa, je te fais naturellement confiance, mais…

— Ce n'est pas un homme, intervint Luet, pas vraiment.

— Merci bien ! dit Nafai entre haut et bas.

— Il ne traite pas les femmes comme le font les hommes en général. Et il n'y a pas très longtemps, Surâme m'a ordonné de l'emmener au lac. Il l'a traversé en barque, il y a flotté avec moi. Surâme l'a ordonné et il n'a pas été tué. »

Shedemei regarda Nafai avec un respect nouveau. « Vivons-nous le temps où toutes les prophéties se réalisent ?

— Raconte-nous ton rêve, dit Hushidh d'une voix douce.

— J'ai rêvé – ça va vous paraître idiot ! – j'ai rêvé que je m'occupais d'un jardin dans les nuages ; pas seulement des plantes et des animaux sur lesquels je travaille habituellement, mais de tous, même ceux dont j'ai seulement entendu parler. Et bizarrement, le jardin n'était pas immense ; il était même plutôt petit. Pourtant, tous ces êtres y tenaient ; ils étaient même bien vivants et visiblement florissants. Et puis je me suis mise à flotter dans les nuages, pendant une éternité, m'a-t-il semblé, pendant la plus longue nuit du monde, une nuit de mille années. Et brusquement la lumière est revenue et j'ai regardé par-dessus le bord du nuage ; alors j'ai vu une nouvelle terre, une terre verte, magnifique, et je me suis dit – dans le rêve, vous comprenez : "Mais ce monde n'a aucun besoin de mon jardin !" Alors, j'ai laissé le jardin où il était et je suis descendue de mon nuage…

— C'est un rêve de chute, dit Luet.

— Non, je ne suis pas tombée. J'ai mis le pied dehors et d'un seul coup, je me suis retrouvée debout sur le sol. Et en me promenant dans les bois et les prairies, je me suis aperçue qu'en fait, beaucoup des plantes de mon jardin seraient indispensables. Alors j'ai levé la main et celles dont j'avais besoin se sont mises à pleuvoir sur moi – oui, à pleuvoir – sous forme de graines. Je les ai plantées et elles ont poussé sous mes yeux. À ce moment, j'ai pris conscience que beaucoup de mes animaux avaient aussi leur place ici : ce monde avait perdu tous ses oiseaux, il n'y en avait plus un seul ; il ne restait que quelques reptiles, mais aucune bête de somme ni de boucherie. Pourtant, les milliards d'insectes de ce monde pouvaient nourrir les oiseaux et les reptiles, de même que les pâtures et les prairies suffisaient amplement aux ruminants. Alors j'ai de nouveau levé les mains vers les nuages, et les embryons des animaux demandés ont plu sur moi ; je les ai arrosés et ils ont aussitôt poussé grands et forts. Les oiseaux se sont envolés, le bétail et les moutons se sont égaillés vers les ruisseaux et dans les prés, les serpents et les lézards ont disparu dans l'herbe. Et j'ai entendu ces mots comme si quelqu'un me les disait à l'oreille : "Personne n'a jamais eu un jardin comme le tien, Shedemei, ma fille !" Mais ce n'était pas la voix de ma mère ni celle de mon père ; et j'ignorais si elle parlait de mon jardin des nuages ou de ce nouveau monde où je réintroduisais une flore et une faune disparues depuis bien longtemps. »

C'était là son rêve, tel qu'elle se le rappelait.

D'abord, tous restèrent silencieux. Puis Luet prit la parole. « Je me demande comment tu savais que les plantes et les animaux que tu faisais tomber des nuages correspondaient à la flore et à la faune qui avaient vécu là avant de disparaître.

— Je l'ignore. Mais je sentais que c'était ainsi. Non, je le savais, plutôt. Je ne les introduisais pas dans ce milieu : je les y ramenais.

— Et tu ne peux pas dire si la voix était masculine ou féminine ? demanda Hushidh.

— Je ne me suis pas posé la question. Elle me faisait penser à mes parents, avant que je ne m'aperçoive que ce n'était pas leur voix. Mais masculine ou féminine, je n'ai pas pensé à le noter. Et même maintenant, je n'en sais rien. »

Luet, Hushidh et Nafai se mirent à discuter entre eux, tout en parlant assez fort pour que Shedemei les entende ; leur but n'était pas de l'exclure. « Il y avait un voyage dans son rêve, disait Nafai. Ça concorde avec ce qui m'a été dit ; et on réintroduisait la flore et la faune. Pour moi, il s'agit de la Terre et de rien d'autre.

— En tout cas, ça indique cette direction, intervint Luet.

— Mais les nuages ! objecta Hushidh. Qu'est-ce que vous en faites ? Les nuages se déplacent peut-être d'un continent à l'autre, mais jamais d'une planète à l'autre !

— Même les rêves de Surâme n'arrivent pas tout emballés, répondit Nafai. La vérité coule dans notre esprit, mais ensuite notre cerveau puise dans sa bibliothèque mentale pour y trouver des images propres à exprimer ces idées. Un grand voyage dans les airs. Elemak a vu une espèce de maison bizarre ; Shedemei un nuage ; et moi, ça m'est venu à travers la voix de Surâme qui me disait qu'il fallait aller sur Terre.

— Sur Terre ! répéta Shedemei.

— Père n'a pas entendu la même chose que moi, ni Issib. Mais j'en suis aussi certain que de ma propre vie : Surâme a l'intention de retourner sur Terre.

— Ça concorde avec ton rêve, Shedemei, dit Luet. L'humanité a quitté la Terre il y a quarante millions d'années ; le terrible hiver qui s'est abattu sur la planète a peut-être tué la plupart des espèces de reptiles et tous les oiseaux. Seuls les poissons, les amphibiens et quelques petits animaux à sang chaud ont dû survivre.

— Mais il s'est écoulé quarante millions d'années depuis ! rétorqua Shedemei. La Terre a dû se guérir depuis longtemps ! Le temps n'a pas manqué pour une nouvelle spéciation.

— Oui, mais combien de temps la Terre est-elle restée prise dans la glace ? demanda Nafai. À quelle vitesse la glace a-t-elle reculé ? Comment les masses continentales se sont-elles déplacées depuis lors ?

— D'accord, je comprends, dit Shedemei. En effet, c'est possible.

— Moi, ce qui me chiffonne, intervint Hushidh, c'est ce tour de magie où tu lèves les mains pour faire tomber du ciel ce qu'il te faut, et où tu arroses des embryons – des embryons ! – pour les faire pousser !

— À vrai dire, j'ai compris cela du premier coup ; dans mon domaine de recherches, pour stocker les échantillons, on cristallise à sec les semences et les embryons. Disons pour aller vite que ça bloque tous les processus physiques à l'instant même de la cristallisation ; on stocke ensuite les spécimens sous forme totalement déshydratée et, quand on en a besoin, il suffit d'y injecter de l'eau distillée et les cristaux se dissolvent dans une réaction en chaîne très rapide mais non explosive. À cause de sa taille très réduite, l'organisme retrouve toutes ses fonctions en une fraction de seconde. Naturellement, pour les embryons, il faut pouvoir les placer dans une solution de croissance liquide et les brancher sur des vitellus ou des placentas artificiels, de façon à pouvoir en réactiver un grand nombre en même temps.

— Alors, si tu devais emporter assez d'échantillons pour reconstituer une bonne partie de la flore et de la faune disparues de la Terre, quelle quantité d'équipements est-ce qu'il te faudrait ? demanda Nafai.

— Quelle quantité ? Beaucoup – énormément, même. Toute une caravane.

— Mais si tu étais obligée de ne choisir que les spécimens essentiels – les oiseaux les plus utiles, par exemple, les animaux les plus importants, les plantes dont nous avons le plus besoin pour nous abriter et nous nourrir ?

— Alors, la quantité ne compte plus. Il suffit de définir les priorités : si on ne dispose que d'un chameau pour transporter le matériel, eh bien, on n'en prend pas plus, c'est-à-dire deux caissons secs par chameau. Plus une bête par jeu d'équipements et de matériaux de reconstitution.

— Donc, ce serait réalisable ! s'écria Nafai, triomphant.

— Parce que vous croyez vraiment que Surâme va vous envoyer sur Terre ? demanda Shedemei.

— Nous croyons même que c'est ce qui se passe de plus important sur Harmonie en ce moment, répondit Nafai.

— Tu parles de mon rêve ?

— Ton rêve en fait partie, dit Luet. Le mien aussi, je pense. » Et elle raconta à Shedemei sa vision d'anges et de bêtes fouisseuses.

« Ça se tient, comme symbole d'un monde où de nouvelles formes de vie sont apparues, répliqua Shedemei. Mais ce que vous oubliez, c'est que si ce rêve provient bien de Surâme, il ne peut pas être exact dans le détail.

— Et pourquoi pas ? » demanda Luet. Elle avait l'air un peu vexée.

« Eh bien, comment Surâme pourrait-elle savoir ce qui se passe en ce moment sur Terre ? Comment obtiendrait-elle une image précise des espèces qui s'y trouvent ? La Terre est à des milliers d'années-lumière. On n'a jamais mis au point un signal électromagnétique assez compact et défini pour convoyer des transmissions importantes sur une telle distance. Si Surâme t'a réellement envoyé ce rêve, elle l'a fabriqué de toutes pièces.

— Ce n'est peut-être qu'une simple conjecture de sa part, dit Hushidh.

— Peut-être aussi qu'il ne fait qu'estimer les besoins de Shedemei en semences et en embryons, intervint Nafai. Mais il faut quand même obéir au rêve. Shedemei doit réunir son matériel et se préparer à l'emporter sur Terre avec nous. »

Shedemei le regarda, abasourdie. « Mais je suis venue ici pour raconter un rêve à tante Rasa, pas pour abandonner ma carrière en m'engageant dans un voyage délirant ! Comment pensez-vous aller sur Terre ? Sur un nuage ?

— Surâme a dit qu'on partait, dit Nafai. Le moment venu, il nous indiquera comment.

— Mais c'est absurde ! s'exclama Shedemei. Je suis une scientifique, moi ; je sais que Surâme existe parce que nos théories sont souvent relayées jusqu'à des ordinateurs dans des cités lointaines et que ça ne peut pas s'expliquer autrement. Mais pour moi, Surâme n'a jamais été qu'un ordinateur qui commande à une armée de satellites de communication. »

Nafai jeta un coup d'œil consterné à Luet et à Hushidh. « Quand je pense qu'on a dû se crever, Issib et moi, pour comprendre ça, alors que Shedemei le savait depuis le début !

— Vous n'aviez qu'à me poser la question.

— On n'aurait jamais osé seulement t'adresser la parole ; tu es la célèbre Shedemei, quand même !

— Bah ! un professeur comme les autres chez ta mère, répondit la savante.

— Oui, de même que le soleil est une étoile comme les autres dans le ciel », répliqua Nafai.

Shedemei éclata de rire en secouant la tête. Elle n'avait jamais imaginé que les jeunes puissent la tenir en telle révérence. Cela lui fit plaisir – c'était agréable de se savoir admirée – mais elle se sentit en même temps effarouchée, comme mise à nu. Il lui fallait se conformer à l'image qu'ils avaient d'elle, alors qu'elle n'était qu'une chercheuse acharnée qu'un rêve avait troublée.

« Shedemei, dit Hushidh, que ça te semble possible ou non, Surâme nous demande de nous préparer à ce voyage. Il ne nous serait jamais venu à l'idée de t'inviter, mais Surâme t'a menée jusqu'à nous.

— Disons plutôt une coïncidence !

— Coïncidence, c'est le terme qu'on utilise quand on n'a pas encore découvert la cause d'un phénomène, intervint Luet. C'est une illusion de l'esprit, une façon de dire : "J'ignore pourquoi ça s'est passé comme ça et je n'ai pas envie de le savoir."

— Je parlais dans un contexte différent, objecta Shedemei.

— Tu as fait ce rêve, coupa Nafai ; tu as senti qu'il était important et ça t'a poussée à le venir raconter à Mère. C'est nous, pas elle, qui étions ici à ton arrivée ; mais nous aussi, nous avons été réunis par Surâme. Alors, tu ne vois pas que tu as été invitée ? »

Shedemei secoua la tête. « C'est ici qu'est mon travail ; je n'ai rien à faire dans un voyage dément dont la destination se trouve à mille années-lumière d'ici !

— Ton travail ? dit Hushidh. Mais que vaut ton travail à côté de cette mission : réintroduire des espèces disparues sur Terre ? Tu as fait un travail remarquable jusqu'à présent, mais devenir le jardinier d'une planète…

— Si tout ça est vrai ! coupa Shedemei.

— Ah, dit Nafai, on a tous affronté le même problème : si tout ça est vrai… Personne ne peut résoudre la question à ta place ; alors, quand tu te seras décidée, préviens-nous. »

Shedemei acquiesça, mais en son for intérieur elle résolut d'éviter à tout prix de revoir ces jeunes gens. Ils étaient trop étranges ; ils faisaient de son rêve un événement hors de toute proportion. Ils exigeaient d'elle un trop grand sacrifice.

« Elle a décidé de ne pas nous aider, dit Luet.

— Pas du tout ! » s'écria Shedemei. Mais elle se demanda avec un sentiment de culpabilité : Comment le sait-elle ?

« Même si tu décides de ne pas nous accompagner, dit Nafai, est-ce que tu acceptes de réunir un bon échantillonnage de graines et d'embryons – mettons, de quoi charger deux chameaux ? Et le matériel pour les réactiver ? Et aussi d'apprendre à certains d'entre nous à l'utiliser ?

— Oh, avec joie ! répondit Shedemei. Je devrais en trouver le temps dans les mois à venir.

— On ne dispose pas de plusieurs mois, répliqua Nafai. Il ne nous reste que quelques heures ; quelques jours, peut-être.

— Allons, ne me faites pas rire ! Quel genre de jardin puis-je préparer en quelques heures, voulez-vous me le dire ?

— Il n'y a pas des bio-bibliothèques ici, à Basilica ? demanda Hushidh.

— Ma foi, si ; c'est là que je me fournis pour mes échantillons d'origine.

— Eh bien, tu ne pourrais pas taper dedans pour obtenir la plus grande partie de ce qu'il te faut ?

— Pour charger deux chameaux, je devrais pouvoir tout y trouver. Mais le matériel de réactivation, surtout pour les embryons animaux... Le seul équipement dont je dispose, c'est le mien, et il faudrait des mois pour en fabriquer d'autres.

— Si tu viens avec nous, dit Luet, tu apportes ton matériel. Et dans le cas contraire, tu auras plusieurs mois pour t'en fabriquer un nouveau.

— Vous me demandez de vous donner mon matériel à moi ?

— Pour Surâme.

— Oui, enfin, c'est ce que vous croyez.

— Pour le fils de tante Rasa », renchérit Hushidh.

Évidemment : une déchiffreuse doit savoir comment me toucher au cœur, songea Shedemei. « Si tante Rasa me le demande, dit-elle, je le ferai. »

Une lueur s'alluma dans l'œil de Nafai. « Et si Mère te demandait de nous accompagner ?

— Elle ne ferait jamais ça.

— Et si tante Rasa elle-même venait avec nous ? demanda Luet.

— Impossible !

— C'est ce que Mère elle-même prétend, dit Nafai, mais on verra bien.

— Bon, qui d'entre vous va apprendre à se servir du matériel ? demanda Shedemei.

— Hushidh et moi, répondit vivement Luet.

— Alors, venez chez moi cet après-midi pour commencer.

— Tu vas nous donner ton équipement ? » s'exclama Hushidh.

Était-ce de la joie ou simplement de la surprise ?

« J'y réfléchirai. Pour l'instant, je vais vous apprendre à le faire fonctionner ; ça ne me coûtera que du temps. »

Là-dessus, Shedemei se leva et sortit de sous l'auvent de toile. Elle chercha des yeux le trou par lequel elle était arrivée, mais Luet devait avoir replacé la grille et elle ne s'en rappelait pas l'emplacement.

Elle n'eut cependant pas à se renseigner, car Luet, ayant sans doute remarqué son hésitation, l'y conduisit tout droit. La grille n'avait pas été remise en place, elle se trouvait simplement hors de vue, cachée par le toit. « Je connais le chemin à partir d'ici, dit Shedemei. Tu n'es pas obligée de m'accompagner.

— Shedemei, j'ai rêvé de toi, une fois. Il n'y a pas très longtemps.

— Ah ?

— Je sais que tu auras du mal à me croire et que tu penseras que je ne dis ça que pour te convaincre de venir, mais ce n'est pas une coïncidence. J'étais dans les bois, il faisait nuit et j'avais peur. Alors, j'ai vu plusieurs femmes : tante Rasa, Hushidh, Eiadh, Dol ; et puis toi. Je t'ai vue, toi.

— Ce n'était pas moi. Je ne vais jamais dans les bois.

— Je sais ; je te l'ai dit, c'était un rêve, même si je ne dormais pas.

— J'avais compris ; mais je te le répète, je ne vais jamais dans les bois. Je ne vais jamais au lac. Je suis convaincue que ce que vous faites, c'est très bien et très important, mais ça n'a rien à voir avec ma vie. Ça n'a rien à voir avec ma vie !

— Alors, tu devrais peut-être changer de vie. »

Shedemei n'avait rien de poli à répondre à cela, aussi franchit-elle en silence l'ouverture du mur. Elle entendit derrière elle les jeunes gens reprendre leur conversation à voix basse, sans pouvoir distinguer leurs paroles. Elle n'en avait d'ailleurs pas envie. Ce qu'ils lui avaient demandé était révoltant.

Et pourtant, et pourtant ! quel plaisir elle avait ressenti dans son rêve à tendre le bras et à faire pleuvoir la vie des nuages ! Pourquoi ne s'était-elle pas contentée du souvenir d'un beau songe, sans chercher plus loin ? Pourquoi en avait-elle parlé à ces enfants ? Pourquoi n'arrivait-elle pas à oublier ce qu'ils lui avaient dit, au lieu de se laisser emporter dans ce tourbillon de pensées ?

Retourner sur Terre... Rentrer sur Terre...

Qu'est-ce que cela signifiait ? Pendant quarante millions d'années, l'homme avait vécu heureux sur Harmonie ; pourquoi aujourd'hui la Terre l'appellerait-elle, elle, précisément ? C'était de la folie, une folie contagieuse en ces temps troublés.

Pourtant, au lieu de rentrer chez elle, elle se rendit à la bio-bibliothèque et y passa plusieurs heures plongée dans le catalogue, à inventer une commande plausible concernant un chargement pour deux chameaux de semences et d'embryons cristallisés, de quoi reconstituer les plantes et les animaux les plus utiles d'une Terre qui les avait perdus depuis très, très longtemps.

AU CONSEIL MUNICIPAL, ET PAS DANS UN RÊVE

Rasa avait toujours vécu pleine d'assurance. Rien ne pouvait arriver, elle le savait, qu'elle ne fût capable de régler par une combinaison d'astuce, de bonté et de résolution. On pouvait toujours convaincre les gens, ou sinon, les écarter de son chemin jusqu'à ce qu'ils finissent par disparaître. Cette philosophie l'avait toujours portée, au point que son école, bien que récente, était à présent un des établissements les plus respectés de Basilica ; cela avait aussi accru son influence personnelle dans tous les domaines de la vie de la cité, alors qu'elle n'avait jamais occupé un poste officiel. Au conseil municipal, on la consultait sur presque tous les choix essentiels ; elle faisait partie du conseil d'administration de plusieurs comités artistiques ; et surtout, elle recevait les visites discrètes de femmes – et même d'hommes – en charge des décisions importantes concernant le gouvernement et le commerce de Basilica. Bien des hommes la courtisaient, mais elle maintenait une union heureuse avec le seul, à sa connaissance, qui ne fût ni inquiet ni jaloux du pouvoir qu'elle détenait. Elle s'était créé un rôle parfait dans la cité et le vivait avec plaisir.

Mais elle ne s'était jamais rendu compte à quel point tout cela était fragile. Elle avait tissé la trame de son existence sur le métier de Basilica, et maintenant que la cité s'écroulait, sa vie s'effilochait, des accrocs y apparaissaient, qui ne cessaient de s'agrandir. Son ancien époux, Gaballufix, avait entamé ce processus alors qu'ils étaient encore mariés, quand il avait cherché à la convaincre de faire modifier les lois interdisant aux hommes d'être propriétaires dans la cité. Quand elle avait compris son but, elle l'avait éconduit à la fin du contrat pour se remarier avec Wetchik – définitivement, en ce qui la concernait. Mais Gaballufix, loin d'abandonner, avait gagné le soutien des hommes les plus vils des bourgs aux alentours de Basilica ; puis il les avait lâchés sur la cité, les uns en tolchocks qui terrifiaient les femmes, les autres en mercenaires dissimulés sous leurs masques hideux, engagés soi-disant pour protéger Basilica des tolchocks ; mais pour autant que Rasa le sût, les mercenaires n'étaient que des tolchocks sous des déguisements holographiques.

On aurait peut-être pu arrêter Gaballufix, cependant, si Surâme ne s'était pas mise à se comporter aussi bizarrement. Elle avait parlé à un homme, pour commencer, et pas n'importe lequel : à Wetchik lui-même ! Les problèmes qui en avaient rejailli sur Rasa étaient innombrables ; non seulement son précédent mari s'en prenait aux lois antiques de la cité des femmes, mais voilà que l'actuel racontait à tous ceux qui voulaient l'entendre que Basilica allait être détruite ! Dhel, sa meilleure amie, lui avait rapporté à l'époque – il n'y avait que quelques semaines de cela – qu'on s'étonnait que Rasa n'ait pas également été mariée à Roptat, le chef du parti pro-Gorayni. « Tu devrais examiner ton lit ; il abrite peut-être une espèce de parasite qui rend fou, ma chérie ! » avait suggéré Dhel. Elle plaisantait, évidemment ; mais la plaisanterie était cruelle.

Cruelle, mais pas autant que ces derniers jours, loin de là. Tout se défaisait. Gaballufix volait la fortune de Wetchik et tentait de tuer ses fils – y compris les deux de Rasa ; puis Surâme ordonnait à Luet de conduire Nafai – Nafai, qui n'était qu'un enfant ! – au lac interdit, où il flottait sur l'eau comme une femme, comme une sibylle ! La même nuit, sans doute encore humide de son passage dans le lac de paix, Nafai avait tué Gabya. Dans un sens, ce n'était que justice, car Gaballufix avait lui-même cherché à le tuer. Mais pour Rasa, c'était le pire qu'elle pût imaginer : son propre fils assassinant son ex-époux.

Et pourtant, il ne s'agissait que d'un début. Car au cours de la même nuit, elle avait découvert à quel point ses deux filles étaient monstrueuses : Sevya couchant avec le mari de Kokor – puis celle-ci tuant presque sa sœur dans un accès de démence. La civilisation n'a même pas pénétré chez moi ; mon fils est un assassin, une de mes filles une femme adultère et l'autre une meurtrière en puissance. Seul Issib restait civilisé. Issib l'infirme, songea-t-elle amèrement. C'est peut-être cela, la civilisation : des infirmes qui se sont ligués pour faire pièce aux plus forts. N'était-ce pas ce que Gaballufix avait dit une fois ? « En temps de paix, Rasa, vous, les femmes, vous pouvez vous entourer d'eunuques. Mais quand l'ennemi viendra du dehors, les eunuques ne vous sauveront pas. Vous chercherez alors de vrais hommes, des hommes dangereux, puissants – et où seront-ils, si vous les avez tous chassés ? »

Rashgallivak... C'était bien un de ces êtres irrésolus et ridicules, n'est-ce pas ? Un « eunuque », au sens où Gaballufix l'entendait ! Il n'avait même pas la force de maîtriser les animaux que Gaballufix avait mis sous le harnais. Et pour couronner le tout, Hushidh avait tranché ce harnais et la cité s'était mise à brûler. Et c'est arrivé sous mon propre toit ! Pourquoi faut-il que je sois encore une fois le point focal de toute chose ?

L'injure suprême, ç'avait été l'irruption du général Mouj, car Rasa savait maintenant que c'était lui ; il ne pouvait s'agir de nul autre. Cette audace... S'approcher de la cité avec mille hommes seulement, à un moment où elle était sans défense, où celui qui se dirait ami serait évidemment invité à entrer... Rasa ne se laissait pas prendre aux promesses du général, ni au fait que ses soldats s'étaient retirés des rues. Ils tenaient toujours les murailles et les portes, n'est-ce pas ?

Et voilà que Mouj aussi était lié à elle, exactement comme Wetchik, Gaballufix, Nafai et Rashgallivak ; car il était arrivé porteur de sa lettre et c'est en se servant du nom de Rasa qu'il avait pu pénétrer dans la cité.

Non, les choses ne pouvaient pas être pires. Et puis, ce matin, Nafai et Elemak étaient entrés chez elle par la forêt, ce qui signifiait qu'ils s'étaient faufilés par des zones interdites aux hommes. Et pourquoi ? Pour l'informer que Surâme lui demandait de quitter la cité et de rejoindre son époux dans le désert, en emmenant avec elle les femmes qu'elle jugerait convenables.

« Convenables pour quoi ? avait-elle demandé.

— Pour se marier, avait répondu Elemak, et porter des enfants dans une nouvelle terre loin d'ici.

— Il faudrait que je quitte Basilica en entraînant de malheureuses innocentes pour aller vivre dans le désert comme un babouin au milieu de sa tribu, c'est ça ?

— Pas comme un babouin, avait dit Nafai. On portera toujours des vêtements et personne n'aboie, chez nous.

— Je refuse d'envisager une telle folie !

— Oh si, vous allez l'envisager, Mère ! rétorqua Nafai.

— Tu me menaces ? avait demandé Rasa, car elle avait trop souvent entendu des hommes s'exprimer ainsi ces derniers temps.

— Pas le moins du monde. Je fais une prédiction ; je parie qu'avant une demi-heure, vous envisagerez sérieusement la chose, parce que vous savez que c'est Surâme qui vous le demande. »

Et il avait eu raison. Il n'avait même pas fallu dix minutes. Elle n'était pas parvenue à effacer cette idée de son esprit.

Comment Nafai l'avait-il su ? Parce qu'il comprenait le fonctionnement de Surâme. Mais ce qu'il ignorait, c'est qu'avant cela, Surâme cherchait déjà à la convaincre ; en partant au désert, Wetchik lui avait demandé de l'accompagner. Il n'était pas question d'autres femmes alors, mais quand elle avait prié Surâme, elle avait reçu une réponse aussi claire qu'une voix dans son cœur. *Emmène tes filles,* disait Surâme ; emmène tes nièces, toutes celles qui voudront venir au désert, pour qu'elles y deviennent les mères de mon peuple.

Au désert! Pour y vivre comme des animaux! Toute sa vie, Rasa avait cherché à suivre les enseignements de Surâme; mais cette fois, c'était trop demander. Qui était Rasa en dehors de Basilica, en dehors de sa maison? Personne. La femme de Wetchik, pas davantage. Ce seraient les hommes qui dirigeraient, des hommes sauvages comme Elemak, le fils de Wetchik. Quel garçon inquiétant, cet Elemak! Comment Wetchik ne voyait-il pas le danger qu'il représentait? Ce serait d'Elemak le chasseur qu'elle dépendrait pour manger. Et elle-même, quelle influence aurait-elle? Quel conseil l'écouterait? Les hommes tiendraient les réunions pendant que les femmes feraient la cuisine, la lessive et s'occuperaient des bébés. On en reviendrait aux temps primitifs, aux époques animales. Non, impossible de quitter la cité des femmes : elle ne serait plus dame Rasa, mais une bête.

Il n'y a qu'ici que j'existe, ici que je suis humaine.

Et pourtant, en entrant dans la salle du conseil, elle se rendit compte qu'il n'y avait plus de cité des femmes. Regardant les visages effrayés, solennels ou furieux des membres du conseil, elle comprit que la Basilica d'autrefois ne reverrait plus jamais le jour. Une nouvelle Basilica naîtrait peut-être à sa place, mais plus jamais une femme comme Rasa ne pourrait élever ses filles et ses nièces dans une paix et une sécurité parfaites. Il y aurait toujours des hommes pour essayer de posséder, de contrôler, de se mêler de tout. Le mieux qu'elle pouvait espérer pour une telle cité serait un homme de la trempe de Wetchik, dont la bonté tempérerait la soif instinctive de pouvoir. Mais existait-il un autre Wetchik de par le monde? Et même, toute bienveillante qu'elle fût, son ingérence serait déjà excessive. Tout serait détruit. Tout serait corrompu et souillé.

Surâme! Tu as trahi tes filles!

Mais elle n'exprima pas son blasphème à voix haute. Elle prit simplement place au milieu de la salle, à l'une des tables où s'asseyaient les clercs et les conseillères qui ne votaient pas durant les séances, et elle sentit tous les yeux se poser sur elle. Beaucoup dans l'assistance la rendaient responsable de tout, elle ne l'ignorait pas – et elle pouvait difficilement leur donner tort. Tout était lié à ses époux, à son fils, à ses filles ; à sa maison où Rashgallivak avait perdu le contrôle de ses soldats ; et surtout à sa lettre entre les mains du général gorayni quand il était entré dans la cité.

La session commença et, pour la première fois, on bâcla les rites d'ouverture, dont certains passèrent même entièrement à la trappe. Personne ne s'en plaignit : tout le conseil savait que la date limite imposée aux Gorayni pour quitter la cité était devenue la date limite de sa propre existence, car il était clair maintenant qu'ils n'avaient nulle intention de s'en aller.

Les discussions firent bientôt rage. Personne ne contestait le fait que les Gorayni étaient aujourd'hui maîtres de la cité ; non, le débat portait sur une décision à prendre : fallait-il résister au général – d'aucuns l'appelaient Mouj, mais seulement pour se moquer, car il refusait le nom de Vozmujalnoy Vozmojno sans pour autant en fournir un autre – ou bien donner un vernis légal à son occupation ? L'idée de céder à cet homme faisait horreur à toutes les femmes présentes, mais si l'on tranchait dans ce sens, il restait au moins un espoir qu'il les laisse continuer à gouverner la cité, en échange de quoi il pourrait utiliser Basilica comme base d'opérations contre les cités de la Plaine ainsi, sans doute, que contre Potokgavan. Cependant, en rendant légale cette occupation, comme il l'avait demandé, elles lui donnaient à long terme le pouvoir de détruire le conseil.

Toutefois, quel choix avaient-elles ? Le général n'avait proféré aucune menace. Il s'était contenté de leur faire porter une lettre très respectueuse : « Nos troupes n'ayant pas réussi à mettre fin au danger qui pèse sur Basilica, nous répugnons à laisser nos excellents amis exposés au retour du désordre que nous avons trouvé à notre arrivée. En conséquence, si vous nous invitez à rester jusqu'au rétablissement complet de la paix, nous nous ferons volontiers vos serviteurs obéissants pour une durée indéfinie. » À lire cette lettre, les Gorayni paraissaient dociles comme des agneaux.

Mais le conseil savait à présent qu'avec les Gorayni, les apparences étaient trompeuses. Oh, ils s'inclinaient devant tous les ordres en promettant d'obéir ; mais ils n'exécutaient que ceux qui convenaient à leurs desseins. Et la garde municipale n'était pas plus digne de confiance, car ses officiers s'étaient quasiment mis à idolâtrer le général gorayni et, à son exemple, à jurer obéissance pour ensuite n'en faire qu'à leur tête. Oh, il était malin, ce général ! Il ne provoquait personne, ne se disputait avec personne, tombait d'accord avec tout le monde... mais il était inébranlable et ne faisait que ce qui lui plaisait sans jamais prêter le flanc à la critique. Toutes les femmes présentes dans la salle du conseil avaient dû sentir d'une façon aussi aiguë que Rasa le pouvoir qui s'échappait de leurs mains, le recentrage de la cité sur la volonté de ce seul homme, sans qu'il dise ou fasse ouvertement quoi que ce soit.

Comment s'y prend-il ? se demanda Rasa. Comment domine-t-il les gens sans belles paroles et sans violence ? Comment les amène-t-il à le craindre ou à l'aimer, non pas malgré son implacable dureté, mais justement à cause d'elle ?

Peut-être cela tient-il à ce qu'il sait exactement ce qu'il veut, songea-t-elle. Peut-être croit-il si fort à sa vision du monde que ceux qui l'entourent ne peuvent qu'y adhérer. Peut-être avons-nous tous besoin de quelqu'un qui nous dise la vérité et sur qui l'on puisse compter, au point de nous plier à un point de vue qui nous affaiblit et le rend fort, lui ; et cela rien que dans l'espoir de la sécurité !

« Nous ne sommes plus qu'à quelques minutes de l'échéance, dit la vieille Kobe. Et au cours de la discussion de ce matin, nous n'avons pas entendu dame Rasa. »

Un murmure d'approbation s'éleva, aussitôt noyé par un grondement de colère. « Ce n'est pas ici qu'il faut l'entendre, mais au tribunal ! cria une femme. C'est elle la responsable de tous nos maux ! »

Rasa se tourna calmement vers la femme et la dévisagea. C'était Frotera, naturellement, la directrice d'une autre école, depuis longtemps jalouse de Rasa. « Ma dame Frotera, dit-elle, je crains que vous n'ayez raison. »

Cette déclaration réduisit la salle au silence.

« Croyez-vous que je n'aie pas vu ce que vous voyez ? Laquelle des calamités qui nous sont advenues n'est pas liée à moi ? Mon fils est accusé de meurtre, mes filles se sont trahies l'une l'autre, Rashgallivak a tenté de me faire sortir de force de chez moi, ma cité bien-aimée s'est entre-déchirée dans les émeutes et les incendies et l'armée postée aux portes de Basilica vous a montré une lettre de ma main. Que j'ai écrite, en effet, sans pourtant imaginer un seul instant qu'elle serait ainsi utilisée. Mes sœurs, tout cela est vrai, mais est-ce la preuve que je suis responsable de tous nos maux ? Ou bien cela signifie-t-il qu'ils se sont abattus sur moi plus lourdement que sur quiconque, à part ceux et celles qui ont perdu des proches au cours des derniers troubles ? »

Les conseillères restèrent pensives ; oh oui, elle avait toujours le pouvoir de leur faire voir les choses de son point de vue à elle !

« Mes sœurs, si je me considérais vraiment comme la cause de tous les malheurs qui pèsent sur Basilica, je partirais sur l'heure. Mais ce n'est pas le cas ; j'aime trop ma cité pour vouloir sa chute. La cause initiale de notre situation, c'est la faim de pouvoir de Gaballufix, qui ne m'a épousée que pour tenter une première fois d'ébrécher nos lois ancestrales. Est-ce mon mari qui a imposé des mercenaires dans cette cité ? Non. C'est un homme que j'ai refusé comme époux ! J'ai répudié Gaballufix tandis que nombre d'entre vous persistaient à voter la tolérance à l'égard de ses abus ! Ne l'oubliez pas ! »

Oh, elles ne l'oubliaient pas ! Il n'y avait qu'à les voir se tasser avec gêne sur leurs sièges !

« Il est vrai que les Gorayni se sont présentés avec ma lettre ; mais je l'avais écrite pour aider un jeune garde basilicain à obtenir asile auprès d'eux. Je le savais menacé par les mercenaires de Rashgallivak et il avait prêté main-forte à mon fils, aussi lui avais-je fourni le peu de protection que je pouvais. Je m'aperçois maintenant que c'était une terrible erreur ; ma lettre a prévenu les Gorayni de notre faiblesse et ils sont venus en profiter. Mais cette faiblesse, je n'en suis pas l'auteur, et si les Gorayni n'étaient pas arrivés, notre condition en serait-elle meilleure pour autant ? Tiendrions-nous même cette réunion ? Ne serions-nous pas toutes déjà victimes des viols et des pillages des mercenaires palwashantu ? Notre cité ne serait-elle pas déjà en cendres ? Dites-moi donc, mes sœurs : que vaut-il mieux ? Une triste situation mais avec un reste d'espoir, ou bien l'impuissance, l'anéantissement sans nulle espérance ? »

Un murmure monta de nouveau de l'assistance, mais Rasa tenait son public. Il était rare qu'elle parlât si longtemps et avec une telle énergie ; elle avait appris très tôt qu'elle préservait mieux son autorité en ne s'engageant jamais ouvertement et en manœuvrant plutôt en coulisses. Elle avait cependant fait assez de discours pour savoir comment plier l'auditoire à sa volonté, ne fût-ce que légèrement. Ce pouvoir s'amenuisait à force de servir, mais cette fois-ci, elle devait s'en servir sous peine de tout perdre.

« Si nous résistons au général, que se passera-t-il ? Même s'il tient parole et s'en va, qui peut dire si notre garde municipale sera aussi docile que par le passé ? Et de toute façon, je ne crois pas qu'il tiendra sa promesse. A-t-on jamais vu le général Vozmujalnoy Vozmojno renoncer à un village, à un champ, à un seul caillou dont il se soit emparé ? » Le murmure s'enfla. « Oui, c'est bien le général Mouj et nous serions folles de penser le contraire ! Quel autre général gorayni aurait osé faire ce qu'il a fait ? Ne voyez-vous pas l'audace et le génie de son plan ? Il s'est présenté chez nous avec mille hommes seulement, mais pendant quelques heures cruciales, nous lui en avons cru cent fois plus ; puis, tout en se montrant servile et obséquieux, il a déployé ses soldats aux endroits stratégiques, il a séduit notre garde municipale et raflé les vivres dont il avait besoin. Oh, il s'excuse et il s'explique toujours, il nous assure toujours qu'il n'a que de bonnes intentions ; mais il ment comme il respire ! Rien de ce qu'il prétend n'est vrai ! Ce qu'il veut, c'est annexer Basilica à l'empire gorayni. Il ne renoncera jamais à notre cité ! »

Elle patienta tandis que le brouhaha montait dans la salle. Plusieurs femmes se mirent à pleurer. « Il faut lui résister, alors ! cria l'une des conseillères.

— Et qu'est-ce que cela nous apporterait ? répliqua Rasa. Combien d'entre nous mourraient ? Et pourquoi ? Le cinquième de la cité est déjà réduit en cendres ; nous nous sommes déjà tapies chez nous, épouvantées, pendant que des ivrognes semaient la terreur dans nos rues. Qu'arriverait-il si les pillards étaient à présent à jeun ? Si c'étaient les mêmes tueurs disciplinés qui clouaient les émeutiers aux murs avec leurs propres poignards ? Nous n'aurions nulle part où nous réfugier, dans ce cas !

— Alors… que proposez-vous, dame Rasa ?

— Qu'on donne au général ce qu'il demande : la permission de rester. Avec pour condition que ses soldats soient cantonnés hors des murs de la cité ; qu'ils prêtent les mêmes serments que les hommes qui deviennent nos époux, le serment de ne pas s'approcher des zones interdites, de ne pas tenter de posséder de terrain et de partir quand leur terme arrive à échéance. »

Il y eut un murmure d'approbation.

« Le général acceptera-t-il cette proposition, dame Rasa ?

— Je n'en ai aucune idée. Mais jusqu'à présent, il a fait un effort pour se plier à nos désirs, ou au moins pour en donner l'illusion. Entourons notre proposition de la plus grande publicité, et puis espérons qu'il trouvera plus commode d'en accepter les termes que de les rejeter. »

Les exhortations de Rasa eurent finalement trop de succès : on approuva sa proposition à la quasi-unanimité, mais on la nomma aussi ambassadrice pour délivrer « l'invitation » au général Mouj. C'était là une entrevue qui ne la réjouissait pas, mais elle n'eut même pas le temps d'y réfléchir. L'invitation était à remettre en mains propres et sur-le-champ ; elle fut sans plus attendre imprimée, signée et scellée, et Rasa sortit de la salle le document à la main, sous les yeux de tout le conseil, quelques minutes avant l'échéance qu'il avait lui-même fixée.

Ce n'était pas la matinée la plus gaie que Mebbekew ait connue. Sans se plaindre, il avait péniblement grimpé les pentes interdites de Basilica derrière Elemak et Nafai, comme il avait suivi son frère aîné depuis le désert jusqu'à la cité, qu'ils avaient contournée pour atteindre les bois du nord. Mais une fois en vue de la résidence de Rasa, Mebbekew s'était éclipsé. Il n'avait nulle intention de n'être qu'un pion dans les plans de ses frères ; s'ils étaient ici pour se trouver des femmes, Mebbekew se choisirait lui-même la sienne, merci bien. Il n'allait sûrement pas rester à la traîne d'Elemak pour ne grappiller toute sa vie que des bas morceaux ; et il ne s'humilierait pas non plus à se rendre chez la mère de ses petits frères pour la supplier de lui donner une de ses précieuses nièces. Elemak avait jeté son dévolu sur Eiadh, cette poupée de porcelaine… eh bien, c'était son droit ! Mebbekew préférait les femmes qui ont du sang dans les veines, les femmes qui gémissent et feulent en faisant l'amour, les femmes pleines de vigueur et de force. Les femmes qui aimaient Mebbekew, quoi !

Mais s'il voulait de la vigueur et de la force, il fut déçu. C'est à Dollville et à Peintrailleville que les incendies avaient été les pires, et bien peu de ses anciennes maîtresses résidaient encore dans les maisons où il les avait connues. Les rares qu'il put retrouver furent tout heureuses de le revoir ; elles le couvrirent de larmes et de baisers en le pressant de rester avec elles. Mais rester où ? Dans une maison à demi détruite, sans eau courante ? Et pourquoi donc cette insistance ? Pour qu'il se tape tout le boulot de reconstruction et de réparation ? Et pour qu'il les protège, aussi ? Quelle farce ! Mebbekew montant la garde devant une pauvre enfant terrifiée ! Nul doute qu'elles l'auraient généreusement récompensé de leur corps s'il avait joué le rôle qu'elles lui avaient écrit, mais cela ne l'intéressait pas ; aucune femme ne l'intéressait pour l'instant si ses besoins étaient encore plus grands que ceux de Mebbekew. Il n'était pas venu pour jouer les protecteurs ou les gagne-pain, mais pour trouver lui-même pain et protection.

Aussi les quitta-t-il sur un baiser et une promesse, sans même prendre le temps de se baigner ni de manger un morceau, parce qu'il le savait : une fois qu'elles le tiendraient dans leur étreinte, ces femmes désemparées le transformeraient en mari. Il n'avait nulle intention de se mettre en ménage avec des femmes qui n'avaient qu'ennuis et travail à lui offrir.

Quant à proposer à l'une ou l'autre de ses anciennes maîtresses de tout abandonner à Basilica et de venir errer avec lui dans le désert jusqu'à ce qu'ils dénichent une terre promise, tout en pondant une ribambelle de gosses pour peupler leur nouveau foyer... eh bien, il se trouve que le sujet ne fut abordé dans aucune conversation. Pourtant, certaines auraient peut-être accepté ; au regard de la ruine de leur vie frivole à Basilica, au souvenir de cette affreuse nuit d'émeutes, puis de l'horreur des cadavres cloués aux murs par les Gorayni, l'idée d'arpenter le désert en compagnie d'un homme, d'un vrai, pour les guider et les protéger aurait pu en séduire quelques-unes. Les premiers jours, en tout cas ; après, elles se seraient aperçues que le désert, c'était très vide et très ennuyeux, et elles auraient été aussi pressées de rentrer à Basilica, détruite ou non, que Mebbekew lui-même.

De toute façon, ça n'avait aucune importance ; il n'avait jamais eu l'intention de faire une telle proposition à aucune de ses amies. Qu'Elemak et Nafai jouent le jeu de Père et qu'ils se vautrent dans leurs visions débiles si ça les amusait. Tout ce que voulait Mebbekew, c'était une femme qui l'emmène dans une belle maison bien propre avec un beau lit bien propre, et qui le console de la perte de sa fortune, en attendant le départ d'Elemak et de Nafai. Pourquoi retournerait-il dans le désert ? Basilica était peut-être à moitié réduite en cendres, terrorisée et occupée par les troupes gorayni, mais les toilettes et les baignoires fonctionnaient quand même encore dans la plupart des habitations, il y avait de la nourriture fraîche en abondance et on pouvait encore bien s'amuser dans cette vieille ville.

Et pourtant, Mebbekew finit par comprendre que même un plan aussi limité ne marcherait pas très longtemps. Déambulant dans Dollville de bon matin, il s'aperçut qu'il ne pourrait pas se cacher éternellement à Basilica : il était entré illégalement dans la cité, sans se faire enregistrer, et un jour ou l'autre il se ferait prendre. La garde municipale était plus active que jamais dans les rues et imposait des examens du pouce et de la rétine à des points de contrôle placés dans les rues. Il se ferait sûrement ramasser un de ces jours ; de fait, il n'était pas facile d'aller de Dollville jusque chez Rasa, rue de la Pluie.

Chez Rasa, oui. C'était humiliant, certes, mais il avait maintenant essayé tout le reste ; aussi s'apprêtait-il à se conformer aux plans débiles de ses frères et de son père.

Il était debout dans la rue, le regard braqué sur la façade de chez Rasa, prêt à se rendre – mais pas tout à fait. C'était insupportable, dégradant. Toc, toc. Bonjour, je suis le demi-frère des fils de Rasa ; me voici parce que toutes mes ex m'ont envoyé sur les roses, et je serais très reconnaissant à Rasa et à mes demi-frères de bien vouloir me laisser entrer et de me donner quelque chose à manger et à boire, sans parler d'une bonne douche bien chaude, avant que je meure.

Quelle scène atroce ! Et même sachant qu'il devrait s'y résoudre, Mebbekew n'avait guère l'habitude de faire des choses désagréables simplement par devoir. Aussi agit-il de la façon qui lui était habituelle en de telles circonstances : il attendit, à portée de son pénible but, et entreprit de ne rien faire.

Il ne fit rien – tout en souffrant d'imaginaires tourments – pendant au moins vingt minutes ; il observa simplement les classes de filles et de garçons qui se réunissaient sous l'auvent. Il surprenait même un mot de temps en temps, aussi tenta-t-il de deviner les sujets des cours et sur quoi portaient les leçons du jour. Au moins, cet exercice détourna-t-il pendant quelques instants son esprit de ses préoccupations. Il jugea que la classe la plus proche de lui devait étudier la géométrie, la chimie organique ou les jeux de cubes.

Soudain, une jeune femme quitta l'un des groupes, descendit rapidement les marches et s'avança vers lui d'un air décidé. Elle l'avait sans doute vu regarder l'auvent et pris pour un violeur d'enfants ou un cambrioleur. L'idée lui vint de s'en aller avant qu'elle n'arrive à lui – sûrement ce qu'elle espérait – mais il observa son visage et s'aperçut qu'il la connaissait.

« Bonjour », dit-elle d'un ton glacé, dès qu'elle fut assez près pour ne pas être obligée de crier.

La perspective d'une discussion n'inquiétait pas Mebbekew. Il n'avait jamais rencontré une belle jeune femme qu'il ne parvînt rapidement à dégeler : il suffisait de chercher ce qu'elle désirait et de le lui donner. C'était toujours un plaisir de traiter avec une femme sur laquelle il n'avait jamais opéré. Et surtout aujourd'hui, parce qu'il l'avait tout de suite reconnue – du moins lui semblait-il.

« Vous ne seriez pas Dolya, par hasard ? » demanda-t-il.

Elle rougit, mais son expression se fit plus glacée et plus furieuse encore. Donc, il ne se trompait pas ; c'était bien Dol. « Dois-je envoyer chercher la garde pour vous chasser ?

— Je vous ai vue dans *Pirates* et dans Vents d'Ouest. Vous étiez excellente », dit-il.

Elle rougit encore et son expression s'adoucit.

« Vous aviez du talent, poursuivit-il ; ce n'était pas qu'une question de physique ; vous n'étiez pas seulement jeune et jolie. Je n'ai jamais compris pourquoi on ne vous a pas donné des rôles d'adulte plus tard. Je suis sûr que vous auriez été parfaite. C'était drôlement injuste ! »

La jeune femme n'affichait plus à présent une expression furieuse, mais la stupéfaction. « Je n'ai jamais vu personne se livrer à des flatteries aussi transparentes et cyniques ! dit-elle.

— Mais j'en pense chaque mot. Dolya – je suppose qu'on vous appelle par votre nom d'adulte, Dol, maintenant ?

— Mes amis, oui. Pour les autres, c'est madame.

— Madame, je souhaite un jour gagner le droit d'être votre ami. Entre-temps, j'espérais que vous pourriez me dire si mes demi-frères Elemak et Nafai étaient chez Rasa. »

Elle le toisa. « Je ne vous trouve pas grande ressemblance avec l'un ni avec l'autre.

— Ah, maintenant, c'est vous qui me flattez ! »

Elle eut un petit rire et s'avança vers lui, la main tendue. « Je vais vous faire entrer, si vous êtes vraiment Mebbekew. »

Il recula d'un pas. « Ne me touchez pas ! Je suis répugnant ! Deux jours de voyage dans le désert, ça ne vous donne pas le meilleur des parfums, et si ce n'est pas ma puanteur qui vous tue, ce sera mon haleine !

— Je ne m'attendais pas à un fumet raffiné, dit-elle. Je vais tout de même prendre le risque de vous mener par la main.

— Alors, votre courage le dispute à votre beauté, répondit-il. Par Surâme, souffla-t-il, que votre main est fraîche et douce ! »

Elle rit encore une fois ; une actrice aussi expérimentée que Dol ne se laisserait jamais prendre à la flatterie. Mais, songeait Mebbekew, il devait y avoir des années qu'on ne l'avait plus complimentée et le simple fait qu'il pense que cela valait la peine d'essayer représentait une sorte de flatterie au second degré contre laquelle elle serait sans défense. Et de fait, cela semblait très bien fonctionner.

« Ne vous croyez pas obligé de me tenir ce genre de discours, dit-elle. Tante Rasa a laissé des instructions pour qu'on vous reçoive dès que… comment a-t-elle dit ? Ah oui, dès que vous vous donneriez la peine de vous montrer !

— Si j'avais su vous trouver ici, madame, je serais venu bien plus tôt. Et comme vous le dites, je n'ai personne à flatter pour entrer chez Rasa ce matin ; donc, mes paroles ne cachent aucune flagornerie. C'est mon cœur qui parle. Quand j'étais enfant, je suis tombé amoureux de l'image de Dolya sur scène ; aujourd'hui, je vous vois avec des yeux d'adulte ; je vous vois comme une femme. Et je sais que votre beauté n'a fait que croître. J'ignorais que vous faisiez partie des nièces de Rasa, sinon je serais resté à l'école.

— Autrefois, j'étais sa nièce ; maintenant, je suis professeur. J'enseigne le maintien et des matières du même genre. J'ai Eiadh comme élève, vous savez, celle que courtise votre frère Elemak.

— C'est bien de lui, ça : faire la cour à une pâle copie sans accorder un regard à l'original ! » Mebbekew la dévisageait ouvertement ; mais plutôt que ses yeux, il étudiait ses lèvres, ses cheveux, ses traits : ainsi ne pouvait-elle ignorer qu'il la buvait du regard. « À propos, Elemak n'est que mon demi-frère, ajouta-t-il. Quand je me serai lavé des pieds à la tête, vous verrez que je suis beaucoup mieux que lui. »

Elle rit, mais il savait qu'il avait capté son intérêt ; il avait appris depuis longtemps que la flatterie opère toujours et que même la louange la plus scandaleuse est prise pour argent comptant, pour peu qu'on l'élabore et qu'on la répète suffisamment. Dans le cas présent, cependant, il n'avait pas à se forcer ; Dol était vraiment très belle, même si sa beauté n'avait évidemment plus rien à voir avec celle, éthérée, de l'enfant de treize ans qu'elle avait été. Elle possédait encore de la grâce, pourtant, un noble port de tête et un sourire éblouissant ; de plus, maintenant qu'il l'étudiait depuis quelques minutes, ses yeux agrandis se mettaient à briller chaque fois qu'elle le regardait. C'était le signe du désir. Il avait attisé le désir en elle ; non pas le désir charnel, naturellement : mais celui d'entendre encore louer sa beauté, de recevoir la caresse d'autres compliments. Et son expérience lui disait qu'il ne devrait pas avoir de mal à la faire passer de ce désir à l'autre, s'il n'était pas trop fatigué après son petit-déjeuner et son bain.

Elle le fit entrer dans sa propre chambre – bon signe ! – où les domestiques lui firent couler un bain. Il était toujours dans l'eau à jouir avec délices de sa propreté quand elle revint portant un plateau de nourriture et un pichet d'eau. Elle s'était chargée en personne de cette tâche et ils étaient seuls. Elle bavardait sans cesse – sans nervosité, d'ailleurs, plutôt d'un air confiant. C'était là le plus grand talent de Mebbekew : savoir si bien mettre les femmes à l'aise qu'elles finissaient par lui parler avec cette candeur dont elles n'usaient en général qu'avec leurs amies.

Tandis qu'elle devisait, il se dressa hors de l'eau ; elle venait de déposer le plateau sur la coiffeuse, et quand elle se retourna, elle le vit qui se passait sa serviette sur le corps, nu comme un ver. Elle eut un charmant hoquet effarouché et détourna les yeux.

« Pardonnez-moi, dit-il. Je ne pensais pas vous effrayer. Vous devez avoir vu tellement d'hommes quand vous étiez actrice… J'ai fait de la scène, moi aussi, et personne n'est timide ni pudique en coulisses. »

— J'étais jeune, répondit Dol. On me protégeait, à cette époque.

— Je me fais l'impression d'être une brute, dans ce cas. Je ne voulais pas vous choquer.

— Non. Non, non, je ne suis pas choquée.

— L'ennui, c'est que je n'ai plus rien à porter. Je ne crois pas qu'il soit utile de remettre mes vêtements sales.

— Les domestiques les ont déjà emportés à laver. Mais je dois avoir une robe de chambre pour vous.

— Une des vôtres ? Ça m'étonnerait qu'elle m'aille. » Entre-temps, il avait naturellement continué à se sécher sans chercher à se couvrir. Et tandis qu'ils parlaient, elle s'était retournée et le regardait à présent franchement. Comme tout allait bien pour Mebbekew et qu'il pensait faire bientôt l'amour à cette femme, son corps s'était éveillé. Dès qu'il surprit Dol le regard posé sur le bas de son ventre, il feignit de remarquer sa réaction pour la première fois et plaça d'un geste ostensible sa serviette devant lui. « Excusez-moi, dit-il. Je suis resté si longtemps seul dans le désert, et vous êtes si belle… Je ne voulais pas vous offenser.

— Je ne me sens pas insultée », répondit-elle. Et il vit le désir briller dans ses yeux ; elle attendait de lui plus que de jolis mots, à présent. Comme il l'avait supposé, elle ne devait plus recevoir beaucoup de prétendants. Belle comme elle était, elle n'aurait pas manqué d'amants à Dollville, mais dans l'école de Rasa, les occasions devaient être beaucoup plus rares. Elle était donc sûrement aussi impatiente que Mebbekew.

Voilà ce qu'il était venu chercher à Basilica ; non ces femmes de Dollville, avides et craintives, qui le voulaient fort et solide, mais celle-ci, qui ne le désirait que passionné, flatteur et amusant. Dol se sentait assez à l'aise et en sécurité chez Rasa pour demeurer telle que toutes les Basilicaines auraient dû être : des femmes autonomes qui ne demandaient rien à leurs amants qu'un peu de plaisir et d'attention.

Elle lui apporta sa robe de chambre. Le vêtement lui serait sans doute allé à peu près, mais il fit exprès d'enfoncer son bras si loin dans la manche qu'elle lui remonta jusqu'au coude. « Oh, mais ça ne va pas du tout ! s'exclama-t-elle.

— Ça n'a plus grande importance, répondit-il. Je crois que je n'ai plus beaucoup de secrets pour vous, de toute façon ! »

Bien entendu, il avait lâché sa serviette pour essayer la robe de chambre ; il se baissa pour la ramasser alors qu'elle lui retirait la robe du bras. Mais quand il se redressa, elle lui prit la serviette et la robe des mains. « Vous avez raison, dit-elle. Inutile de continuer à se plier aux règles de la pudeur. » Elle jeta robe de chambre et serviette dans un coin de la pièce, puis apporta à Mebbekew une grappe de raisin prise sur le plateau. « Tenez », reprit-elle.

Elle tendit la grappe non vers sa main, mais vers ses lèvres. Il se pencha plus qu'il n'était nécessaire et prit dans sa bouche les doigts de Dol en même temps qu'un des fruits. Elle ne les retira pas et il aspira lentement le grain. Enfin, il mordit dans le raisin et sentit le jus lui gicler dans la bouche ; c'était à la fois acide et sucré, délicieux. Il s'assit sur le lit et elle lui tendit un autre grain, puis un encore… Mais le reste de la grappe finit sur le plancher.

Mouj était impatient de faire enfin la connaissance de dame Rasa, et il ne fut pas déçu. Il avait symboliquement élu domicile dans la maison de Gaballufix et il savait qu'elle ne manquerait pas d'en saisir toute la signification. S'il fallait en croire les rumeurs, dame Rasa ne devait pas être complètement stupide. Restait maintenant à voir quelle tactique appliquer avec elle : il en avait plusieurs en tête. En ferait-il une alliée ? Ou une dupe ? À moins, naturellement, qu'elle ne s'avère une ennemie implacable. Mais dans tous les cas, il se servirait d'elle.

L'attitude de Rasa, quand elle arriva, n'avait rien de particulièrement hautain ; elle ne tenta en rien de le séduire ni de l'intimider. Et avec raison : c'était à peu près la seule façon dont une femme pouvait encore impressionner Mouj. Les plus belles courtisanes de Gollod avaient cherché à l'influencer, mais Rasa n'y voyait manifestement aucun intérêt. Au contraire, elle lui parla comme à un égal, et cela lui plut. Rasa lui plut. Le jeu s'annonçait passionnant.

« Je suis tout prêt à accepter l'invitation du conseil municipal, bien entendu, dit-il. Nous sommes trop heureux de contribuer à maintenir l'ordre et la sécurité dans votre magnifique cité pendant qu'elle se relève des tristes événements des semaines passées. Mais j'ai un problème que vous pourrez peut-être m'aider à résoudre. »

À l'expression de Rasa, il vit qu'elle s'était attendue à plus d'exigences – et aussi qu'elle ne se faisait pas d'illusions : il était en position de se montrer inflexible dans ses requêtes.

« Voyez-vous, reprit-il, pour un général gorayni, la façon traditionnelle de récompenser ses hommes après une belle victoire, c'est de diviser en parcelles le territoire conquis et de donner à ses soldats de la terre et des épouses.

— Mais vous n'avez pas conquis Basilica, fit observer Rasa.

— Exactement ! Vous saisissez donc le problème : mes hommes se sont conduits avec un héroïsme et une discipline remarquables durant cette campagne et leur victoire sur les bandits et les émeutiers a été totale. Mais je n'ai pas les moyens de les récompenser.

— Nous avons des finances prospères, dit Rasa. Je suis sûre que le conseil de la cité peut rendre chacun de vos mille hommes aussi riche que vous le souhaitez.

— De l'argent ? Ah, vous m'offensez gravement ! Et mes hommes également ! Nous ne sommes pas des mercenaires !

— Vous acceptez la terre, mais pas l'argent permettant d'acheter de la terre ?

— La terre, c'est une question de titre et d'honneur. Un homme avec de la terre est un seigneur. Mais de l'argent... ! Cela reviendrait à traiter mes soldats de marchands ! »

Elle le dévisagea un moment, puis demanda : « Général Vozmujalnoy Vozmojno, l'Impérator sait-il que vous appelez ces hommes vos soldats ? Vos hommes ? » Elle insista sur les possessifs.

Mouj sentit un frisson d'effroi le parcourir. Quel délice ! Il y avait longtemps qu'il ne s'était plus trouvé face à quelqu'un capable de lui reprendre l'initiative. Et elle avait frappé tout de suite à son point le plus faible ; car non seulement il avait fait fi des ordres qui lui interdisaient toute manœuvre offensive, mais il avait encore abandonné les cadavres des deux espions de l'Impérator pour se précipiter à Basilica. Pour l'instant, le plus grand danger venait de la cour, qui avait sûrement entendu parler de son entreprise, à présent. Mouj connaissait assez bien l'Impérator pour savoir qu'il ne réagirait pas violemment – c'était même un de ses défauts majeurs, cette crainte du risque —, mais un nouvel intercesseur devait déjà faire route au sud, accompagné de troupes du temple. Ou bien Mouj faisait contre mauvaise fortune bon cœur et s'arrangeait pour regagner la confiance de l'Impérator, ou bien il devait s'engager dans une rébellion ouverte avec mille soldats seulement, coincé à cent kilomètres à l'intérieur d'un territoire hostile. Ce n'était pas l'instant rêvé pour affronter cette Rasa, qui semblait parfaitement percevoir ses faiblesses.

« Quand je dis qu'ils sont à moi, répondit Mouj, ce n'est que dans la mesure où l'Impérator me permet de le servir, naturellement.

— Je note que vous ne niez plus être Vozmujalnoy Vozmojno. »

Il haussa les épaules. « Vous êtes beaucoup trop intelligente pour moi, je l'avoue. À quoi bon chercher à vous dissimuler mon identité ? »

Elle fronça les sourcils. Sa flatterie et son aveu l'avaient visiblement déconcertée. Maintenant, elle allait sans doute se demander pourquoi il reconnaissait si volontiers son véritable nom et la complimentait ainsi de son intelligence. Elle croirait alors s'être montrée stupide et ne se fierait plus à son idée d'exploiter les différends entre Mouj et l'Impérator. Il avait appris de longue date que l'un des meilleurs moyens de désarmer un adversaire astucieux, c'était de le faire douter de ses propres forces, et cela marchait assez bien avec Rasa, semblait-il.

« L'intelligence n'entre pas en ligne de compte, dit-elle. C'est la vérité qui importe. Je ne crois pas qu'il y ait un mot de vrai dans ce que vous dites. Vous n'avez pas pour habitude de récompenser vos soldats en leur donnant des terres, sinon il ne vous en resterait pas un seul. Vos officiers, oui, peut-être. Mais cette histoire de terre n'est qu'une tentative pour faire abroger la loi foncière de la cité des femmes. Laissez-moi deviner la suite du jeu : je retourne au conseil avec votre humble requête et on me renvoie auprès de vous avec la proposition d'installer vos hommes hors de la cité. Vous louez notre générosité, puis vous nous faites remarquer que vos hommes ne peuvent se satisfaire d'une position de citoyens de seconde classe dans un pays qu'ils ont sauvé de la destruction. Comment expliquer à des soldats gorayni qu'ils n'auront jamais le droit de posséder de terre dans la cité ? Alors vous proposez un compromis – rien que pour permettre à tout le monde de sauver la face : les soldats gorayni qui épouseront des Basilicaines auront la demi-possession de leur domaine intra muros. Les femmes garderont bien entendu le contrôle entier de la terre, mais vos soldats préserveront leur amour-propre.

— Vous êtes douée de prescience, dit Mouj.

— Nullement ; j'improvise, c'est tout. Des demi-droits de propriété entraîneraient en quelques semaines toute une série de mariages opportuns, suivis de pressions pour l'égalité du droit de vote, surtout une fois prouvé que vos hommes sont des maris doux et obéissants qui ne cherchent pas à acquérir un droit de regard sur des propriétés dans lesquelles ils n'ont qu'un demi-intérêt nominal. À partir de là, combien d'étapes avant le jour où les femmes auront perdu le droit de vote et où toutes les propriétés de Basilica seront passées entre les mains des hommes ?

— Ma chère dame, vous me jugez bien mal !

— Vous ne disposez pas de beaucoup de temps, répondit Rasa. Des représentants de votre Impérator seront certainement ici dans deux semaines au plus tard.

— Toutes les armées gorayni se déplacent accompagnées de représentants impériaux.

— Sûrement pas la vôtre, sinon les gardes municipaux seraient au courant. Nous avons lu des rapports sur le fonctionnement de votre armée et on n'y trouve nulle part mention d'un intercesseur. Certains de vos soldats ressentent durement le manque de confession.

— Je n'ai rien à craindre de la venue d'un intercesseur.

— Dans ce cas, pourquoi avez-vous cherché à me faire croire que vous en aviez un ici ? Non, général Vozmujalnoy Vozmojno, je pense qu'il vous faut agir très vite pour consolider votre position chez nous avant d'affronter la sommation de l'Impérator. Je pense que vous n'avez pas non plus de temps à perdre à réprimer un soulèvement ; tout doit se régler pacifiquement et sur-le-champ. »

Ainsi, la flatterie de Mouj ne l'avait en rien détournée de son propos. Un frisson de peur le traversa de nouveau. « Vous êtes très avisée, madame. Il est possible en effet que l'Impérator se méprenne sur mes actes, bien que mon seul but ait été de le servir. Mais vous avez tort de croire qu'il faudra plusieurs étapes pour consolider ma position chez vous.

— Tiens donc !

— Il n'est pas besoin de plusieurs mariages, à mon avis, un seul suffira. » Il sourit. « Le mien. »

Enfin, il avait réussi à la surprendre ! « N'êtes-vous pas déjà marié, général ? demanda-t-elle.

— Eh bien, il se trouve que non. Je n'ai jamais été marié ; c'était politiquement préférable, jusqu'à aujourd'hui.

— Et vous croyez qu'un mariage avec une Basilicaine résoudra tous vos problèmes ? Même si on vous fait bénéficier d'une exception pour partager la propriété de votre épouse, aucune femme à Basilica ne possède assez de terrain pour vous intéresser.

— Je n'ai pas l'intention de me marier pour la propriété.

— Pour quoi, alors ?

— Pour l'influence. Pour le prestige. »

Elle le dévisagea un instant. « Si vous vous figurez que je possède ce genre d'influence ou de prestige, moi, vous êtes un imbécile !

— Et vous une femme remarquable ! Je reconnais volontiers que vous avez l'âge idéal pour moi – mûre et accomplie. Me marier avec vous transformerait ma vie en un jeu dangereux et passionnant qui nous ravirait, vous et moi. Mais hélas, vous êtes déjà mariée, même si la rumeur fait de votre époux un prophète dément qui se cache dans le désert. Je ne crois pas de bonne politique de briser les foyers heureux. Par ailleurs, vous avez trop d'ennemis dans cette cité pour faire une première dame utile.

— Ce sont les impérators qui ont des premières dames, général Vozmujalnoy Vozmojno ; les généraux ont des épouses.

— Je vous en prie, appelez-moi Mouj. C'est un surnom dont seuls mes amis ont le droit de se servir.

— Je ne suis pas votre amie.

— Mon surnom signifie l'"époux", dit Mouj.

— Je sais ce qu'il veut dire et ni moi ni aucune femme de Basilica ne vous appellera ainsi en face.

— Je suis l'époux, poursuivit Mouj, et Basilica est ma fiancée. Je l'épouserai, cette belle cité, je coucherai avec elle et elle me donnera de nombreux enfants. Et si elle ne m'accepte pas de plein gré, je la prendrai quand même et elle finira par se montrer docile.

— Elle finira par promener votre virilité sur un plateau, général ! rétorqua Rasa. Le dernier seigneur de la maison où vous êtes l'a appris à ses dépens quand il voulu faire ce que vous faites !

— Oui, mais c'était un imbécile. Je le sais, parce qu'il vous a perdue.

— Il ne m'a pas perdue. Il s'est perdu tout seul. »

Mouj sourit à Rasa. « Adieu, madame. Nous nous reverrons.

— J'en doute.

— Oh, je suis sûr que nous bavarderons encore !

— Après que j'aurai appris au conseil ce que vous êtes réellement, il n'y aura plus d'autre émissaire.

— Mais, ma chère dame, croyez-vous que je vous aurais parlé si librement si j'avais eu l'intention de vous laisser reparaître devant le conseil ? »

Rasa blêmit. « Ainsi, vous n'êtes qu'une brute comme les autres ! Comme Gaballufix et Rashgallivak ! Rien ne vous plaît tant que d'écouter vos propres fanfaronnades ! Vous croyez que cela vous rend viril !

— Pas du tout, répondit Mouj. Leurs poses martiales et leurs vantardises n'étaient que du vent ; elles n'exprimaient que la peur de leur propre faiblesse. Je ne pose jamais, je ne me vante jamais et quand je décide qu'une chose est nécessaire, je la fais. On va vous escorter jusqu'à votre maison qu'entourent déjà des soldats gorayni ; tous les enfants non-résidants ont été renvoyés chez eux, en sécurité ; les autres resteront à l'intérieur, étant donné qu'à partir de cet instant, nul n'aura l'autorisation d'entrer chez vous ni d'en sortir. Nous vous fournirons les vivres, bien entendu, et je crois que votre eau provient en totalité de puits et d'un ingénieux système de captage de l'eau de pluie.

— En effet, dit Rasa. Mais la cité n'acceptera jamais cette arrestation.

— Croyez-vous ? J'ai déjà fait envoyer un garde basilicain pour informer le conseil municipal que je vous ai arrêtée en son nom, afin de protéger la cité contre votre complot.

— Mon complot ! s'exclama Rasa en se dressant subitement.

— Vous êtes venue me trouver pour me proposer de supprimer le conseil et d'établir un homme comme roi de Basilica. Vous aviez même un candidat en tête : votre époux, Wetchik, qui a déjà fait assassiner ses principaux rivaux par ses fils et qui attend en ce moment même dans le désert que je l'appelle à régner sur la cité en tant que vassal de l'Impérator.

— Vos mensonges sont monstrueux ! Personne ne vous croira !

— Vous avez beau dire, vous savez que c'est faux, répliqua Mouj. Nombreuses, vous le savez, sont les femmes du conseil qui seront trop heureuses de croire que toutes vos actions n'étaient inspirées que par l'ambition personnelle, et que depuis le début, vous avez votre part dans les malheurs de votre cité.

— Vous vous apercevrez que les Basilicaines ne se laissent pas tromper si facilement !

— Vous n'avez pas idée, dame Rasa, de la joie que je ressentirais si les femmes de Basilica se révélaient avisées au point que je ne puisse les abuser. J'ai toujours rêvé de rencontrer des gens d'une aussi exemplaire sagesse. Mais je ne crois pas les avoir trouvés ici, à l'exception de vous-même. Et vous êtes entièrement en mon pouvoir. » Il éclata d'un rire joyeux. « Par l'Incarnation elle-même, madame, après cet entretien matinal, la seule idée que vous soyez vivante me terrifie ! Si vous étiez un homme à la tête d'une armée, j'aurais peur de vous affronter. Mais vous n'êtes pas un homme à la tête d'une armée et vous ne représentez aucune menace pour moi – plus maintenant. »

Rasa se leva de son fauteuil. « Avez-vous terminé ?

— Rendez service à votre maison et à ceux qui y vivent : ne tentez pas de faire sortir quelqu'un avec un message secret. J'attraperai quiconque s'échappera, croyez-moi, et je me verrai alors obligé à quelque geste horrible, comme par exemple faire livrer chez vous les rations du lendemain cousues dans la peau de votre messager.

— Vous illustrez parfaitement la raison pour laquelle Basilica a interdit les hommes de séjour, dit Rasa d'un ton glacial.

— Et vous, pourquoi la cité des femmes est une abomination au regard de Dieu », rétorqua-t-il. Mais sa voix vibrait d'admiration, voire d'affection, car à la vérité, cette femme seule lui avait appris que Basilica n'était pas aussi faible ni aussi veule qu'il l'imaginait depuis tant d'années.

« Dieu ! s'exclama Rasa. Ce mot n'a aucun sens pour vous ! Votre façon de penser, votre façon de vivre… Je crois bien que vous passez chaque instant de votre vie à chercher comment bafouer la volonté de Surâme et à défaire toutes ses œuvres dans ce monde !

— Vous n'êtes pas loin du compte, chère dame, dit-il. Vous en êtes même plus près que vous ne le croyez. À présent, inclinez-vous devant l'inévitable et ne causez pas d'ennuis à mes malheureux soldats qui ont la désagréable tâche de vous ramener chez vous en état d'arrestation par les rues de Basilica.

— Quels ennuis pourrais-je bien causer ?

— Eh bien, pour commencer, l'envie pourrait vous prendre de crier quelques ridicules messages révolutionnaires aux gens que vous croiserez. Je vous recommande de vous taire. »

Rasa acquiesça gravement. « J'accepte votre recommandation. Soyez tranquille : je vous mépriserai en silence jusque chez moi. »

Il fallut six hommes pour l'escorter chez elle. Les mensonges de Mouj avaient si bien pris que des foules s'étaient réunies ici et là pour décrier sa trahison envers la cité. S'entendre injustement avilie par sa cité bien-aimée fut une épreuve cruelle, mais moins encore que d'écouter les autres cris – les acclamations adressées au général Mouj, le sauveur de Basilica.

5

LES ÉPOUX

LE RÊVE DE LA SAINTE FEMME

On l'appelait Sitida dans son pays natal, loin vers l'est, mais elle en était partie depuis si longtemps qu'elle ne se souvenait même plus de la langue de son enfance. Elle avait sept ans quand son oncle la vendit comme esclave et on l'emmena vers l'ouest, à Seggidugu, pour y être revendue. Sa servitude avait été supportable : sa maîtresse était stricte mais juste et son maître n'avait pas la main vagabonde. Ç'aurait pu être bien pire, elle le savait parfaitement… mais ce n'était pas la liberté.

Elle priait sans cesse pour que ses chaînes se brisent. Elle pria Fackla, le dieu de son enfance, et rien ne se passa. Elle pria Kui, le dieu de Seggidugu, et resta pourtant esclave. Enfin, elle entendit parler de Surâme, la déesse de Basilica, la cité des femmes où les hommes ne pouvaient être propriétaires et où les femmes étaient libres. Alors, elle pria, pria encore, et un jour, alors qu'elle avait douze ans, elle devint folle ; la transe de Surâme l'avait saisie.

Nombreux étaient les esclaves qui se prétendaient ainsi possédés soudain par un dieu afin d'obtenir leur libération ; aussi enferma-t-on Sitida le temps de sa folie, sans rien lui donner à manger. L'obscurité du minuscule réduit ne la gênait pas, car elle était plongée dans les visions que Surâme instillait dans son esprit. Ce n'est que lorsque ces visions prirent fin qu'elle eut conscience de son inconfort ; ou du moins, c'est ce que crut sa maîtresse quand Sitida se mit à crier dans son réduit : « Soif! Soif! Soif! »

On ne comprit pas qu'elle hurlait ce seul mot non parce qu'elle avait besoin de boire – elle était pourtant dans un état de déshydratation avancé – mais parce que tel était son nom traduit dans la langue de Basilica, la langue de Surâme. Elle répétait son propre nom parce qu'elle s'était perdue au milieu de ses visions ; elle espérait qu'en le criant assez fort et assez longtemps, la jeune fille qu'elle était autrefois l'entendrait, répondrait et reviendrait habiter son corps.

Plus tard, elle comprendrait que sa vraie personnalité ne l'avait jamais quittée, mais que la confusion, l'extase et la terreur de ses premières visions, si puissantes, l'avaient transformée et qu'elle ne serait plus jamais l'enfant de douze ans qu'elle avait été. Quand on la laissa sortir en l'avertissant de ne plus jamais feindre la possession, elle ne discuta pas, elle ne protesta pas de sa sincérité. Elle se contenta de boire et de manger tout ce qu'on lui donna avant de retourner au travail.

Mais on s'aperçut bien vite que cette esclave-ci ne faisait pas semblant. Un jour, elle regarda son maître et se mit à pleurer sans qu'on pût la consoler. L'après-midi, alors qu'il surveillait la construction d'une belle maison pour l'un des hommes les plus riches de la cité, une pierre échappa aux ouvriers qui essayaient de la mettre en place et le projeta à terre. Deux esclaves subirent des fractures dans l'accident, mais le maître de Soif tomba dans la rue et un cheval qui passait lui piétina la tête. Sa vie se traîna un mois encore sans qu'il reprît jamais conscience ; il avalait de petites gorgées d'eau que sa femme lui apportait toutes les demi-heures, mais il vomissait la nourriture qu'elle lui glissait dans la gorge. Il finit par mourir de faim.

« Pourquoi as-tu pleuré, ce jour-là ? demanda la veuve à Soif.

— Parce que je l'ai vu étendu dans la rue et piétiné par un cheval.

— Et pourquoi donc ne l'as-tu pas prévenu ?

— Surâme m'avait montré l'accident, maîtresse, mais elle m'avait interdit d'en parler.

— Alors, je hais Surâme ! cria la femme. Et toi aussi, je te hais de t'être tue !

— Ne me punissez pas, je vous en supplie, maîtresse ! dit Soif. Je voulais vous avertir, mais elle m'en a empêchée.

— Non, répondit la femme. Non, je ne vais pas te punir ; tu as fait ce que la déesse exigeait de toi. »

Après l'enterrement du maître, sa veuve vendit la plupart des esclaves, car, désormais incapable d'entretenir une belle maison dans la cité, elle devait retourner chez son père. Mais Soif, elle ne la vendit pas. Elle lui donna sa liberté.

Sa liberté, mais rien d'autre. Et c'est ainsi que Soif se fit Sauvage, non parce que Surâme l'avait conduite au désert, mais parce qu'elle avait faim et que dans les autres cités, les mendiants la chassaient : son maigre appétit ne les aurait pas privés de grand-chose, mais frêle et soumise comme elle était, c'était une des rares créatures qu'ils avaient le pouvoir de repousser.

Elle se retrouva donc dans le désert, à se nourrir de sauterelles et de lézards et à s'abreuver dans les flaques d'eau fétide laissées par les orages dans les zones d'ombre et dans les grottes. Elle vivait désormais en accord avec son nom, et finit par devenir une vraie Sauvage, au-delà même de son aspect et de ses habitudes de vie, car elle était couverte de crasse, nue comme un ver et mourait de faim dans le désert comme une vraie sainte femme ; mais au fond de son cœur, elle enrageait contre Surâme, elle lui en voulait amèrement de la façon dont elle avait répondu à ses prières. Je t'ai demandé la liberté ! hurlait-elle. Je ne t'ai jamais demandé de tuer mon bon maître et de laisser ma bonne maîtresse sans le sou ! Je ne t'ai jamais demandé de me chasser au désert, où le soleil me brûle la peau sauf là où la poussière mêlée à la sueur protège mon corps nu ! Je n'ai jamais demandé de visions ni de prophéties ! Tout ce que j'ai demandé, c'est à être une femme libre, comme ma mère. Et je ne me rappelle même plus son nom !

Mais Surâme n'en avait pas terminé avec elle, et Soif ne connut donc pas encore la paix. Alors qu'elle n'avait que quatorze ans, d'après ses calculs, elle rêva d'un pays de montagnes et néanmoins si plein de vie que même la face de la falaise la plus abrupte disparaissait sous une épaisse végétation. Elle vit aussi un homme et Surâme lui dit que c'était là son véritable époux. Cette nouvelle la laissa impavide – seuls l'intéressaient la nourriture que cet homme tenait dans la main et le ruisseau qui coulait à ses pieds. Aussi se dirigea-t-elle vers le nord jusqu'à ce qu'elle trouve le pays de verdure et le ruisseau. Là, elle se lava, puis elle but longuement. Et un jour, propre et rassasiée, elle le vit qui menait son cheval vers le cours d'eau.

Elle faillit se sauver. Elle faillit se dérober à la volonté de Surâme, car elle ne voulait pas d'un mari pour l'instant et les baies qui poussaient le long du ruisseau la rassasiaient mieux que tout ce qu'il pourrait lui offrir.

Mais il la vit et la contempla. Alors elle se couvrit la poitrine de ses mains : elle sentait vaguement que c'était un objet de désir pour les hommes, car leurs yeux y revenaient sans cesse ; mais elle n'avait aucune expérience des hommes, Surâme l'ayant jusque-là protégée des errants du désert.

« Dieu m'interdit de te toucher », dit-il doucement. Il parlait la langue de Basilica, mais avec un accent très différent de celui de Seggidugu.

« C'est un mensonge, répondit-elle. Surâme m'a faite ta femme.

— Je n'ai pas de femme. Et si j'en avais une, je n'aurais pas pris une enfant chétive comme toi.

— Tant mieux. Parce que je ne veux pas de toi non plus. Que Surâme te trouve une vieille, si elle veut que tu aies une femme ! »

Il éclata de rire. « Alors nous sommes d'accord. Tu n'as rien à craindre de moi. »

Il l'emmena chez lui, la vêtit, lui donna à manger, et pour la première fois de sa vie elle fut heureuse. Au bout d'un mois, ils tombèrent amoureux l'un de l'autre et il la prit comme un homme prend une épouse, mais sans cérémonie de mariage. Curieusement, elle était convaincue qu'en l'épousant, il faisait exactement ce que Surâme attendait de lui, tandis que lui avait la certitude qu'en la prenant dans son lit, il défiait la volonté de Dieu. « Je résiste à Dieu chaque fois que je le puis, dit-il, mais je ne t'aurais jamais prise contre ton gré, même pour le plaisir de provoquer mon ennemi.

— Dieu est ton ennemi, à toi aussi ? » chuchota-t-elle.

Ils restèrent un mois ensemble. Puis la folie la reprit et elle se sauva dans le désert.

Tout se répéta plusieurs années plus tard ; cette fois pourtant, elle ne retrouva pas l'homme chez lui, mais dans un pays froid, couvert de pins et de plaques de neige, et ils n'attendirent pas un mois avant de s'unir comme un homme et son épouse. Et encore une fois, Surâme la posséda au bout d'un mois et elle s'enfuit au désert.

À chaque fois, elle conçut une fille, et à chaque fois elle eut envie de présenter l'enfant à l'homme, de déposer le bébé à ses pieds et de faire valoir ses droits d'épouse. Mais Surâme le lui interdit et elle apporta l'enfant à la cité des femmes, à Basilica, jusqu'à la maison que ses rêves lui avaient désignée, et elle le remit aux mains d'une femme que Surâme aimait profondément.

Comme Soif l'enviait ! Quand on a l'amour de Surâme, on jouit d'une maison, de la liberté, du bonheur et on est entourée d'enfants et d'amies. Mais Soif n'avait que la haine de Surâme, aussi vivait-elle seule au désert.

Jusqu'à ce qu'enfin, dix ans auparavant, la folie la quitte pour de bon – du moins le crut-elle. Elle sortit alors du désert pour entrer au pays de Potokgavan, où d'aimables inconnus l'acceptèrent parmi eux. Ni belle ni désirable, elle était cependant étrangement impressionnante et un fermier brave et simple qui possédait une solide maison montée sur d'épais pilotis lui demanda sa main. Elle accepta et il eurent sept enfants.

Mais elle n'oublia jamais les jours où elle était sainte femme, où Surâme la détestait, et elle n'oublia jamais les deux filles qu'elle avait eues de l'homme étrange que Surâme lui avait choisi pour époux. Elle avait donné à l'aînée le nom d'Hushidh, qui désignait aussi une fleur du désert au parfum suave, mais souvent habitée par les larves de la sabremouche venimeuse. La plus jeune, elle l'avait baptisée Luet d'après la lyuty, une plante dont on broyait les feuilles afin d'en faire le thé sacré qui aidait les adoratrices de Surâme à vivre une transe d'où naissaient parfois, disait-on, de vraies visions. Elle n'oubliait jamais ses filles et priait chaque matin pour elles, sans pourtant jamais parler à son mari ni à leurs enfants des deux bébés qu'elle avait dû déposer entre les mains d'une autre.

Puis une nuit, elle fit un nouveau rêve, un rêve de folie divine. Elle se vit encore une fois s'approcher de l'époux que Surâme lui avait choisi, du père de ses deux premières filles. Mais il était plus vieux, et son visage semblait effrayant et triste. Ses deux filles étaient là, la plus jeune à ses côtés, l'aînée à genoux devant lui ; Soif se vit venir vers lui, lui prendre la main et dire : « Mon époux, maintenant que tu as retrouvé tes filles, serai-je ta femme aux yeux des hommes comme aux yeux de Surâme ? »

Ce rêve lui fit horreur, profondément horreur, car c'était un rejet pur et simple du mari qu'elle avait à présent et des enfants qu'ils avaient eus ensemble. Pourquoi m'as-tu donné la liberté de vivre cette vie à Potokgavan, ô impitoyable Surâme, si tu avais l'intention de m'arracher à ma famille ? Et si tu voulais que je retrouve mes deux premières filles, pourquoi ne m'as-tu pas plutôt laissée les garder ? Tu es trop cruelle envers moi, Surâme ! Je refuse de t'obéir !

Mais chaque nuit elle refaisait le même rêve, sans cesse, toute la nuit durant, jusqu'à croire en devenir folle. Et pourtant, elle ne partait pas.

Puis un matin, à la fin de l'implacable vision, un élément nouveau apparut dans son rêve : une sorte de lamentation, aiguë et douce à la fois. Elle regarda autour d'elle et aperçut une créature couverte de fourrure qui volait dans le ciel et elle comprit que le chant mélodieux émanait de cet ange. Il s'approcha d'elle et se posa sur son épaule ; puis il l'enveloppa de ses ailes membraneuses et son chant éclata aux oreilles de Soif.

« Que dois-je faire, bon ange ? » lui demanda-t-elle dans le rêve.

Pour toute réponse, l'ange se jeta en arrière et tomba sur le sol devant elle. Et tandis qu'il restait là, étendu dans la poussière, impuissant, incapable de se servir de ses ailes fragiles et tendres, arrivèrent des créatures qui ressemblaient à des babouins par la taille mais à des rats par les dents, les yeux et le museau. Ils s'approchèrent de l'ange, le reniflèrent, et quand ils s'aperçurent qu'il ne s'envolait ni ne bougeait, ils s'y attaquèrent. Oh, c'était horrible ! Et il ne quitta pas Soif de ses yeux pleins de tristesse.

Je dois le sauver, se dit Soif. Il faut que je chasse ces terribles ennemis ! Mais dans le rêve, elle en était incapable ; elle ne pouvait absolument rien faire.

Quand les cruelles créatures s'éloignèrent enfin, l'ange n'était pas mort. Mais ses ailes avaient été dévorées et il ne restait à la place que deux bras maigres, faibles, d'où ne pendait plus qu'une mince frange de peau. Elle s'agenouilla près de lui, le serra contre elle et pleura sur lui sans pouvoir s'arrêter.

« Maman, dit son puîné, maman, tu pleures dans ton rêve, je crois. Réveille-toi. »

Elle ouvrit les yeux.

« De quoi s'agissait-il ? » demanda le garçon. Il était affectueux et elle n'avait pas envie de le quitter.

« Je dois partir en voyage, répondit-elle.

— Où ça ?

— Très loin d'ici, mais je reviendrai, si Surâme le permet.

— Pourquoi est-ce que tu dois partir ?

— Je n'en sais rien. Surâme m'appelle et j'ignore pourquoi. Ton père est déjà aux champs ; ne lui dis rien avant son retour pour le déjeuner. À ce moment-là, je serai trop loin pour qu'il me rattrape. Dis-lui que je l'aime et que je reviendrai auprès de lui. S'il veut me punir à ce moment-là, je me soumettrai de bon gré à sa sanction, car je préférerais me trouver ici avec lui et avec mes enfants qu'être couronnée reine dans un autre pays.

— Maman, dit l'enfant, je sais depuis un mois que tu vas t'en aller.

— Et comment le sais-tu ? » demanda-t-elle. L'espace d'un instant, elle craignit qu'il n'eût le triste privilège, lui aussi, d'entendre la voix de Surâme dans son cœur.

Mais le garçon n'était pas atteint de folie divine – non, il avait simplement du bon sens : « Tu regardais sans cesse vers le nord-ouest, et Père nous raconte quelquefois que c'est de là que tu es venue. Alors, je me suis dit que tu voulais rentrer chez toi.

— Non. Je ne veux pas rentrer chez moi, parce que chez moi, c'est ici. Mais j'ai une tâche à remplir, et ensuite je reviendrai auprès de vous.

— Si Surâme le permet. »

Elle hocha la tête. Puis, prenant un balluchon de provisions et une gourde d'eau, elle partit à pied.

Je n'avais aucune intention de t'obéir, Surâme, songea-t-elle. Mais quand j'ai vu cet ange avec ses ailes arrachées parce que je n'avais pas fait un geste pour l'aider quand je l'aurais dû, je n'ai pas compris s'il représentait mes filles ou l'homme qui me les a données, ou peut-être même toi ; tout ce que j'ai compris, c'est que je ne pouvais pas rester chez moi en laissant un drame se produire sans rien faire, même si j'ignore ce que ce sera et comment l'empêcher. Tout ce que je sais, c'est que j'irai où tu me conduiras et que, quand j'y serai, j'essayerai de faire le bien. Et si ça doit servir ton but, Surâme, eh bien, je le ferai quand même.

Mais quand tout sera fini, je t'en supplie, oh, je t'en supplie ! laisse-moi rentrer chez moi !

À BASILICA, ET PAS EN RÊVE

Il fallait à présent obtenir la permission de Rasa, et Elemak n'avait aucune certitude qu'elle l'accorderait. On disait dans la maison qu'elle était revenue de fort mauvaise humeur de son entrevue avec le général gorayni, et nul ne pouvait ignorer la présence des soldats postés devant la maison. Mais quoi qu'il pût se passer à Basilica, Elemak ne regagnerait pas le désert sans une épouse. Et puisqu'elle en était d'accord, ce serait Eiadh, avec ou sans l'autorisation de Rasa.

Mais ce serait mieux avec son autorisation. Et mieux encore si elle conduisait elle-même la cérémonie.

« Vous choisissez mal votre moment.

— Je vous en prie, tante Rasa, ne parlez pas comme une vieille », répondit Eiadh. Malgré l'impertinence flagrante de ses paroles, elle avait pris une voix si douce et si suave que Rasa ne fit pas mine de se fâcher. « N'oubliez pas que les femmes jeunes ne sont pas timorées, elles. Nous épousons nos hommes de bon cœur alors qu'ils partent à la guerre ou que les temps sont durs.

— Tu ne connais rien à la vie dans le désert.

— Oui, mais vous, vous y êtes allée avec Wetchik, de temps en temps.

— Deux fois ; et la deuxième parce que je ne me suis pas fiée au souvenir d'horreur que m'avait laissé la première. Je te promets qu'au bout d'une semaine tu seras toute prête à devenir esclave, rien que pour pouvoir rentrer à Basilica.

— Ma dame Rasa… tenta Elemak.

— Un mot de plus, cher Elemak, et je te chasse de cette pièce, coupa Rasa de son ton le plus poli. Je m'efforce d'inculquer le bon sens à ta bien-aimée. Mais tu n'as pas à t'inquiéter ; Eiadh est complètement abrutie d'amour pour… pour quoi ? pour ta force ? Elle est pleine de fantasmes de virilité idéale, j'en ai peur, et tu exauces tous ses rêves. »

Eiadh rougit. Elemak, lui, parvint tout juste à se retenir de sourire. C'était bien ce qu'il espérait : Eiadh n'était pas femme à courir après la fortune ni la position, mais à préférer le courage et la force. Il gagnerait son cœur par la témérité, non par l'ostentation ; il l'avait pressenti dès le début de sa cour, et cela se vérifiait. Rasa elle-même le confirmait : Elemak avait choisi une femme qui, au lieu d'aimer en lui l'héritier du Wetchik, l'apprécierait pour des vertus plus manifestes dans le désert – son talent pour commander, pour prendre des décisions rapides et audacieuses, son énergie, sa connaissance de la vie sauvage.

« Quels que soient ses rêves, dit-il, je ferai mon possible pour les réaliser tous.

— Ne promets donc pas à la légère, répliqua Rasa. L'adoration d'Eiadh est tout à fait capable de saigner un homme à blanc !

— Tante Rasa ! s'exclama Eiadh, horrifiée.

— Dame Rasa, protesta Elemak, je ne comprends pas quelle cruelle intention est la vôtre pour dire une chose pareille !

— Pardonnez-moi. » Rasa prit un air de regret non feint. « Je croyais que mes paroles seraient reçues comme une simple taquinerie, mais je n'ai pas le cœur à la légèreté et elles se sont muées en insulte. Ce n'est pas ce que je voulais.

— Dame Rasa, tout est pardonné quand des Têtes Mouillées montent la garde devant votre maison.

— Crois-tu que je m'inquiète de cela ? Alors que j'ai une déchiffreuse et une sibylle chez moi ? Non, ces soldats ne sont rien. C'est pour ma cité que je crains.

— Pardon, mais ces soldats ne sont pas rien, dit Elemak. J'ai appris comment Hushidh a délié de leur loyauté ceux du pauvre Rashgallivak, mais n'oublions pas que Rash était un faible, qui venait juste de prendre la place de mon frère.

— Et celle de ton père également, précisa Rasa.

— Il les avait usurpées toutes les deux. Et les soldats que Shuya a déliés étaient des mercenaires. Par contre, le général Mouj passe pour le plus grand officier qu'on ait vu depuis mille ans et ses hommes lui vouent une adoration et une confiance qui défient l'entendement. Shuya risque d'avoir du mal à défaire des liens pareils !

— Tu es expert en psychologie gorayni, maintenant ?

— Je suis expert en ce qui concerne l'amour et la confiance que des hommes portent à un chef énergique, répliqua Elemak. Je sais ce que les hommes de mes caravanes pensaient de moi. C'est vrai, ils savaient qu'ils seraient payés ; mais ils savaient aussi que je ne risquerais pas leurs vies inutilement et que s'ils m'obéissaient au doigt et à l'œil, ils vivraient assez longtemps pour dépenser leur salaire à la fin du voyage. J'aimais mes hommes qui me le rendaient bien, et d'après ce que j'entends dire du général Mouj, ses soldats l'aiment dix fois plus. Il en a fait l'armée la plus puissante de la côte occidentale.

— Et les maîtres de Basilica, sans qu'un seul d'entre eux se fasse tuer, dit Rasa.

— Non, il n'est pas encore maître de Basilica ! Et si vous vous opposez à lui, dame Rasa, je ne suis pas sûr qu'il y parvienne jamais. »

Rasa eut un rire amer. « Oh, il a fait en sorte que je ne le menace plus, et sans tarder !

— Et notre mariage ? demanda Eiadh. C'est quand même bien pour ça qu'on est ici, non ? »

Rasa la regarda avec – qu'était-ce donc ? de la pitié ? Oui, songea Elemak. Elle n'a pas très haute opinion de cette nièce-ci ; cette remarque qu'elle a laissée échapper, cette insulte, ce n'était pas une plaisanterie. « Son adoration est capable de saigner un homme à blanc. » Qu'est-ce que cela voulait dire ? Suis-je en train de faire une erreur ? Je ne pensais qu'à me faire désirer d'Eiadh, mais je ne me suis jamais posé de questions sur mon désir à moi.

« Oui, ma chérie, dit Rasa. Oui, tu peux épouser cet homme. Tu peux le prendre comme premier époux.

— Techniquement, intervint Elemak, ce n'est pas une permission que nous demandions, étant donné qu'elle est majeure.

— Et je célébrerai aussi la cérémonie, ajouta Rasa d'un ton las. Mais il faudra qu'elle ait lieu ici, pour des raisons évidentes, et la liste des invités ne devra comprendre que des résidents de la maison. Prions tous pour que les soldats gorayni ne décident pas d'assister eux aussi à la fête.

— Quand ? demanda Eiadh.

— Ce soir, répondit Rasa. C'est assez tôt, n'est-ce pas ? Ou bien vos vêtements vous démangent-ils tellement que vous voulez les ôter dès midi ? »

Encore une insulte insupportable, et pourtant Rasa ne se rendait manifestement pas compte de sa grossièreté. Elle se leva et sortit, laissant Eiadh rouge de colère sur son banc.

« Non, mon Edhya, dit Elemak. Ne lui en veuille pas. Ta tante Rasa a beaucoup perdu aujourd'hui et elle voit d'un mauvais œil de te perdre, toi aussi ; elle n'y peut rien.

— On a plutôt l'impression qu'elle serait contente de se débarrasser de moi, tant elle doit me détester ! » répliqua Eiadh. Et une larme perla dans ses cils, scintillant un instant avant de rouler sur son sein.

Alors Elemak la prit dans ses bras et elle s'accrocha comme si elle voulait se fondre en lui. C'est ça, l'amour, pensa-t-il. Voici l'amour qui fait les chansons et les légendes. Elle me suivra dans le désert et avec elle à mes côtés, je créerai une tribu, un royaume dont elle sera la reine. Car tout ce que ce général Mouj peut faire, j'en suis capable moi aussi. Je suis un véritable époux, meilleur qu'aucune Tête Mouillée ne le sera jamais. Eiadh veut un homme viril ? Eh bien, je suis cet homme-là !

Bitanke ne se réjouissait pas de ce qui se passait à Basilica depuis quelques jours, surtout parce qu'il ne pouvait se défaire de l'impression que tout était peut-être de sa faute. Il n'avait pourtant guère eu le choix à la porte de la cité ; ses hommes avaient combattu avec vaillance, mais ils étaient trop peu nombreux et la masse des mercenaires palwashantu devait l'emporter, inévitablement. Quelle chance aurait-il eue, dans ce cas, contre les Gorayni surgis du néant et qui lui promettaient alliance ?

J'aurais pu en appeler aux mercenaires et les supplier de faire cause commune contre les Gorayni… Ça aurait pu marcher. Mais le général gorayni s'était montré si convaincant, et puis il y avait tous ces feux dans le désert. On aurait dit ceux d'une armée de cent mille hommes. Comment aurais-je pu savoir qu'elle se réduisait aux soldats présents à la porte ? Et même, nous n'aurions pas pu leur résister, de toute façon.

Mais nous aurions pu nous battre, leur coûter des hommes et du temps, alerter les autres gardes et déclencher l'alarme dans la cité. J'aurais pu mourir là, une flèche gorayni dans le cœur, plutôt que d'assister à leur mainmise sur ma cité, ma cité bien-aimée, sans même qu'un seul d'entre eux subisse une blessure assez grave pour l'empêcher d'aller partout d'un pas hardi, comme s'il était chez lui.

Et pourtant… pourtant, alors même qu'on l'introduisait en présence du général Mouj pour une nouvelle entrevue, Bitanke ne pouvait s'empêcher d'admirer cet homme pour son audace, son courage, son génie ; avoir fait une si longue marche en si peu de temps, prendre une cité avec si peu d'hommes, puis y régner alors même que la garde dépassait largement son armée en nombre ! Qui sait si Basilica ne serait pas mieux lotie avec Mouj comme gardien ? Plutôt lui que ce porc de Gaballufix ou le méprisable Rashgallivak ! Plutôt lui que Roptat, même ! Et que les femmes, qui s'étaient révélées faibles et sottes en avalant les mensonges cousus de fil blanc de Mouj sur dame Rasa.

Ne voyaient-elles pas que Mouj les manipulait pour les diviser, les dresser les unes contre les autres et les détourner de la seule femme capable de mener une résistance efficace ? Non, bien entendu, elle ne voyaient rien – pas plus que Bitanke lui-même ne s'était aperçu, ce premier jour, que loin de l'aider, le Gorayni le manœuvrait et le poussait à trahir inconsciemment sa propre cité.

Nous sommes tous des imbéciles quand un homme habile apparaît.

« Mon cher ami ! » s'écria le général Mouj.

Bitanke ne serra pas la main tendue.

« Ah, vous êtes en colère contre moi, reprit Mouj.

— Vous vous êtes présenté chez nous avec la lettre de dame Rasa, et voilà que vous la faites arrêter !

— Vous est-elle donc si chère ? Je vous assure que sa réclusion n'est que temporaire et n'a pour but que sa protection. Des mensonges affreux circulent sur elle dans la cité et qui sait ce qui pourrait lui arriver si sa maison n'était pas protégée par des soldats ?

— Oui, des mensonges par vous inventés !

— Mes lèvres n'ont rien dit de dame Rasa sinon la grande admiration qu'elle m'inspire. C'est la meilleure des femmes de cette cité, douée de l'esprit et du courage d'un homme, et je ne permettrai jamais qu'on touche à un seul de ses cheveux. Si vous ne le savez pas, Bitanke, mon ami, vous ne savez rien de moi. »

C'est presque sûrement vrai, songea Bitanke. Je ne sais rien de vous, comme tout le monde, d'ailleurs.

« Pourquoi m'avez-vous fait venir ? demanda-t-il. Allez-vous dépouiller la garde basilicaine d'une nouvelle prérogative ? Ou bien nous réservez-vous quelque basse besogne qui nous humiliera et nous démoralisera encore un peu plus ?

— Quelle colère ! s'exclama Mouj. Mais réfléchissez bien, Bitanke ; vous vous sentez libre de me dire des choses pareilles sans crainte que je vous décapite. Appelez-vous cela de la tyrannie ? Tous vos soldats sont armés et ce sont eux qui maintiennent désormais la paix dans cette cité ; suis-je un ennemi perfide, à vos yeux ? »

Bitanke ne dit rien, résolu à ne pas se laisser prendre à la rhétorique de Mouj. Il sentit pourtant le doute s'insinuer en lui, comme tant de fois auparavant. Mouj n'avait en effet rien changé à la garde, ni exercé aucune violence sur les citoyens. Peut-être n'avait-il d'autre but que de se servir de Basilica comme étape avant de poursuivre sa route ?

« Bitanke, j'ai besoin de votre aide. Je veux rendre sa puissance à votre cité, celle d'avant les manigances de Gaballufix. »

Oh, oui, je ne doute pas que ce soit votre seul désir – Mouj l'altruiste, qui vous donnez tout ce mal pour aider la cité des femmes. Après quoi vous retirerez vos hommes, avec pour récompense une grande chaleur au cœur à la pensée de tout le bonheur que vous laissez derrière vous !

Mais Bitanke garda le silence. Mieux valait se taire en un tel moment.

« Je ne vous cacherai pas que j'ai l'intention d'arranger les choses ici selon mes vues. Il y a un grand combat à venir entre les Gorayni et les misérables barboteurs de Potokgavan ; nous savons qu'ils manœuvraient pour prendre le contrôle de Basilica – et que Gaballufix était leur sbire. Il était prêt à renverser le gouvernement et à laisser ses assassins agir à leur guise. Mais me voici, avec mes hommes. Vous avons-nous jamais donné à penser que nos intentions étaient aussi impitoyables ou violentes que celles de Gaballufix ? »

Mouj attendit et Bitanke parla enfin : « Jamais aussi clairement, non.

— Je vais vous dire ce que je veux de Basilica : j'ai besoin de savoir avec certitude que ses gouvernants sont des amis des Gorayni, qu'avec Basilica derrière moi, je n'ai à craindre aucune traîtrise. Alors, il me sera possible d'amener jusqu'ici des colonnes d'approvisionnement par le désert, sans passer par Nakavalnu, Izmennik ni Seggidugu. Vous, mon ami, vous savez que c'est de la bonne stratégie ; les Potoku comptaient sur le fait qu'il nous faudrait nous frayer un chemin à l'épée jusqu'aux cités de la Plaine ; ils pensaient disposer d'une année, voire de plusieurs, pour renforcer leurs positions, peut-être pour transporter une armée jusqu'ici et faire front contre nos chars. Mais désormais nous commanderons aux cités de la Plaine : avec mon armée postée à Basilica, aucune ne pourra résister. Alors, Nakavalnu, Izmennik et Seggidugu n'oseront plus faire alliance avec Potokgavan. Sans combat, sans guerre, nous aurons assujetti à l'Impérator toute la côte occidentale, des années avant que Potokgavan ne s'y attende. Voilà ce que je veux. Cela et rien de plus. Et pour y parvenir, je n'ai pas besoin de briser Basilica, de vous traiter en peuple conquis. Il me faut seulement l'assurance que Basilica m'est loyale. Et je l'obtiendrai mieux par l'amour que par la peur.

— L'amour ! s'exclama Bitanke avec dérision.

— Jusqu'à présent, reprit Mouj, je n'ai rien eu à faire qui ne soit bien accueilli par les gens de Basilica. Ils jouissent aujourd'hui d'une paix et d'une sécurité plus grandes qu'ils n'en ont connu depuis des années. Croyez-vous qu'ils ne s'en rendent pas compte ?

— Et vous, croyez-vous que la racaille de Clébaud, de Porteville et de la Route-Haute n'espère pas que vous la laisserez entrer et se rendre maîtresse de la cité ? Pour le coup, vous les auriez, vos loyaux alliés – si vous leur donniez ce que Gaballufix leur promettait : l'occasion de dominer ces femmes qui leur ont interdit la citoyenneté pendant tant de milliers de siècles !

— Oui, répondit Mouj, j'aurais pu le faire. Je pourrais encore le faire. » Il se pencha par-dessus la table et fixa Bitanke dans les yeux. « Mais vous allez m'aider, n'est-ce pas, que je n'aie pas à recourir à un moyen aussi terrible ? »

Ah ! telle était donc l'alternative, enfin : soit conspirer avec Mouj, soit voir se dissoudre le tissu même de Basilica. Tout ce qui était beau et sacré serait soumis à la menace de l'invasion des hommes avides qui vivaient hors des murs. Bitanke n'avait-il pas goûté à l'horreur de cette perspective du temps de Gaballufix ? Comment pourrait-il laisser cela se reproduire ?

« Eh bien ! qu'attendez-vous de moi ?

— Des suggestions, répondit Mouj. Des recommandations. Le conseil de la cité n'est pas un instrument de pouvoir fiable ; il est parfait pour voter des lois sur les affaires locales, mais s'il s'agit de passer une alliance ferme avec l'armée de l'Impérator, qui sait si une faction ne s'élèvera pas dans la semaine pour mettre à bas cette décision ? C'est pourquoi j'ai besoin d'établir un individu comme… comment dire ?…

— Comme dictateur ?

— Pas du tout. Cette personne représenterait simplement Basilica face au monde extérieur. Il, elle – peu importe – aura le pouvoir de promettre aux armées gorayni qu'elles pourront passer par Basilica, que leur approvisionnement y sera stocké, et que Potokgavan n'y trouvera ni amis ni alliés.

— Le conseil municipal peut très bien s'en charger.

— Allons, allons, vous êtes plus intelligent que ça !

— Il tiendra sa parole.

— Vous avez vu aujourd'hui même avec quelle perfidie et quelle injustice il a traité dame Rasa, qui n'a fait que le servir loyalement toute sa vie. Comment traitera-t-il alors un étranger? La vie de mes hommes, la puissance de mon Impérator, tout dépendra de la fidélité de Basilica – or ce conseil s'est révélé incapable de loyauté même envers sa sœur la plus digne.

— C'est vous qui avez fait courir ces rumeurs à son sujet, dit Bitanke, et maintenant vous vous appuyez dessus pour démontrer l'indignité du conseil?

— Devant Dieu, je nie avoir répandu des calomnies contre dame Rasa ; je la place au-dessus de toutes les femmes que j'ai pu rencontrer. Mais peu importe le responsable de ces médisances, Bitanke ; ce qui compte, c'est qu'elles aient été crues par le conseil municipal, auquel je puis confier la vie de mes hommes, prétendez-vous. Qu'est-ce qui empêche alors Potokgavan de lancer des rumeurs de son cru? Dites-moi honnêtement, Bitanke, si vous étiez à ma place, avec mes obligations, feriez-vous confiance à ce conseil?

— Je le sers depuis toujours, mon général, et je lui fais confiance.

— Ce n'est pas ce que je vous demande. Je suis ici pour mener à bien la mission de l'Impérator. Par tradition, nous l'accomplissons en massacrant la classe dirigeante des pays que nous conquérons, pour la remplacer par des éléments d'un peuple depuis longtemps opprimé et privé de ses droits civiques. Mais parce que j'aime cette cité, je souhaite trouver un autre moyen. Et je prends de grands risques pour ce faire.

— Vous ne disposez que de mille hommes, répondit Bitanke. En fait, vous voulez soumettre Basilica sans effusion de sang parce que vous ne pouvez pas vous permettre de perdre un seul soldat.

— C'est une partie de la vérité. Je dois gagner ; si j'y parviens sans faire couler le sang, les cités de la Plaine diront que je jouis de la puissance de Dieu et elles se plieront à mes ordres. Mais je peux arriver à la même fin par la terreur ; si on amène leurs dirigeants ici et qu'ils découvrent une cité de désolation, brûlée de fond en comble, maisons et forêt, et le lac des femmes visqueux de sang, elles se soumettront également. D'une façon ou d'une autre, Basilica servira mon propos.

— Vous êtes vraiment un monstre ! Vous parlez de sacrilège et de massacre d'innocents, pour me demander ensuite de vous faire confiance !

— Non : je parle de nécessité, et je vous demande de m'aider à ne pas être un monstre. Vous avez servi un maître plus grand que moi – la volonté du conseil. Parfois, en son nom, vous avez commis des actes que de vous-même, vous auriez préféré éviter. Je me trompe ?

— C'est cela, le métier de soldat ! répondit Bitanke.

— Je l'exerce, moi aussi. Je dois moi aussi accomplir la volonté de mon maître, l'Impérator. Et s'il le faut, je me ferai monstre pour y parvenir. De même que vous avez dû arrêter des hommes et des femmes que vous pensiez innocents.

— Arrêter n'est pas massacrer !

— Bitanke, mon ami, je persiste à espérer que vous êtes bien celui que j'ai imaginé quand je vous ai vu combattant bravement à la porte de la cité. J'ai cru ce jour-là que vous luttiez non pour une institution, non pour ce conseil veule prêt à gober toutes les médisances qui courent dans la cité, mais pour quelque chose de plus élevé. Pour la cité elle-même ; pour l'idée de la cité. N'était-ce pas pour cela que vous étiez prêt à mourir à cette porte ?

— Si, répondit Bitanke.

— Je vous offre à présent l'occasion de servir encore une fois votre cité. Vous savez que longtemps avant l'existence d'un conseil, Basilica était une grande cité. À l'époque où des prêtresses la dirigeaient, elle était déjà Basilica ; quand elle avait une reine, elle était encore Basilica ; lorsqu'elle a placé le grand général Snaceetel à la tête de son armée pour repousser les guerriers de Seggidugu, puis qu'elle lui a permis de boire l'eau du lac des femmes, elle était toujours Basilica. »

Malgré lui, Bitanke reconnut le bien-fondé de ces paroles. La cité des femmes ne se réduisait pas à son conseil. Les formes de gouvernement avaient changé et elles changeraient encore bien des fois ; ce qui comptait, c'était qu'elle reste la cité sacrée des femmes, l'unique lieu de la planète Harmonie où les femmes régnaient. Et si, pour une brève période, sous la pression des événements qui secouaient la côte occidentale, Basilica devait se soumettre aux Gorayni, quelle importance, tant que la loi des femmes était maintenue dans ses murs ?

« Pendant que vous réfléchissez, dit Mouj, pensez donc à ceci : j'aurais pu chercher à vous effrayer ; j'aurais pu vous mentir, feindre d'être un autre que le général calculateur que je suis. Mais non, je vous ai parlé comme à un ami, franchement, librement, parce que j'attends de vous une aide volontaire et pas simplement de l'obéissance.

— Une aide pour quoi faire ? demanda Bitanke. Je refuse de placer le conseil aux arrêts, si c'est ce que vous espérez.

— Aux arrêts ! Mais vous ne m'avez donc pas compris ? Il faut que le conseil continue d'exister, et sans en remplacer un seul membre ! Je veux que les Basilicains voient leur gouvernement interne inchangé. Mais j'ai aussi besoin d'un consul du peuple, de quelqu'un au-dessus du conseil, qui s'occupe des affaires étrangères de Basilica, qui passe avec nous une alliance à laquelle tous adhéreront, et qui commande les gardes de la cité.

— Vos hommes remplissent déjà ce rôle.

— Oui, mais je veux que ce soient vos hommes à vous qui s'en chargent.

— Je ne suis pas le commandant de la garde.

— Mais vous en êtes un des officiers, répondit Mouj. Je regrette que vous ne soyez pas commandant, parce que vous êtes meilleur soldat que vos supérieurs. Mais si je vous promettais ce poste, vous croiriez que j'essaye de vous acheter ; vous refuseriez et vous quitteriez cette maison en jurant de me combattre. »

Au fond de lui, Bitanke se sentit soulagé : Mouj se rendait compte que son interlocuteur n'avait rien d'un traître, qu'il n'agirait jamais pour son propre intérêt, mais seulement pour le bien de la cité.

« Les hommes de la garde, dit Bitanke, renâcleront à recevoir leurs ordres d'un autre que leur commandant, nommé par le conseil municipal.

— Supposons néanmoins qu'à l'unanimité le conseil ait élu quelqu'un au poste de consul et demandé à la garde de lui obéir.

— Ils ne l'accepteraient qu'avec la certitude absolue que ce consul n'est pas l'homme de paille des Gorayni. Les gardes ne sont pas des imbéciles, et ce ne sont pas non plus des traîtres.

— Eh bien voilà : vous comprenez mon problème ! Il me faut quelqu'un qui soit convaincu de la nécessaire loyauté de Basilica envers l'Impérator, mais ce consul n'aura d'utilité que si le peuple de la cité voit en lui un Basilicain loyal et non une marionnette. »

Bitanke éclata de rire. « Vous n'imaginez pas, j'espère, que je conviendrais pour ce rôle ? Quantité de gens murmurent déjà que je suis votre marionnette parce que je vous ai laissé entrer dans la cité !

— Je sais, dit Mouj. Vous étiez le premier à qui j'avais pensé, mais j'ai compris que vous ne pouviez servir Basilica – et mes desseins par la même occasion – qu'en restant à votre place, sans profiter d'avantages manifestes dus à mon influence.

— Alors pourquoi suis-je ici ?

— Pour me conseiller, comme je vous l'ai dit. J'ai besoin que vous me trouviez qui, au poste de consul, aurait l'aval et l'obéissance de la cité et de la garde.

— Il n'existe personne de tel.

— En disant cela, vous me demandez de déverser le sang et les cendres de Basilica dans le lac des femmes.

— Ah, ne me menacez pas !

— Je ne vous menace pas, Bitanke, je vous explique ce que j'ai fait par le passé et que je n'ai pas envie de recommencer. Je vous en prie, aidez-moi à trouver le moyen d'éviter un dénouement aussi affreux.

— Laissez-moi réfléchir.

— C'est tout ce que je vous demande.

— Permettez-moi de revenir demain.

— Non ; c'est aujourd'hui que je dois agir.

— Alors, donnez-moi une heure.

— Pouvez-vous réfléchir ici ? Sans quitter cette maison ?

— Suis-je donc en état d'arrestation ?

— Des milliers d'yeux surveillent cette résidence, mon ami. Si l'on vous voit sortir puis revenir une heure plus tard, on dira que vous faites trop de visites au général Vozmujalnoy Vozmojno. Mais si vous désirez quand même partir, vous êtes libre.

— Je reste.

— Dans ce cas, je vais vous faire conduire à la bibliothèque et confier un ordinateur. Vous m'aiderez à réfléchir en écrivant les noms et vos raisons de penser que ces personnes pourraient ou non convenir à notre but. Dans une heure, revenez avec votre liste.

— C'est pour Basilica que je fais cela, non pour vous. Et sans espoir d'un avantage pour moi-même.

— C'est pour Basilica que je vous le demande, répondit Mouj. Si ma loyauté va d'abord à l'Impérator, j'espère néanmoins sauver cette cité de la destruction, si je le puis. »

L'entrevue était terminée. Bitanke sortit et un soldat gorayni l'emmena aussitôt à la bibliothèque. Mouj n'avait rien dit au soldat, qui le conduisit pourtant à l'endroit voulu et lui donna l'ordinateur prévu. Cela signifiait que le général laissait ses officiers subalternes écouter ses négociations, chose presque impensable, ou alors qu'il avait donné ses ordres avant même l'arrivée de Bitanke.

Se pouvait-il que Mouj eût tout prévu, chaque mot qui se dirait entre eux? Était-il si bon manipulateur qu'il pouvait connaître tous les dénouements à l'avance? Dans ce cas, Bitanke n'était peut-être qu'une dupe qui trahissait sa cité parce que Mouj l'avait complètement embobiné.

Non! Non, ce n'est pas cela du tout! Mouj s'est simplement estimé capable de me convaincre d'agir intelligemment, au mieux des intérêts de Basilica; je vais donc lui trouver des candidats, s'il est possible d'imaginer à ce poste de consul quelqu'un qui y ait été nommé par les Gorayni et jouisse pourtant de la loyauté du peuple, du conseil et de la garde. Si cette personne existe, j'apporterai son nom au général.

« Je dois parler à mes enfants, dit Rasa. À tous. »

Luet la regarda un instant, indécise; c'était le genre de chose qu'une dame pouvait dire à ses domestiques, un ordre qu'on donne sans en avoir l'air. Mais Luet n'était pas une domestique et ne l'avait jamais été, aussi n'avait-elle pas à prêter attention à l'expression d'un tel désir. Pourtant, Rasa ne sembla pas s'apercevoir qu'elle venait de parler comme à une servante, alors qu'aucune n'était présente. « Madame, dit Luet, me chargez-vous de cette commission? »

Rasa lui jeta un regard presque surpris. « Excuse-moi, Luet. J'avais oublié avec qui j'étais; je ne suis pas au mieux de ma forme. S'il te plaît, pourrais-tu trouver mes enfants et ceux de mon mari et leur dire que je veux les voir tout de suite? »

Il s'agissait maintenant d'une requête adressée directement à elle, et naturellement Luet inclina la tête et partit chercher des domestiques pour l'aider. Elle aurait volontiers accompli la tâche elle-même, mais la maison était vaste et si la demande de Rasa était urgente, comme il semblait, mieux valait affecter plusieurs personnes à l'affaire. D'ailleurs, les servantes avaient de meilleures chances de savoir où chacun se trouvait.

Il ne fut pas difficile de mettre la main sur Nafai, Elemak, Sevet et Kokor ; personne, toutefois, n'avait vu Mebbekew depuis plusieurs heures, depuis son arrivée, en fait. Enfin Izdavat, une jeune servante qui montrait plus d'empressement que de bon sens à bien faire, finit par avouer qu'elle avait apporté son petit-déjeuner à Mebbekew dans la chambre de Dol. « Mais c'était il y a déjà un moment, ma dame.

— Appelle-moi simplement sœur, ou Luet.

— Vous voulez que j'aille voir s'il y est toujours, sœur ?

— Non merci. Il serait inconvenant qu'il s'y trouve encore ; je vais demander à Dolya où il est allé. » Et elle se dirigea vers l'escalier de l'aile des professeurs.

Luet n'était pas surprise que Mebbekew eût déjà réussi à s'attacher une femme, même dans cette maison où on leur apprenait à démasquer les hommes frivoles. Elle s'étonnait cependant que Dolya s'intéresse à ce garçon. Elle avait eu affaire à des champions de la flatterie et de la flagornerie du temps de sa carrière d'actrice et n'aurait dû remarquer Mebbekew que pour se moquer discrètement de lui.

Mais Luet avait conscience qu'elle-même repérait les flatteurs bien plus aisément que la plupart des femmes, puisqu'ils n'essayaient jamais leur magie de séduction sur elle ; les sibylles de l'eau avaient la réputation de percer les mensonges à jour – bien qu'à vrai dire, Luet n'eût de clartés que par l'intermédiaire de Surâme, laquelle n'était pas renommée pour aider ses filles dans leur vie amoureuse. Comme si j'en avais une ! songea-t-elle. Comme si j'avais besoin d'en avoir une ! Surâme a déjà tracé mon chemin, et là où il touche la vie des autres, je fais confiance à Surâme pour leur faire savoir sa volonté. Mon époux découvrira sa femme quand il le décidera. Et je serai satisfaite.

Satisfaite... Elle faillit rire d'elle-même. Tous mes rêves sont liés à ce garçon avec lequel j'ai frôlé la mort et qui pourtant se consume toujours d'amour pour Eiadh ! La vie des hommes n'est-elle donc faite que de la sécrétion de glandes suractivées ? Sont-ils incapables d'analyser et de comprendre comme les femmes le monde qui les entoure ? Nafai ne voit-il pas que l'amour d'Eiadh durera le temps d'une averse, pour s'évaporer dès l'orage passé ? Eiadh a besoin d'un homme comme Elemak, qui ne tolérera pas un cœur volage. Là où son infidélité briserait le cœur de Nafai, Elemak entrera dans une violente colère et Eiadh, cette pauvre idiote, retombera aussitôt amoureuse de lui.

Luet n'analysait pas tout cela elle-même, naturellement. C'était Hushidh qui voyait les liens, tous les fils qui rattachaient les gens les uns aux autres ; Hushidh, qui lui expliquait que Nafai n'avait pas l'air de la remarquer parce qu'il était trop amoureux d'Eiadh ; Hushidh encore, qui comprenait le rapport entre Elemak et Eiadh et pourquoi ils allaient si bien ensemble.

Et maintenant, Mebbekew et Dol. Eh bien, ils formaient une nouvelle pièce du puzzle ! Quand Luet avait eu sa vision des femmes, dans le bois derrière chez Rasa, la nuit où elle avait été prévenir Wetchik de la menace qui pesait sur lui, elle n'en avait pas compris le sens. À présent, elle savait pourquoi elle y avait vu Dolya ; elle accompagnerait Mebbekew, comme Eiadh Elemak. Shedemei aussi serait du voyage au désert, ou du moins elle y participerait en réunissant semences et embryons. Et Hushidh viendrait aussi, et tante Rasa. Sa vision avait montré à Luet les femmes appelées au désert.

Pauvre Dolya ! Si elle avait su qu'en faisant entrer Mebbekew dans sa chambre, elle s'engageait sur un chemin qui la mènerait hors de Basilica, elle l'aurait frappé à coups de pied, de poing, de dents s'il l'avait fallu, pour le chasser de chez elle ! Mais les choses étant ce qu'elles étaient, Luet ne doutait pas de les trouver ensemble.

Elle frappa à la porte de Dol. Comme elle s'y attendait, une soudaine agitation se déclencha dans la pièce, suivie d'un bruit sourd.

« Qui est là ? demanda Dol.

— Luet.

— Je ne suis pas visible pour l'instant.

— Je n'en doute pas, dit Luet, mais dame Rasa m'a envoyée avec un message urgent. Puis-je entrer ?

— Oui, bien sûr. »

Luet découvrit Dolya couchée au lit, les draps remontés jusqu'aux épaules. Il n'y avait pas trace de Mebbekew, naturellement, mais la literie était tout en désordre, la baignoire pleine d'eau grisâtre et une grappe de raisin traînait par terre ; ce n'était pas ainsi que Dolya arrangeait d'habitude sa chambre pour faire la sieste.

« Que me veut tante Rasa ? demanda-t-elle.

— À toi, rien, Dol, répondit Luet. Elle désire que tous ses enfants et ceux de Wetchik la rejoignent tout de suite.

— Pourquoi ne frappes-tu pas à la porte de Sevet ou de Kokor, alors ? Elles ne sont pas dans ma chambre.

— Mebbekew sait pourquoi je suis ici. » Se rappelant le bruit sourd et le temps qu'elle avait dû attendre avant d'ouvrir la porte, elle parvint à une conclusion quant à l'endroit où Meb se trouvait. « Aussi, dès que j'aurai fermé la porte, il pourra sortir de derrière ton lit, enfiler un vêtement quelconque et se rendre chez dame Rasa. »

Dol eut l'air saisie. « Pardonne-moi d'avoir voulu te tromper, Sibylle de l'Eau ! » souffla-t-elle.

Comme souvent, Luet eut soudain envie de hurler ; chaque fois qu'elle faisait montre d'intelligence, tout le monde l'attribuait à une révélation de Surâme ! Comme si elle était incapable de voir l'évidence ! Et pourtant, c'était aussi utile, il fallait le reconnaître : les gens avaient tendance à dire plus facilement la vérité par peur d'être pris en flagrant délit de mensonge. Mais en contrepartie de leur franchise, ils n'appréciaient pas la compagnie de Luet et l'évitaient. Seules des amies partagent une telle intimité de parole, et seulement de leur libre choix. Forcées, du moins le croyaient-elles, de révéler leurs secrets à Luet, elles lui refusaient leur amitié, et Luet restait en dehors de la vie de la plupart des femmes qui l'entouraient. Dans quelle révérence elles la tenaient ! Elle se sentait à la fois indigne et dévorée de rage.

Ce fut cette colère qui la poussa à tourmenter Mebbekew en l'obligeant à parler. « Tu m'as entendue, Mebbekew ? »

Un long silence. Puis : « Oui.

— Je dirai à dame Rasa que son message a bien été reçu. »

Elle s'apprêtait à refermer la porte derrière elle quand Dol la rappela : « Attends... Luet !

— Oui ?

— Ses vêtements... je les avais donnés à laver...

— Je vais te les faire monter.

— Tu crois qu'ils seront secs ?

— Bien assez, répondit Luet. Tu ne penses pas, Mebbekew ? »

Ce dernier se redressa et sa tête apparut derrière le lit. « Oui, dit-il d'un ton lugubre.

— Des vêtements humides, ça te rafraîchira, reprit Luet. C'est un bon moyen pour se protéger des chaleurs, au moins dans cette chambre ! » La plaisanterie était bonne, de l'avis de Luet en tout cas, mais personne ne rit.

D'un pas énergique, Shedemei suivait le chemin qui menait à la serre froide de Wetchik ; le bâtiment, à l'ombre de grands arbres, était niché dans une étroite vallée à l'extérieur de la courbe que formait l'enceinte de la cité autour de l'Ancien Orchestre. C'était la dernière partie et, elle en avait bien peur, la plus ardue de sa tâche : réunir la flore et la faune pour ce projet dément de voyage dans l'espace, pour regagner la légendaire planète perdue, la Terre. Tout ce mal à cause d'un rêve que j'ai fait interpréter! Un trajet à dos de chameau, et ils s'imaginent que ça va les conduire à la Terre!

Pourtant, le rêve était toujours vif en elle, plein de la vie qu'elle transportait sur son nuage.

Et ainsi, elle arriva devant la porte de la serre de Wetchik, sans être très sûre d'avoir envie de tomber sur un des serviteurs faisant office de gardien.

Personne ne répondit quand elle tapa dans ses mains; mais le bruit des machines réfrigérantes aurait sans doute couvert le claquement le plus puissant, aussi voulut-elle ouvrir la porte. Elle la trouva fermée à clé.

Evidemment. Cela faisait des semaines que Wetchik était parti au désert, non? Et Rashgallivak, l'ancien intendant et soi-disant nouveau Wetchik, se cachait depuis lors. Qui aurait fait fonctionner la serre, maintenant qu'ils avaient tous deux disparu?

Oui, mais les machines tournaient bel et bien, n'est-ce pas? Ce qui signifiait que quelqu'un s'en occupait encore. À moins qu'on n'ait oublié de les éteindre et laissé les cultures à vau-l'eau.

C'était très possible, bien entendu. L'air froid maintiendrait longtemps les plantes en bon état et la serre, tirant son énergie de capteurs solaires accrochés aux poteaux qui s'élevaient loin au-dessus du bâtiment, pouvait remplir ses fonctions indéfiniment sans devoir puiser dans les réserves de courant de la cité.

Et pourtant, sans savoir comment, Shedemei sentait que quelqu'un s'occupait de la serre. Mieux encore, elle avait la certitude que cette personne y était présente en ce moment même, qu'elle l'avait vue et voulait qu'elle s'en aille. Celui ou celle qui se trouvait là cherchait à se cacher.

Et qui donc était obligé de se cacher?

« Rashgallivak! appela Shedemei. Ce n'est que moi, Shedemei! Vous me connaissez, je suis seule et je ne dirai à personne que vous êtes ici, mais il faut que je vous parle! » Elle attendit. Pas de réponse. « Ça n'a rien à voir avec la cité ni avec ce qui s'y passe! reprit-elle d'une voix forte. J'ai seulement besoin de vous acheter un peu de matériel ! »

Elle entendit qu'on déverrouillait la porte ; puis celle-ci pivota sur ses énormes gonds. Rashgallivak apparut, pitoyable et décharné. Il ne portait pas d'arme.

« Si vous venez pour me trahir, ce sera un soulagement. »

Shedemei se retint de lui faire remarquer que ce ne serait que justice, après sa trahison de la maison de Wetchik et son alliance avec Gaballufix pour s'emparer de la place de son maître. Elle était venue en cliente, non en justicière.

« La politique m'indiffère, dit-elle, et vous aussi. Il me faut simplement une douzaine de caissons secs ; des portatifs, de ceux qu'on utilise pour les caravanes. »

Il secoua la tête. « Wetchik me les a tous fait vendre. »

Prise de lassitude, Shedemei ferma les yeux un instant. Il l'obligeait à dire des choses qu'elle n'avait pas envie de lui jeter à la figure. « Oh, Rashgallivak, vous n'attendez tout de même pas que je vous croie, alors que pour reprendre le contrôle de la maison de Wetchik, il vous fallait évidemment poursuivre ses affaires ! »

Rashgallivak rougit – de honte, espéra Shedemei. « Néanmoins, je les ai vendus, comme on me l'avait demandé.

— Qui les a achetés, alors ? Ce sont les caissons que je veux, pas vous. »

Rashgallivak ne répondit pas.

« Ah ! dit Shedemei. C'est vous qui les avez achetés ! »

Un silence. « Que voulez-vous en faire ? demanda Rash.

— Vous me demandez à moi de vous rendre des comptes ? s'exclama Shedemei.

— Je vous pose cette question parce que vous avez, je le sais, tout un tas de caissons secs dans votre laboratoire. Le seul usage concevable des portatifs, c'est pour une caravane, et vous n'y connaissez rien.

— Eh bien, je me ferai dépouiller ou tuer, mais ça ne vous regarde pas. Et d'ailleurs, il ne m'arrivera peut-être rien du tout.

— Auquel cas vous irez vendre vos plantes dans des pays lointains, en concurrence directe avec moi. Pourquoi fournirais-je des caissons portatifs à une concurrente ? »

Shedemei éclata d'un rire plein de dérision. « Ah, parce que vous trouvez que votre entreprise marche normalement ? De toute façon, je ne prépare pas un voyage d'affaires, pauvre imbécile ! Je déménage avec tout mon laboratoire là où je pourrai poursuivre mes recherches en sécurité, sans être interrompue par des fous qui mettent la cité à feu et à sang ! »

Il rougit à nouveau. « Ils n'ont jamais fait de mal à personne quand ils étaient sous mes ordres. Je ne suis pas Gaballufix.

— En effet, Rash. Vous n'êtes pas Gaballufix. »

La phrase pouvait se comprendre de deux façons, mais apparemment, Rash choisit d'y entendre la confirmation que Shedemei le croyait fondamentalement honnête. « Vous n'êtes pas mon ennemie, Shedya, n'est-ce pas ?

— Les caissons ; c'est tout ce que je veux. »

Il eut encore une hésitation, puis il recula et lui fit signe de le suivre.

L'entrée de la serre n'était pas réfrigérée comme les salles intérieures et Rash en avait fait une espèce de logis pathétique : un lit de fortune, un vaste bac qui avait dû autrefois accueillir des plantes, mais qui lui servait sans doute à présent à se baigner et à faire sa lessive. C'était très primitif, mais ingénieux ; Shedemei ne put s'empêcher de l'admirer : il n'avait pas désespéré, même quand tout semblait se retourner contre lui.

« Je vis seul, dit-il. Surâme sait que j'ai davantage besoin d'argent que de caissons ; et le conseil municipal m'a interdit l'accès à tous mes fonds. Vous ne pouvez même pas me payer, parce que je n'ai plus de compte en banque où transférer votre argent.

— Ça ne devrait pas être un problème, répondit Shedemei. Comme vous l'imaginez bien, beaucoup de gens vident leurs comptes. Je peux vous payer en pierres précieuses – quoique leur prix, comme celui de l'or, ait triplé depuis les derniers événements.

— De toute façon, je ne suis pas en position de marchander, je le sais bien.

— Déposez les caissons devant la porte, reprit Shedemei. J'enverrai quelqu'un pour les rapporter chez moi. Je vous paierai séparément, et largement. Dites-moi où.

— Venez seule, plus tard. Et remettez-moi les pierres en mains propres.

— Ne dites donc pas de bêtises! répliqua Shedemei. Je n'ai pas l'intention de revenir ici, ni de vous revoir. Dites-moi où vous laisser les pierres précieuses.

— Dans la chambre des voyageurs, chez Wetchik.

— C'est facile à trouver?

— Assez.

— Alors votre paiement s'y trouvera dès que j'aurai reçu les caissons.

— Je trouve un peu injuste que je doive vous faire entièrement confiance, sans aucune contrepartie de votre part. »

Toutes les réponses qu'aurait pu lui faire Shedemei étaient cruelles; elle préféra se taire.

Au bout d'un moment, il hocha la tête. « Très bien, dit-il. Il y a deux maisons sur la propriété de Wetchik. Mettez les pierres dans la chambre des voyageurs de la plus petite; c'est aussi la plus vieille. Sur un des chevrons. Je les trouverai.

— Dès que les caissons seront dans mon laboratoire, répéta Shedemei.

— Croyez-vous que je dispose d'un réseau de fidèles qui vont vous attaquer? demanda Rashgallivak d'un ton amer.

— Non. Mais si vous deviez bientôt disposer de cet argent et que vous le sachiez, rien ne vous empêcherait de les engager dès maintenant.

— Donc, c'est vous qui décidez quand me payer et combien ; et moi, je n'ai pas voix au chapitre.

— Rash, dit Shedemei, je vous traite avec bien plus d'équité que vous n'avez traité Wetchik et ses fils.

— Vous aurez une douzaine de caissons devant la porte d'ici une demi-heure. »

Shedemei se leva et sortit. Elle entendit Rash fermer la porte derrière elle et l'imagina tirant craintivement les verrous, de peur qu'on ne découvre que l'homme qui avait régné l'espace d'une journée sur les petits empires de Gaballufix et de Wetchik se tapissait à présent dans l'ombre épaisse de ces murs.

Shedya s'arrêta à la porte de la Musique, où les gardes gorayni vérifièrent rapidement son identité et la laissèrent passer. La vue de ces uniformes aux portes de Basilica la dérangeait toujours, mais comme tout le monde, elle s'habituait peu à peu à la parfaite discipline des soldats et au calme qui présidait aux entrées jusque-là anarchiques des gens dans la cité. Chacun faisait patiemment la queue, à présent.

Et autre chose, encore : il y avait maintenant plus de gens qui attendaient d'entrer que de citoyens pressés de sortir. La confiance revenait, une confiance placée dans la puissance des Gorayni. Qui aurait imaginé que la population s'abandonnerait si vite à l'ennemi ?

Parcourant la longue ruelle qui suivait l'enceinte jusqu'à la porte du Marché, Shedemei retrouva la muletière qu'elle avait engagée. « Allez-y, dit-elle. Il devrait y en avoir une douzaine. » La muletière inclina la tête et partit au trot. Nul doute que cette démonstration de diligence prendrait fin à l'instant où Shedemei serait hors de vue, mais celle-ci apprécia néanmoins qu'elle fît preuve d'empressement, fût-il feint. Au moins, la muletière savait ce qu'était la célérité et ne dédaignait pas d'en donner l'illusion.

Puis Shedemei mit la main sur un jeune coursier dans la file d'attente de la porte du Marché. Elle griffonna un mot sur un des papiers à sa disposition dans la guérite du messager ; au dos, elle indiqua l'emplacement de la maison de Wetchik, avec des instructions sur l'endroit où laisser le papier. Après quoi elle tapa un paiement sur l'ordinateur de la guérite. Quand il vit la prime allouée pour une exécution rapide, le coursier eut un grand sourire, puis il s'empara du bout de papier et partit comme une flèche.

Naturellement, Rashgallivak serait furieux de trouver un mandat à tirer chez un des joailliers de la porte du Marché au lieu des pierres elles-mêmes. Mais Shedemei n'avait pas envie de transporter ni d'expédier une énorme somme tout en nature jusqu'en un lieu désert et isolé. C'était Rash qui avait besoin de cet argent ; à lui de courir des risques. Enfin, elle avait tiré son mandat sur un joaillier qui tenait un banc à l'extérieur de la porte du Marché ; ainsi, il ne serait pas obligé de franchir le barrage des soldats pour se faire payer.

Rasa regarda son fils, ses filles et les deux garçons que Wetchik avait eus d'autres mariages. Ce ne sont pas les plus beaux spécimens d'humanité qu'on ait jamais vus, songea-t-elle. L'échec de Volemak avec ses deux fils m'inspirerait un peu plus de mépris si mes deux chères filles n'étaient pas là pour me rappeler ma propre absence de génie en tant qu'éducatrice. Et, soyons justes, tous ces jeunes gens ont des dons et des talents propres. Mais seuls Nafai et Issib, les deux enfants que Volya et moi avons eus ensemble, se sont révélés posséder des qualités d'intégrité et d'amour du bien.

« Pourquoi n'avez-vous pas amené Issib ? »

Elemak soupira. Mon pauvre, songea Rasa. La vieille dame te fait répéter tes explications ? « Nous ne voulions pas avoir à nous inquiéter de son fauteuil ni de ses flotteurs pour ce voyage, dit-il.

— C'est aussi bien qu'il ne soit pas coincé ici avec nous, remarqua Nafai.

— Je ne pense pas que le général nous garde longtemps assignés à résidence, déclara Rasa. Une fois que je serai totalement discréditée, il n'aura plus de raison de se montrer aussi manifestement répressif. Il essaie de se créer une image de libérateur et de protecteur, et la présence de ses soldats dans les rues n'y contribue pas.

— Alors, on s'en va, ensuite ? demanda Nafai.

— Non, on prend racine ici, répondit Mebbekew. Evidemment qu'on s'en va !

— Je veux rentrer chez moi, intervint Kokor. Même si Obring fait un mari parfaitement minable, il me manque. »

Sevet garda le silence.

Rasa se tourna vers Elemak, qui arborait son habituel petit sourire. « Et toi, es-tu si pressé de quitter ma maison ?

— Je vous remercie de votre hospitalité, répondit-il, et nous nous rappellerons toujours votre logis comme la dernière maison civilisée où nous ayons vécu avant bien des années.

— Parle pour toi, Elya ! s'exclama Mebbekew.

— Qu'est-ce qu'il raconte ? demanda Kokor. Moi, j'ai une maison civilisée qui m'attend en ce moment même ! »

Sevet émit un rire étranglé.

« Je ne me vanterais pas du niveau de civilisation de ma maison, si j'étais toi, répliqua Rasa. Je vois de plus que seul Elya comprend notre véritable situation.

— Moi aussi, je la comprends », glissa Nafai.

Et naturellement, Elemak lui jeta un regard noir sous ses lourdes paupières. Nafai, jeune sot ! songea Rasa. Pourquoi faut-il toujours que tu dises des choses qui énervent tes frères ? Crois-tu donc que j'ai oublié que tu as entendu la voix de Surâme, que tu es bien plus perspicace que tes frères et tes sœurs ? Ne peux-tu me faire confiance pour me souvenir de ton mérite ? Ainsi, tu n'aurais pas à me le rappeler !

Non, c'était hors de ses moyens. Il était jeune, trop jeune pour saisir les conséquences de ses actes, trop jeune pour contenir ses sentiments.

« Néanmoins, c'est Elemak qui va nous l'expliquer.

— Nous ne pouvons pas rester en ville, dit ce dernier. À l'instant où les soldats cesseront leur surveillance, il faudra nous éclipser, et vivement !

— Mais pourquoi ? demanda Mebbekew. C'est dame Rasa qui a des problèmes, pas nous.

— Par Surâme, tu es vraiment débile ! » cracha Elemak.

Que voilà une franchise rafraîchissante ! songea Rasa. Pas étonnant que tes frères t'adorent, Elya.

« Tant que dame Rasa est en état d'arrestation, Mouj doit veiller à ce qu'aucun mal n'arrive à personne dans cette maison. Mais à cause de lui, elle va se retrouver avec tout un tas d'ennemis dans la cité. Dès que ses soldats dégageront le chemin, il va commencer à se passer des choses très désagréables.

— Raison de plus pour nous éloigner de chez Mère, dit Kokor. Elle peut se sauver si ça lui chante, mais ils n'en ont pas après moi !

— Ils en ont après chacun de nous, rectifia Elemak. Meb, Nafai et moi sommes des fugitifs, et Nafai en particulier est accusé de deux meurtres, dont un qu'il a réellement commis. On peut inculper Kokor de voies de fait et de tentative de meurtre sur sa propre sœur. Quant à Sevet, elle a été prise en flagrant délit d'adultère, et comme c'était avec le mari de sa sœur, on peut aussi faire jouer les lois sur l'inceste.

— Ils n'oseraient jamais ! s'écria Kokor. Me poursuivre, moi ?

— Et pourquoi pas ? demanda Elemak. Seuls le profond respect et le grand amour que dame Rasa inspirait vous ont évité l'arrestation. Mais aujourd'hui, ces deux boucliers ont disparu, ou du moins se sont affaiblis.

— Jamais on n'osera me condamner ! dit Kokor.

— Les lois sur l'adultère ne sont plus appliquées depuis des siècles, renchérit Meb. Et l'inceste entre beau-frère et belle-sœur révolte peut-être les gens, mais du moment qu'on est majeur…

— Alors, vous voulez mourir, c'est ça ? s'écria Elemak. Est-ce que tout le monde est bouché, ici ? Ah non, c'est vrai – Nafai comprend tout, lui !

— Non, répondit Nafai. Je sais qu'il faut nous enfuir dans le désert parce que Surâme l'a ordonné, mais je ne comprends absolument rien à ce que tu racontes. »

Rasa ne put s'empêcher de sourire. Nafai pouvait se montrer sot par moments, mais son honnêteté et sa franchise étaient parfois désarmantes. Sans le vouloir, il avait complu à Elemak en se rabaissant et en reconnaissant à son frère une perspicacité supérieure.

« Alors je vais vous expliquer, dit Elemak. Dame Rasa dispose d'une certaine autorité, encore maintenant, parce que les gens les plus avisés de Basilica ne croient pas un instant les rumeurs qui la concernent. Il ne suffit pas à Mouj de la discréditer ; il doit la soumettre complètement à son contrôle, ou bien la tuer. Dans le premier cas, il n'a qu'à faire passer en jugement un des enfants de Rasa pour meurtre – ou un des fils de Père, d'ailleurs – et elle est à sa merci. Dame Rasa est courageuse, mais je ne pense pas qu'elle ait le cœur à laisser ses enfants ou les fils de Père aller en prison pour se garder le plaisir du jeu politique. Et si néanmoins elle était à ce point endurcie, Mouj n'aurait qu'à faire monter les enchères. Lequel d'entre nous tuerait-il en premier ? Mouj est un homme habile ; il s'arrangerait pour nous transmettre clairement son message sans trop en faire. Donc, à mon avis, c'est toi qu'il tuerait, Meb, étant donné que de nous tous tu es celui qui a le moins de valeur et qui manquerait le moins à Père et dame Rasa. »

Meb se dressa d'un bond. « Cette fois, j'en ai marre, pue-de-la-gueule !

— Assieds-toi, Mebbekew, dit dame Rasa. Tu ne vois donc pas qu'il te taquine ? »

Elemak adressa un grand sourire à Mebbekew, qui ne se radoucit pas pour autant. Il jeta un regard furibond à son frère en se rasseyant.

« Donc, il tuerait quelqu'un, reprit ce dernier, comme simple avertissement. Bien entendu, ses soldats n'y seraient pour rien ; mais il saurait que dame Rasa y verrait sa main. Et si nous garder en otages ne suffisait pas à la tenir, Mouj a déjà préparé le terrain pour l'assassiner elle-même ; il ne serait pas difficile de trouver quelque citoyen prêt à la tuer pour sa prétendue perfidie ; Mouj n'aurait qu'à lui fournir une occasion de frapper. Ce serait tout simple. C'est quand les soldats s'en iront de devant notre porte que nous serons vraiment en danger. Il faut donc nous apprêter à partir sur-le-champ, discrètement et définitivement.

— Quitter Basilica ! » s'écria Kokor. La consternation sincère qui se peignit sur ses traits révélait qu'elle avait enfin compris la gravité de leur situation.

Sevet aussi, cela ne faisait aucun doute. Elle avait baissé la tête, mais Rasa vit des larmes sur ses joues.

« Je suis navrée que votre intimité avec moi vous coûte si cher, dit-elle. Mais pendant toutes ces années, mes chères filles, mon cher fils, mes élèves bien-aimées, vous avez profité du prestige de ma maison ainsi que du grand honneur dont jouissait Wetchik. À présent que les événements se tournent contre nous à Basilica, vous devez également prendre votre part en en payant le prix. C'est ennuyeux, mais ce n'est pas injuste.

— Pour toujours… murmura Kokor.

— Pour toujours, en effet, dit Elemak. Mais pour ma part, je n'irai pas au désert sans mon épouse. J'espère que de leur côté, mes frères ont pris quelques dispositions dans ce sens. C'est la raison de notre venue, après tout.

— Obring, gémit Kokor. Il faut emmener Obring ! »

Sevet leva le menton et regarda sa mère. Ses yeux étaient brouillés de larmes et une question pleine d'effroi se lisait sur son visage.

« Je pense que Vas t'accompagnera, si tu le lui demandes, dit Rasa. Il est réfléchi et indulgent, et il t'aime bien plus que tu ne le mérites. » Le ton était froid, mais Sevet prit quand même ces paroles comme un réconfort.

« Mais Obring, alors ? insista Kokor.

— Il est tellement faible que tu arriveras à le persuader de venir aussi, j'en suis sûre. »

Entre-temps, Mebbekew s'était tourné vers Elemak. « Ton épouse ? demanda-t-il.

— Dame Rasa va célébrer la cérémonie pour Eiadh et moi ce soir », répondit Elemak.

Les traits de Mebbekew trahirent une émotion profonde – de la rage ? de la jalousie ? Avait-il lui aussi désiré Eiadh, comme le pauvre Nafai ?

« C'est ce soir que tu l'épouses ? insista Mebbekew.

— Nous ignorons quand Mouj va lever notre mise en résidence surveillée, et j'ai envie d'un mariage dans les règles. Une fois dans le désert, je ne veux pas de confusion.

— D'autant plus qu'on pourra changer dès la fin des contrats de mariage », intervint Kokor.

Tous la regardèrent.

« Le désert, ce n'est pas Basilica, dit Rasa. Nous ne serons qu'une poignée ; les mariages seront définitifs. Mieux vaut t'habituer tout de suite à cette idée.

— C'est ridicule ! s'exclama Kokor. Je refuse de partir et vous ne pouvez pas m'y forcer !

— En effet, répondit Rasa. Mais si tu restes, tu verras à quel point la vie est différente quand on n'est plus la fille de dame Rasa, mais une jeune chanteuse célèbre uniquement pour avoir de sa propre main réduit au silence une sœur bien plus renommée qu'elle !

— Je peux m'en arranger ! répliqua Kokor d'un ton de défi.

— Dans ce cas, je ne doute plus de ne pas vouloir de toi dans le désert! lui jeta Rasa, furieuse. À quoi nous servirait une gamine inconsciente dans le terrible voyage qui nous attend?» Ses paroles étaient dures, mais la déception que lui causait Kokor lui versait du poison sur sa langue. «J'ai dit ce que j'avais à dire. Vous avez tous du travail à faire et des décisions à prendre. Allez-y et qu'on en finisse.»

Le congédiement était clair et Kokor et Sevet sortirent aussitôt, Kokor le menton levé avec ostentation.

Mebbekew s'approcha obliquement dc Rasa – ce garçon était-il incapable de marcher naturellement, sans avoir l'air d'un couard ou d'un espion? – et lui demanda : «Est-ce que le mariage d'Elya, ce soir, est réservé à lui seul?

— Tous les habitants de la maison sont invités, répondit Rasa.

— Non, je veux dire… Et se je me mariais, moi aussi? Est-ce que vous célébreriez la cérémonie ce soir?

— Si tu te mariais, toi? Crois-moi, Dolya s'est peut-être montrée inconsidérée, mais je serais étonnée qu'elle t'accepte comme mari, Mebbekew.

— Luet vous a tout raconté! fit-il, furieux.

— Évidemment! Une demi-douzaine de domestiques et Dolya elle-même m'en auraient parlé avant la nuit, de toute façon. Crois-tu vraiment qu'on puisse me celer un secret pareil dans ma propre maison?

— Bon, si j'arrive à la persuader d'accepter un infect tas de boue comme moi, dit Meb d'un ton dégoulinant d'ironie, condescendrez-vous à nous inclure dans la cérémonie?

— Il serait dangereux de t'emmener dans le désert sans épouse, répondit Rasa. Dolya ferait une femme plus que bonne pour toi, même si elle ne peut faire pire choix pour elle-même.»

Meb rougit de fureur. «Je n'ai rien fait pour mériter un tel mépris de votre part!

— Au contraire, tu as tout fait pour cela, répliqua Rasa. Tu as séduit ma nièce sous mon toit, et tu envisages maintenant de l'épouser; et ne me crois pas dupe : ce n'est pas pour rejoindre ton père au désert que tu veux l'épouser, mais pour t'en servir comme permis de séjour à Basilica. Tu la tromperas à l'instant où nous serons partis et où tu auras tes papiers en règle.

— Et moi, je vous jure sous le regard de Surâme que j'emmènerai Dolya au désert, aussi sûrement qu'Elya emmène Eiadh.

— Fais attention quand tu prends Surâme à témoin de ton serment, dit Rasa. Elle sait s'y prendre pour faire tenir parole aux gens! »

Mebbekew faillit répliquer, mais il se ravisa et sortit furtivement du salon privé de Rasa, sans doute pour aller flatter Dolya et lui proposer le mariage.

Et il aura gain de cause, pensa Rasa avec amertume, parce que ce garçon, qui a si peu de choses pour lui par ailleurs, sait s'y prendre avec les femmes. Combien de mères de Dollville et de Peintrailleville m'ont rapporté ses exploits avec leurs filles? Pauvre Dolya! La vie t'a-t-elle laissée si affamée que tu es prête à te jeter sur cette piètre imitation de l'amour?

Seuls Elemak et Nafai étaient restés dans la pièce.

« Je refuse de partager mon mariage avec Mebbekew, déclara Elemak d'un ton glacé.

— Ah! quelle tragédie de ne pas toujours obtenir ce qu'on désire en ce bas monde! répondit Rasa. Mais quiconque voudra se marier ce soir se mariera. Nous n'avons pas le temps de satisfaire ta vanité et tu le sais bien. Tu me dirais la même chose si tu étais impartial. »

Elemak la dévisagea quelques instants. « C'est vrai, dit-il enfin. Vous êtes très avisée. » Puis il sortit à son tour.

Mais Rasa le percevait lui aussi mieux qu'il ne l'imaginait. Après l'avoir jaugée, il avait décidé qu'aussi puissante qu'elle fût à Basilica, elle ne serait plus rien dans le désert, et elle le savait bien. Il se plierait à sa loi pour ce soir, mais une fois hors de la cité, il se ferait un délice de la soumettre. Eh bien, l'humiliation ne me fait pas peur! pensa-t-elle. Que m'importeront tes tourments quand je sentirai la souffrance de ma Basilica bien-aimée, sachant que dans mon exil, je ne pourrai rien pour la sauver?

Il n'y avait plus que Nafai avec Rasa.

« Mère, dit-il, que devient Issib, dans tout ça? Et Zdorab, le trésorier de Gaballufix? Ils auront besoin de femmes, eux aussi. Et Elemak a vu des épouses pour tout le monde, dans son rêve.

— Alors, à Surâme de les leur procurer, tu ne crois pas?

— Shedemei viendra. Elle aussi a fait un rêve; Surâme l'a invitée, et Hushidh également. Elle est dans le coup, n'est-ce pas? Surâme l'emmènera sûrement, pour Issib ou Zdorab.

— Pourquoi ne lui poses-tu pas la question? » demanda Rasa.

Nafai parut horrifié.

« Oh non, pas moi!

— Pourtant, Surâme t'a annoncé, m'as-tu dit, que tu dirigerais tes frères, un jour. Comment sera-ce possible si tu n'as pas même assez de force intérieure pour affronter une simple fille, gentille et généreuse comme Shuya?

— Pour vous, elle a peut-être l'air gentille, répondit Nafai. Mais pour moi… Et puis, aller lui poser ce genre de question…

— Elle sait que tes frères et toi êtes revenus chercher des épouses, jeune nigaud. Tu crois qu'elle n'a pas fait ses comptes? Elle est déchiffreuse – penses-tu qu'elle n'ait pas vu les liens s'organiser? »

Nafai resta interdit. « Non, je n'y avais pas pensé. Elle en sait sans doute plus long que moi sur n'importe quoi.

— Sur certains sujets, seulement. Et tu en es encore à éviter la question la plus importante de toutes.

— Non, répondit Nafai. Je sais que Luet est celle que je dois épouser et que je vais le lui proposer. Je n'attendais pas votre conseil pour ça.

— Alors, je n'ai plus aucune crainte pour toi, mon fils. »

Les soldats introduisirent Rashgallivak et, suivant les instructions que Mouj leur avait données plus tôt, le projetèrent brutalement par terre. Une fois qu'ils eurent disparu, Rashgallivak se tâta le nez. Il n'était pas cassé, mais il saignait de sa rencontre avec le sol, et Mouj ne proposa rien pour l'essuyer. Comme les soldats l'avaient dépouillé de ses vêtements avant de l'amener, Rashgallivak n'eut d'autre choix que de laisser le sang lui couler dans la bouche et sur le menton.

« Je pensais bien vous rencontrer un jour ou l'autre, dit Mouj. Ce n'était pas la peine de vous chercher. Je savais que le moment viendrait où vous croiriez posséder quelque chose que je désirerais et où vous m'approcheriez pour négocier votre vie. Mais je n'ai besoin de rien que vous possédiez, soyez-en assuré.

— Alors tuez-moi et qu'on en finisse, répliqua Rashgallivak.

— Très dramatique. J'ai dit que je n'avais besoin de rien, mais j'ai peut-être envie de quelque chose, et j'en ai peut-être assez envie pour ne pas vous arracher les yeux, vous castrer ou vous faire subir quelque autre mignardise avant que vous ne passiez sur le bûcher pour traîtrise envers Basilica.

— C'est vrai, Basilica vous tient profondément à cœur ! ironisa Rashgallivak.

— C'est vous qui me l'avez donnée, pauvre imbécile ! Votre stupidité et votre brutalité m'en ont fait présent. Et elle est désormais le joyau le plus éclatant que je possède. Oh oui, je tiens profondément à Basilica !

— Seulement si vous arrivez à la garder !

— Ah, croyez-moi, je conserverai ce diamant, que je m'en fasse une décoration ou que je la réduise en poussière avant de l'avaler.

— Quelle bravoure, intrépide général ! Et pourtant, vous maintenez dame Rasa en résidence surveillée.

— Il me reste encore bien des pistes à suivre, répondit Mouj. Et je ne vois pas pourquoi toutes ne mèneraient pas à votre mort immédiate. Il faudrait donc faire mieux que me dire ce que je sais déjà.

— Que cela vous plaise ou non, je suis légalement Wetchik et chef du clan palwashantu, et bien que personne ne me porte dans son cœur en ce moment, si les hommes sans droits qui vivent en dehors des murs voyaient que j'avais vos faveurs et de l'autorité à partager, ils se rallieraient à moi. Ça pourrait vous être utile.

— À ce que je vois, vous caressez le rêve pathétique de vous mesurer à moi dans la course au pouvoir.

— Non, général. J'ai passé ma vie comme intendant, à bâtir et à consolider la maison de Wetchik. Gaballufix m'a persuadé d'agir selon des ambitions que je n'avais jamais connues avant qu'il me les mette en tête. J'ai eu amplement le temps de regretter de l'avoir cru, de me mépriser pour avoir paradé en me prenant pour un grand chef, alors que je suis fait pour être intendant, c'est tout. Je ne suis heureux qu'au service d'un homme plus grand que moi, et je me glorifie d'avoir toujours servi, en effet, le plus grand de Basilica. Il se trouve aujourd'hui qu'il s'agit de vous et, si vous me gardez en vie, vous vous rendrez compte que je suis plein de ressources.

— Et d'une loyauté sans faille ?

— Vous ne me ferez jamais confiance, je le sais parfaitement. J'ai trahi Wetchik, à ma grande honte. Mais seulement alors qu'il était déjà en exil et sans pouvoir. Vous, vous ne faiblirez jamais, vous n'échouerez pas ; vous pouvez donc implicitement vous fier à moi. »

Mouj ne put s'empêcher d'éclater de rire. « Vous me demandez de me fier à votre loyauté parce que vous êtes trop poltron pour trahir un homme fort ?

— J'ai eu le temps d'apprendre à me connaître, général Vozmujalnoy Vozmojno. Je n'ai envie de tromper personne, ni vous ni moi.

— Je peux placer qui je veux à la tête de cette racaille qui se donne le nom de Palwashantu, dit Mouj, ou bien la commander moi-même. En quoi aurais-je besoin de vous vivant, alors que j'ai tant à gagner à votre confession et votre exécution publiques ?

— Vous êtes un grand général et un meneur d'hommes brillant, mais vous ne connaissez pas encore Basilica.

— Assez bien quand même pour m'en être rendu maître sans y perdre un seul de mes soldats.

— Alors, puisque vous savez tout, général Vozmujalnoy Vozmojno, peut-être comprendrez-vous tout de suite en quoi l'achat par Shedemei d'une douzaine de caissons secs chez moi présente tant d'intérêt.

— Ne jouez pas au plus fin avec moi, Rashgallivak. J'ignore totalement qui est ce Shedemei et ce que signifie cet achat de caissons secs, vous le savez très bien.

— Shedemei est une femme, général ; une savante renommée, excellente généticienne ; elle a créé des plantes qui ont eu beaucoup de succès, entre autres choses.

— Si vous en veniez au fait…

— Shedemei enseigne aussi chez Rasa, dont elle est une des nièces bien-aimées. »

Ah ! Rashgallivak savait peut-être quelque chose d'utile, finalement. Mouj attendit la suite.

« On se sert des caissons secs pour transporter des semences et des embryons sur de longues distances sans réfrigération. Elle m'a raconté qu'elle comptait déménager tout son laboratoire dans une cité loin d'ici, et que c'était pour ça qu'elle avait besoin de caissons.

— Et vous n'y croyez pas.

— Que Shedemei déplace son laboratoire en ce moment relève de la plus haute fantaisie. Tout danger est passé, cela se voit, et elle devrait donc se replonger tout simplement dans son travail. D'ordinaire, elle s'y abstrait complètement, au point d'en oublier le monde qui l'entoure.

— Par conséquent, son projet de quitter Basilica lui a été soufflé par Rasa, c'est ce que vous pensez ?

— Rasa est fidèle à Wetch… à Volemak, l'ancien Wetchik, depuis de nombreuses années. Il s'est exilé de la cité il y a plusieurs semaines sous prétexte d'obéir à une vision envoyée par Surâme. Puis ses fils sont revenus pour essayer d'acheter l'Index palwashantu à Gaballufix. »

Rashgallivak s'interrompit comme s'il s'attendait que Mouj opère quelque rapprochement, bien qu'il sût pertinemment que c'était impossible : c'était sa façon à lui d'affirmer qu'il était nécessaire au général, lequel n'avait pourtant nulle intention d'entrer dans son jeu. « Dites-le moi ou ne me le dites pas, fit Mouj ; de toute manière, c'est moi qui déciderai si j'ai ou non besoin de vous. Mais si vous persistez à croire que vous pouvez me manipuler, vous ne faites que prouver votre inutilité. »

Rashgallivak soupira et reprit :

« Il est clair que Volemak rêve toujours de prendre le pouvoir à Basilica ; sinon, pourquoi voudrait-il l'Index ? Sa seule valeur est celle d'un symbole d'autorité chez les Palwashantu ; il leur rappelle ces temps très anciens où ils n'étaient pas sous la coupe des femmes. Rasa, elle, est son épouse et dispose de son côté d'une grande influence. Seule, elle représente déjà pour vous un danger ; mais ensemble, ils seraient redoutables. Qui d'autre pourrait unir la cité contre vous ? Shedemei ne préparerait pas un tel voyage si Rasa ne le lui avait pas demandé. Par conséquent, Rasa et Volemak doivent avoir un plan où les caissons secs jouent un rôle.

— Et de quel genre ?

— Shedemei est une brillante généticienne, comme je l'ai dit. Supposons qu'elle crée une moisissure ou un champignon qui se répandrait comme une maladie dans Basilica, et que seuls les partisans de Rasa et de Volemak disposent du fongicide adéquat ?

— Un champignon. Ah bon. Et vous croyez que ce serait une arme contre les soldats gorayni ?

— Personne ne s'en est jamais servi comme arme, général. J'ai moi-même eu du mal à l'imaginer. Mais songez à l'efficacité de vos hommes dans un combat s'ils étaient en proie à des démangeaisons atroces, insupportables.

— Des démangeaisons », répéta Mouj. C'était absurde, c'était risible. Et pourtant, c'était possible : des soldats distraits par un champignon irritant et tenace ne se battraient pas bien. La cité elle-même ne serait pas facile à diriger si ses habitants souffraient d'un tel fléau. Les gouvernements n'étaient jamais moins respectés que quand ils se révélaient impuissants face à une épidémie ou à une famine ; Mouj s'était servi bien des fois de ce phénomène contre les ennemis de l'Impérator. Rasa et Volemak poussaient-ils donc le vice jusqu'à concevoir une arme aussi inconcevable ? D'utiliser une savante comme fabricante d'armes ? Dieu permettrait-il une pratique aussi vile ?

À moins que…

À moins que, comme moi, Rasa et Volemak n'aient appris à résister à Dieu. Pourquoi serais-je seul capable de détourner les efforts de Dieu pour abrutir les hommes quand ils tentent de prendre pied sur la route du pouvoir ?

Mais d'un autre côté, pourquoi Rashgallivak ne serait-il pas l'instrument que Dieu utilisait pour le tromper ? Bien des jours s'étaient écoulés depuis la dernière fois qu'Il avait cherché à l'empêcher d'agir. Dieu, ayant échoué à dominer Mouj directement, n'essayait-Il pas de le contrôler en l'entraînant à la poursuite de ridicules complots imaginaires ? Nombreux avaient été les généraux abattus par des chimères comme celle que Rashgallivak décrivait.

« Ces caissons ne pourraient-ils pas servir à autre chose ? demanda Mouj, mettant son intuition à l'épreuve.

— Si, naturellement. Je ne faisais que présenter la possibilité la plus extrême. Ces caissons sont aussi très efficaces pour transporter des vivres dans le désert, que Volemak et ses fils

— Elemak, l'aîné, en particulier – connaissent mieux que beaucoup. Il ne leur fait pas peur. Ils projettent peut-être de constituer une armée. Vous, vous n'avez que mille hommes, ici.

— Le reste de l'armée gorayni arrivera très bientôt.

— Alors, c'est peut-être pour ça que Volemak n'avait besoin que de douze caissons ; il n'aura pas à nourrir bien longtemps sa petite armée.

— Une armée, dit Mouj d'un ton méprisant, et douze caissons. On vous a pris en possession d'un mandat pour des pierres précieuses de très grande valeur ; qu'est-ce qui me dit qu'on ne vous a pas payé pour me raconter des absurdités et me faire perdre mon temps ?

— On ne m'a pas pris, général ; c'est moi qui me suis rendu à vos soldats, de mon propre chef. Et j'ai apporté le mandat plutôt que les pierres pour vous faire voir qu'il était bien de la main de Shedemei. Le montant est de loin supérieur à la valeur des caissons. Elle essayait visiblement d'acheter mon silence.

— Admettons. Ainsi, vous en êtes là, Rashgallivak ; il y a quelques jours, vous croyiez dominer la cité, et voilà que vous trahissez encore une fois votre ancien maître pour vous mettre dans les bonnes grâces du nouveau. Voulez-vous m'expliquer pourquoi je me retiendrais de vomir rien qu'à vous voir ?

— Parce que je peux vous être utile.

— Oui, oui, j'imagine, comme un chien hargneux mais affamé. Alors dites-moi, Rashgallivak, quel os voulez-vous que je vous jette ?

— Ma vie, général.

— Votre vie ne vous appartiendra plus jamais, jusqu'à la fin de vos jours. Je répète donc : sur quel os voulez-vous vous faire les dents ? »

Rashgallivak hésita, et Mouj ajouta aussitôt :

« Si vous prétendez répondre au désir altruiste de me servir, moi, l'Impérator ou Basilica, je vous fais étriper sur l'heure et brûler sur la place du marché.

— On ne brûle pas les traîtres, chez nous. Vous passeriez pour un monstre aux yeux des Basilicains.

— Au contraire ! rétorqua Mouj. Ils seraient très heureux de vous voir appliquer un tel traitement, à vous. Nul n'est civilisé au point de ne pas goûter la vengeance, même si plus tard les braves gens crèvent du remords de s'être délectés de cette souffrance-là.

— Cessez de me menacer, général. J'ai vécu dans la terreur et j'en ai fini avec elle. Que vous me tuiez ou non, que vous me torturiez ou non, peu me chaut. Décidez simplement de ce que vous allez faire.

— Dites-moi d'abord ce dont vous avez envie ; votre désir secret ; ce que vous pourriez tirer de mieux de cette situation. »

À nouveau, Rashgallivak hésita. Mais cette fois, il trouva la force d'exprimer son souhait. « Dame Rasa », murmura-t-il.

Mouj eut un léger hochement de tête. « Ainsi toute ambition n'est pas morte en vous, dit-il. Vous rêvez encore de vivre bien loin au-dessus de votre position.

— J'ai répondu parce que vous insistiez, général. Je sais que ça n'arrivera jamais.

— Sortez d'ici. Mes hommes vont vous emmener prendre un bain et vous habiller. Vous allez vivre au moins encore une nuit.

— Merci, général. »

Les soldats entrèrent et entraînèrent Rashgallivak – mais cette fois sans brutalité. Mouj n'avait pourtant pas décidé de se servir de lui ; sa mort constituait toujours une possibilité séduisante – quelle façon plus tranchante pour le général de se déclarer maître de Basilica que d'appliquer la justice d'une façon aussi publique, aussi populaire et avec un mépris aussi manifeste de la loi, de la coutume et des convenances basilicaines ? Les citoyens adoreraient ce geste et, du coup, la cité cesserait d'être la Basilica d'antan. Elle deviendrait quelque chose de nouveau. Une nouvelle cité.

Ma cité.

Rashgallivak marié à Rasa ! Quelle idée répugnante, née d'un petit esprit méprisable ! Pourtant, une telle union humilierait sûrement Rasa et lui collerait définitivement aux yeux de beaucoup l'étiquette de traîtresse à Basilica. Elle resterait néanmoins une des figures dirigeantes de la cité, tout auréolée de légitimité. Après tout, elle était sur la liste de Bitanke. Tout comme Rashgallivak.

Très intéressante, cette liste, d'ailleurs. Bien pensée et tout à fait audacieuse. Décidément, Bitanke était intelligent et très utile ; par exemple, il avait la sagesse de ne pas sous-estimer la capacité de persuasion de Mouj : il n'écartait aucune personne de sa liste sous prétexte qu'à son avis, elle refuserait de servir Mouj en gouvernant Basilica à sa place.

En conséquence, les noms qui venaient en tête étaient, sans surprise, ceux-là mêmes des personnes que Rashgallivak avait désignées comme rivaux potentiels : Volemak et Rasa. On y trouvait aussi Rashgallivak lui-même. Et le fils et héritier de Volemak, Elemak, tant à cause de ses talents que de sa légitimité. Le dernier fils de Volemak et de Rasa également, Nafai, qui faisait le lien entre ces deux grands noms et parce qu'il avait tué Gaballufix de ses propres mains.

Tous ceux qui pouvaient servir les buts de Mouj étaient-ils donc liés à la maison de Rasa ? Cela ne le surprenait pas ; dans la plupart des cités qu'il avait conquises, il y avait deux ou trois clans, tout au plus, qu'il fallait éliminer ou faire basculer dans son camp si l'on voulait contrôler la population. Presque tous les autres de la liste de Bitanke se révéleraient beaucoup trop inconsistants pour bien gouverner sans une aide constante de Mouj, comme Bitanke lui-même le remarquait : ils penchaient trop vers certaines factions ou manquaient par trop de soutiens.

Les deux seuls qui n'eussent pas de liens du sang avec Volemak ou Rasa étaient néanmoins nièces chez Rasa : Luet, la sibylle de l'eau, et Hushidh, la déchiffreuse. Ce n'étaient encore que des gamines, naturellement, sûrement pas prêtes à se charger de la difficile tâche de gouverner une cité. Mais elles jouissaient d'un prestige immense auprès des Basilicaines, la sibylle surtout. Elles ne serviraient que de prête-noms, mais avec Rashgallivak pour exercer le vrai pouvoir et Bitanke pour le surveiller et empêcher qu'on manipule les deux gamines contre les intérêts du général, la cité fonctionnerait très bien et Mouj pourrait s'occuper de ses vrais problèmes – les cités de la Plaine et l'Impérator.

Rashgallivak marié à Rasa. Cela faisait désagréablement dynastie. Nul doute que dans ses rêves, Rash un jour supplantait Mouj et régnait sans partage. Bah, difficile de le lui reprocher ! Mais une dynastie s'élèverait bientôt qui surpasserait tous ses rêves pitoyables. Il pourrait bien se contenter de dame Rasa, mais quelle comparaison avec le splendide mariage de la sibylle ou de la déchiffreuse avec le général Mouj lui-même ? Voilà une dynastie qui durerait mille ans ! Voilà une dynastie capable de renverser la faible maison de ce pathétique petit homme qui avait l'audace de se nommer l'incarnation de Dieu – l'Impérator, dont la puissance se réduirait à néant quand Mouj déciderait de s'attaquer à lui.

Et, jouissance des jouissances, en épousant et en retournant un des instruments privilégiés de Surâme, Mouj obtiendrait la victoire qui lui tenait le plus à cœur : la victoire sur Dieu ! Tu n'as jamais été assez fort pour me dominer, ô Tout-Puissant. Et je vais prendre maintenant ton élue grosse de tes visions et en faire la mère d'une dynastie qui te résistera et détruira tous tes plans et toutes tes œuvres!

Empêche-moi de le faire si tu le peux! Je suis bien trop fort pour toi!

Nafai trouva Luet et Hushidh qui l'attendaient dans leur cachette, sur le toit. Elles paraissaient très graves, ce qui ne calma certes pas ses craintes. Jusqu'à présent, il ne s'était jamais considéré comme un enfant; il se pensait l'égal de n'importe qui. Mais voilà que sa jeunesse le pressait de toute part. Il n'avait pas songé à se marier, ni même à décider si tôt qui épouser. Et il ne s'agissait pas de l'union souple, temporaire qu'il avait imaginée pour son premier mariage. Sa femme serait probablement la seule qu'il aurait jamais et si son union tournait mal, il n'aurait aucun recours. En voyant Luet et Hushidh qui le regardaient, solennelles, en train de traverser le toit inondé de soleil, le doute le reprit : pouvait-il épouser Luet, cette jeune fille si parfaite et si sage aux yeux de Surâme? Elle s'était donnée à la divinité avec amour, avec dévotion, avec courage – et lui comme un sale gosse qui raille et met à l'épreuve son parent inconnu. Depuis des années, elle parlait avec Surâme; plus important peut-être, elle portait la parole de Surâme aux Basilicaines. Elle savait dominer les autres – n'en avait-il pas eu la démonstration au bord du lac, quand elle avait défié les femmes et sauvé la vie de Nafai?

Dois-je venir à toi comme un époux ou comme un enfant? Comme un compagnon ou comme un disciple?

« Alors, le conseil de famille est terminé? » dit Hushidh quand il fut assez près.

Il prit place sur le tapis étendu sous l'auvent; l'ombre ne lui procura néanmoins qu'un maigre bien-être après la chaleur du dehors. Il dégoulinait de sueur et prit alors conscience de son corps nu sous ses vêtements. S'il épousait Luet, il devrait lui offrir ce corps ce soir même. Combien de fois n'avait-il pas rêvé d'une telle offrande!

Mais jamais il n'aurait pensé se donner à une jeune fille qui l'emplissait de respect et de timidité, bien qu'elle fût elle-même dépourvue de toute expérience ; dans ses rêveries, la femme se mourait de désir pour lui et il se révélait un amant hardi et prompt à l'action. Il n'y aurait rien de tel ce soir.

Alors, une idée affreuse lui vint : et si Luet n'était pas encore prête ? Et si elle n'était même pas encore une femme ? Il adressa une courte prière à Surâme, sans pouvoir toutefois la terminer, car il ignorait lui-même s'il souhaitait ou redoutait qu'elle fût bel et bien une femme.

« Comme les liens sont déjà étroitement tissés ! dit Hushidh.

— De quoi est-ce que tu parles ? demanda Nafai.

— Nous sommes reliés à l'avenir par tant de filaments ! Surâme a toujours dit à cette chère Luet qu'elle voulait que les hommes la suivent librement ; mais j'ai l'impression qu'elle nous a capturés dans un filet aux mailles très fines et que nous avons à peu près autant de choix qu'un poisson qu'on a remonté du fond de la mer.

— On a le choix, répondit Nafai. On a toujours le choix.

— Tu le crois vraiment ? »

Ce n'est pas à toi que je veux parler, Hushidh. Je suis venu pour Luet, aujourd'hui.

« On a le choix de suivre ou non Surâme, dit Luet d'une voix qui paraissait douce et paisible à côté de celle d'Hushidh, plus âpre. Et si on choisit de la suivre, on n'est pas coincé dans son filet ; elle nous emporte plutôt dans son couffin vers l'avenir. »

Hushidh eut un pâle sourire. « Tout dans la joie et la bonne humeur, hein, Lutya ? »

Si je dois devenir un homme et un époux, songea Nafai, je dois apprendre à aller de l'avant courageusement, même si j'ai peur. « Luet, dit-il. Puis : Lutya.

— Oui ? »

Mais il n'arrivait pas à oublier les yeux d'Hushidh qui le transperçaient, voyant en lui ce qu'il n'avait pas envie de montrer.

« Hushidh, reprit-il, je pourrais parler à Luet seul à seul ?

— Je n'ai pas de secrets pour ma sœur, intervint Luet.

— Et ce sera toujours vrai même quand tu auras un mari ? demanda Nafai.

— Je n'ai pas de mari.

— Mais si tu en avais un, j'espère que c'est avec lui que tu partagerais le fond de ton cœur, et pas avec ta sœur.

— Si j'avais un époux, j'espère qu'il n'aurait pas la cruauté de m'obliger à délaisser ma sœur, ma seule famille au monde.

— Si tu avais un époux, dit Nafai, il aimerait ta sœur comme si c'était la sienne. Mais pas autant tout de même qu'il t'aimerait, toi, et donc, tu ne devrais pas aimer ta sœur autant que lui.

— Tous les mariages ne sont pas d'amour, répliqua Luet. Certains se font par manque de choix. »

Ces paroles l'atteignirent droit au cœur. Elle savait ce qu'il en était, naturellement ; si Surâme l'avait averti, lui, elle devait aussi avoir été mise au courant. Et elle lui disait maintenant qu'elle ne l'aimait pas, qu'elle l'épousait parce que Surâme l'avait ordonné.

« C'est exact, dit-il. Mais ça n'empêche pas les époux de se traiter l'un l'autre avec courtoisie et bonté, jusqu'à ce qu'ils apprennent à se faire confiance. Ça ne les empêche pas de décider de s'aimer, même s'ils n'ont pas choisi librement de s'épouser.

— J'espère que tu dis vrai.

— Je te promets de m'y tenir si tu me fais la même promesse. »

Luet le regarda avec un sourire dépité. « Ah ! C'est donc ainsi que je dois entendre mon futur époux me faire sa déclaration ? »

Voilà : il avait fait tout de travers. Il l'avait vexée, peut-être blessée, en tout cas déçue. L'idée de se marier avec lui devait lui paraître repoussante, à présent. Ne comprenait-elle pas qu'il ne l'aurait jamais contrainte sur un sujet pareil ? En bredouillant, il tâcha d'exprimer ce qu'il pensait : « Surâme nous a choisis l'un pour l'autre ; alors oui, je te demande de m'épouser, et pourtant j'ai peur.

— Tu as peur de moi ? demanda Luet, ahurie.

— Je ne crains pas que tu me veuilles du mal – tu m'as sauvé la vie et tu avais sauvé mon père auparavant. J'ai peur… de ton mépris ; j'ai peur d'être toujours humilié devant vous deux ; vous verrez toutes mes faiblesses, vous me regarderez de haut. Comme maintenant. »

De toute sa vie, Nafai n'avait jamais exprimé ses peurs avec une franchise aussi brutale ; il ne s'était jamais senti aussi nu, aussi vulnérable devant personne. Il n'osait plus regarder Luet – ni Hushidh – en face, de peur de voir leur expression de mépris étonné.

« Oh, Nafai, pardonne-moi ! » murmura Luet.

C'était ce qu'il avait le plus redouté : elle avait pitié de lui ! Elle le voyait dans toute sa faiblesse, sa frayeur, son indécision, et elle le plaignait. Et pourtant, dans la douleur de sa déception, il sentit un brillant petit feu de joie s'allumer en lui. J'ai réussi à le faire ! J'ai montré ma faiblesse à ces maîtresses femmes et je suis toujours moi-même, toujours vivant au fond de moi, pas du tout vaincu !

« Nafai, je ne pensais qu'à ma propre peur, dit Luet. Je n'ai pas imaginé un instant que tu ressentirais la même chose, sinon je n'aurais pas demandé à Shuya de rester.

— Et ce n'est pas un plaisir d'être ici, je vous assure, commenta Hushidh.

— J'ai eu tort de t'obliger à dire tout ça devant elle, reprit Luet. Et d'avoir peur de toi. J'aurais dû savoir que Surâme ne t'aurait pas choisi si tu n'avais pas été quelqu'un de bien. »

Comment ? Elle avait peur de lui, elle ?

« Tu ne veux pas me regarder, Nafai ? Je sais que tu ne l'as jamais fait auparavant, en tout cas pas avec espoir ni avec désir, mais maintenant que Surâme nous a donnés l'un à l'autre, ne peux-tu pas me regarder avec… avec bonté, au moins ? »

Comment pouvait-il lever ses yeux, alors qu'ils étaient pleins de larmes ? Mais si elle le lui demandait, si elle devait être déçue par un refus, comment faire autrement ? Il la regarda donc et, malgré les larmes qui lui brouillaient la vue – larmes de joie, de soulagement, d'émotions plus fortes encore qu'il ne comprenait pas —, il la vit comme pour la première fois, comme si son âme lui était devenue transparente. Il vit la pureté de son cœur, son don total d'elle-même à Surâme, à Basilica, à sa sœur et à lui-même. Il vit qu'en son cœur, elle ne rêvait que de bâtir quelque chose de beau, de parfait, et qu'elle ne demandait qu'à le tenter avec le garçon assis devant elle.

« Que vois-tu, quand tu me regardes ainsi ? dit Luet ; sa timidité n'avait pas pu la retenir de poser cette question.

— Je vois la grande et belle femme que tu es, et le peu de raison que j'ai de te craindre, parce que jamais tu ne feras de mal, ni à moi ni à personne.

— C'est tout ce que tu vois ?

— Je vois que Surâme a trouvé en toi le plus parfait exemple de ce que la race humaine doit devenir si nous voulons ne plus faire qu'un et ne plus jamais nous détruire.

— Rien d'autre ? demanda-t-elle.

— Qu'est-ce qui peut être plus merveilleux que tout cela ? »

Les yeux de Nafai s'étaient assez désembués pour distinguer qu'elle était sur le point de pleurer à son tour – mais non de joie.

« Nafai, pauvre crétin, homme aveugle, intervint Hushidh, tu ne comprends donc pas ce qu'elle attend que tu voies ? »

Non, je ne comprends pas, pensa-t-il. J'ignore tout ce qu'il convient de dire. Je ne suis pas comme Mebbekew, je ne suis ni astucieux ni délicat, je vexe tout le monde quand j'ouvre la bouche, et voilà que ça recommence alors que je n'ai fait que dire honnêtement ce que je ressens.

Il la regarda avec un sentiment d'impuissance ; que faire ? Elle fixait sur lui des yeux affamés qui brûlaient de recevoir... quoi ? Il l'avait louée avec sincérité, comme il n'aurait pu le faire d'aucune autre, et elle méprisait ses louanges parce qu'elle attendait autre chose et il ne savait pas quoi. Son silence même la blessait, lui déchirait le cœur, il s'en rendait bien compte – mais il n'y pouvait absolument rien.

Elle était si frêle, si jeune ! Plus jeune encore que lui. Il n'en avait jamais pris conscience jusque-là. Elle avait toujours été sûre d'elle et, parce que c'était la sibylle de l'eau, elle l'avait toujours impressionné. Il ne s'était jamais rendu compte de sa fragilité, de la délicatesse de sa peau lumineuse, de la finesse de son ossature. Un gravier pourrait la meurtrir, et je la vois lapidée par des pierres que j'ai jetées sans le savoir. Pardonne-moi, Luet, tendre enfant, douce jeune fille ! J'avais peur pour moi-même, mais je me suis révélé parfaitement solide, même quand je croyais qu'Hushidh et toi me méprisiez. Tandis que toi, que j'imaginais si forte...

Il se dressa impulsivement sur les genoux, la prit dans ses bras et la serra contre lui, comme il aurait tenu un enfant en larmes. « Excuse-moi, murmura-t-il.

— Ne t'excuse pas, je t'en prie », répondit-elle. Mais sa voix était aiguë, comme celle d'un enfant qui se retient de pleurer, et il sentit des larmes mouiller sa chemise et le corps de Luet trembler de sanglots silencieux.

« Pardonne-moi d'être tout ce qu'on te propose comme époux, dit-il.

— Et moi, pardonne-moi d'être tout ce qu'on te propose comme épouse, répondit-elle. Pas la sibylle de l'eau, pas la magnifique créature que tu croyais voir. Rien que moi. »

Alors, il comprit enfin ce qu'elle attendait de lui, et il ne put s'empêcher de rire, parce que sans le savoir il venait de le lui donner. « Tu croyais que je disais tout ça à la sibylle ? Mais non, malheureuse ! C'est à toi que je parlais, à Luet, à la jeune fille que j'ai rencontrée à l'école de ma mère, à celle qui se payait ma tête et celle de n'importe qui quand ça la prenait, à celle que je tiens en ce moment dans mes bras ! »

Et elle éclata de rire – ou bien elle sanglota, il ne savait pas exactement. En tout cas, c'était un progrès. Elle ne demandait rien d'autre : apprendre de sa bouche qu'il ne s'adressait pas seulement à la sibylle de l'eau, qu'il épousait surtout l'être humain fragile et imparfait, et non l'image écrasante qu'elle présentait sans le vouloir.

Il lui caressa le dos pour la consoler ; mais il sentit en même temps les courbes de son corps, la géométrie des côtes et de la colonne vertébrale, la texture et la douceur de sa peau tendue sur les muscles. Ses mains exploraient, mémorisaient, découvraient pour la première fois ce qu'était le dos d'une femme aux mains d'un homme. Elle était réelle ; ce n'était pas un rêve.

« Ce n'est pas Surâme qui t'a donnée à moi, dit-il à mi-voix. C'est toi qui te donnes à moi.

— Oui, répondit-elle. C'est vrai.

— Et moi, je me donne à toi. Même si j'appartiens moi aussi à Surâme. »

Il se recula un peu, assez pour nicher dans sa main droite la nuque de Luet qui le regardait, assez pour toucher sa joue de la main gauche.

Et soudain, comme s'ils avaient eu la même idée au même instant – ce qui était le cas, sans aucun doute —, ils se quittèrent des yeux et se tournèrent vers l'endroit où Hushidh s'était tenue pendant leur conversation.

Mais elle n'était plus là. Ils revinrent l'un à l'autre et Luet dit d'un ton consterné : « Je n'aurais pas dû l'obliger à assister à… »

Elle n'acheva pas sa phrase parce qu'à cet instant précis, Nafai décida d'apprendre à embrasser une femme, et ce fut elle, bien qu'elle n'eût jamais embrassé d'homme, qui le lui enseigna.

6

LES MARIAGES

LE RÊVE DE LA DÉCHIFFREUSE

HUSHIDH ne vit rien de réjouissant dans les mariages. Tout se passa pourtant bien, car tante Rasa s'y entendait en cérémonies. Celle-ci fut simple et jolie, sans le moindre soupçon de la solennité pompeuse à laquelle tant d'autres femmes recouraient afin de passer à tout prix pour dévotes ou importantes. Jamais tante Rasa n'avait eu besoin de feindre ; cependant, elle prenait grand soin, quand elle s'occupait des rites majeurs de l'existence – mariages, majorité, diplômes, grands voyages, divinations, veillées funèbres, enterrements —, qu'ils se déroulent avec une grâce fluide, une douceur qui fixaient l'esprit de l'assistance sur la célébration et non sur sa machinerie. Jamais on n'avait une impression de précipitation ni de confusion ; jamais non plus on ne sentait un déroulement rigide qui impose de se surveiller, crainte d'un faux pas…

Non, les mariages qu'organisa Rasa pour son fils Nafai et ses deux frères – ou, si l'on préfère, pour ses trois nièces, Luet, Dol et Eiadh – donnèrent lieu à une charmante cérémonie sous son portique, relevée par les taches vives et les parfums des fleurs de sa serre personnelle et de celles qui poussaient sous l'auvent. Eiadh et Dol étaient d'une beauté à couper le souffle avec leurs robes qui les moulaient dans une élégante illusion de simplicité et leur maquillage si parfait qu'elles en paraissaient dépourvues. Ou du moins, qu'elles l'auraient semblé, sans la présence de Luet.

La douce Luet, qui avait refusé tout maquillage, portait une robe vraiment simple. Eiadh et Dol avaient l'élégance des femmes qui cherchent – et réussissent – à paraître jeunes, éclatantes et gaies ; mais Luet, elle, l'était réellement : sa robe couvrait sans art un corps dont la féminité tenait plus pour l'instant de la promesse que de la réalité, et son visage illuminé par une joie grave et timide faisait paraître Eiadh et Dol plus âgées qu'elles n'étaient et surtout beaucoup trop averties. En un sens, il était presque cruel de marier les deux aînées en présence de cette enfant dont la naïveté même leur était un vivant reproche. D'ailleurs, Eiadh l'avait remarqué avant même le début de la cérémonie ; Hushidh l'avait entendue demander à tante Rasa « d'envoyer quelqu'un à l'étage aider Luet à se choisir une autre robe et faire quelque chose pour son visage et ses cheveux », mais tante Rasa s'était contentée de rire en disant : « Aucun artifice ne peut rien pour cette enfant. » Naturellement, Eiadh avait compris qu'aux yeux de tante Rasa, Luet était trop laide pour que le costume et le maquillage y changent quoi que ce soit ; mais l'instant d'après, Hushidh avait croisé le regard de tante Rasa, qui avait cligné de l'œil d'un air entendu et haussé les épaules : la pauvre Eiadh ne se doutait pas de ce qui l'attendait durant la cérémonie.

Heureusement, Eiadh et Dol ignoraient que si les domestiques, les élèves et les professeurs murmuraient : « Ah, qu'elle est charmante ! » « Oh, qu'elle est jolie ! » « Regardez, qui l'aurait crue si belle ! » tous parlaient de Luet et d'elle seule. Quand Nafai, en tant que cadet, s'avança pour s'offrir à sa fiancée, les soupirs de l'assistance firent comme un chant, un hymne improvisé adressé à Surâme qui avait conduit ce garçon de quatorze ans, dont la stature et la force étaient celles d'un homme et dont les yeux rayonnaient du feu éclatant de

Surâme, à épouser la fille élue de Surâme, la sibylle de l'eau, dont la pure beauté n'était que l'émanation même de son âme. Il était le brillant anneau d'or sur lequel viendrait s'enchâsser ce diamant sans défaut, cette jeune fille qui scintillait de sa propre lumière.

Mieux que personne, Hushidh voyait qu'au fond de son cœur l'assistance se donnait à Luet. Elle distinguait les fils qui reliaient les gens entre eux, étincelants comme une toile d'araignée couverte de rosée dans le premier soleil du matin ; ah, comme ils l'aimaient, leur sibylle ! Mais surtout, Hushidh percevait les liens qui s'affermissaient entre maris et femmes à mesure que la cérémonie se déroulait. Inconsciemment, elle prenait note de chaque geste, de chaque regard, de chaque expression, et elle finit par comprendre les rapports qui unissaient les fiancés.

Entre Elemak et Eiadh, il s'agirait d'une étrange association en porte-à-faux : moins Eiadh aimerait Elemak, plus il la désirerait, et plus il lui manifesterait de tendresse et d'amour, plus elle le mépriserait. Triste spectacle que cette union où la souffrance de la séparation serait le ciment même de leur couple ! Mais Hushidh ne pouvait que se taire, car l'un comme l'autre rejetterait une telle analyse et se fâcherait si elle insistait.

Quant à la malheureuse Dolya et à son nouvel amant chéri, Mebbekew, leur mariage était bien mal pesé – et pourtant, rien ne permettait de le croire moins viable que celui d'Elemak et d'Eiadh. Pour l'heure, ils s'imaginaient attirer tous les regards, en rosissant de gloire, et se faisaient une joie des nouveaux liens qui les unissaient. Mais la réalité ne tarderait pas à les rattraper ; s'ils restaient dans la cité, ils ne se supporteraient plus au bout de quelques semaines – Dol à cause des mensonges et de l'infidélité de Mebbekew, et lui hérissé par l'attachement dévorant de sa possessive épouse. Hushidh voyait d'ici leur vie de couple : Dol se jetterait sans cesse au cou de Mebbekew dans de folles étreintes, persuadée de manifester son amour alors qu'elle ne ferait qu'affirmer son droit de propriété ; et Meb, horripilé par cette avalanche de cajoleries, s'esquiverait à la première occasion vers de nouveaux corps à posséder, de nouveaux cœurs à chavirer. Mais dans le désert, ce serait une autre histoire ; là, plus aucune femme ne désirerait Mebbekew, sauf Dolya, et ses appétits le ramèneraient toujours dans les bras de son épouse ; son incapacité même à la tromper calmerait les angoisses de Dol et elle ne l'écraserait plus de son avidité. Au désert, ils finiraient peut-être par former un vrai couple, même si Mebbekew ne devait jamais s'habituer à l'ennui de faire l'amour avec la même femme nuit après nuit, semaine après semaine, année après année.

Hushidh imagina, avec un plaisir qui l'emplit de honte, la première fois que Mebbekew ferait des avances à Eiadh et la réaction d'Elemak. Oh, il se montrerait discret, pour ne pas affaiblir sa position publique en étalant sa peur d'être cocu. Mais après, plus jamais Meb n'oserait ne fût-ce que regarder Eiadh…

Les liens qui unissaient Elemak et Eiadh, Dol et Mebbekew, ne différaient pas de ceux qu'elle voyait tous les jours dans la cité. C'étaient des mariages typiquement basilicains, mais que rendait plus poignants – et peut-être plus viables – le fait que Surâme allait conduire ces jeunes mariés au désert, où chacun devrait compter davantage sur l'autre et jouirait de moins d'occasions qu'en ville.

Mais l'union de Luet et de Nafai, elle, n'avait rien de basilicain. D'abord, ils étaient trop jeunes : Luet n'avait que treize ans. À vrai dire, c'était un mariage presque barbare, comme dans les tribus forestières de la côte septentrionale, où l'on achetait une épouse avant même que son premier sang ait cessé de couler. Seule sa certitude que Surâme les avait destinés l'un à l'autre empêchait Hushidh de quitter la cérémonie, horrifiée. Malgré tout, elle se sentit envahie d'une profonde colère dont elle ne comprit pas vraiment la raison en les voyant se prendre la main, prononcer leurs vœux et s'embrasser tendrement, tandis que tante Rasa les tenait par les épaules. Pourquoi ce mariage me fait-il à ce point horreur? se demanda-t-elle, alors même qu'elle lisait l'espoir et la joie sur le visage de Luet, et la révérence, l'empressement à lui plaire que lui manifestait Nafai; que pouvait-elle souhaiter de mieux pour sa sœur bien-aimée, qui était toute sa famille en ce monde?

Pourtant, une fois la cérémonie terminée, quand les nouveaux mariés formèrent en riant la procession qui les ramènerait, sur un tapis de fleurs, dans la maison et jusqu'aux étages, dans leurs chambres, Hushidh ne supporta pas de voir sa sœur disparaître. Elle s'enfuit par le couloir des domestiques et gagna, non sa chambre, mais le toit où toutes deux s'étaient si souvent retirées.

Mais même là, dans le soir tombant, elle eut l'impression de revoir la première étreinte de Luet et de Nafai, leur tout premier baiser. La rage la prit et elle se jeta sur le tapis, martelant l'épais tissu de ses poings serrés, secouée de sanglots amers. « Non, non, non, non! »

À quoi disait-elle non? Elle n'en savait rien elle-même. Elle resta étendue, en larmes; enfin, épuisée de trop de savoir et de trop d'incompréhension, elle s'endormit dans l'air frais de la nuit basilicaine. À la fin du printemps, les vents apportaient d'un côté l'humidité bienvenue de la mer et de l'autre la chaleur desséchante du désert, et ils se heurtaient en un ballet turbulent au-dessus des rues et des toits de la cité. Les cheveux d'Hushidh se prirent dans ces brises et se mirent à tournoyer, à danser comme s'ils possédaient une vie propre qui cherchait la liberté. Mais elle ne s'éveilla pas.

Par contre, elle rêva beaucoup, et son esprit inconscient fit remonter à la surface la peur et la colère qu'elle ne pouvait exprimer à l'état de veille. Elle rêva de son propre mariage, sur un pic du désert, elle-même dressée à l'extrême pointe d'une haute flèche de roc, où il n'y avait de place que pour elle seule; pourtant, son époux était là et il flottait en l'air à côté d'elle : c'était Issib, l'infirme, qui volait adroitement comme elle l'avait vu faire dans les couloirs de la maison de Rasa pendant ses années d'études. Et dans son rêve elle hurla la question qu'elle n'avait pas osé poser tout haut : pourquoi est-ce moi qui dois épouser l'infirme ? Pourquoi m'as-tu choisie, moi, pour vivre cette existence, Surâme ? En quoi t'ai-je offensée pour qu'il me soit interdit à jamais de marcher comme Luet, belle, jeune et illuminée d'amour, au bras d'un homme fort, d'un homme pieux, capable et bon ?

En rêve, elle vit Issib s'écarter d'elle, souriant toujours, mais elle savait que ce sourire n'était que la manifestation de son courage, que ses cris lui avaient brisé le cœur. Soudain, son sourire s'effaça et il tomba comme un oiseau touché en plein ciel par une flèche cruelle jaillie du néant. Alors seulement, elle comprit qu'Issib ne volait que par la grâce de son amour pour elle, de son besoin d'elle, et qu'en reculant à sa vue, elle l'avait privé de son pouvoir. Elle voulut lui tendre la main, le rattraper, mais elle ne réussit qu'à perdre l'équilibre et elle tomba elle aussi du haut de la flèche de roc, à la suite d'Issib.

Alors, elle s'éveilla, haletante, tremblante de froid. Elle saisit un coin du tapis, s'en recouvrit et se pelotonna dessous, les joues glacées par des larmes à demi évaporées, les yeux gonflés et rougis de pleurs. Surâme ! cria-t-elle silencieusement, de toute la force de son cœur. O Mère du Lac, dis-moi que tu ne me hais pas à ce point ! Dis-moi que ce n'est pas cela que tu me réserves, que ce n'est qu'un accident si je me suis sentie si désespérée au mariage de ma sœur !

Puis, avec la totale absence de logique du chagrin et de l'apitoiement sur soi-même, elle pria à haute voix : « Surâme, dis-moi pourquoi tu m'infliges cette existence ; il faut que je comprenne si je dois vraiment la vivre. Dis-moi qu'elle a un sens ! Dis-moi pourquoi je vis, dis-moi si c'est un de tes projets qui m'a fait naître telle que je suis ! Dis-moi pourquoi ce pouvoir de compréhension que tu m'as donné est un bien et non une malédiction ! Dis-moi si je serai un jour aussi heureuse que Luet aujourd'hui ! » Et, honteuse d'avoir exprimé sa jalousie et ses espoirs en termes si crus, Hushidh se remit à pleurer avant de sombrer à nouveau dans le sommeil.

Elle se réchauffait sous le tapis, car la nuit n'était pas encore très froide ; et ses larmes laissèrent place à des gouttes de sueur qui agacèrent tout son corps comme des mains minuscules. Et elle refit un rêve.

Elle était à l'entrée d'une tente, dans le désert. Elle n'avait jamais vu de tente, sauf en hologramme, et celle-ci ne ressemblait à rien qu'elle en connût. Elle-même était là, un bébé dans les bras, tandis que quatre autres enfants jaillissaient de la tente par ordre croissant de taille ; on aurait dit, songea-t-elle en rêve, que la tente venait de les mettre au monde, qu'ils explosaient au jour. S'il le fallait, je les porterais tous à nouveau et je les conduirais ici rien que pour les voir aussi pleins de vie, dorés et joyeux dans la lumière du désert. Les enfants se poursuivaient en rond tandis qu'Hushidh observait leur jeu. Puis le bébé se mit à pleurer, aussi dénuda-t-elle un sein qu'elle lui donna ; elle sentit avec soulagement le lait qui lui sortait du mamelon et le doux picotement des lèvres du bébé qui embrassaient, claquaient, tétaient pour s'emplir de vie, de vie chaude, humide, tandis qu'un mélange de lait et de salive écumait en petites bulles aux commissures de sa bouche.

À cet instant, un fauteuil flottant franchit l'entrée de la tente, et dans le fauteuil se trouvait un homme. Elle reconnut aussitôt Issib. Mais elle ne ressentit aucune colère à sa vue ni aucune impression d'avoir été flouée, interdite de joie par la vie. Non, elle se vit plutôt liée à lui, de cœur à cœur, par de grands cordons de soie rayonnante ; elle écarta le bébé de sa poitrine et le déposa sur les genoux d'Issib, qui se mit à parler à l'enfant et à le faire rire, tandis qu'Hushidh s'essuyait paresseusement le sein puis le recouvrait. Tous liés les uns aux autres, mère, père, enfants... c'était cela qui comptait, et non l'image creuse d'un époux idéal. Les enfants coururent vers leur père et se mirent à tourner autour de son fauteuil ; il s'adressa à eux et ils l'écoutèrent avec une profonde attention, rirent quand il rit, chantèrent quand il chanta. Cet Issib onirique n'avait rien d'un fardeau ; c'était un ami et un époux au même titre que les autres hommes mariés qu'Hushidh connaissait.

O Surâme, pria-t-elle en rêve, comment m'as-tu amenée ici ? Pourquoi ton amour m'a-t-il fait venir en ce temps, en ce lieu, près de cet homme, de ces enfants ?

La réponse ne se fit pas attendre : des fils d'or et d'argent lièrent les enfants à Hushidh et à Issib, puis d'autres fils sortirent d'eux et jaillirent en arrière vers d'autres gens, une foule, une brume de gens, un milliard, un billion de gens ; elle les vit qui fourmillaient, en marche vers quelque but inconnaissable, ou peut-être en migration. Vision effrayante que celle de cette masse humaine : on eût dit que chaque homme, chaque femme qui avait vécu sur Harmonie défilait sous les yeux d'Hushidh. Et parmi eux apparaissaient çà et là les mêmes fils d'or et d'argent.

Soudain, elle comprit : voici ceux dont le lien avec Surâme est sincère et profond ; voici ceux qui peuvent le mieux entendre sa voix, ceux chez qui la modification génétique, à la fondation d'Harmonie, s'est doublée et redoublée, si bien qu'au lieu de ne recevoir que de vagues impressions, une simple stupeur quand ils s'aventurent sur la voie d'une invention ou d'une activité interdite, ces êtres particuliers, ces êtres d'or et d'argent perçoivent des idées, des images, voire des paroles intelligibles.

Au début courts et fins, ces fils d'or et d'argent n'étaient que de simples étincelles erratiques – mutations, unions dues au hasard, variations aléatoires des molécules génétiques. Mais çà et là, les gens qui les portaient se rencontraient et se mariaient ; et quand ils s'appariaient, or avec or, argent avec argent, certains de leurs enfants se révélaient liés à Surâme. Deux tendances différentes, deux sortes différentes de lien génétique, c'est ce que vit Hushidh ; quand l'or s'appariait à l'argent, les enfants n'avaient presque jamais de don de communication. Elle comprit qu'au cours des siècles, au sein des innombrables multitudes, Surâme avait incité les gens doués à s'unir, et au bout de millions d'années, les fils d'or et d'argent étaient devenus de vigoureux cordons qui traversaient les générations avec une régularité bien plus grande.

Et cela durait jusqu'à ce qu'enfin, un seul parent puisse transmettre le fil d'or à tous ses enfants ; puis, bien des générations plus tard, que le fil d'argent devienne à son tour un caractère dominant, qu'un seul parent suffisait à transmettre.

Alors Surâme accentua son effort et fomenta des intrigues complexes pour réunir des personnes séparées par des milliers de kilomètres, pour réussir des mariages et des appariements improbables. Hushidh vit une femme sortir nue d'un ruisseau pour s'accoupler avec un homme qu'il lui avait fallu mille kilomètres pour découvrir, sans savoir qu'elle obéissait aux ordres de Surâme. En lui, l'homme portait à la fois l'or et l'argent, tous deux aussi puissants que chez la femme, et leur fille naquit avec des cordons du métal le plus brillant, comme lumineux de l'intérieur.

Dans son rêve, Hushidh vit la mère emporter son bébé et le déposer dans les bras de Rasa, que des fils d'or et d'argent reliaient elle aussi aux générations passées, puis la même femme, la même mère, donnant une autre fille plus éclatante encore à Rasa. Le second bébé grandit et devint Luet, et Hushidh assista alors à ce qu'elle avait vu le soir même : l'union de Luet et de Nafai. Mais plus que des liens d'amour, de fidélité, de besoin et de passion tels qu'elle en voyait d'ordinaire, Hushidh perçut chez Luet et Nafai des cordons d'or et d'argent plus éclatants que chez aucune autre personne présente dans la salle. Pas étonnant que leurs yeux brillent de tant de grâce et de beauté, songea Hushidh. Ils avaient été créés par Surâme, aussi sûrement que si sa main les avait extraits d'un minerai parfait et leur avait instillé la magie de la vie.

Puis Hushidh s'éleva comme si elle flottait au-dessus du portique, et elle vit alors que tous les couples en train de se marier possédaient ces fils en eux, pas aussi brillants ni aussi forts que chez Luet et Nafai, mais bien présents néanmoins. Mebbekew et Elemak portaient chacun de l'argent et de l'or; Dol ne révélait que de l'argent et Eiadh que de l'or, avec une trace d'argent.

Qui d'autre encore ? Combien d'autres personnes as-tu fait s'unir, Surâme ?

Elle continuait de monter au-dessus de la ville ; c'était en rêve, aussi distinguait-elle parfaitement les gens dans les rues et dans leurs maisons. Il y avait de nombreuses traces brillantes d'or et d'argent, bien plus que dans le reste du monde. Dans cette cité de femmes, quantité de marchands avaient apporté non seulement leurs produits mais aussi leur semence ; nombre de femmes y étaient venues en pèlerinage et restées, assez longtemps en tout cas pour porter un enfant ; beaucoup de familles y avaient envoyé leurs filles et leurs fils faire leurs études, si bien qu'aujourd'hui, rares étaient les Basilicains insensibles à l'influence de Surâme, à un degré ou un autre. Et ceux qui possédaient ce don pouvaient percevoir non seulement Surâme, mais aussi leurs contemporains, sans jamais se rendre compte pourtant de la portée de ce talent. Pas étonnant que cette cité soit sainte, se dit Hushidh dans son rêve ; pas étonnant que dans le monde entier, la beauté et la vérité soient attachées à son nom.

La beauté et la vérité, certes, mais beaucoup de mal aussi. Etre en contact avec Surâme n'impliquait pas forcément qu'on soit meilleur ni plus généreux ; et la compréhension inconsciente du cœur de son prochain pouvait aisément dériver vers la manipulation et la cruauté. Hushidh vit Gaballufix et s'aperçut que chez lui les fils étaient presque aussi brillants que chez Rasa ou Wetchik. Rien d'étonnant à ce qu'il eût si bien su mener les hommes des Palwashantu, terroriser les Basilicaines, dominer ses proches.

Puis Gaballufix tel qu'elle le voyait en rêve sortit de chez lui en faisant de grands moulinets avec son épée électrique, comme si mille ennemis invisibles l'attaquaient. Hushidh comprit : la folie de l'homme s'exprimait à travers ces gestes ; Surâme, attristée de ses actes, le fit trébucher et il s'écroula pour rester étendu par terre, brillant toujours d'or et d'argent, mais pour l'instant complètement impuissant.

Alors, un nouveau personnage arriva, en qui elle reconnut Nafai. On lui montrait l'époux de Luet au moment le plus terrible de sa vie : elle le vit penché sur le corps et suppliant Surâme de ne pas l'obliger à faire ce qu'elle exigeait de lui. Pourtant, quand il trancha la tête de Gaballufix, Surâme ne le contrôlait pas ; il avait librement choisi de suivre sa voie. Gaballufix anéanti, Nafai se dressa seul dans la rue, flamboyant et dévoré de honte.

Hushidh survolait la cité et voyait étinceler les fils les plus lumineux : Shedemei, seule dans son laboratoire, emplissait des caissons secs de semences et d'embryons ; un homme accompagnait Nafai vers la porte de la cité, un globe enveloppé de tissu entre les mains – ce devait être Zdorab, l'homme dont il lui avait parlé – et Zdorab brillait lui aussi d'or et d'argent ; Vas, l'époux de Sevet, et Obring, celui de Kokor, tous deux presque aussi brillants que les filles elles-mêmes de Rasa et de Gaballufix. Tous ces êtres étaient réunis en cet instant dans la ville, et les meilleurs d'entre eux s'en iraient au désert rejoindre Wetchik. Surâme les avait créés dans ce but et les appelait maintenant à quitter ce monde pour un autre lieu.

À quoi ressembleront nos enfants? Et nos petits-enfants?

Elle s'élevait de nouveau au-dessus de la cité, heureuse de comprendre enfin le plan de Surâme, quand elle surprit l'éclat d'un autre cordon d'or et d'argent, plus lumineux qu'aucun autre. Sa curiosité s'éveilla et, comme on le fait en rêve, elle fondit aussitôt des cieux; elle vit alors que la lumière venait de chez Gaballufix, mais non pas de Gaballufix lui-même. L'homme portait un uniforme étrange et ses cheveux huilés pendaient en bouclettes luisantes.

Le général Vozmujalnoy Vozmojno! Mouj! Lui non plus n'est pas ici par hasard! Surâme l'a convoqué, lui aussi!

Elle vit soudain Mouj se lever et tirer son épée de métal. Était-il donc comme Gaballufix? Allait-il brandir son arme, pris d'une folie meurtrière?

Mais non : il se retourna et aperçut les cordons d'or et d'argent qui le reliaient à Surâme; alors, il les trancha à coups d'épée et s'enfuit. Mais les fils se reformèrent en un clin d'œil, et il les coupa de nouveau avant de s'éloigner en hâte de l'endroit où ils l'avaient mené. La pantomime se répéta plusieurs fois, et Hushidh ressentit la haine de Mouj envers le lien qui le rattachait à Surâme.

Pourtant ce lien existait bel et bien. Surâme avait dirigé Mouj vers Basilica; mais comment? Soudain, Hushidh le comprit : Surâme, sachant que le général la haïssait et se révoltait sans cesse contre elle, l'avait tout simplement poussé à ne pas faire ce qu'elle attendait en fait de lui. Avec quelle facilité il était tombé dans le panneau! Avec quelle facilité il s'était laissé mener! Et Hushidh éclata de rire dans son rêve.

Elle rit et commença de se réveiller; elle sentit le sommeil qui la quittait et son corps, son véritable corps, enroulé dans un tapis et baigné de transpiration malgré le froid de la nuit.

En cet instant où l'éveil chassait le rêve, une vision lui vint brusquement, différente des précédentes. Elle retrouva l'image de son premier songe, celui où elle se tenait sur la flèche de roc, Issib flottant à côté d'elle, et où il tombait, l'entraînant dans sa chute ; la scène passa dans son esprit en un éclair, puis une autre, inconnue, la remplaça : des créatures ailées apparurent, poilues et pourtant capables de s'élever dans le ciel et de voler ; elles fondirent du haut des airs, saisirent Issib et Hushidh au milieu de leur chute et, à grand renfort de battements et de claquements d'ailes, elles les emportèrent vers le ciel, loin du sol où ils allaient s'écraser.

Ce songe brutal et inattendu terrifia Hushidh, car elle sentait bien qu'elle n'était plus vraiment endormie ; elle n'aurait pas dû rêver du tout, surtout de façon aussi nette et effrayante. Surâme ne lui avait-elle pas déjà montré tout ce qu'elle demandait ? Pourquoi la ramenait-elle à cette image ?

Et voici qu'elle revint à une scène antérieure de son rêve : elle se tenait avec Issib à l'entrée de la tente, le bébé sur les genoux de son époux, et les enfants se groupaient autour de son fauteuil volant. À peine eut-elle reconnu le tableau qu'il changea ; ils n'étaient plus dans le désert, mais dans une forêt luxuriante, à l'entrée d'une maison de bois au milieu d'une clairière. Soudain des rats géants jaillirent, certains de trous dans le sol, d'autres du haut des arbres, et se ruèrent vers eux ; Hushidh savait qu'ils allaient leur voler leurs enfants pour les dévorer et elle voulut pousser un cri de terreur. Mais son hurlement n'eut pas le temps de franchir ses lèvres que les créatures volantes réapparurent, tombant du ciel pour s'emparer de ses enfants et les emporter hors d'atteinte des crocs et des griffes des monstrueux rats affamés. À cette vue, elle prit son bébé des mains d'Issib et le leva au-dessus de sa tête ; aussitôt, une des créatures volantes le saisit et l'emporta, et Hushidh se mit à pleurer sans bouger, parce qu'elle ignorait si elle n'avait pas arraché ses enfants à un prédateur pour les donner à un autre… et pourtant, si, elle savait ; elle avait fait son choix, et quand les créatures ailées revinrent, elle agrippa les bras d'Issib et les leva bien haut pour que les êtres volants l'emportent aussi. Mais avant qu'ils puissent s'approcher, les rats se jetèrent sur elle et lui, les jetèrent à terre, et cent petites pattes féroces les saisirent, les tirèrent, les griffèrent…

Hushidh s'éveilla au son de ses propres cris, le cœur pris dans l'étau d'une peur irrépressible. Elle était en nage et la brise de la nuit ténébreuse la glaçait ; mais ce n'était pas de froid qu'elle tremblait. Elle rejeta le tapis et, chancelante, à demi aveuglée de torpeur, les muscles encore raides de son inconfortable sommeil, elle se précipita vers le trou dans le pignon qui menait au grenier.

Quand elle atteignit sa chambre, elle y voyait plus clair et marchait d'un pas calme et discret, mais elle se sentait encore faible, terrifiée et incapable de rester seule. Car le lit de Luet était là – Luet, qui aurait si bien su l'apaiser – mais il était vide, parce que Luet avait trouvé une autre couche et tenait entre ses bras quelqu'un qui avait beaucoup moins besoin d'elle cette nuit que sa sœur. Hushidh se pelotonna sur son lit, passant d'un silence agité de tremblements à de grands sanglots hoquetants, tant qu'elle craignit qu'on ne l'entende d'une chambre voisine.

On va me croire jalouse de Luet si on m'entend pleurer ; on va penser que je lui en veux de se marier avant moi, alors que c'est faux… enfin, plus maintenant, depuis que Surâme m'a montré le sens de ses projets. Hushidh tenta de se remémorer le rêve – la scène où elle se tenait devant la tente avec ses enfants et son époux – mais à cet instant il se transforma de nouveau et elle se sentit reprise par la terreur des rats jaillissant de leurs terriers et du haut des arbres, avec pour seul espoir les bêtes volantes et leur terrible étrangeté…

Et elle se retrouva en train de courir dans le couloir pour fuir l'effroi qu'elle portait en elle. Elle courut, courut jusqu'à la porte de la chambre où elle savait trouver Luet et l'ouvrit à la volée, car elle n'en pouvait plus, il lui fallait de l'aide, et seule Luet pouvait la lui donner, seule Luet pouvait l'aider…

« Que se passe-t-il ? » La peur qui tendait la voix de Luet fit écho à la terreur d'Hushidh. Elle vit sa sœur assise toute droite dans son lit, le drap ramené jusqu'à la gorge comme un bouclier, puis Nafai, éveillé davantage par la voix que par le bruit de la porte, se levant d'un air ensommeillé et s'avançant vers Hushidh sans comprendre encore qui se tenait là, mais sachant qu'en cas d'intrusion, c'était à lui d'assurer la défense…

« Shuya ! s'écria Luet.

— Oh, Luet, pardonne-moi ! sanglota Hushidh. Aide-moi ! Prends-moi dans tes bras ! »

Mais avant que Luet n'eût réagi, Nafai fut près d'elle et la soutint pour la faire entrer dans la pièce. Puis Luet s'approcha d'elle et l'obligea à s'asseoir sur le lit défait ; alors, dans les bras de sa sœur, Hushidh put enfin donner libre cours à ses sanglots. Elle eut vaguement conscience que Nafai se déplaçait dans la chambre ; il alla fermer la porte, puis récupéra des vêtements pour lui-même et Luet afin de ne pas gêner Hushidh quand elle cesserait de pleurer et se ressaisirait.

« Excusez-moi, excusez-moi ! répétait Hushidh tout en pleurant.

— Mais non, voyons, ce n'est pas grave, dit Luet.

— C'est votre nuit de noces, je n'aurais jamais dû… Mais j'ai fait un rêve si affreux que…

— Ne t'en fais pas, Shuya, dit Nafai. Mais ce serait bien que tu fasses un peu moins de bruit, parce que si on t'entend, on va croire que c'est Luet qui pleure toutes les larmes de son corps la nuit de ses noces, et alors, qu'est-ce qu'on va penser de moi ? » Il s'interrompit un instant. « Remarque, en y réfléchissant bien, il faudrait peut-être que tu pleures plus fort ! »

Il y avait un humour apaisant dans la voix de Nafai, et Luet rit de sa petite plaisanterie. C'était exactement ce dont Hushidh avait besoin pour chasser sa terreur : penser à Luet et à Nafai plutôt qu'à son rêve.

« Je n'ai jamais rien fait d'aussi minable », dit Hushidh ; elle se sentait misérable, honteuse et pourtant profondément soulagée. « Déranger ma sœur la nuit de son mariage !

— Ne t'inquiète pas, tu n'as rien interrompu du tout », répondit Nafai, et Luet et lui éclatèrent de rire – ou plutôt, ils se mirent à glousser comme de jeunes enfants qui partagent un secret ridicule.

« Excuse-moi de rire alors que tu es malheureuse, expliqua Luet, mais tu comprends, on est si nuls au lit, Nafai et moi ! » Et tous deux de glousser derechef.

« C'est un talent acquis, tu vois, ajouta Nafai, mais le problème, c'est qu'on ne l'a pas encore acquis ! »

Hushidh se sentit enlacée par leur gaieté, incluse dans la paix qu'ils créaient entre eux. C'était incroyable : comment un jeune époux et sa femme, interrompus dans leur première nuit ensemble, pouvaient-ils accepter une sœur importune et la consoler ? Ils étaient pourtant ainsi, Lutya et son Nyef. Elle fut envahie par un sentiment d'amour et de reconnaissance qui s'épancha en pleurs, mais en pleurs de joie, non en larmes désespérées nées de la solitude et de la terreur de la nuit.

« Ce n'était pas sur moi que je pleurais, dit-elle, réussissant enfin à parler. J'étais jalouse et je me sentais seule, je l'avoue, mais Surâme m'a envoyé un rêve agréable, doux, où je me voyais avec… avec mon mari et nos enfants… » Il lui vint soudain une pensée qu'elle n'avait pas eue jusque-là. « Nafai, je sais que je suis destinée à Issib ; mais il faut que je sache… est-ce qu'il est… capable ?

— Ma pauvre Shuya, il pourrait difficilement être moins capable que moi cette nuit ! »

Luet donna une tape enjouée sur la main de son époux. « C'est une vraie question qu'elle te pose, Nafai !

— Eh bien, il est aussi puceau que moi, et loin de la cité ses mains ne lui servent pratiquement à rien. Mais il n'est pas paralysé et ses… ses réactions involontaires… comment dire… réagissent, voilà.

— Donc, mon rêve disait vrai. Ou il peut le devenir, en tout cas. J'ai rêvé de mes enfants, en compagnie d'Issib. Ça pourrait se réaliser, n'est-ce pas ?

— Si tu le souhaites, répondit Nafai, et si tu veux bien d'Issib ; c'est le meilleur d'entre nous, Shuya, je te le jure. C'est le plus intelligent, le plus gentil et le plus sage.

— Ce n'est pas ce que tu m'avais dit, susurra Luet. Tu m'avais dit que c'était toi le meilleur ! »

Nafai lui adressa un sourire rayonnant d'une joie stupide.

Hushidh se sentait mieux ; elle savait aussi qu'elle ne devait pas rester ainsi entre eux ; elle avait reçu tout ce qu'elle pouvait espérer de sa sœur. Elle était maintenant assez forte pour regagner sa chambre et y dormir seule. L'ombre sinistre du rêve l'avait quittée.

« Merci à tous les deux, murmura-t-elle. Je n'oublierai jamais votre gentillesse de ce soir. » Et, se levant du bord du lit, elle se dirigea vers la porte.

« Ne t'en va pas, dit Nafai.

— Il faut que j'aille dormir.

— Pas avant que tu nous aies raconté ton rêve. Il faut qu'on l'entende. Je ne parle pas du rêve agréable, mais de celui qui t'a effrayée.

— Il a raison, renchérit Luet. C'est peut-être notre nuit de noces, mais le monde est dans les ténèbres et nous devons savoir ce que Surâme dit à chacun de nous.

— Demain matin, alors, protesta Hushidh.

— Tu crois qu'on arrivera à dormir, si on se demande quel rêve affreux a pu faire une si terrible impression sur notre sœur ? » demanda Nafai.

Hushidh avait beau savoir avec quel soin il avait choisi ses termes, elle lui fut reconnaissante de la bonté et de l'affection qui les sous-tendaient. Nafai s'inquiétait ou s'offensait peut-être de l'étroite relation qui liait Hushidh à sa nouvelle épouse, mais au lieu d'y résister ou d'essayer de la briser, il s'efforçait de s'inclure dans l'intimité des deux sœurs et d'intégrer Hushidh dans l'intimité de son mariage. C'était généreux de sa part, cette nuit surtout où il aurait dû avoir l'impression que ses pires craintes se réalisaient, avec Hushidh qui faisait irruption dans sa chambre nuptiale au milieu de la nuit en pleurant comme une madeleine ! S'il était prêt à faire cet effort, pouvait-elle faire moins que d'accepter la relation qu'il cherchait à créer ? Elle était déchiffreuse, après tout. Lier les gens entre eux, c'était sa partie, et elle aiderait avec joie Nafai à nouer ce lien.

Elle revint donc vers eux ; ils s'assirent ensemble sur le lit, formant un triangle de leurs jambes croisées, genou contre genou, et elle raconta son rêve de bout en bout. Elle n'omit rien, confessant son ressentiment initial afin qu'ils comprennent son soulagement devant les images rassurantes de Surâme.

En deux occasions, ils l'interrompirent, ébahis : la première fois lorsqu'elle dit avoir vu Mouj et la façon dont Surâme le manipulait en se servant précisément de son rejet d'elle, et Nafai éclata de rire, époustouflé : « Mouj soi-même, le général des Gorayni aux mains rouges, qui fuit Surâme en prenant précisément le chemin qu'elle lui a tracé ! Qui l'eût cru ! »

La seconde fois, ce fut quand Hushidh mentionna les bêtes ailées qui les avaient rattrapés dans leur chute, Issib et elle. « Les anges ! » s'écria Luet.

Hushidh se rappela aussitôt le songe que sa sœur lui avait rapporté quelques jours auparavant. « Evidemment, dit-elle. C'est pour ça qu'ils apparaissent dans mon rêve : parce que tu m'avais parlé de ces anges et des rats géants.

— Attends, ne saute pas tout de suite aux conclusions, répondit Luet. Raconte-nous d'abord la fin. »

Hushidh s'exécuta et, quand elle eut terminé, tous restèrent silencieux, perdus dans leurs pensées.

« À mon avis, dit enfin Luet, le premier rêve sur Issib et toi était de ton cru.

— Je le crois aussi, répondit Hushidh, et maintenant que je me rappelle ta description des anges velus…

— Du calme, coupa Luet. N'allons pas plus vite que la musique. Après cette première vision qui venait de tes craintes à l'idée d'épouser Issib, tu as supplié Surâme de te dévoiler son but, et elle t'a envoyé ce merveilleux rêve sur les cordons d'or et d'argent qui reliaient les gens entre eux…

— Pour nous élever comme du bétail, intervint Nafai.

— Ne sois pas irrévérencieux, dit Luet.

— Et vous, ne soyez pas trop révérencieuses ! rétorqua Nafai. Je doute fort que la programmation originale de Surâme ait inclus un projet d'amélioration de la race par croisements entre les humains d'Harmonie.

— Je sais que tu as raison, reconnut Luet, que Surâme est un ordinateur mis en place à l'aube de notre monde pour veiller sur les humains et les empêcher de se détruire, mais au fond de moi-même, je ressens Surâme comme une femme, comme la Mère du Lac.

— Femme ou machine, ce truc s'est mis à se donner des buts personnels, et celui-ci me dérange, dit Nafai. Qu'on nous réunisse pour faire un voyage jusqu'à la Terre, d'accord, j'en suis heureux, c'est une entreprise glorieuse. Mais cette histoire de croisements… ma mère et mon père qui s'accouplent comme une brebis et un bélier qu'on a réunis pour assurer la pureté de la lignée…

— N'empêche qu'ils s'aiment », remarqua Luet.

Nafai prit tendrement la main de sa femme dans la sienne. « C'est vrai, Lutya, et nous aussi. Mais ce que nous avons fait, nous l'avons fait volontairement, en sachant le but de Surâme et en y consentant, du moins le croyions-nous. Combien d'autres plans, combien d'autres machinations nous réserve-t-il, que nous ne découvrirons que plus tard ?

— Surâme m'en a parlé parce que je lui ai posé la question, dit Hushidh. Si c'est vraiment un ordinateur, comme tu le dis – et je te crois, vraiment —, peut-être qu'elle ne peut pas nous révéler ce que nous ne cherchons pas à savoir, tout simplement.

— Alors il faut l'interroger. Il faut savoir précisément ce qu'elle… ce qu'il… enfin, ce qui nous attend. »

Luet sourit de son hésitation, mais ne rit pas. Hushidh, n'étant pas la loyale épouse de Nafai, ne put réprimer un petit éclat de rire.

« Peu importe la façon de considérer Surâme, reprit Nafai d'un ton patient, il faut l'interroger. Sur la signification de la présence de Mouj à Basilica, par exemple ; est-ce qu'il faut essayer de l'emmener avec nous au désert, lui aussi ? Est-ce pour ça que Surâme l'a conduit chez nous ? Et ces créatures bizarres, ces anges, ces rats – que signifient-elles ? Il faut que Surâme nous le dise.

— Moi, je suis toujours persuadée que j'ai vu des rats et des anges parce que Lutya en a rêvé et qu'elle m'en a parlé ; ils étaient là, tout prêts à donner corps à mes peurs, dit Hushidh.

— D'accord, mais que faisaient-ils dans le rêve de Lutya ? demanda Nafai. Elle n'en avait pas peur, elle.

— Et les rats n'étaient ni dangereux ni terrifiants dans ma vision, renchérit Luet. Ils étaient… ils étaient eux-mêmes, simplement. Ils vivaient leur vie. Ils n'avaient rien à voir avec les hommes.

— Bon, arrêtons de jouer aux devinettes, coupa Nafai, et interrogeons Surâme. »

Ils n'avaient encore jamais fait cela. Hommes et femmes ne priaient pas ensemble dans les rites de Basilica : les hommes priaient par le sang et l'eau dans leur temple ou chez eux, tandis que les femmes rendaient leur culte dans l'eau du lac ou dans leurs domiciles privés. Les jeunes gens se sentirent donc intimidés et hésitants. Mais, spontanément, Nafai tendit ses mains à Hushidh et à Luet ; elles les saisirent et se donnèrent la main à leur tour.

« Je parle à Surâme en silence, dit Nafai. Dans mon esprit.

— Moi aussi, répondit Luet, mais parfois, je m'adresse à elle à voix haute ; pas toi ?

— Pareil pour moi, déclara Hushidh. Luet, parle pour nous tous. »

Luet refusa d'un signe de la tête. « C'est toi qui as fait ce rêve, ce soir, Hushidh. C'est avec toi que Surâme a communiqué. »

Hushidh fut prise d'un frisson involontaire. « Et si le mauvais rêve me reprenait ?

— Ecoutez, peu importe lequel de nous prend la parole, intervint Nafai, du moment que nous posons les mêmes questions dans notre cœur. Père, Issib et moi communiquons facilement avec Surâme quand nous avons l'Index ; nous posons des questions et on nous répond comme si nous discutions avec l'ordinateur de l'école. On n'a qu'à faire la même chose.

— Nous n'avons pas l'Index, objecta Luet.

— Non, mais nous sommes reliés à Surâme par des fils d'or et d'argent, répondit Nafai en lançant un coup d'œil à Hushidh. Ça devrait suffire, non ?

— Parle pour nous, alors, Luet », dit Hushidh.

Et Luet posa leurs questions, puis fit état de ses inquiétudes, de celles que Nafai avait exprimées et de la terreur qu'avait éprouvée Hushidh. Ce fut à cette question que la première réponse leur parvint.

Je ne sais pas, dit Surâme.

Luet se tut, effrayée.

« Vous avez entendu ce que j'ai entendu ? » demanda Nafai.

Comme aucune des sœurs ne savait ce qu'avait perçu Nafai, nulle ne put répondre, jusqu'à ce qu'Hushidh trouve le courage d'exprimer tout haut ce qu'elle avait entendu. « Elle ne sait pas », souffla-t-elle.

Nafai resserra sa prise sur les mains des jeunes filles et s'adressa à Surâme, prenant la place de Luet comme porte-parole. « Qu'est-ce que tu ne sais pas ?

C'est moi qui ai envoyé le rêve des fils d'or et d'argent, dit Surâme. C'est moi qui ai envoyé le rêve d'Issib et des enfants à l'entrée de la tente. Mais la vision du général n'était pas prévue. Ce n'est pas moi qui ai montré le général.

— Et les… les rats ? demanda Hushidh.

— Et les anges ? ajouta Luet.

J'ignore d'où ils venaient et ce qu'ils signifient.

— Eh bien voilà, déclara Hushidh. Il s'agissait simplement d'un rêve bizarre et sans signification sorti de ton esprit, Luet. Et comme tu me l'avais raconté, ça s'est transformé en souvenir dans le mien, voilà tout.

Non !

Ce fut comme un cri dans leur esprit, et Hushidh frémit sous l'impact.

« Mais quoi, alors ? s'écria-t-elle. Si tu ignores d'où il vient, comment sais-tu qu'il ne s'agit pas d'un cauchemar ordinaire ?

Parce que le général l'a fait, lui aussi.

Ils se regardèrent, abasourdis.

« Le général ? Le général Mouj ? »

Dans l'esprit d'Hushidh apparut fugitivement l'image d'un homme avec une créature volante sur l'épaule et un rat géant accroché à sa jambe, puis d'une foule – humains, rats et anges confondus – qui s'approchait et touchait le trio avec vénération. Puis, aussi vite qu'elle était venue, l'image s'évanouit.

« C'est ce rêve qu'a fait le général ? demanda Hushidh.

Il l'a fait il y a plusieurs semaines. Avant qu'aucun d'entre vous ne rêve de ces créatures.

— Nous sommes trois, dans ce cas, dit Luet. Nous sommes trois, nous n'avons jamais rencontré le général, il ne nous a jamais vus, et pourtant nous avons tous rêvé de ces créatures. Il y a vu de la vénération, j'y ai vu de l'art, et toi, Hushidh, tu y as vu la guerre, la guerre et le salut.

— Si ça ne venait pas de toi, Surâme, intervint Nafai d'un ton pressant en tenant fermement les mains de ses voisines, si ça ne venait pas de toi, d'où un tel rêve a-t-il bien pu venir ?

Je l'ignore.

— Est-ce qu'il y aurait un autre ordinateur ? demanda Hushidh.

Pas ici. Pas sur Harmonie.

— Tu n'es peut-être pas au courant de son existence, suggéra Nafai.

Je le saurais.

— Alors, comment se fait-il que nous ayons fait ces rêves ? » insista Nafai.

Ils attendirent ; d'abord nulle réponse ne vint. Et quand elle arriva, ce n'était pas celle qu'ils espéraient.

J'ai peur.

Hushidh sentit l'effroi investir à nouveau son cœur et elle serra plus fort les mains de sa sœur et de Nafai. « C'est horrible ! dit-elle. C'est horrible ! Je ne voulais pas savoir ça !

J'ai peur, dit Surâme dans la tête d'Hushidh – et, elle l'espérait, dans celle de ses deux compagnons ; c'était aussi net et distinct qu'un vrai discours. J'ai peur, car la peur est le nom que je donne à l'incertitude, à l'impossible qui est pourtant réalité. Mais j'ai aussi un espoir, qui est un autre nom pour l'impossible qui peut être réalité. J'ai l'espoir que ce qui vous a été donné vient du Gardien de la Terre ; que par-delà les milliers d'années-lumière, le Gardien de la Terre cherche à nous atteindre.

— Qu'est-ce que le Gardien de la Terre ? demanda Hushidh.

— Surâme en a déjà parlé, dit Nafai. Ce n'était pas clair, mais je crois qu'il s'agit d'un ordinateur mis en place comme surveillant de la Terre quand nos ancêtres ont fui il y a quarante millions d'années.

Il ne s'agit pas d'un ordinateur.

— De quoi, alors ?

Ce n'est pas une machine.

— Qu'est-ce que c'est, dans ce cas ?

C'est vivant.

— Qu'est-ce qui pourrait bien être vivant au bout de tout ce temps ?

Le Gardien de la Terre. Il nous appelle. Il vous appelle. Peut-être mon désir de vous ramener à la Terre est-il aussi un rêve envoyé par le Gardien. J'ai moi aussi été troublé, incapable de décider que faire, et puis des idées me sont venues. J'ai cru qu'elles provenaient de mes sous-programmes de probabilisation, qu'elles répondaient à ma programmation. Mais si Mouj et vous pouvez faire d'étranges rêves de créatures inconnues sur ce monde, ne puis-je moi aussi recevoir des pensées étrangères à mes programmes, qui n'ont pas leur origine dans ce monde ?

Ils ne trouvèrent aucune réponse à la question de Surâme.

« Je ne sais si vous êtes comme moi, dit Hushidh, mais je comptais sur Surâme pour tout maîtriser, et je n'apprécie guère l'idée qu'elle ignore ce qui se passe.

— La Terre nous appelle, déclara Nafai. Vous ne comprenez pas ? La Terre nous appelle ; elle appelle Surâme, mais pas elle seulement. Elle nous appelle tous. Ou vous deux, en tout cas, et Mouj. Elle vous demande de revenir sur Terre.

Pas Mouj, dit Surâme.

— Pas Mouj ? Comment le sais-tu ? demanda Hushidh. Si tu ignores pourquoi, ou comment, ou même si le Gardien de la Terre nous a envoyé ces rêves, comment peux-tu savoir que Mouj ne doit pas nous accompagner au désert ?

Pas Mouj. Laissez Mouj tranquille.

— Si tu ne voulais pas qu'il se joigne à nous, pourquoi l'as-tu conduit chez nous ? insista Nafai.

Je l'ai conduit ici, mais pas pour vous.

— Mais il porte les mêmes fils d'or et d'argent que nous, objecta Luet. Et le Gardien de la Terre lui a parlé.

Je l'ai mené ici pour qu'il détruise Basilica.

— Alors ça, c'est le bouquet ! s'exclama Nafai. Il ne manquait vraiment plus que ça ! Surâme poursuit une idée, le Gardien de la Terre une autre. Et nous, qu'est-ce qu'on est censés faire ?

Ne vous occupez pas de Mouj. N'y touchez pas. Il suit son propre chemin.

— C'est ça ! dit Nafai. Il n'y a pas une minute, tu avouais ne pas comprendre ce qui se passe, et maintenant, il faudrait te croire sur parole quand tu prétends que Mouj n'a rien à voir avec nous ! Nous ne sommes pas des marionnettes, Surâme ! Tu m'entends ? Si tu ne sais pas ce qui se passe, pourquoi devrions-nous t'obéir sur ce point ? Comment peux-tu être sûr que tu as raison et que nous avons tort ?

Je n'en suis pas sûr.

— Alors qu'est-ce qui te fait dire que je ne dois pas aller lui proposer de nous accompagner ?

Parce qu'il est dangereux, qu'il risque de te manipuler et de te détruire, et que je ne pourrai rien faire pour l'en empêcher.

— N'y va pas, dit Luet.

— C'est l'un des nôtres, répondit Nafai. Si notre but est fondamentalement bon, c'est parce qu'il est juste que nous, les gens que Surâme a élevés dans ce dessein, nous retournions sur Terre. S'il est valable, c'est parce que le Gardien de la Terre nous appelle.

— D'où que vienne ce rêve affreux, intervint Hushidh, j'ignore s'il est bon ou pas.

— C'était peut-être un avertissement, dit Nafai. Il faudra peut-être affronter un danger, et le rêve te mettait en garde.

— À moins qu'il ne t'avertisse de ne pas t'approcher de Mouj, objecta Luet.

— Comment diable ce rêve pourrait-il signifier ça ? » demanda-t-il. Il se débarrassait des vêtements dépareillés qu'il avait enfilés à la hâte et endossait à présent une tenue présentable pour sortir.

« Parce que c'est ce que j'ai envie qu'il signifie, dit Luet, et elle se mit soudain à pleurer. Tu n'es mon mari que depuis la moitié de la nuit, et tu parles tout à coup d'aller voir un homme que Surâme décrit comme redoutable, et pourquoi ? Pour l'inviter à nous accompagner au désert ? pour l'inviter à quitter ses armées, ses royaumes, ses bains de sang et sa violence, pour participer avec nous à un voyage dans le désert qui finira, j'ignore comment, par notre retour sur Terre ? Mais il va te tuer, Nafai ! Ou bien il te jettera en prison pour t'empêcher de venir avec nous ! Et je te perdrai !

— Non. Surâme me protégera.

— Surâme t'a conseillé de ne pas y aller. Si tu désobéis…

— Surâme ne me punira pas, parce qu'il n'est même pas sûr que j'aie tort. Il me ramènera auprès de toi parce qu'il a besoin de moi à tes côtés presque autant que moi, j'ai besoin de ta présence.

J'ignore si je pourrai te protéger.

— Ah, ça, il y a un sacré paquet de choses que tu ignores ! dit Nafai. Je crois que tu en as fait la preuve cette nuit. Tu es un ordinateur très puissant et tu as les meilleures intentions du monde, mais tu ne sais pas plus que moi ce qui est bien ou mal. Tu ignores si tous tes plans concernant Mouj n'ont pas été influencés par le Gardien de la Terre, n'est-ce pas ? Tu ignores si le plan du Gardien ne veut pas que je fasse précisément ce que je suis en train de faire, et que ton plan de destruction de Basilica aille se faire pendre ! Détruire Basilica, rien que ça ! C'est ta cité élue, pourtant, non ? Tu as rassemblé tous les gens les plus proches de toi en ce lieu précis, et maintenant tu veux le détruire ?

Je les ai réunis pour vous créer, vous, enfants stupides ! Je vais à présent détruire cette cité pour répandre à nouveau mon peuple dans le monde entier, si bien que l'influence qui me reste touchera chaque pays et chaque nation. Qu'est la cité de Basilica comparée au monde ?

— La dernière fois que tu as tenu ce genre de discours, j'ai tué un homme.

— Je t'en prie, dit Luet. Reste avec moi.

— Ou alors, laisse-moi t'accompagner, intervint Hushidh.

— Pas question, trancha Nafai. Lutya, je reviendrai. Parce que Surâme me protégera.

Je ne sais pas si j'y arriverai.

— Eh bien, débrouille-toi ! » Et Nafai quitta la chambre.

« Il va se faire arrêter dès qu'il mettra le pied dehors, dit Hushidh.

— Je sais, répondit Luet. Et je comprends pourquoi il agit ainsi ; c'est courageux de sa part, et je suis même persuadée que c'est ce qu'il faut faire, mais je ne veux pas qu'il le fasse ! » Sa voix était peu à peu devenue hystérique.

Luet se mit à pleurer, et ce fut au tour d'Hushidh de la prendre dans ses bras pour la consoler. Quel ballet, cette nuit ! songea-t-elle. Quelle nuit de noces pour toi, quelle nuit de cauchemars pour moi ! Et maintenant, que nous réserve le matin ? Tu pourrais bien te retrouver veuve sans même un enfant en toi. À moins – pourquoi pas ? – que le grand général Mouj ne revienne avec Nafai, ne renonce à son armée et ne s'évanouisse avec nous dans le désert. Tout est possible. Absolument tout.

CHEZ GABALLUFIX, ET PAS EN RÊVE

Mouj déploya la carte de la côte occidentale sur la table de Gaballufix et laissa son esprit explorer différentes options. Les cités de la Plaine et Seggidugu s'étendaient devant lui comme la table d'un banquet. Difficile de décider quelle action entreprendre. Toutes ces villes devaient maintenant savoir qu'une armée gorayni tenait les portes de Basilica. Nul doute que les exaltés de Seggidugu devaient exiger une réaction rapide et brutale, mais ils n'auraient pas le dernier mot : la frontière nord de Seggidugu était trop proche des principaux cantonnements gorayni de Khlam et d'Ulye. Il faudrait tant de soldats pour s'emparer de Basilica, même en ne la sachant défendue que par un millier de Gorayni, que Seggidugu se retrouverait vulnérable à une contre-offensive.

En vérité, les cœurs faibles de Seggidugu devaient déjà se demander s'il ne vaudrait pas mieux se présenter à l'Impérator en suppliants, pour l'exhorter à prendre leur nation sous sa bienveillante protection. Mais Mouj était assuré que ceux-là n'auraient pas plus de chance que les têtes brûlées. Non, ce seraient les esprits les plus froids, les hommes les plus prudents qui l'emporteraient ; ils attendraient la suite des événements. Et c'était là-dessus que comptait Mouj.

Dans les cités de la Plaine, il existait sans doute déjà un mouvement pour recréer l'antique Ligue de Défense, qui avait repoussé par neuf fois les invasions des Seggidugu. Mais cela se passait plus de mille ans auparavant, au moment où les Seggidugu venus du désert s'étaient lancés à l'assaut des montagnes ; aujourd'hui, certainement, seules quelques-unes des cités accepteraient de s'unir, et même s'uniraient-elles qu'elles se querelleraient, se mettraient des bâtons dans les roues et s'affaibliraient mutuellement, bien plus que si chacune d'elles faisait front toute seule.

Que pouvait faire Mouj ? Si en cet instant il envoyait une délégation exigeant en termes stricts la reddition des cités les plus proches, son ordre serait sans nul doute promptement exécuté. Mais les réfugiés s'épancheraient hors des ces cités comme le sang d'une blessure au cœur, et c'est alors que les cités de la Plaine s'uniraient. Elles pourraient même demander à Seggidugu de prendre leur tête, ce qui pousserait probablement la cité à l'action.

À moins que Mouj n'exige la reddition de Seggidugu ? S'il avait gain de cause, toutes les cités de la Plaine s'aplatiraient et feraient le mort. Mais c'était un trop gros pari ; mieux valait trouver un meilleur biais. Certes, il pouvait obliger une, voire deux, des cités à se rendre, mais il était loin d'avoir assez d'hommes – et son lien avec le gros des forces gorayni était beaucoup trop ténu – pour mettre son ultimatum à exécution si Seggidugu décidait de le défier. Grâce à des coups de bluff de ce genre, on avait évité de grandes guerres, on avait créé de vastes empires, et Mouj ne craignait pas de courir ce risque s'il n'existait pas de meilleur moyen.

Et s'il en existait un, il faudrait le découvrir sans tarder ; l'Impérator lui-même devait maintenant savoir que Plod et l'intercesseur de l'armée de Mouj avaient été tués – par un assassin basilicain, certes, mais que personne n'avait pu interroger parce que Mouj l'avait abattu de ses propres mains. Puis Mouj était parti avec un millier d'hommes et nul ne savait où il se trouvait. Voilà une nouvelle qui frapperait l'Impérator de terreur, car il savait parfaitement la fragilité du pouvoir d'un souverain quand ses meilleurs généraux deviennent trop populaires. L'Impérator se demanderait combien de ses propres hommes se rallieraient à Mouj si celui-ci levait l'étendard de la rébellion dans les montagnes ; et combien, trop loyaux pour passer à l'ennemi, seraient néanmoins trop terrifiés pour combattre le plus grand général des Gorayni. Toutes ces angoisses pousseraient l'Impérator à mettre ses armées en marche, vers le sud et l'ouest, vers Khlam et Ulye.

Excellent, tout cela… L'effroi des Seggidugu en serait accru et Mouj n'en aurait que plus de chances de les soumettre par la ruse. De plus, les armées n'auraient pas le temps d'aller bien loin avant que l'Impérator n'apprenne la nouvelle suivante : la manœuvre audacieuse de Mouj avait brillamment réussi et la légendaire cité de Basilica était à présent aux mains des Gorayni.

Un sourire carnassier apparut sur le visage de Mouj à l'idée de la terreur que cette nouvelle répandrait chez tous les courtisans qui avaient murmuré à l'Impérator que Mouj était un traître. Un traître ? Un homme qui a eu l'intelligence et le courage de s'emparer d'une cité avec mille soldats ? De longer deux puissants royaumes ennemis et de prendre une forteresse de montagne sur leurs arrières ? Mais quel genre de traître est-ce là ? demanderait l'Impérator.

Et pourtant, il tremblerait, car l'intrépidité chez ses généraux le terrifiait toujours. Surtout chez Vozmujalnoy Vozmojno. Aussi l'Impérator lui enverrait-il un légat ou deux – certainement un intercesseur, sans doute un nouvel ami, ainsi que quelques membres proches et loyaux de sa famille. Ils n'auraient pas l'autorité de passer outre aux ordres de Mouj – les Gorayni n'auraient jamais conquis tant de royaumes si les impérators avaient laissé leurs sous-fifres contremander les ordres des généraux sur le terrain. Mais rien ne les empêcherait de jouer les mouches du coche, de poser des questions, de protester, d'exiger des explications et d'avertir l'Impérator de tout ce qui ne leur plairait pas.

Et quand arriveraient-ils, ces légats ? Ils seraient obligés de suivre la même route du désert que Mouj avait prise avec ses hommes ; mais elle devait à présent être surveillée de près par Seggidugu et Izmennik, si bien que la compagnie devrait se munir d'un lourd corps de garde, de chariots de ravitaillement, de nombreux éclaireurs, de tentes et de toute sorte de bétail sur pied. Les légats n'auraient donc ni le désir ni le moyen de se déplacer fût-ce moitié aussi vite que l'armée de Mouj l'avait fait ; une semaine passerait avant leur arrivée, sans doute davantage. Mais une fois là, ils disposeraient de nombreux soldats – peut-être autant que Mouj en avait avec lui —, et ces soldats ne seraient sûrement pas de ceux qui avaient combattu sous les ordres de Mouj, qu'il avait entraînés, sur qui il pourrait compter.

Une semaine. Mouj avait au moins une semaine pour engager la ligne d'action qu'il allait suivre. Il pourrait tenter dès à présent son coup de bluff contre Seggidugu, en risquant une profonde humiliation si on lui résistait : les cités de la Plaine s'uniraient alors sûrement contre lui et il se retrouverait aussitôt en train de défendre Basilica contre un siège. Cela n'entraînerait pas son éviction du poste de général, mais son nom s'en trouverait terni et cela le placerait sous la botte de l'Impérator. Quelles délices il avait connues ces derniers jours à ne plus avoir à jouer à ces jeux de dupes qui consumaient la moitié de son existence devant un ami nommé par l'Impérator, sans parler d'un intercesseur ambitieux et intrigant! Mouj avait tué relativement peu de monde de ses propres mains, mais c'était avec une joie sans mélange qu'il se rappelait ces deux morts – la surprise peinte sur le visage des victimes et l'exquis soulagement qu'il avait ressenti. Même l'obligation qu'il avait eue de tuer Smelost, cet excellent soldat basilicain, même cela n'ôtait rien à la joie pure de sa liberté nouvelle.

Suis-je prêt?

Suis-je prêt à engager la manœuvre de ma vie, à frapper l'Impérator de ma vengeance au nom de Pravo Gollossa? Suis-je prêt à tout risquer sur ma capacité à rassembler autour de moi Basilica, Seggidugu et les cités de la Plaine, ainsi que chaque soldat gorayni qui voudra me suivre et le moindre renfort que nous pourrons grappiller chez les Potoku?

Et sinon, suis-je prêt à enfiler de nouveau ce collier que l'Impérator passe au cou de tous ses généraux? Suis-je prêt à m'incliner devant la volonté de l'incarnation de Dieu sur Harmonie? Suis-je prêt à attendre des années, des décennies une occasion qui ne sera peut-être jamais meilleure qu'elle ne l'est aujourd'hui?

Il sut la réponse alors même qu'il posait la question. Il devait se débrouiller pour faire de cette semaine, de ce jour, de cette heure, son occasion, sa chance d'abattre les Gorayni et de remplacer leur empire cruel et violent par un autre, généreux et démocratique, dirigé par les Sotchitsiya, dont la vengeance longtemps différée n'en était pas moins certaine. Mouj était là avec une armée – petite mais bien à lui – dans cette cité qui symbolisait tout ce qui, en ce monde, était faible, servile et efféminé. Je mourais d'envie de te détruire, Basilica, mais si au contraire je te rendais puissante ? Si je faisais de toi le centre du monde – mais un monde gouverné par des hommes de pouvoir, non par ces femmes faibles et obséquieuses, ces politiciennes, ces commères, ces comédiennes et ces chanteuses. Et si, plus tard, on disait de Basilica, non pas : « Elle fut la cité des femmes » mais : « Elle fut la capitale de la suprématie sotchitsiya » ?

Basilica, ô cité des femmes, ton époux est là pour toi, pour te dompter et t'apprendre les arts domestiques que tu as si longtemps oubliés !

Mouj jeta un nouveau coup d'œil à la liste que lui avait remise Bitanke. S'il cherchait quelqu'un pour gouverner Basilica au nom de l'Impérator, il devait choisir un homme comme consul : un des fils de Wetchik, si l'on pouvait mettre la main sur eux, ou peut-être Rashgallivak lui-même, voire un homme plus faible encore, soutenu par Bitanke.

Mais si Mouj désirait unir Basilica, les cités de la Plaine et jusqu'à Seggidugu contre l'Impérator, alors il lui fallait devenir citoyen de Basilica par mariage et gagner sa place à la tête de la cité ; il n'avait pas besoin d'un consul, mais d'une épouse.

Si bien que les noms qui éveillèrent sa curiosité furent ceux de deux jeunes filles, la sibylle de l'eau et la déchiffreuse. Elles étaient jeunes, assez pour en offenser plus d'un s'il épousait l'une d'elles, surtout la sibylle : treize ans ! Pourtant ces deux enfants possédaient le genre de prestige qu'il recherchait, une aura qui s'étendrait à lui s'il épousait l'une ou l'autre. Mouj, le grand général des Gorayni, s'unissant à l'une des femmes les plus pieuses de Basilica, s'abaissant à entrer dans la cité en simple époux plutôt qu'en conquérant ! Voilà qui lui gagnerait les cœurs, non seulement de ceux qui le remerciaient déjà de la paix qu'il avait imposée, mais les cœurs de tous, car ils verraient alors qu'il ne désirait pas les abattre, mais bien les mener à la grandeur.

Une fois marié à la déchiffreuse ou à la sibylle, Mouj ne tiendrait plus seulement Basilica : il serait Basilica. Et au lieu d'envoyer des ultimatums aux royaumes et aux cités méridionales de la côte occidentale, il pousserait un cri de guerre. Il ferait arrêter les espions de Potokgavan pour les renvoyer dans le marécage de leur paresseux empire, chargés de cadeaux et de promesses. Et la nouvelle se répandrait comme le feu vers le nord : Vozmujalnoy Vozmojno s'est proclamé lui-même la nouvelle incarnation, le véritable impérator ! Il demande à tous les loyaux soldats de Dieu de faire route au sud pour le rejoindre, ou de se dresser contre l'usurpateur là où il sont ! Entre-temps, la rumeur circulerait à Pravo Gollossa : les Sotchitsiya vont retrouver le pouvoir ! Levez-vous et emparez-vous de ce qui vous appartient depuis toujours !

Profitant du chaos qui en résulterait, Mouj ferait mouvement vers les terres du Nord en gagnant des alliés sur son passage. Les armées gorayni battraient en retraite devant lui ; les natifs des nations conquises salueraient en lui leur libérateur. Il refoulerait les Gorayni jusque sur leurs propres terres et alors il s'arrêterait – le temps d'un long hiver à Pravo Gollossa, où il entraînerait son armée hétéroclite pour en faire une force de combat honorable. Puis au printemps suivant, il s'enfoncerait dans la terre montueuse des Gorayni et anéantirait en eux tout désir de gouverner. On trancherait les pouces des hommes en âge de se battre, afin qu'ils ne puissent plus manier ni arc ni épée, et à chaque pouce qui tomberait, les Gorayni comprendraient un peu plus la douleur des Sotchitsiya à la langue mutilée.

Que Dieu essaye de l'arrêter, maintenant!

Mais Dieu n'en ferait rien, il le savait. Au cours de ces derniers jours, depuis que Mouj L'avait défié et s'était engagé vers le sud pour s'emparer de Basilica, Dieu n'avait rien tenté contre lui, rien fait pour dresser obstacle contre lui. Mouj s'était vaguement attendu que Dieu lui fasse oublier les plans qu'il établissait. Mais Dieu devait maintenant savoir que cela ne servirait à rien, car ces plans étaient si parfaits et si clairs que Mouj ne pourrait que les retrouver, et les retrouver encore, s'il le fallait.

À moi le renversement des Gorayni et l'unification de la côte occidentale! À mon fils la conquête de Potokgavan, la civilisation des tribus forestières du Nord, la soumission des pirates de la côte septentrionale! À mon fils, fils de ma femme!

De laquelle s'agira-t-il? La sibylle de l'eau était la plus puissante des deux, celle qui jouissait du plus grand prestige; mais c'était aussi la plus jeune, trop jeune, en vérité. Les gens risquaient de la plaindre d'une telle union, à moins que Mouj n'arrive à la persuader de venir à lui de son plein gré.

Mais l'autre, la déchiffreuse, dont le prestige était moindre, celle-là ferait quand même l'affaire, et elle avait seize ans. Seize ans, le bon âge pour un mariage politique, car elle n'avait pas d'anciens époux et, si Bitanke ne se trompait pas, aucun amant connu. Et une part du prestige de la sibylle rejaillirait sur l'union, parce que la déchiffreuse était sa sœur et que Mouj veillerait à ce que la sibylle soit bien traitée – et liée de près à la nouvelle dynastie qu'il s'apprêtait à fonder.

C'était un plan très séduisant. Ne restait plus à Mouj qu'à se sentir sûr de son fait – assez pour agir, assez pour se rendre chez Rasa et manœuvrer pour obtenir la main d'une des deux filles.

On frappa un coup à la porte. Mouj répondit par un tambourinement sur la table. Un soldat entra.

« Mon général, dit-il, nous avons fait une intéressante arrestation devant la maison de dame Rasa. »

Mouj, levant les yeux de la carte, attendit la suite du message.

« Le dernier fils de dame Rasa. Celui qui a tué Gaballufix.

— Il s'est enfui au désert, répliqua Mouj. Etes-vous sûrs qu'il ne s'agit pas d'un imposteur ?

— C'est très possible, répondit le soldat. Mais ce qui est sûr, c'est qu'il est sorti de la maison de Rasa, qu'il s'est avancé droit sur le sergent en poste pour décliner son identité, puis qu'il a prétendu vous parler tout de suite de questions qui détermineront votre avenir et celui de Basilica.

— Ah !

— Alors, ou bien c'est le garçon aux bourses d'airain qui a décapité Gaballufix et qui s'est échappé de la cité avec ses vêtements, ou bien c'est un fou qui a envie de mourir.

— Ou bien les deux, rétorqua Mouj. Fais-le entrer, et prépare une escorte de quatre hommes pour le ramener ensuite directement chez dame Rasa. Si je le gifle quand vous ouvrirez la porte pour le remmener, vous le tuerez sous l'auvent de la maison de Rasa. Si je lui souris, vous le traiterez avec courtoisie et honneur. Par ailleurs, il est en état d'arrestation et ne doit plus quitter la place. »

Le soldat laissa la porte ouverte en partant, et Mouj se rassit. C'est bien, pensait-il ; je ne suis pas obligé de rechercher les protagonistes des jeux sanglants de cette cité. Ils viennent tous à moi, l'un après l'autre. Nafai, censément au désert, en sécurité, hors de ma portée… se trouvait en fait chez dame Rasa ! Quelles autres surprises sa maison renferme-t-elle ? Les autres fils ? Comment Bitanke les avait-il décrits ?… Elemak, le caravanier vif et dangereux ; Mebbekew, le pénis ambulant ; Issib, l'infirme surdoué. Et pourquoi pas Wetchik lui-même, l'horticulteur visionnaire ? Tous attendent peut-être entre les murs de cette résidence que je décide comment les utiliser.

Était-il possible que Dieu eût choisi de favoriser la cause de Mouj ? Qu'aujourd'hui, plutôt que de le contrecarrer, Il aidât Mouj en lui faisant cadeau de tous les instruments dont il avait besoin pour atteindre son but ?

Je n'incarne certes rien d'autre que moi-même, songea-t-il ; et je ne prétends pas du tout à la sainteté comme le fait l'Impérator. Mais si Dieu accepte enfin de me prêter main-forte, je ne vais pas refuser. Peut-être, dans le cœur de Dieu, l'heure des Sotchitsiya a-t-elle sonné.

Nafai avait peur, mais il était en même temps parfaitement calme. C'était un sentiment des plus étranges : il avait l'impression de porter en lui un animal terrifié, épouvanté de se voir pénétrer dans un lieu où la mort était partout présente, et cependant le vrai Nafai, cette partie de son être qui était lui-même et non l'animal, Nafai était fasciné par la perspective d'entendre ce qu'il allait dire, de rencontrer Mouj face à face peut-être, fasciné par tout ce qui s'ensuivrait. Il se rendait pourtant bien compte que la mort régnait en permanence chez les Gorayni, prête à surgir à tout instant ; mais il avait jugé, à un niveau très obscur de son esprit, que sa survie personnelle était désormais une question hors de propos.

Les soldats s'étaient montrés plus intrigués qu'alarmés quand il les avait accostés avec ces mots : « Amenez-moi au général. Je suis Nafai, le fils de Wetchik, et c'est moi qui ai tué Gaballufix. » Par ces paroles, il mettait en balance sa vie même dans la conversation à venir, car Mouj possédait à présent des témoins d'une confession qui pouvait mener à son exécution ; le général n'aurait même pas besoin d'inventer un prétexte s'il voulait le faire disparaître.

La maison de Gaballufix n'avait pas changé, et pourtant elle était entièrement différente. Les tapisseries et les meubles restaient à leur place ; la molle opulence y régnait toujours, intacte, avec le luxe, la surcharge de décoration et les couleurs agressives. Mais au lieu d'être écrasante, toute cette ostentation devenait presque pathétique, car la discipline simple et l'obéissance rapide, immédiate des soldats gorayni ramenaient tout à une juste proportion. Gaballufix avait choisi son ameublement pour intimider ses visiteurs, pour les écraser ; maintenant, ce mobilier paraissait fragile, efféminé, comme si celui qui l'avait choisi avait craint qu'on surprît la faiblesse de son âme et cherché à la dissimuler derrière cette barricade de couleurs vives et de dorures.

La manifestation du vrai pouvoir, Nafai le comprit soudain, ne réside pas dans ce qu'on peut acquérir. L'argent n'en achète que l'illusion. Le vrai pouvoir se trouve dans la force de la volonté – une volonté si puissante que les autres s'y plient tout naturellement et la suivent de leur plein gré. Le pouvoir obtenu par tromperie s'évapore sous la lumière brûlante de la vérité, comme Rashgallivak l'avait appris à ses dépens ; mais plus on l'observe de près, plus le véritable pouvoir acquiert de puissance, même incarné par un homme seul, sans armées, sans serviteurs, sans amis ; il lui suffit d'être doué d'une volonté indomptable.

C'était un homme de ce genre qui attendait Nafai, assis à une table derrière une porte ouverte. Nafai connaissait cette pièce. C'était là que ses frères et lui avaient affronté Gaballufix, là que Nafai avait parlé sans réfléchir et ruiné les délicates négociations d'Elemak pour s'emparer de l'Index. De toute façon, Gaballufix n'avait jamais eu d'autre intention que de les tromper ; mais le fait demeurait que Nafai avait parlé étourdiment, sans se rendre compte qu'Elemak, en marchand avisé, dissimulait des renseignements essentiels.

L'espace d'un instant, Nafai résolut d'être plus prudent aujourd'hui, de celer certains éléments comme l'aurait fait Elemak, de jouer d'astuce dans la conversation à venir.

Puis le général Mouj leva les yeux et Nafai y plongea les siens ; il vit alors un puits profond rempli de rage, de souffrance et d'orgueil, et, tout au fond de ce puits, une farouche intelligence qui percerait à jour toutes les apparences.

Est-ce bien là le véritable Mouj ? L'ai-je bien vu dans sa réalité ?

Et dans son cœur, chuchota Surâme, je te l'ai montré tel qu'il est réellement.

Alors, inutile que je lui mente, se dit Nafai. C'est aussi bien, d'ailleurs, parce que je ne suis pas doué pour ça. Je n'ai pas le talent nécessaire : je n'arrive pas à maintenir en moi la duplicité profonde qu'exige un mensonge réussi. La vérité remonte sans cesse à la surface de mon esprit, et chacun de mes gestes, de mes paroles et de mes regards est un aveu.

Et puis, je ne suis pas ici pour participer à un jeu, à un concours d'intelligence avec le général Vozmujalnoy Vozmojno. Je suis ici pour lui proposer de se joindre à nous dans notre voyage de retour vers la Terre. Or, comment pourrait-il accepter si je lui dis moins que la vérité ?

« Ah, Nafai, dit Mouj. Asseyez-vous, je vous en prie. »

Nafai obéit. Il remarqua la carte déployée sur la table devant le général : la côte occidentale. Quelque part, loin dans l'angle sud-ouest, coulait le cours d'eau près duquel Père, Issib et Zdorab attendaient sous leurs tentes, en écoutant les hululements et les abois d'une troupe de babouins. Surâme est-il en train de montrer à Père ce que je fais ? Issib a-t-il l'Index, et lui demande-t-il où je suis ?

« Je suppose, dit Mouj, que vous ne vous êtes pas livré parce que votre conscience vous pesait et que vous désiriez passer en jugement pour le meurtre de Gaballufix, afin d'expier votre faute ?

— Non, général. Je suis marié d'hier soir. Je n'ai aucune envie d'aller en prison, ni de passer en jugement, ni d'être exécuté.

— Marié d'hier soir ? Et on vous retrouve dans la rue à confesser des crimes avant l'aube ? Mon garçon, je crains que vous ne vous soyez bien mal marié si votre femme ne sait pas vous retenir, ne serait-ce qu'une nuit !

— C'est un rêve qui m'a poussé à venir.

— Ah… Et ce rêve, est-ce le vôtre ou celui de votre épouse ?

— Non. C'est le vôtre, général. »

Mouj resta impavide et ne répondit pas. Nafai poursuivit :

« Il me semble qu'une fois, vous avez rêvé d'un homme portant sur l'épaule une créature poilue et volante, avec un rat géant accroché à la jambe ; et des hommes, des rats et des anges venaient les adorer tous les trois, ils les touchaient avec… »

Mais Nafai s'interrompit, car Mouj s'était soudain dressé et le transperçait de son regard dangereux et déchirant à la fois. « J'en ai parlé à Plod, il en a fait part à l'intercesseur, et le bruit s'en est ainsi répandu ! Et que tu sois au courant, toi, me révèle que tu as été en contact avec un membre de la cour de l'Impérator ! Alors, cesse cette comédie et dis-moi la vérité !

— Général, j'ignore qui sont Plod et l'intercesseur, et votre rêve ne m'a été raconté par personne de la cour impériale : il me vient de Surâme. Croyez-vous que Surâme ne sache rien de vos rêves ? »

Mouj se rassit, mais son attitude avait changé du tout au tout. Envolée, la certitude, envolée, l'assurance désinvolte.

« Es-tu la nouvelle forme que Dieu a prise ? Es-tu l'incarnation ?

— Moi ? Vous voyez bien ce que je suis : un garçon de quatorze ans. Peut-être un peu grand pour mon âge.

— Un peu jeune aussi pour être marié.

— Mais pas trop pour parler à Surâme.

— Beaucoup dans cette cité font métier de parler à Surâme. Mais à toi, apparemment, Dieu répond.

— Il n'y a rien de mystique là-dedans, général. Surâme est un ordinateur – un ordinateur puissant, qui se régénère lui-même. Nos ancêtres l'ont mis en place il y a quarante millions d'années, quand, fuyant la destruction de la Terre, ils sont arrivés sur Harmonie. Ils ont modifié leurs propres gènes et ceux de leurs enfants – jusqu'à nous, des milliers de générations après – pour devenir sensibles, aux niveaux les plus profonds du cerveau, aux impulsions de Surâme. Puis ils ont programmé l'ordinateur pour nous écarter de toute séquence de pensée, de tout plan d'action qui mènerait à la haute technologie, aux communications instantanées ou aux transports rapides, afin que le monde demeure pour nous immense et inconnaissable, et que les guerres ne dépassent pas les affaires locales.

— Jusqu'à mon arrivée, dit Mouj.

— Vos conquêtes dépassent en effet de loin le périmètre qu'autorise normalement Surâme.

— Parce que je ne suis pas l'esclave de Dieu. Quel que soit le pouvoir qu'Il a sur les autres hommes – Lui ou cet ordinateur, si tu dis vrai —, ce pouvoir est affaibli chez moi, car j'y ai résisté et je l'ai brisé. Si je suis ici aujourd'hui, c'est que je suis trop fort pour Dieu.

— Oui, il nous a dit que tel est votre sentiment, répondit Nafai. Mais en réalité, l'influence de Surâme est encore plus forte chez vous que chez la plupart des gens, et sans doute autant que chez moi. Si vous vous ouvriez à sa voix, Surâme pourrait vous parler directement et vous n'auriez pas besoin que je vous dise ce que je suis venu vous raconter.

— Si Surâme s'est prétendu plus puissant en moi qu'en la plupart des gens, c'est que ton ordinateur est un menteur !

— Non, comprenez-moi : Surâme ne s'intéresse pas vraiment à la vie personnelle de chacun, sauf dans la mesure où il mène un programme de croisements dans le but de créer des personnes comme moi – et comme vous, naturellement. Ça ne m'a pas fait plaisir du tout de l'apprendre, mais c'est la raison de mon existence, ou du moins la raison pour laquelle mes parents ont été réunis. Surâme manipule les gens ; c'est son travail. Vous, il vous manipule presque constamment.

— J'ai bien senti qu'il l'essayait. Je l'ai appelé Dieu, tu le nommes Surâme, mais jamais il ne m'a contrôlé.

— Mais si : dès qu'il s'est rendu compte que vous aviez l'intention de lui résister, il a simplement inversé le processus. Ce qu'il voulait vous voir faire, il vous l'interdisait ; puis il veillait à ce que vous n'oubliiez pas de le faire et vous obéissiez presque à la perfection.

— C'est un mensonge ! » murmura Mouj.

Nafai s'effraya en voyant les émotions qui agitaient cet homme. Le général n'avait manifestement pas l'habitude d'être la proie de sentiments qu'il ne pouvait pas contrôler ; Nafai se demanda s'il ne devrait pas le laisser se calmer avant de poursuivre. « Ça va ? demanda-t-il.

— Continue, répondit Mouj d'un ton acide. Je ne crains pas ce que peut me dire un mort ! »

La mesquinerie de cette réflexion dégoûta Nafai. « Ah, il faudrait que je modifie mon histoire parce que vous me menacez de mort ? Mais si j'avais peur de mourir, croyez-vous que je serais ici ? »

Une transformation visible s'opéra chez Mouj, comme s'il se reprenait d'un coup. « Pardonne-moi, dit-il. L'espace d'un instant, j'ai réagi comme ceux que je méprise le plus ; j'ai proféré une menace pour changer le message d'un envoyé persuadé qu'il me dit la vérité. Mais je puis t'assurer, quels que soient mes sentiments, que si tu meurs aujourd'hui, ce ne sera pour aucune de tes paroles. Poursuis, je t'en prie.

— Comprenez ceci, reprit donc Nafai : si Surâme veut que vous oubliiez quelque chose, vous l'oublierez inévitablement. Mon frère Issib et moi, nous nous sommes crus très malins d'arriver à forcer ses barrières ; mais nous ne les avons pas vraiment forcées : simplement, nous sommes devenus tellement casse-pieds que Surâme n'a plus jugé utile de nous résister. Il préfère que nous suivions ses plans en toute connaissance de cause plutôt que d'être obligé de nous manipuler. Et voilà pourquoi je suis ici : la sœur de ma femme a vu en rêve la force de votre lien avec Surâme et le gaspillage que représentent vos vains efforts pour le contrarier. Je suis venu vous dire que le seul moyen de vous libérer de son contrôle, c'est d'embrasser son plan.

— La victoire dans la reddition ? demanda Mouj avec un sourire mi-figue, mi-raisin.

— La liberté dans le renoncement à résister et dans la communication, rectifia Nafai. Surâme est le serviteur de l'humanité, pas son maître. On peut le convaincre ; il écoutera. Il a parfois besoin de notre aide. Et nous, général, nous avons besoin de vous, si vous acceptez de nous accompagner.

— De vous accompagner ?

— Mon père a été appelé au désert ; et c'est le premier pas d'un immense voyage.

— Allons donc ! Ce sont les machinations de Gaballufix qui ont chassé ton père au désert ! J'ai parlé avec Rashgallivak, et on ne peut me tromper.

— Croyez-vous honnêtement que parler avec Rashgallivak soit le moyen le plus sûr de ne pas se faire tromper ?

— S'il m'avait menti, je le saurais.

— Mais s'il croyait à ce qu'il vous disait, sans que ce soit pourtant la vérité ? »

Mouj ne répondit pas.

« Je vous le répète, indépendamment de la cause immédiate qui a provoqué notre départ à telle heure de tel jour, c'est par le dessein de Surâme que Père, mes frères et moi sommes allés au désert pour y entreprendre notre voyage.

— Et pourtant, te voici en ville.

— Je vous l'ai dit : je me suis marié hier soir. Mes frères aussi.

— Elemak, Mebbekew et Issib. »

Nafai fut surpris et un peu effrayé que Mouj en sût si long sur sa famille. Mais il avait résolu de dire la vérité, et il s'y tiendrait. « Non, Issib est resté avec Père. Il voulait venir, pourtant, et moi aussi je le voulais, mais Elemak a refusé tout net et Père était d'accord avec lui. Nous sommes venus chercher des épouses, en plus de celle de Père. À notre arrivée, Mère a éclaté de rire en disant que jamais elle n'irait au désert, quel que soit le projet dément que Wetchik avait en tête. Mais à ce moment, vous avez donné l'ordre de l'arrêter et fait courir des rumeurs sur elle ; résultat, vous l'avez coupée de Basilica, elle a compris maintenant qu'elle n'a plus rien à espérer ici, et elle aussi va nous accompagner au désert.

— Tu prétends que mes décisions faisaient partie d'un plan de Surâme pour pousser ta mère à rejoindre son époux sous une tente ?

— J'affirme que vos desseins ne pouvaient que servir les plans de Surâme, inévitablement. C'est toujours comme ça, général. Ç'a toujours été comme ça.

— Mais que se passerait-il si je refusais à ta mère le droit de quitter son domicile ? Si je vous gardais, tes frères, vos femmes et toi, ici, en état d'arrestation ? Si j'envoyais des soldats empêcher Shedemei de réunir des semences et des embryons pour votre voyage ? »

Nafai fut abasourdi. Il était au courant pour Shedemei ? Impossible ! Jamais elle n'en aurait parlé autour d'elle ! De quoi donc ce Mouj était-il capable si, arrivant dans une cité inconnue, il pouvait savoir tant de choses si vite, au point d'en déduire que les semences que réunissait Shedemei avaient un rapport avec l'exil de Père ?

« Eh bien, tu vois ! reprit Mouj. Surâme n'a aucun pouvoir où je règne, moi !

— Vous pouvez nous garder prisonniers. Mais quand Surâme décidera que notre heure est venue de partir, vous vous apercevrez que vous avez une raison incontournable de nous laisser aller, et vous nous laisserez aller.

— Si Surâme veut que vous partiez, mon garçon, vous ne partirez pas, tu peux me croire.

— Mais vous ne comprenez pas ! Je ne vous ai pas dit l'essentiel : peu importe cette guerre que vous croyez mener contre je ne sais quelle version de Surâme, ce que vous nommez Dieu ; ce qui compte, c'est le rêve que vous avez fait. Celui sur les bêtes volantes et les rats géants. »

Mouj attendit la suite, et Nafai le vit profondément troublé.

« Ce n'est pas Surâme qui a envoyé ce rêve, reprit-il. Il n'en comprend pas lui-même le sens.

— Eh bien, voilà ! C'était donc un rêve absurde, un rêve ordinaire !

— Pas du tout : ma femme a elle aussi rêvé des mêmes créatures, et sa sœur également. Vous êtes trois à avoir fait ce rêve, qui n'a pourtant rien d'ordinaire. Chacun de vous l'a ressenti comme important ; vous saviez très bien qu'il avait un sens. Et cependant il ne venait pas de Surâme. »

Une fois encore, Mouj resta silencieux.

« Quarante millions d'années se sont écoulées depuis que les hommes ont abandonné une Terre presque entièrement détruite, reprit Nafai. La planète a eu amplement la temps de se guérir, de recréer de la vie à sa surface, de refaire un nid pour l'humanité. Mais beaucoup d'espèces ont disparu, et c'est pourquoi Shedemei réunit des semences et des embryons. Nous sommes très rares à pouvoir communiquer facilement avec Surâme, et nous avons été rassemblés ici, à Basilica, en ce jour, en cette heure, pour nous engager dans un voyage qui nous ramènera sur Terre.

— En dehors du fait que la Terre, si elle existe, est une planète en orbite autour d'une étoile éloignée que même les oiseaux ne peuvent atteindre, dit Mouj, tu ne m'as toujours pas révélé quel rapport ce voyage peut bien avoir avec mon rêve.

— Cela, personne n'en sait rien, répondit Nafai ; nous en sommes réduits aux conjectures, mais même Surâme croit qu'elles sont peut-être valables : ce serait le Gardien de la Terre qui nous appellerait, j'ignore comment. Il serait entré en contact avec nous par-delà les années-lumière qui nous séparent et il nous rappellerait à lui. Pour autant qu'on le sache, il aurait même modifié la programmation de Surâme lui-même en lui ordonnant de nous réunir. Surâme pensait connaître les raisons de ses propres actes, mais elles ne se sont révélées que tout récemment ; tout comme vous n'apprenez qu'aujourd'hui les vraies raisons de tous les actes de votre existence.

— Un message contenu dans un rêve, et il viendrait de quelqu'un situé à mille années-lumière d'ici ? Cela voudrait dire que ce rêve aurait été transmis trente générations avant ma naissance ! Ne me fais pas rire, Nafai ! Tu es trop intelligent pour croire à cette fable ! Il ne t'est pas venu à l'idée que c'est peut-être toi que Surâme est en train de manipuler ? »

Nafai réfléchit. « Surâme ne me ment pas, dit-il enfin.

— Et pourtant, tu prétends qu'il m'a menti toute ma vie. On ne peut donc pas dire que Surâme s'en tient strictement à la vérité, n'est-ce pas ?

— Mais à moi, il ne ment pas !

— Et qu'en sais-tu ?

— Parce que ce qu'il me dit, ça... ça sonne juste !

— S'il peut me faire oublier des choses – et il le peut, c'est arrivé si souvent que... » Mouj s'interrompit, peu désireux apparemment de s'étendre sur ces souvenirs. « Bref, s'il est capable de ça, pourquoi ne pourrait-il pas te donner l'impression de "sonner juste", comme tu dis ? »

À cela, Nafai n'avait pas de réponse toute prête. N'ayant jamais remis en question sa propre certitude, il ignorait donc en quoi péchait le raisonnement de Mouj. « Il ne s'agit pas seulement de moi, dit-il, s'efforçant d'ordonner ses pensées. Ma femme aussi a foi en Surâme et sa sœur également. Elles ont reçu des rêves et des visions toute leur vie, et Surâme ne leur a jamais menti.

— Des rêves et des visions ? Toute leur vie ? » Mouj se pencha au-dessus de la table. « Qui as-tu épousé, exactement ?

— Ah, je croyais vous l'avoir dit : Luet. C'est l'une des nièces de ma mère qui résident dans son école.

— La sibylle de l'eau…

— Je ne m'étonne pas que vous la connaissiez.

— Elle a treize ans.

— Oui, je sais, elle est trop jeune. Mais elle s'est pliée à la volonté de Surâme, comme moi.

— Tu crois pouvoir emmener la sibylle de l'eau loin de Basilica, au désert, dans un voyage délirant pour trouver une planète mythique ? demanda Mouj. Même si je ne faisais rien, moi, pour vous en empêcher, penses-tu que les gens de cette cité l'accepteraient ?

— Ils l'accepteront si Surâme nous aide, et Surâme ne manquera pas de nous aider.

— Et la sœur de ton épouse, lequel de tes frères a-t-elle épousé ? Elemak ?

— Non, elle va se marier avec Issib. Il nous attend sous la tente de mon père. »

Mouj se rencogna dans son fauteuil et eut un petit rire joyeux. « Il est difficile de distinguer qui a manipulé qui. D'après toi, Surâme a dressé toutes sortes de plans dont je suis un petit rouage. Mais de mon point de vue, Dieu a tout fait pour mettre les atouts dans mon jeu. Je me faisais la réflexion, avant que tu n'entres, que Dieu semblait avoir enfin cessé de se vouloir mon ennemi.

— Surâme n'a jamais été votre ennemi, protesta Nafai. C'est vous qui avez décidé de vous opposer à lui. »

Mouj se leva de sa table, la contourna, s'assit à côté de Nafai et lui prit la main. « Mon garçon, ç'a été la conversation la plus remarquable de toute ma vie ! »

Pour moi aussi, se dit Nafai, mais il était trop stupéfait pour émettre un son.

« Je ne doute pas de ton sérieux quand tu parles de ce voyage, mais je t'assure qu'on t'a grossièrement trompé. Tu ne quitteras pas cette cité, non plus que ta femme ni sa sœur, ni aucun de ceux que vous projetiez d'emmener. Tu le comprendras tôt ou tard ; si tu le comprends tôt – tout de suite serait le mieux —, j'ai pour toi des projets qui te conviendront sûrement mieux que de bricoler sous une tente, au milieu des rochers et des scorpions. »

Encore une fois, Nafai regretta de ne pouvoir expliquer à Mouj pourquoi il désirait suivre Surâme, pourquoi il le suivait librement, en toute conscience, lui et peut-être aussi le Gardien de la Terre ; pourquoi il savait que Surâme ne lui mentait pas, ne le manipulait pas ni ne le contrôlait. Mais, incapable de trouver des mots ni même des raisons valables, il garda le silence.

« Ta femme et sa sœur sont la clé de tout. Je ne suis pas ici pour m'emparer de Basilica par la force, je suis ici pour conquérir sa fidélité. Je t'observe depuis une heure, j'écoute ta voix, et crois-moi, mon gars, tu es un garçon remarquable. Quel sérieux ! Quelle honnêteté ! Et ardent, avec ça, et désireux de bien faire ; on voit au premier coup d'œil que tu ne veux de mal à personne. Et pourtant, c'est toi qui as tué Gaballufix, libérant ainsi la cité d'un homme qui en serait devenu le tyran s'il avait vécu un jour ou deux de plus. Et voilà que tu viens d'épouser la personnalité la plus prestigieuse de Basilica, la jeune fille qui éveille le plus universellement l'amour, le respect, la loyauté et l'espoir dans cette cité.

— Je l'ai épousée pour servir Surâme.

— C'est ça, continue à parler ainsi, je t'en prie, je veux que tout le monde le croie ; et dans ta bouche, c'est criant de vérité. Je n'aurai aucun mal à répandre une histoire où Surâme t'ordonnait de tuer Gaballufix afin de sauver la cité ; et toi-même, tu peux annoncer que Surâme m'a fait venir ici, de mon côté, pour arracher la cité au chaos qu'a provoqué la sœur de ta femme, la déchiffreuse, quand elle a anéanti le pouvoir de Rashgallivak. Ça fait un joli petit paquet bien net, tu ne trouves pas ? Toi, Luet, Hushidh et moi, envoyés par Surâme pour protéger la cité, pour mener Basilica à la grandeur. Tous, nous tenons notre mission de Surâme… Voilà une histoire qui ridiculisera les absurdes prétentions de l'Impérator à la divinité incarnée.

— Mais pourquoi tout ça ? » demanda Nafai. Il ne voyait pas l'intérêt pour Mouj de le faire passer pour un héros au lieu d'un assassin, de vouloir établir un lien particulier avec trois personnes qu'il gardait prisonnières chez Rasa. À moins que…

« Eh bien, à ton avis ? demanda Mouj.

— Vous imaginez peut-être pouvoir m'installer comme tyran de Basilica à la place de Gaballufix. C'est ça ?

— Pas comme tyran : comme consul. Le conseil municipal continuerait de se réunir, avec ses chamailleries, ses discussions et son inanité coutumières. Toi, tu t'occuperais simplement de la garde municipale et des relations étrangères ; tu contrôlerais les portes et tu veillerais à ce que Basilica me demeure loyale.

— Parce que vous croyez que les gens n'y verraient que du feu et ne me considéreraient pas comme un pantin ?

— Si, sauf si je devenais moi-même citoyen de Basilica, ton meilleur ami et ton proche parent. Si je deviens Basilicain, si je participe de la vie de la cité, si je suis nommé général de l'armée basilicaine et que j'agis en ton nom, alors on ne se souciera plus de savoir qui manipule qui.

— Alors, vous vous rebellez contre les Gorayni.

— Contre les monstres les plus cruels et les plus corrompus qui aient jamais foulé le malheureux sol d'Harmonie! corrigea Mouj. Je venge la trahison et l'asservissement atroces dont a été victime mon peuple, les Sotchitsiya!

— C'est donc ainsi que Basilica sera détruite : non par vous, mais à cause de votre rébellion!

— Crois-moi, Nafai, je connais les Gorayni. Ce sont fondamentalement des faibles, et leurs soldats m'aiment plus qu'ils n'aiment leur misérable Impérator.

— Oh, je n'en doute pas!

— Si Basilica devient ma capitale, les Gorayni ne la détruiront pas. Rien ni personne ne la détruira, parce que je serai victorieux.

— Basilica n'est rien pour vous; rien qu'un outil à jeter après usage. Je vous vois déjà dans le Nord, à la tête d'une immense armée, prêt à anéantir celle qui défend Gollod, la cité de l'Impérator; à cet instant, vous apprenez que Potokgavan a saisi l'occasion pour débarquer des troupes sur la côte occidentale. Revenez défendre Basilica! vous suppliera-t-on; moi, je vous supplierai, Luet vous suppliera. Mais vous jugerez qu'il y a largement le temps de s'occuper de Potokgavan plus tard, après que vous aurez écrasé les Gorayni. Et vous resterez pour achever votre travail, et l'année suivante vous volerez vers le sud, vous punirez Potokgavan des atrocités qu'il aura commises, et debout au milieu des cendres de Basilica, vous pleurerez sur la cité des femmes. Et peut-être même vos larmes seront-elles sincères. »

Mouj tremblait, Nafai le sentait dans les mains qui tenaient les siennes.

« Décide-toi, dit Mouj. Quoi qu'il arrive, ou bien tu régneras sur Basilica en mon nom, ou bien tu mourras à Basilica – en mon nom également. Une chose est sûre : tu ne quitteras plus jamais Basilica.

— Ma vie est entre les mains de Surâme.

— Réponds-moi. Décide.

— Si Surâme voulait que je vous aide à mettre cette cité sous le joug, j'accepterais de devenir consul. Mais

Surâme désire que je retourne sur Terre, donc je ne serai pas consul.

— Alors Surâme t'a de nouveau trompé, et cette fois, tu pourrais bien en mourir !

— Jamais Surâme ne m'a trompé. Ceux qui suivent Surâme de leur plein gré n'entendent pas de mensonges.

— Dis plutôt que tu n'as jamais réussi à surprendre Surâme en flagrant délit de mensonge !

— Non ! s'exclama Nafai. Non. Surâme ne me ment pas parce que… parce que tout ce qu'il m'a promis s'est réalisé. Tout était vrai.

— À moins qu'il ne t'ait fait oublier ses promesses non tenues ?

— Si je voulais douter, je pourrais douter sans fin. Mais il arrive un moment où l'on doit cesser de se poser des questions et agir, et à ce moment, il faut croire à quelque chose de vrai. Il faut agir comme s'il y avait quelque chose de vrai, aussi choisit-on ce en quoi on a le plus de raisons de croire, parce qu'on a besoin de vivre dans le monde qui donne le plus d'espoir. J'obéis à Surâme, j'ai foi en Surâme, parce que j'ai envie de vivre dans le monde qu'il m'a montré.

— Ah ouiche : la Terre ! fit Mouj d'un ton méprisant.

— Je ne parle pas d'une planète, je parle… Je veux vivre dans la réalité – la réalité ! – que Surâme m'a montrée ; la réalité dans laquelle les existences ont un sens et un but, où je trouve un dessein qui vaille la peine d'être suivi, où la mort et la souffrance ne sont pas vaines, parce que du bien en émergera.

— Tu es en train de me dire que tu cherches à te tromper toi-même, c'est tout.

— Non, ce que je dis, c'est que l'histoire que me raconte Surâme coïncide avec les faits que j'observe. Votre histoire à vous, dans laquelle je suis trompé de bout en bout, peut elle aussi expliquer ces faits, je le sais bien. Je n'ai aucun moyen de savoir si votre histoire est vraie ou non – mais vous n'avez aucun moyen non plus de savoir si c'est le cas de la mienne. Donc, je choisis celle que je préfère, celle qui donne sens à cette réalité. J'agis comme si la vie à laquelle j'aspire était la vraie, et comme si celle qui me dégoûte – la vôtre, votre vision de l'existence – était le mensonge. Et c'est bel et bien un mensonge. Vous n'y croyez pas vous-même.

— Ne te rends-tu pas compte, mon garçon, que tu viens de me raconter exactement l'histoire que je t'ai dite ? Tu prétends que Surâme me trompe depuis toujours, et moi, je n'ai fait que te retourner la petite fable que tu m'avais appliquée. La vérité, c'est que Surâme s'est joué de nous deux, si bien que tout ce qu'il nous reste à faire, c'est nous fabriquer la meilleure existence possible dans ce monde. Si tu penses que pour toi et ta nouvelle épousée, ça consiste à gouverner Basilica en mon nom, à participer à la création du plus vaste empire qu'ait jamais connu Harmonie, alors je te l'offre, et je te serai aussi loyal que tu le seras envers moi. Mais décide-toi tout de suite.

— J'ai pris ma décision. Il n'y aura pas de grand empire ; Surâme ne le permettra pas. Et même si pareil empire devait voir le jour, il ne signifierait rien pour moi. Le Gardien de la Terre nous appelle ; il vous appelle, vous ! Et je vous le demande encore une fois, général Vozmujalnoy Vozmojno, oubliez cette quête absurde d'un empire ou d'une vengeance ou de ce après quoi vous courez depuis tant d'années. Retournez avec nous sur le monde où est née l'humanité. Consacrez votre valeur à une cause digne de vous ! Venez avec nous !

— Venir avec vous ? Mais vous n'allez nulle part ! » Mouj se leva et alla ouvrir la porte. « Ramenez ce garçon à sa mère. »

Deux soldats surgirent comme s'ils attendaient derrière la porte. Nafai quitta son siège et s'approcha de Mouj qui bloquait à demi le passage. Leurs regards se croisèrent. Nafai vit dans celui du général une rage toujours active, que rien de ce qui s'était passé n'avait apaisée. Mais il perçut aussi une peur qui ne s'y trouvait pas auparavant.

Mouj leva la main comme pour frapper Nafai au visage ; le garçon n'eut pas une grimace ni un mouvement de recul. Mouj hésita, et le coup, quand il arriva, porta sur l'épaule ; le général sourit. Dans son esprit, Nafai entendit la voix de Surâme : *Une gifle aurait ordonné aux soldats de te tuer. Voilà jusqu'où va mon pouvoir sur l'esprit de ce révolté : j'ai transformé sa gifle en sourire. Mais au fond de son cœur, il désire ta mort.*

« Nous ne sommes pas ennemis, mon garçon, dit Mouj. Ne raconte à personne ce que je t'ai dit aujourd'hui.

— Général, répondit Nafai, je raconterai à ma femme, à mes sœurs, à ma mère et à mes frères tout ce que je sais. Il n'y a pas de secrets chez nous. Et même si je ne leur disais rien, Surâme s'en chargerait ; ma discrétion n'aurait d'autre effet que de me faire perdre la confiance des miens. »

À l'instant où il refusait, Nafai vit les soldats se raidir, prêts à l'embrocher. Mais quel que fût le signal qu'ils attendaient, il ne vint pas.

Au contraire, Mouj sourit de nouveau. « Un faible aurait promis de ne rien dire et aurait tout raconté. Un couard aurait promis de ne rien dire et n'aurait rien dit. Mais tu n'es ni faible ni couard.

— Le général a trop bonne opinion de moi.

— Ce serait dommage que je doive te tuer.

— Ce serait dommage de mourir. » La désinvolture de sa propre réponse laissa Nafai abasourdi.

« Tu es sincèrement persuadé que Surâme te protégera, dit Mouj.

— Surâme m'a déjà sauvé la vie aujourd'hui », répondit Nafai.

Puis il se détourna et sortit dans le couloir, un soldat devant lui, un autre derrière.

« Attends », dit Mouj.

Nafai s'arrêta, se retourna. Mouj s'approcha de lui à grands pas. « Je t'accompagne. »

Ce n'était pas prévu. Nafai le sentit dans la façon nerveuse qu'eurent les soldats de passer leur poids d'un pied sur l'autre, sans pourtant s'adresser le moindre regard. Cela ne faisait pas partie du plan.

Tiens donc ! se dit Nafai. Je n'ai peut-être pas atteint le but que j'avais espéré, je n'ai peut-être pas convaincu Mouj de venir avec nous sur Terre, mais quelque chose a changé. Parce que je suis venu, la situation n'est plus la même.

J'espère que ça signifie qu'elle s'améliore.

Surâme répondit dans sa tête : *Moi aussi.*

7

LES FILLES

LE RÊVE DE LA DAME

RASA dormit mal après les mariages. En bonne pédagogue basilicaine, elle avait gardé pour elle ses inquiétudes, mais elle avait mal supporté de donner sa chère Dolya si fragile à ce jeune homme qu'elle détestait, Mebbekew, le fils de Wetchik. Oh, certes, c'était un beau garçon charmant – Rasa était parfaitement consciente de sa séduction – et dans des circonstances normales, il lui aurait été bien égal de le donner à Dolya comme premier mari, car Dolya n'était pas sotte et aurait sûrement refusé de reconduire le contrat de Meb au bout de la première année. Mais dans le désert il ne serait pas question de renouvellement. Où que ce voyage les emmenât – sur Terre, selon l'improbable théorie de Nafai, ou ailleurs sur Harmonie —, l'attitude désinvolte des Basilicains envers le mariage n'y aurait plus cours, et Rasa avait eu beau en prévenir les jeunes gens à plusieurs reprises, Meb et Dolya, pour leur part, n'avaient pas prêté la moindre attention à ses avertissements.

Naturellement, Rasa se doutait bien que Meb n'avait pas l'intention de quitter Basilica. Être l'époux de Dol lui donnait à présent le droit d'y demeurer ; il avait sa citoyenneté et entendait bien rire au nez de qui voudrait lui faire quitter la cité. Sans les soldats gorayni postés devant la maison, Meb aurait déjà vidé les lieux avec

Dolya pour se cacher en attendant que tout le monde ait quitté la ville en renonçant à jamais le revoir. Seule, donc, l'assignation à résidence de Rasa obligeait Meb à se tenir tranquille ; eh bien, qu'il en soit ainsi ! Surâme arrangeait la situation comme bon lui semblait, et ce n'était sûrement pas Mebbekew qui irait la contrarier.

Meb et Dolya, Elya et Edhya… Bah, ce n'était pas la première fois que certaines de ses nièces faisaient de mauvais mariages. N'avait-elle pas vu ses propres filles se tromper pareillement ? Enfin, à dire le vrai, c'est Kokor qui s'était mal mariée ; si Obring faisait montre de plus de moralité que Mebbekew, c'était uniquement parce qu'il était trop stupide et trop timoré pour exploiter les femmes sur la même échelle que lui. Sevet, elle, s'était plutôt bien mariée, et le comportement de Vas au cours de ces derniers jours avait très favorablement impressionné Rasa. C'était quelqu'un de bien, et peut-être, maintenant qu'elle était privée de voix, Sevet userait-elle de sa souffrance pour s'améliorer elle aussi. On avait vu plus étonnant.

Mais si le sommeil fuyait Rasa après les cérémonies, c'était à cause du mariage de son fils Nafai et de sa nièce préférée. Luet était trop jeune, et Nafai aussi. Pouvaient-ils se trouver ainsi projetés à l'âge adulte, alors que leur enfance était loin d'être achevée ? On les avait dépouillés de quelque chose de précieux ; et leur attitude pleine de douceur et de docilité, leur façon de s'efforcer de tomber amoureux l'un de l'autre, tout cela ne faisait que briser un peu plus le cœur de Rasa.

Surâme, que de responsabilités tu portes ! Tous ces sacrifices en valent-ils la peine ? Mon fils Nafai n'a que quatorze ans, mais à cause de toi, il a sur les mains le sang d'un homme, et voici que Luet et lui partagent la couche nuptiale alors qu'ils ne devraient en être qu'à se regarder timidement en se demandant s'ils tomberont amoureux un jour.

Rasa se tournait et se retournait sur son lit. Dans la nuit chaude et noire, les étoiles brillaient, mais la lune était pâle et les lampadaires diffusaient une piètre lumière dans la ville soumise au couvre-feu. Rasa ne distinguait presque rien dans sa chambre, mais ne se décidait pourtant pas à allumer ; apercevant sa lumière, une domestique s'imaginerait qu'elle avait besoin de quelque chose et entrerait discrètement se renseigner. J'ai besoin d'être seule, se dit-elle, et elle resta dans le noir.

Que manigances-tu, Surâme ? Je suis en état d'arrestation, personne ne peut entrer chez moi ni en sortir. Mouj m'a coupée du reste du monde, si bien que j'ignore absolument à qui me fier et de qui me méfier à Basilica, et que je dois attendre ici de voir se développer ses menées et les tiennes. Qu'est-ce qui triomphera, les infâmes complots de Mouj ou les tiens, Surâme ?

Que nous veux-tu ? Et surtout, que vas-tu faire à ma famille, à ceux que j'aime ? Je consens à certaines choses, même en rechignant : je consens au mariage de Nyef et de Lutya. En ce qui concerne Issib et Hushidh, quand le temps viendra, si Shuya est d'accord, je serai satisfaite, car j'ai toujours rêvé qu'Issib trouve un jour une femme aimante dont le regard ne s'arrête pas à sa fragilité et qui découvre l'homme qu'il est, l'époux qu'il pourrait faire. Qui saurait y parvenir mieux que ma précieuse déchiffreuse, ma discrète, mon avisée Shuya ?

Mais ce voyage dans le désert ! Nous n'y sommes pas préparés, et je ne vois pas comment nous le ferions ici, dans cette maison. Qu'as-tu prévu à ce sujet, dans tes plans ? Ne commencerais-tu pas, par hasard, à te sentir un peu dépassée par les événements ? As-tu vraiment bien tout calculé ? Une expédition de ce genre demande un minimum de planification, voyons ! Wetchik et ses garçons ont pu sans hésitation s'en aller vivre au désert parce qu'ils possédaient tout l'équipement nécessaire et qu'ils savaient se débrouiller avec des chameaux et des tentes. J'espère que tu n'en attends pas autant de mes filles et de moi-même !

Puis, un peu honteuse d'avoir dit son fait aussi crûment à Surâme, Rasa poursuivit par une supplique beaucoup plus humble. Laisse-moi dormir, implora-t-elle en trempant le bout de ses doigts dans la coupe à prière posée près de son lit. Donne-moi du repos cette nuit, et si ce n'est pas trop te demander, une vision de ce que tu nous réserves. Puis elle baisa le bout de ses doigts mouillés d'eau de prière.

D'autres paroles lui traversèrent alors l'esprit, comme un ajout de dernière minute à sa prière. Pendant que tu me parleras de tes plans, Surâme, n'aie pas peur de me demander conseil ; j'ai quelque expérience de cette cité, j'aime et je comprends ses habitants mieux que toi, et tu ne t'es pas montrée trop efficace jusqu'ici ; c'est du moins l'impression que j'ai.

Oh, pardonne-moi ! s'écria-t-elle silencieusement, confuse.

Ah, et puis, tant pis ! Elle se retourna et chercha le sommeil ; ses doigts séchaient dans les courants d'air ténus qui pénétraient par les fenêtres.

Elle s'endormit enfin, et elle rêva.

Dans son rêve, elle était dans un bateau sur le lac des femmes et en face d'elle, au gouvernail, se trouvait Surâme. Rasa ne l'avait jamais vue, mais comme il s'agissait d'un songe, elle la reconnut aussitôt. Surâme ressemblait beaucoup à feu la mère de Wetchik – une femme sévère, mais non dépourvue de bonté.

« Continue à ramer », dit Surâme.

Rasa baissa les yeux et vit qu'elle tenait les avirons. « Je n'en ai pas la force !

— Mais si ; tu vas t'étonner toi-même !

— Je n'y tiens pas du tout. J'aimerais bien mieux être à ta place ; après tout, c'est toi la divinité, c'est toi qui disposes d'une puissance infinie. Alors, rame, toi, et moi, je gouverne.

— Je ne suis qu'un ordinateur. Je n'ai ni bras ni jambes ; c'est donc toi qui dois ramer.

— Ah oui ? J'aperçois d'ici tes bras et tes jambes, moi, et nettement plus musclés que les miens. De plus, j'ignore où tu nous emmènes ; je ne vois pas où nous allons parce que je suis tournée vers l'arrière.

— Je sais, répondit Surâme. Voilà comment tu as passé toute ton existence : tournée vers l'arrière ; toujours à vouloir reconstruire un passé glorieux.

— Eh bien, si ça te déplaît, aie l'intelligence de changer de place avec moi. Laisse-moi voir l'avenir, pendant que tu rameras, pour changer.

— Tous, vous n'arrêtez pas de me bousculer ! Je commence à regretter de vous avoir créés ! Quand vous me connaissez de trop près, vous perdez tout respect.

— Comment nous le reprocher ? Attends, on ne peut pas passer l'une à côté de l'autre ; le bateau est trop étroit, il va chavirer. Passe entre mes jambes, la barque ne tanguera pas. »

Surâme se mit à marmonner tout en se pliant à quatre pattes. « Tu vois ? Plus aucun respect !

— Si, je te respecte, dit Rasa. Mais je ne me fais pas d'illusions sur ton infaillibilité. Nafai et Issib te décrivent comme un ordinateur, ou plutôt un programme qui vit dans un ordinateur. Par conséquent, tu n'es pas plus sage que ceux qui t'ont programmée.

— Ils m'ont peut-être programmée pour apprendre la sagesse. Au bout de quarante millions d'années, j'ai peut-être même retenu quelques bonnes idées.

— Oh, je n'en doute pas ! Il faudra que tu m'en exposes une, un de ces jours – parce que jusqu'à présent, je n'ai rien vu de tel.

— Tu n'as peut-être pas vu tout ce que j'ai fait. »

Rasa s'installa à l'arrière de l'embarcation, la main sur la poupe, et constata avec satisfaction que, tenant les avirons d'une poigne ferme, Surâme leur appliquait une puissante traction.

Pourtant, la barque fit une simple embardée en avant, puis s'immobilisa. Etonnée, Rasa regarda autour d'elle et vit alors qu'elles ne se trouvaient plus sur l'eau, mais au milieu d'un désert de sable qui ondulait.

« Alors ça, c'est franchement minable ! jeta-t-elle.

— Je ne peux pas dire que tes talents de barreuse m'impressionnent beaucoup, remarqua Surâme. Tu ne comptes pas, j'espère, que je rame sérieusement là-dedans !

— Mes talents de barreuse ? Mais c'est toi qui nous as fourrées dans ce désert !

— Et tu aurais fait mieux que ça, à ma place ?

— Ça ne m'étonnerait pas. Par exemple, où sont les chameaux ? Il nous en faut. Et les tentes ? Assez pour… voyons, combien sommes-nous ? Elemak et Eiadh, Mebbekew et Dol, Nafai et Luet – et Hushidh, évidemment. Ça fait sept. Et moi. Et puis, il vaudrait mieux emmener Sevet et Kokor, et leurs époux, s'ils veulent bien venir ; ça fait douze. Qu'est-ce que j'oublie ? Ah, oui, bien sûr : Shedemei avec toutes ses semences et ses embryons – ça fait combien de caissons, ça ? Je ne sais plus ; il faut prévoir au moins six chameaux rien que pour son matériel. Et notre équipement à nous ? Je ne sais même pas comment calculer ça. Nous sommes treize ; ça fait du monde à nourrir et à coucher, dans un voyage.

— Et pourquoi m'en parler à moi ? demanda Surâme. Tu crois que j'ai des chameaux et des tentes en dépôt au fond de ma mémoire ?

— Et voilà, c'est bien ce que je pensais ! Tu n'as rien prévu pour le voyage ! Tu ne sais donc pas que ce genre de chose ne se prépare pas au dernier moment ? Si tu ne peux rien pour moi, trouve-moi au moins quelqu'un qui puisse m'aider. »

Surâme l'entraîna vers une colline, au loin. « Ce que tu peux être dirigiste ! dit-elle. Normalement, c'est moi la gardienne de l'humanité, si tu veux bien ne pas l'oublier !

— Eh bien, c'est parfait : continue à faire ton travail tandis que je m'occupe des gens que j'aime. Qui va tenir ma maison quand je ne serai plus là ? Tu y as pensé, dis-moi ? Tous ces professeurs et tous ces élèves qui dépendent de moi !

— Ils rentreront chez eux. Ils trouveront d'autres professeurs ou d'autres emplois. Tu n'es pas indispensable. »

Elles avaient atteint le sommet de la colline – comme dans tous les rêves, elles étaient capables de se déplacer très vite à certains moments et très lentement à d'autres. Arrivée là-haut, Rasa vit qu'elle se trouvait dans sa rue à Basilica. Elle ne s'était jamais doutée qu'il existait un chemin direct depuis sa rue jusqu'au désert, par la colline. Elle promena son regard autour d'elle pour repérer la route que lui avait fait prendre Surâme et se retrouva nez à nez avec un soldat. Pas un Gorayni, à son grand soulagement, mais un officier de la garde basilicaine.

« Dame Rasa, dit-il d'un ton plein de révérence.

— J'ai du travail pour vous, répondit-elle. Surâme se serait volontiers chargée de vous avertir auparavant, mais elle a préféré m'abandonner cette tâche. J'espère que cela ne vous dérange pas de m'aider ?

— Mon seul désir est de servir Surâme.

— Alors, j'espère que vous ferez preuve d'ingéniosité et que vous remplirez cette mission convenablement, parce que je n'y connais pas grand-chose et je devrai m'en remettre souvent à votre jugement. Tout d'abord, nous serons treize.

— Treize pour quoi faire ?

— Pour un voyage dans le désert.

— Mais le général Mouj vous a assignés à résidence.

— Oh, Surâme s'occupera de ça ! Je ne peux quand même pas tout faire !

— Parfait, dans ces conditions, dit l'officier. Nous disons donc : un voyage dans le désert à treize.

— Il nous faudra des chameaux et des tentes.

— Des grandes ou des petites ?

— Quelle taille font les unes et les autres ?

— Les grandes peuvent abriter jusqu'à douze occupants, mais celles-là sont très difficiles à monter. Pour les plus petites, deux personnes.

— Des petites, alors. Tout le monde couchera en couple ; il faudra juste une tente pour trois, Hushidh, Shedemei et moi.

— Hushidh la déchiffreuse ? Elle s'en va ?

— Peu importe la liste des voyageurs ; ça ne vous regarde pas.

— Je ne crois pas que Mouj acceptera qu'Hushidh s'en aille.

— Il n'accepte pas non plus que je m'en aille… pour l'instant. Vous prenez des notes, j'espère ?

— Je me souviendrai de tout.

— Parfait. Des chameaux pour nous transporter, des tentes pour le couchage, et puis des chameaux pour convoyer les tentes, et encore d'autres pour des vivres en prévision d'un voyage de… oh, combien ? Je ne m'en souviens plus… Dix jours, ça devrait aller.

— Ça fait beaucoup de chameaux.

— Je n'y peux rien. Vous êtes officier, vous devez savoir où sont les bêtes et comment les obtenir.

— En effet.

— Ah, autre chose encore : une demi-douzaine de cha-meaux en plus pour les caissons secs de Shedemei. Mais elle s'en est peut-être déjà occupée de son côté : il faudra vérifier avec elle.

— Quand avez-vous besoin de tout cela ?

— Tout de suite. J'ignore quand ce voyage débutera – nous sommes sous le coup d'une assignation à résidence, comme vous le savez peut-être…

— Je suis au courant.

— Mais nous devons nous tenir prêts à partir dans l'heure, quand le moment sera venu.

— Dame Rasa, je ne peux rien faire sans l'accord de Mouj. C'est lui qui dirige la cité, à présent, et moi, je ne suis même pas commandant de la garde.

— Très bien, dit Rasa. Je vous donne l'accord de Mouj.

— Mais vous n'en avez pas l'autorité ! protesta l'officier.

— Surâme ? appela Rasa. Tu ne crois pas que c'est le moment d'intervenir ? »

Aussitôt, Mouj en personne apparut à côté de l'officier. « Vous avez parlé à dame Rasa, dit-il d'un air sévère.

— C'est elle qui m'a abordé, répondit l'officier.

— C'est parfait. J'espère que vous avez bien fait attention à tout ce qu'elle vous a dit.

— Vous m'autorisez donc à lui obéir ?

— Je ne peux pas, pour le moment, dit Mouj. Pas officiellement, en tout cas, parce que pour l'instant, je ne sais pas encore que mon désir sera de vous voir lui obéir. Vous devez donc vous y prendre très discrètement, afin que même moi, je n'en sache rien. Vous comprenez ?

— J'espère que ça ne me causera pas trop d'ennuis si vous l'apprenez.

— Non, ne vous inquiétez pas. Je n'en saurai rien, tant que vous ne viendrez pas me le dire vous-même.

— Voilà qui me soulage !

— Quand viendra le temps où je voudrai que ce voyage ait lieu, je vous ordonnerai de vous occuper des préparatifs. Vous n'aurez qu'à dire : oui, général, c'est réalisable sur-le-champ. Et, je vous en prie, ne m'importunez pas en faisant remarquer, par exemple, que tout est prêt depuis midi ; je ne veux pas avoir l'impression que mes ordres ne sont pas l'effet d'une impulsion. Compris ?

— Très bien, général.

— Je ne voudrais pas avoir à vous tuer, alors ne me mettez pas dans l'embarras, d'accord ? Je pourrais avoir besoin de vous par la suite.

— Comme vous voudrez, général.

— C'est bon, rompez », dit Mouj.

Aussitôt, l'officier de la garde disparut.

Mouj reprit l'aspect de Surâme dans le rêve de Rasa. « Eh bien, je crois que la question est réglée, Rasa, dit-elle.

— J'en ai l'impression, en effet.

— Parfait. Tu peux te réveiller, maintenant. Le vrai Mouj ne va pas tarder à sonner à ta porte, et il faut que tu sois prête à l'affronter.

— Ah, merci beaucoup ! dit Rasa, plus que mécontente. Je n'ai pratiquement pas dormi et tu m'obliges à me lever déjà ?

— Je ne suis pas responsable de l'heure, rétorqua Surâme. Si Nafai n'avait pas été si pressé de sortir pour demander une entrevue à Mouj dès potron-minet, tu aurais pu dormir jusqu'à une heure raisonnable.

— Mais quelle heure est-il donc ?

— Je te l'ai dit : réveille-toi et regarde l'horloge. »

Là-dessus, Surâme disparut et Rasa s'éveilla, les yeux fixés sur l'horloge. Le ciel commençait à peine à virer au gris de l'aube et elle dut sortir de son lit pour aller lire l'heure de près. Elle eut un gémissement de lassitude et alluma une lampe. Trop tôt, beaucoup trop tôt pour se lever ! Mais aussi étrange qu'il eût été, le rêve avait dit vrai sur un point : quelqu'un sonnait à la porte.

À cette heure-là, les domestiques n'avaient pas le droit d'ouvrir avant que Rasa elle-même eût été prévenue, et elles furent surprises de la voir descendre si promptement dans le vestibule.

« Qui est-ce ? demanda-t-elle.

— Votre fils, dame Rasa. Et le général Vozmuj… le général.

— Ouvrez, puis vous pourrez vous retirer. »

La cloche de nuit n'était pas assez forte pour réveiller toute la maison, si bien que le vestibule était presque désert. Une fois la porte ouverte, Nafai et Mouj entrèrent ensemble, seuls. Aucun soldat ne les suivait – bien qu'il dût s'en trouver en poste dans la rue. Cependant, un souvenir s'imposa à Rasa : celui des visites de deux hommes qui prétendaient gouverner la cité de Basilica. Gaballufix et Rashgallivak étaient tous deux venus accompagnés de soldats masqués par des hologrammes, moins dans l'espoir de la terrifier, elle, que d'étayer leur propre assurance. Le fait que Mouj n'eût pas besoin d'escorte était significatif.

« J'ignorais que mon fils traînait dans les rues à cette heure de la nuit, dit Rasa. Je vous remercie de me l'avoir ramené.

— Maintenant qu'il est marié, répondit Mouj, vous n'allez sûrement plus surveiller d'aussi près ses allées et venues, n'est-ce pas ? »

Rasa eut un mouvement d'impatience. Mais à quoi pensait donc Nafai, à crier sur les toits qu'il avait épousé la sibylle de l'eau la veille ? Était-il donc incapable de discrétion ? Oui, évidemment, sinon il ne serait pas sorti pour se faire embarquer par les soldats de Mouj. Quoi, avait-il tenté de s'échapper ?

Mais non ; il s'agissait d'autre chose... Oui ! Dans le rêve, Surâme avait parlé de Nafai pressé de sortir pour demander une entrevue à Mouj. « J'espère qu'il ne vous a pas causé d'ennuis, dit Rasa.

— Si, un peu, je l'avoue, répondit Mouj. J'avais espéré qu'il m'aiderait à mener Basilica à la grandeur qu'elle mérite, mais il a refusé cet honneur.

— Pardonnez mon ignorance, mais je ne vois pas bien comment mon fils pourrait ajouter de la grandeur à une cité qui est déjà une légende dans le monde entier. Est-il une cité plus ancienne et plus sacrée que Basilica ? En est-il une autre qui ait aussi longtemps connu la paix ?

— C'est une cité solitaire, ma dame, une cité isolée. Une cité de pèlerins. Mais bientôt, j'espère en faire la cité des ambassadeurs de tous les grands royaumes de ce monde.

— Qui viendront sans doute sur une mer de sang.

— Pas si tout se déroule bien. Et si j'obtiens une coopération digne de ce nom.

— De la part de qui ? De moi ? De mon fils ?

— Je sais que ma requête va vous paraître inopportune, mais j'aimerais voir deux de vos nièces; l'une est la jeune épousée de Nafai; l'autre est sa sœur célibataire.

— Je ne souhaite pas que vous les rencontriez.

— Mais elles, elles souhaiteront me voir, vous ne croyez pas? Étant donné qu'Hushidh a seize ans et le droit légal de recevoir des visiteurs, et que Luet a aussi ce droit de par son mariage, j'espère que vous respecterez la loi autant que la courtoisie et que vous les informerez que je désire m'entretenir avec elles. »

Tout en le craignant, Rasa ne put s'empêcher d'admirer le général; car, quand Gabya ou Rash auraient proféré des menaces ou des fanfaronnades, Mouj insistait simplement sur la courtoisie. Sans prendre la peine de rappeler à Rasa ses mille soldats, son pouvoir sur le monde, il comptait sur les bonnes manières de son interlocutrice, qui se retrouvait sans défense, car le bon droit n'était pas clairement dans son camp.

« J'ai renvoyé les domestiques, dit Rasa. Je vais attendre avec vous pendant que Nafai va chercher mes nièces. »

Mouj acquiesça et Nafai partit d'un pas vif vers l'aile de la maison où les nouveaux couples avaient passé la nuit. Rasa se demanda vaguement à quelle heure Elemak, Eiadh, Mebbekew et Dol allaient se lever et quelle serait leur réaction en apprenant la visite de Nafai à Mouj. Ils seraient forcés d'admirer le courage du garçon, mais Elemak lui reprocherait sûrement de se mêler toujours de ce qui ne le regardait pas. Rasa, pour sa part, n'en voulait pas à Nafai d'oublier qu'il n'était qu'un enfant; elle s'en inquiétait plutôt pour lui.

« Le vestibule, ce n'est pas très confortable, dit Mouj. Vous avez peut-être un salon privé où les lève-tôt ne nous dérangeront pas?

— Quel besoin d'un salon privé? Vous n'êtes même pas sûr que mes nièces vous recevront!

— Votre nièce et votre belle-fille, corrigea Mouj.

— Une relation nouvelle, qui ne saurait nous rendre plus proches que nous ne le sommes déjà.

— Vous aimez profondément ces deux jeunes filles.

— Je donnerais ma vie pour elles.

— Et vous ne pouvez faire l'effort de leur fournir un salon privé pour recevoir un visiteur étranger ? »

Rasa lui adressa un regard noir et le précéda sous son portique privé, dans la zone protégée par les écrans, d'où l'on ne voyait pas la Fracture. Mais Mouj ne fit même pas mine de s'asseoir sur le banc que Rasa lui indiquait : il s'approcha directement de la balustrade, au-delà des écrans. Les hommes n'avaient pas le droit de se tenir là, de contempler ce paysage ; cependant, essayer de le lui interdire ne ferait qu'affaiblir la position de Rasa, elle le savait. Ce serait pathétique.

Elle s'approcha donc et se plaça à côté de lui, face à la vallée.

« Vous voyez ce que peu d'hommes ont vu, dit-elle.

— Mais votre fils l'a vu, lui. Il a flotté nu sur les eaux du lac des femmes.

— Ce n'est pas moi qui l'ai voulu.

— C'est Surâme, je sais. Il nous mène par des chemins très tortueux. Et le mien est peut-être le plus tortueux de tous.

— Et quel virage allez-vous prendre, à présent ?

— Le virage qui mène à la grandeur et à la gloire. À la justice et à la liberté.

— Pour qui ?

— Pour Basilica, si la cité le veut bien.

— Nous avons déjà grandeur et gloire. Nous avons déjà justice et liberté. Comment pouvez-vous imaginer que vos efforts ajouteront quoi que ce soit à ce que nous possédons déjà ?

— Vous avez peut-être raison. Je ne me sers peut-être de Basilica que pour ajouter de l'éclat à mon nom au moment où j'en ai besoin. La gloire de Basilica est-elle si rare et si précieuse que je ne puisse en utiliser une parcelle ?

— Mouj, je vous apprécie tant que j'en viens presque à regretter la terreur qui me saisit quand je pense à vous.

— Pourquoi donc ? Je ne vous veux aucun mal, ni à personne qui vous soit cher.

— Ma terreur ne porte pas sur ce point. Elle provient de ce que vous voulez faire à ma cité, au monde dans son ensemble. Vous êtes exactement ce contre quoi Surâme a été créée. Vous êtes les machines de guerre, l'amour du pouvoir, la soif de conquête.

— Vous ne sauriez mieux me flatter qu'en m'encensant ainsi. »

Des pas résonnèrent derrière eux. Rasa se retourna et vit Luet et Hushidh approcher. Nafai resta en arrière, hésitant.

« Viens avec ta femme et ta belle-sœur, Nafai, toi aussi, dit Rasa. Le général Mouj a décrété l'abrogation de notre antique coutume, du moins pour ce matin, avec le soleil qui s'apprête à se lever derrière les montagnes. »

Alors, Nafai avança d'un pas plus vif, et chacun prit sa place. Mouj organisa la scène habilement et sans effort, simplement en s'appuyant contre la balustrade si bien qu'il devint le centre de l'attention générale.

« Je suis venu ce matin féliciter de vive voix la sibylle pour son mariage d'hier soir. »

Luet hocha gravement la tête, sans pour autant être dupe, Rasa en était quasi certaine ; elle espérait d'ailleurs que Nafai se doutait de ce que Mouj tramait et qu'il en avait averti les jeunes filles avant leur arrivée.

« C'est une décision étonnante, pour quelqu'un de si jeune, reprit Mouj. Mais, ayant fait la connaissance de Nafai ici présent, je vois que vous vous êtes bien mariée. C'est l'époux qui convient à la sibylle de l'eau, car Nafai est un brave et noble jeune homme. Si noble, en vérité, que je l'ai supplié d'accepter de se présenter au poste de consul de Basilica.

— Il n'existe aucune fonction de la sorte, ici, intervint Rasa.

— Il en existera une, répliqua Mouj, comme autrefois. C'est une fonction peu utile en temps de paix, mais nécessaire en temps de guerre.

— Guerre que nous ne connaîtrions pas pour peu que vous vous en alliez.

— C'est sans importance, car votre fils a décliné cet honneur. En un sens, c'est presque heureux. Je ne dis pas qu'il n'aurait pas fait un excellent consul ; le peuple l'aurait accepté, car non seulement il est l'époux de la sibylle, mais encore il entend lui-même la voix de Surâme : un prophète et une prophétesse, ensemble dans la plus haute chambre de la cité ! Et à ceux qui craindraient qu'il ne soit un faible, une marionnette du suzerain gorayni, il suffirait de faire observer que longtemps avant l'arrivée du vieux général Mouj, Nafai lui-même, obéissant aux ordres de Surâme, a mis fin avec courage à une grave menace pour la liberté de Basilica et exécuté une sentence de mort à l'encontre d'un certain Gaballufix, qui la méritait amplement pour avoir ordonné le meurtre de Roptat. Oh, le peuple aurait accepté Nafai avec joie, et il aurait fait un régent capable et avisé. Surtout avec dame Rasa pour le conseiller.

— Mais il a refusé votre offre, dit Rasa.

— C'est exact.

— Alors, pourquoi toutes ces flatteries ?

— Parce qu'il existe plus d'un moyen pour atteindre le même but, répondit Mouj. Par exemple, je pourrais dénoncer Nafai pour le lâche assassinat de Gaballufix, et présenter Rashgallivak comme l'homme qui a héroïquement tenté de protéger la ville durant une période de troubles. Sans l'intervention malveillante d'une déchiffreuse nommée Hushidh, il aurait pu réussir – car chacun sait que Rashgallivak n'avait sur les mains le sang de personne. Au contraire, c'était un intendant compétent, qui s'efforçait de maintenir en état à la fois la maison de Wetchik et celle de Gaballufix. Pendant que Nafai et Hushidh seront jugés pour leurs crimes, Rashgallivak sera nommé consul de la cité. Et, naturellement, il prendra comme il se doit les filles de Gaballufix sous sa protection, comme il le fera pour la veuve de Nafai après l'exécution, et pour la déchiffreuse après que son crime aura été pardonné. Le conseil municipal ne voudrait surtout pas laisser ces pauvres femmes un jour de plus sous l'influence de la redoutable, de l'ambitieuse dame Rasa.

— Ah ! vous émettez des menaces, quand même ! dit Rasa.

— Mais non, dame Rasa. J'expose simplement des possibilités sérieuses, des choix que je puis faire, et qui me mèneront, d'une façon ou d'une autre, au but que je vise. J'obtiendrai de Basilica qu'elle s'allie de son plein gré avec moi. Elle sera mienne avant que je ne défie la domination tyrannique de l'Impérator gorayni.

— Existe-t-il un autre moyen ? demanda Hushidh d'un ton calme.

— En effet, et c'est peut-être le meilleur, répondit Mouj. C'est la raison pour laquelle Nafai m'a ramené chez lui : afin que je puisse me trouver face à la déchiffreuse et lui demander de m'épouser. »

Rasa fut épouvantée. « Vous épouser, vous !

— Malgré mon surnom, je n'ai pas de femme, dit Mouj. Il n'est pas bon qu'un homme reste seul trop longtemps. J'ai trente ans – j'espère que ce n'est pas trop vieux pour m'accepter comme époux, Hushidh.

— Elle est promise à mon fils », dit Rasa.

Mouj se tourna vers elle, et pour la première fois, ses manières affables laissèrent place à une colère mordante, dangereuse. « Un infirme qui se cache au désert, une moitié d'homme que cette ravissante jeune fille n'a jamais désiré comme époux et qu'elle ne désire pas davantage aujourd'hui !

— Vous vous trompez, répliqua Hushidh. Je le désire.

— Mais vous ne l'avez pas épousé, dit Mouj.

— En effet.

— Il n'y a donc aucun empêchement légal à notre union.

— Il n'y en a pas.

— Pénétrez dans cette maison, intervint Rasa, et tuez-nous tous, mais je ne vous laisserai pas prendre cette enfant de force !

— Allons, n'en faites pas un drame, dit Mouj. Je n'ai nulle intention de forcer quiconque. Comme je l'ai dit, plusieurs voies s'offrent à moi. Nafai peut très bien annoncer : "J'accepte de devenir consul", auquel cas le lourd fardeau de ma proposition de mariage deviendra moins pesant pour Hushidh – sans disparaître tout à fait, si elle veut bien partager l'avenir avec moi. Car je te l'assure, Hushidh, quoi qu'il arrive, ma vie sera couverte de gloire, et dans les récits qui la célébreront à jamais, on chantera le nom de mon épouse en même temps que le mien.

— La réponse est non ! coupa Rasa.

— La question ne s'adresse pas à vous », rétorqua Mouj.

Hushidh les regarda tous l'un après l'autre, mais sans rien leur dire. Rasa avait la quasi-certitude qu'elle ne voyait pas leurs visages, mais les fils d'amour et de loyauté qui les liaient ensemble.

« Tante Rasa, dit-elle enfin, j'espère que vous me pardonnerez de décevoir votre fils.

— Ne le laisse pas t'impressionner ! s'écria Rasa violemment. Surâme ne lui permettrait jamais d'exécuter Nafai ! Ce sont des fanfaronnades !

— Surâme est un ordinateur, répondit Hushidh. Elle n'est pas omnipotente.

— Hushidh, il y a des visions qui te rattachent à Issib ! Surâme vous a destinés l'un à l'autre !

— Tante Rasa, je ne peux que vous supplier de vous taire et de respecter ma décision. Car j'ai perçu des fils là où je n'en attendais pas, des fils qui me relient à cet homme. Je n'imaginais pas, quand j'ai appris qu'il s'appelait Mouj, que je serais la seule femme à posséder le droit de lui donner ce nom.

— Hushidh, intervint Mouj, j'avais décidé de te proposer le mariage pour des raisons politiques, ne t'ayant jamais vue. Mais j'ai appris que tu étais sage, et j'ai vu tout de suite que tu étais jolie. Aujourd'hui, j'observe ton discernement, j'écoute ta parole, et je sais pouvoir t'offrir non seulement le pouvoir et la gloire, mais aussi la tendresse d'un véritable époux.

— Et moi, je vous apporterai la dévotion d'une véritable épouse », répondit Hushidh en se levant et en s'approchant de lui. Il lui tendit les bras et elle accepta son étreinte et son baiser sur la joue.

Rasa, écrasée de douleur, ne pouvait que rester muette.

« Ma tante Rasa peut-elle présider la cérémonie ? demanda Hushidh à Mouj. Je suppose que pour des… des raisons politiques, vous voudrez vous marier sans tarder.

— Sans tarder, mais sans dame Rasa, dit Mouj. Sa réputation n'est pas des meilleures actuellement, bien que la situation puisse se clarifier rapidement après le mariage, j'en suis sûr.

— Puis-je disposer d'une dernière journée avec ma sœur ?

— C'est à tes noces, non à tes funérailles que tu te rends, répondit Mouj. Tu auras de nombreuses journées avec ta sœur. Mais le mariage aura lieu aujourd'hui. À midi. À l'Orchestre, avec toute la cité pour témoin. Et c'est ta sœur Luet qui présidera la cérémonie. »

C'était horrible. Mouj savait trop bien comment tourner chaque chose à son profit ; si Luet présidait à cette union, son prestige rejaillirait sur elle. Mouj serait accepté par tous comme un noble citoyen de Basilica et il n'aurait plus besoin d'un homme de paille au poste de consul ; il n'aurait aucune difficulté à s'y faire nommer, et Hushidh deviendrait la première dame de Basilica. Elle serait merveilleuse, digne de ce rôle en tous points – sauf que personne n'aurait dû le jouer, et que Mouj allait détruire Basilica par son ambition.

Détruire Basilica…

« Surâme ! s'écria Rasa du fond de son cœur. Est-ce cela que tu avais prévu depuis le début ?

— Naturellement, répondit Mouj. Comme Nafai me l'a dit lui-même, c'est Dieu qui m'a manipulé pour m'amener ici. Et pourquoi, sinon pour trouver une épouse ? » Il se tourna de nouveau vers Hushidh qui ne le quittait pas des yeux, la main toujours posée sur son bras. « Ma chère dame, dit Mouj, veux-tu m'accompagner, à présent ? Pendant que ta sœur se prépare à conduire la cérémonie, nous avons bien des choses à discuter, et il faut que tu sois près de moi lorsque nous annoncerons notre union au conseil municipal ce matin. »

Alors, Luet se dressa et s'avança d'un pas majestueux. « Je n'ai pas donné mon accord pour jouer un rôle quelconque dans cette farce abominable.

— Lutya… dit Nafai.

— Vous ne pouvez pas la forcer ! » s'exclama Rasa, triomphante.

Mais ce fut Hushidh et non Mouj qui répondit : « Ma sœur, si tu m'aimes, si tu m'as jamais aimée, alors je te le demande, viens à l'Orchestre célébrer ce mariage. » Hushidh les regarda tous. « Tante Rasa, il faut y venir aussi. Et amenez vos filles et leurs époux ; Nafai, amène tes frères et leurs femmes également. Amenez tous les professeurs et les élèves de cette maison, même ceux qui habitent loin. Voulez-vous bien les amener me voir prendre époux ? Me ferez-vous cette seule grâce, en souvenir de toutes mes années heureuses dans cette bonne maison ? »

Ses paroles convenues et son attitude distante brisèrent le cœur de Rasa, et elle éclata en sanglots tout en donnant son accord. Luet, quant à elle, promit de conduire la cérémonie.

« Vous les laisserez sortir de la maison pour le mariage, n'est-ce pas ? » demanda Hushidh à Mouj.

Il lui sourit tendrement. « On les escortera jusqu'à l'Orchestre, puis on les ramènera.

— C'est tout ce que je demande. » Et Hushidh quitta le portique au bras de Mouj.

Quand ils eurent disparu, Rasa s'effondra sur le banc et versa des larmes amères. « Pourquoi l'avons-nous servie toutes ces années ? implora-t-elle. Nous ne sommes rien pour elle ! Rien !

— Mais Hushidh nous aime, dit Luet.

— Ce n'est pas d'Hushidh qu'elle parle, expliqua Nafai.

— Surâme ! » s'écria Rasa. Puis elle hurla le nom, comme si elle le crachait à la face du soleil levant : « Surâme !

— Si vous avez perdu foi en Surâme, conseilla Nafai, ayez au moins foi en Hushidh. Elle a encore l'espoir de tourner la situation à notre avantage, ne le comprenez-vous donc pas ? Elle a accepté l'offre de Mouj parce qu'elle y a vu un plan. Peut-être même Surâme lui a-t-elle soufflé d'accepter, y aviez-vous pensé ?

— J'y ai pensé, dit Luet, mais j'ai du mal à y croire. Surâme ne nous a jamais donné d'indications là-dessus.

— Alors, reprit Nafai, au lieu d'en parler entre nous et de nous monter la tête, il vaudrait mieux écouter. Surâme attend peut-être simplement qu'on lui concède une miette d'attention pour justifier ce qui se passe.

— Bien, j'attends, dit Rasa. Mais que son plan soit bon, elle y a intérêt ! »

Ils patientèrent donc, chacun avec ses propres questions au cœur.

L'expression de Nafai et de Luet montra qu'ils reçurent leurs réponses les premiers. Rasa attendit, attendit, et comprit pour finir qu'elle n'obtiendrait rien.

« Vous avez entendu ? demanda Nafai.

— Non, rien, dit Rasa. Rien du tout.

— Vous en voulez peut-être trop à Surâme pour entendre son message, dit Luet.

— À moins qu'elle ne me punisse, rétorqua Rasa. Machine vindicative ! Qu'avait-elle à dire ? »

Sans un mot, Nafai et Luet échangèrent un regard : les nouvelles n'étaient donc pas bonnes.

« Surâme n'a pas vraiment la situation en main, annonça enfin Luet.

— C'est ma faute, dit Nafai. Mon entrevue avec le général a tout avancé d'un jour au moins. Il avait déjà prévu d'épouser une des filles, mais sans mon intervention, il y aurait encore réfléchi au moins une journée.

— Une journée ! Quelle différence ?

— Surâme n'est pas sûre de pouvoir exécuter son meilleur plan si rapidement, dit Luet. Mais on ne peut pas non plus en vouloir à Nafai. Mouj est impétueux, brillant, et il aurait très bien pu se décider très vite sans Nafai et…

— … sa stupidité, proposa Nafai.

— Son audace, termina Luet.

— Donc, nous sommes condamnés à rester ici pour servir d'instruments à Mouj ? demanda Rasa. Enfin, il ne peut pas nous traiter avec plus de désinvolture que Surâme ne le fait.

— Mère ! dit Nafai, et son ton était tranchant. Surâme ne nous a pas maltraités. Qu'Hushidh épouse ou non Mouj, nous entreprendrons quand même notre voyage. Si elle se retrouve réellement unie à Mouj, elle se servira de son influence pour nous libérer ; il n'aura plus besoin de nous une fois acquise sa position dans la cité.

— Nous ? demanda Rasa. Il nous libérera ?

— Tous ceux d'entre nous qui sont prévus pour le voyage, même Shedemei.

— Et Hushidh ?

— C'est là que Surâme est impuissante, dit Luet. Si elle ne peut pas empêcher le mariage, Hushidh restera.

— Alors, ma haine de Surâme sera éternelle ! s'exclama Rasa. Si elle inflige ça à ma douce Hushidh, plus jamais je ne la servirai ! Tu m'entends, Surâme ?

— Calmez-vous, Mère, dit Nafai. Si Hushidh avait refusé Mouj, alors j'aurais accepté de devenir consul, et ç'aurait été Luet et moi qui serions restés. D'une façon ou d'une autre, ça devait arriver.

— Et c'est censé me consoler? fit amèrement Rasa.

— Vous consoler, vraiment! s'écria Luet. Vous consoler, vous, dame Rasa? Hushidh est ma sœur, ma seule famille; vous, vous aurez près de vous tous les enfants que vous avez portés, et votre mari en plus. Que perdez-vous, à côté de ce que je vais perdre? Et pourtant, me voyez-vous pleurer?

— Tu le devrais!

— J'aurai toute la traversée du désert pour pleurer. Mais pour le moment, nous n'avons que quelques heures pour nous préparer.

— Oh, faut-il que je t'apprenne le déroulement de la cérémonie?

— Elle ne durera que cinq minutes, dit Luet, et de toute façon, les prêtresses m'aideront. Non, le temps qui nous reste doit servir à faire les paquets pour le voyage.

— Le voyage!» Rasa avait craché le mot avec fureur.

«Tout doit être prêt afin de charger les chameaux en cinq minutes, reprit Luet. Tu es d'accord, Nafai?

— Il reste encore une chance que tout se passe bien, répondit-il. Mère, ce n'est pas le moment de baisser les bras. Toute votre vie, vous avez tenu bon face à toutes les provocations. Allez-vous vous effondrer maintenant, alors que nous avons tant besoin de vous pour faire obéir les autres?

— Croyez-vous que nous obtiendrons, nous, de Sevet et de Vas, de Kokor et d'Obring, qu'ils se préparent à un voyage dans le désert? demanda Luet.

— Pensez-vous qu'Elemak et Mebbekew accepteront de suivre des instructions qui viendront de moi?» renchérit Nafai.

Rasa essuya ses larmes. «Vous m'en demandez trop. Je ne suis pas aussi jeune que vous. Je n'ai plus autant de ressort.

— Vous pouvez rebondir aussi haut que vous le voulez, dit Luet. Et maintenant, s'il vous plaît, dites-nous quoi faire. »

Alors Rasa ravala son chagrin et reprit son rôle habituel. Quelques minutes plus tard, la maison bruissait d'activité, les domestiques préparaient les affaires et les empaquetaient, les clercs rédigeaient des lettres de recommandation pour les professeurs et des rapports sur les progrès de chaque élève, afin qu'ils trouvent sans mal de nouveaux établissements après le départ de Rasa et la fermeture de l'école.

Puis elle enfila le long couloir qui menait à la chambre nuptiale d'Elemak ; l'épreuve allait être rude : il fallait informer les futurs voyageurs récalcitrants qu'ils devraient assister au mariage, puisque des soldats les y escorteraient, et se préparer pour un voyage dans le désert, puisqu'apparemment, et pour quelque raison inconnue, Surâme estimait qu'ils n'auraient pas assez souffert tant qu'ils ne vivraient pas au milieu des scorpions.

À L'ORCHESTRE, ET PAS EN RÊVE

Ce n'était pas ainsi qu'Elemak aurait souhaité passer la matinée qui suivait son mariage. Ç'aurait dû être un moment paisible, plein de langueur, où l'on fait l'amour, où l'on bavarde en se taquinant gentiment. Et voilà que ce moment s'était transformé en une frénésie de préparatifs – et de préparatifs parfaitement insuffisants, puisqu'on prévoyait un voyage dans le désert, semblait-il, alors qu'on ne disposait ni de chameaux, ni de tentes ni de ravitaillement. De plus, Eiadh avait très mal réagi à la situation, et c'était troublant. Là où la Dol de Mebbekew s'était montrée aussitôt coopérative – plus que Meb lui-même, ce mollasson ! – Eiadh n'avait cessé de faire perdre son temps à Elemak en l'accablant de protestations et de discutailleries. Ne pouvons-nous pas rester et les rejoindre plus tard ? Pourquoi faut-il que nous partions alors que c'est seulement tante Rasa qui est en état d'arrestation ?

Pour finir, Elemak avait envoyé Eiadh à Luet et Nafai pour qu'ils répondent à ses questions tandis qu'il supervisait l'empaquetage pour éliminer les vêtements inutiles – ce qui entraîna d'aigres discussions avec Kokor, la fille de Rasa, incapable de comprendre que ses robes légères et provocantes ne seraient pas particulièrement de mise dans le désert. Elemak avait fini par exploser, devant sa sœur Sevet et leurs deux maris : « Écoute, Kokor, le seul homme que tu auras là-bas, c'est ton mari, et quand tu auras envie de le séduire, tu n'auras qu'à enlever carrément tes habits ! » Sur quoi, il s'empara de la robe préférée de Kokor et la déchira par le milieu. Naturellement, elle se mit à pleurer et à hurler ; mais plus tard, il la vit se débarrasser d'un air noble de tous les vêtements qui lui tenaient à cœur – à moins qu'elle ne les échangeât contre des tenues plus pratiques, car Kokor n'avait probablement jamais rien possédé d'utile.

Comme si l'épreuve du paquetage n'avait pas suffi, il fallut encore supporter une mortifiante traversée de la cité. Au vrai, les soldats s'étaient donné du mal pour se faire discrets ; on ne voyait nulle part de troupes brutales marchant au pas. Mais c'étaient néanmoins des soldats gorayni, et les passants – qui se rendaient eux aussi à l'Orchestre – faisaient le vide autour d'eux avant de les regarder bouche bée. « On dirait qu'ils nous considèrent comme des criminels », dit Eiadh. Mais Elemak la rassura : la plupart des badauds les prenaient sans doute pour des hôtes de marque qu'on honorait d'une escorte militaire, et aussitôt Eiadh eut l'air satisfaite. Cette puérilité gênait vaguement Elemak ; Père ne l'avait-il pas prévenu que les épouses jeunes, si elles possédaient un corps mince et souple, avaient aussi l'esprit léger ? Eiadh était jeune, tout simplement ; Elemak ne pouvait espérer qu'elle prenne la situation avec sérieux, ni même qu'elle fasse la différence entre ce qui était sérieux et ce qui ne l'était pas.

Ils s'étaient ensuite installés aux places d'honneur, non pas en haut des gradins de l'amphithéâtre, mais au niveau même de l'Orchestre, à droite de la plate-forme basse érigée au centre en vue de la cérémonie. Ils constituaient le groupe de l'épousée ; de l'autre côté, le groupe du marié se composait de nombreux membres du conseil municipal, mêlés à des officiers de la garde basilicaine et quelques officiers du général – à peine une poignée. On ne voyait pas signe de domination gorayni ; c'était d'ailleurs inutile. Elemak savait qu'un grand nombre de soldats de Mouj et de gardes basilicains se tenaient discrètement dissimulés, mais assez près pour intervenir en cas d'imprévu. Si, par exemple, un assassin ou un curieux cherchait à traverser l'espace libre entre les bancs et les invités de la cérémonie, il ne tarderait pas à arborer une flèche en pleine poitrine, tirée par un des archers dissimulés dans le trou du souffleur ou dans l'orchestre.

Comme tout change vite ! songea Elemak. Il y a quelques semaines à peine, je revenais d'une expédition féconde et je m'imaginais prêt à prendre ma place d'adulte dans les affaires de Basilica. Gaballufix me paraissait alors l'homme le plus important du monde, et mon avenir en tant qu'héritier de Wetchik et que frère de Gabya était lumineux. Et depuis lors, rien n'est resté stable plus de deux jours de suite. Huit jours plus tôt, dans le désert, déshydraté de corps et d'esprit, aurait-il pensé se marier avec Eiadh chez Rasa moins d'une semaine après ? Et même la veille, alors qu'Eiadh et lui formaient les figures centrales de la cérémonie de mariage, aurait-il pu imaginer que le lendemain midi, Nafai et Luet, pique-assiettes pathétiques et puérils de son mariage, se retrouveraient sur la plate-forme elle-même, Luet conduisant la cérémonie et Nafai choisi comme parrain du général Mouj ?

Nafai ! Un gosse de quatorze ans ! Et c'était à lui que le général Mouj avait demandé de jouer le rôle de parrain pour obtenir sa citoyenneté à Basilica, pour l'offrir à Hushidh, comme si Nafai était un notable de Basilica. D'accord, c'était un notable – mais seulement en tant qu'époux de la sibylle. Personne ne pouvait croire sérieusement qu'il devait cet honneur à ses propres vertus.

Sibylle, déchiffreuse… Elemak n'avait jamais prêté grande attention à ce genre de distinctions. Tout ça, c'était des histoires de prêtres, un commerce profitable certes, mais qui ne l'intéressait guère. C'était comme ce rêve ridicule qu'il avait fait dans le désert… Facile de tirer un plan d'action d'un rêve absurde ! Il y a toujours des imbéciles prêts à gober n'importe quoi, à voir en Surâme un être plein de noblesse et non un simple programme d'ordinateur destiné à transférer par satellite d'une cité à l'autre des données et des documents. Nafai lui-même avouait que Surâme n'était rien qu'un ordinateur, et pourtant, Luet, Rasa, Hushidh et lui racontaient partout qu'il essayait d'arranger la situation pour que le mariage n'ait pas lieu et qu'ils finiraient tous dans le désert, prêts pour le voyage, avant la fin de la journée. Quoi, un programme d'ordinateur pouvait faire sortir des chameaux du néant et des tentes de la poussière ? Changer le sable et les rochers en grain et en fromage ?

« Tu ne le trouves pas beau et courageux ? » demanda Eiadh.

Elemak se tourna vers elle. « Qui ça ? Le général Mouj ? Il est là ?

— Je parle de ton frère, gros bêta. Regarde. »

Elemak examina l'estrade et ne trouva pas Nafai spécialement beau ni courageux. Il avait même plutôt l'air ridicule, vêtu comme un enfant qui se prend pour un homme.

« Je n'arrive pas à croire qu'il ait abordé un soldat gorayni, poursuivit Eiadh, et qu'il soit allé parler au général Vozmujalnoy Vozmojno lui-même – alors que tout le monde dormait !

— Où vois-tu du courage là-dedans ? C'était idiot et dangereux, oui, et regarde où ça nous a menés : Hushidh est obligée d'épouser cet homme ! »

Eiadh le regarda d'un air abasourdi. « Enfin, Elya, elle épouse l'homme le plus puissant du monde ! Et c'est Nafai qui le parraine !

— Uniquement parce qu'il est marié à la sibylle de l'eau. »

Eiadh soupira. « Elle n'a pas grand-chose pour elle, la pauvre. Mais ces rêves… j'ai essayé d'en faire moi-même, et personne ne les prend au sérieux. Tiens, j'en ai fait un très bizarre la nuit dernière : un singe volant, plein de poils, avec d'horribles crocs, me jetait des crottes, et un rat géant l'a fait tomber du ciel à coups de flèches ; peut-on imaginer plus bête ? Pourquoi est-ce que je n'arrive pas à recevoir des rêves de Surâme, moi, tu peux me le dire ? »

Elemak l'écoutait à peine ; il réfléchissait à la jalousie manifeste d'Eiadh devant le mariage d'Hushidh avec l'homme le plus puissant du monde, à son admiration pour Nafai et son fichu toupet d'aller trouver le général Mouj en plein milieu de la nuit. Mais qu'espérait-il donc, à part plonger le général dans une fureur noire ? Il ne devait qu'à une chance insensée de se retrouver sur cette estrade ! Mais Elemak n'en était pas moins irrité de voir Nafai à cette place, avec tous les regards de Basilica fixés sur lui, Nafai dont tout le monde parlait à mi-voix, Nafai qui resterait pour tous l'époux de la sibylle de l'eau, le beau-frère de la déchiffreuse. Et quand Mouj s'établirait comme roi – oui, c'est vrai, officiellement, on dirait « consul », mais le sens serait le même —, Nafai deviendrait le beau-frère de Sa Majesté et le mari d'une noble épouse, quand Elemak resterait un négociant du désert. Oh, bien sûr, on rendrait à Père son titre de Wetchik, dès qu'il aurait compris que Surâme ne ferait jamais quitter

Basilica à personne. Et Elemak redeviendrait son héritier, mais quel sens aurait ce titre, à ce moment-là ? Et le pire, c'est que son rang et son avenir lui seraient rendus par Nafai. Cette idée le faisait bouillir.

« Qu'il est fougueux, ce Nafai ! dit Eiadh. Tu n'es pas fier de lui ? »

Mais elle n'avait donc que lui à la bouche ! Jusqu'à ce matin, Elemak avait cru qu'Eiadh était le meilleur parti de la cité. Mais, il s'en apercevait à présent, elle ne représentait que la meilleure première épouse que pouvait choisir un homme jeune. Un jour, il aurait besoin d'un vraie femme, d'une véritable compagne, et rien ne laissait prévoir qu'Eiadh posséderait jamais ce talent. Sans doute resterait-elle toujours superficielle et frivole, toutes qualités qu'il avait trouvées charmantes jusque-là. La nuit dernière, quand elle avait chanté pour lui, il s'était dit qu'il écouterait volontiers toute sa vie cette voix chaude et vibrante de passion. Aujourd'hui, en regardant l'estrade, il s'apercevait que c'était Nafai, finalement, qui avait fait un mariage dont l'intérêt n'aurait pas disparu dans trente ans.

Eh bien, tant pis, se dit Elemak. On ne quittera évidemment pas Basilica ; je garderai donc Eiadh quelques années, puis je m'en débarrasserai en douceur. Qui sait ? Luet ne restera peut-être pas avec Nafai ; en mûrissant, elle aura peut-être envie d'un homme fort à ses côtés. Nous considérerons tous ces premiers mariages comme des crises d'adolescence, quand nous sortirons de la jeunesse. Et alors, c'est moi qui deviendrai le beau-frère du consul.

Quant à Eiadh, eh bien, avec un peu de chance, elle me donnera un fils avant que nous nous séparions. Mais seraitce vraiment souhaitable ? Faudrait-il vraiment que mon fils aîné, mon héritier, soit l'enfant d'une femme aussi superficielle ? Non. Selon toute vraisemblance, ce seront les fils de mes mariages suivants, de mes mariages de maturité, qui seront les plus dignes de prendre ma place.

Soudain, avec un coup au cœur, Elemak songea que Père pensait peut-être de même de son côté. Après tout, dame Rasa était sa partenaire de maturité, et Issib et Nafai les fruits de cette union. Mebbekew n'était-il pas la preuve vivante que les mariages prématurés engendrent des résultats malheureux ?

Mais pas moi, songea Elemak. Non, pas moi ! Je ne suis pas le fruit d'un mariage précoce et irréfléchi. Je suis le fils que Père n'aurait pas osé demander – celui de sa cousinette, Hosni, qui m'a voulu parce qu'elle admirait grandement Volemak adolescent alors qu'elle l'initiait aux plaisirs du lit. Hosni n'était certes pas une évaporée, et Père me fait confiance ; il m'accorde plus de considération qu'à ses autres enfants. Enfin, c'était vrai jusqu'à ce qu'il se mette à recevoir des messages de Surâme et que Nafai tourne la situation à son avantage en prétendant avoir des visions lui aussi.

Elemak débordait de rage – une rage ancienne, profonde – et d'une jalousie nouvelle née de l'admiration qu'Eiadh manifestait envers Nafai, et qui le brûlait. Mais son émotion la plus brûlante et la plus profonde, en réalité, était sa crainte que Nafai ne jouât pas la comédie, que pour quelque raison inconnue, Surâme eût vraiment choisi le benjamin plutôt que l'aîné pour en faire l'héritier de Père. Quand Surâme avait investi le fauteuil d'Issib et empêché Elemak de battre Nafai, dans le ravin, non loin de la cité, n'était-ce pas ce qu'il avait dit ? Que Nafai prendrait un jour la tête de ses frères, ou quelque chose de ce genre ?

Eh bien, cher Surâme, d'accord, sauf si Nafai est mort. Tu as déjà pensé à ça ? Si tu peux lui parler, à lui, tu peux aussi bien me parler à moi, et il serait grand temps que tu t'y mettes.

Je t'ai donné le rêve des femmes.

La phrase apparut dans l'esprit d'Elemak, aussi claire qu'une parole venue de l'extérieur. Elemak éclata de rire.

« De quoi ris-tu, Elya, mon chéri ? demanda Eiadh.

— De ce qu'on peut facilement se tromper soi-même, répondit Elemak.

— On dit toujours qu'il est possible de se mentir à soi-même, mais je n'ai jamais compris ça, dit Eiadh. Si on se raconte un mensonge, on sait qu'on ment, non ?

— Si. On sait qu'on ment, et on sait ce qu'est la vérité. Mais certains tombent amoureux du mensonge et oublient totalement la vérité. »

Comme tu le fais en ce moment, dit la voix dans sa tête. Tu préfères croire le mensonge qui prétend que je ne peux te parler, à toi ni à personne, et tu nies donc mon existence.

« Embrasse-moi, dit Elemak.

— Voyons, Elya, nous sommes au milieu de l'Orchestre ! se récria-t-elle ; mais il savait qu'elle en avait envie.

— Tant mieux. Nous nous sommes mariés hier soir ; les gens s'attendent que nous ne pensions qu'à nous-mêmes ! »

Alors, elle l'embrassa, et il se laissa aller dans ce baiser, fermant son esprit à tout ce qui n'était pas désir. Quand ils se séparèrent enfin, des applaudissement éclatèrent çà et là ; on les avait remarqués, et Eiadh en fut ravie.

Naturellement, Mebbekew proposa aussitôt un baiser identique à Dol, qui eut le bon sens de refuser. Mebbekew insista pourtant, jusqu'à ce qu'Elemak, se penchant devant Eiadh, lui fasse observer : « Meb, le réchauffé, ça fait toujours du mauvais théâtre – c'est toi-même qui me l'as dit, non ? »

Meb lui lança un regard noir et se renfrogna.

C'est bien toujours moi qui commande, se dit Elemak. Et je ne suis pas près de me mettre à croire des voix qui éclatent dans ma tête simplement parce que j'ai envie de les entendre. Je ne suis pas comme Père, Nafai et Issib, décidés à suivre un fantasme parce que c'est rassurant de penser qu'un être supérieur est responsable de tout.

Moi, je suis capable d'affronter la réalité. La vérité suffit toujours à un homme, un vrai.

Du haut de tous les minarets qui entouraient l'amphithéâtre, les sonneurs entamèrent leur musique plaintive. Ils jouaient de trompes anciennes et non des instruments parfaitement accordés des théâtres ou des concerts, et nulle harmonie n'était recherchée. Chaque trompe produisait une note à la fois, longue et puissante, qui s'affaiblissait à mesure que le sonneur perdait souffle. Les notes se chevauchaient, parfois en une dissonance captivante, parfois avec des harmonies stupéfiantes ; mais toujours, elles produisaient un son obsédant, merveilleux.

Les trompes réduisirent au silence les citoyens rassemblés sur les bancs et emplirent Elemak d'une impatience tremblante, comme chacun dans l'Orchestre, il le savait. La cérémonie allait commencer.

Soif se trouvait à la porte de Basilica et se demandait pourquoi Surâme l'abandonnait maintenant. Ne l'avait-elle pas assistée à chacun de ses pas depuis Potokgavan ? Elle était montée à bord d'une péniche en demandant qu'on lui permît d'y prendre place, et on l'avait acceptée sans poser de questions, bien qu'elle ne pût payer. Au grand port, elle avait hardiment annoncé au capitaine du corsaire que Surâme exigeait qu'elle gagne Côte-Rouge le plus vite possible, et il s'était vanté en riant d'y arriver en un jour avec un si bon vent, tant qu'il n'embarquait pas de fret. À Côte-Rouge, une belle dame était descendue de son cheval dans la rue et l'avait offert à Soif.

C'est sur cette monture que Soif était arrivée à la porte Basse, s'attendant à entrer sans difficulté comme toutes les femmes, citoyennes ou non. Mais elle avait trouvé la porte gardée par des soldats gorayni qui refoulaient tout le monde.

« Un grand mariage se tient dans la cité, lui expliqua un soldat. Le général Mouj épouse une dame basilicaine. »

Sans savoir comment, Soif sentit aussitôt que ce mariage constituait la raison de sa venue.

« Alors, il faut me laisser entrer, dit-elle, parce que je suis invitée.

— Seuls les citoyens de Basilica sont invités à la cérémonie, et encore, seulement ceux qui se trouvent intra muros. Nos ordres ne permettent aucune exception, même pas pour les mères dont les bébés sont dans la cité, ni pour les médecins dont les patients agonisent à l'intérieur.

— Je suis invitée par Surâme, reprit Soif, et de par son autorité, je révoque tous les ordres qui viennent d'un mortel. »

Le soldat éclata de rire, mais d'un rire contraint, car la voix de la femme avait porté, et la foule les écoutait. Ces gens avaient été interdits d'entrée, et ils risquaient de s'énerver à la moindre provocation.

« Laisse-la passer, dit un des soldats, si ça peut empêcher la foule de s'exciter.

— Dis pas de bêtises, répliqua un autre. Si on la laisse passer, il faudra faire entrer tous les autres.

— Ils veulent tous que j'entre », dit Soif.

La foule eut un murmure d'assentiment, et Soif s'en étonna : curieux comme la masse des Basilicains prêtait facilement attention à Surâme, alors que les soldats gorayni restaient sourds à son influence ! Voilà peut-être pourquoi les Gorayni étaient une race si mauvaise, comme elle l'avait entendu dire à Potokgavan : c'est qu'ils ne pouvaient pas entendre la voix de Surâme.

« Mon mari m'attend à l'intérieur, dit Soif ; mais ce ne fut qu'en s'entendant prononcer ces mots qu'elle s'aperçut que c'était vrai.

— Eh bien, ton mari devra attendre, répondit un soldat.

— Ou prendre une maîtresse ! renchérit un autre, et ils éclatèrent de rire.

— Ou se satisfaire tout seul ! reprit le premier, et ils hurlèrent de rire.

— On devrait la laisser entrer, dit un des soldats. Si Dieu l'avait élue ? »

Aussitôt, un des autres soldats dégaina son poignard et le posa sur la gorge de l'homme. « Tu te rappelles l'avertissement : c'est la personne qu'on a envie de faire entrer qu'il faut à tout prix empêcher de passer !

— Mais elle a besoin d'entrer ! insista le soldat, visiblement sensible à Surâme, lui.

— Encore un mot et je te tue !

— Non ! cria Soif. Je m'en vais. Ce n'est pas la bonne porte. »

Au fond d'elle-même, elle sentait grandir le besoin d'entrer, mais elle refusait de laisser tuer cet homme ; ce meurtre d'ailleurs ne lui permettrait même pas de franchir la porte. Elle fit donc volter son cheval et traversa en sens inverse la foule qui s'écarta devant elle. Elle gravit en hâte la piste raide qui menait à la route des Caravanes, mais ne prit pas la peine d'essayer la porte du Marché ; elle suivit la route Haute, mais n'essaya pas non plus la porte Haute ni la porte du Goulet. Elle poussa sa monture sur le Chemin Noir ; il serpentait au milieu de profondes ravines qui remontaient jusque dans les collines boisées du nord de la cité, pour atteindre enfin la route de la Forêt – mais elle ne poursuivit pas jusqu'à la porte Arrière.

Non, elle mit pied à terre et plongea dans les taillis épais du bois Impénétrable, en direction de la porte Secrète connue des seules femmes, utilisée par les seules femmes. Il lui avait fallu une heure pour faire le tour de la cité, en prenant le plus long chemin – mais il n'existait pas de voie cavalière le long du mur est, qui tombait tout droit sur des crevasses et des précipices, et à pied, cette route lui aurait pris trop de temps. À présent, les taillis semblaient s'accrocher à elle, l'empêcher d'avancer ; elle savait pourtant bien que Surâme guidait chacun de ses pas pour lui offrir le chemin le plus rapide jusqu'à la porte Secrète. Mais même quand elle l'aurait passée, il faudrait encore du temps pour monter jusque dans la cité, et déjà elle entendait les trompes lancer leur chant plaintif. La cérémonie allait commencer dans quelques instants, et Soif n'y serait pas.

Luet officiait aussi lentement que possible, mais la cérémonie avançait, et il lui était interdit de faire ce qu'elle désirait au fond de son cœur : interrompre le mariage et dénoncer Mouj aux citoyens rassemblés. Au mieux, elle se ferait vivement éjecter de l'estrade avant d'avoir pu placer un mot, tandis qu'une prêtresse plus responsable prendrait la suite ; au pire, elle arriverait peut-être à parler avant qu'une flèche ne la fasse taire ; ce seraient alors l'émeute et les effusions de sang et Basilica risquerait d'être détruite avant l'aube. Qu'y gagnerait-on ?

Aussi procédait-elle à la cérémonie – sans hâte, avec de longues pauses, mais sans jamais s'arrêter tout à fait, en écoutant les murmures des prêtresses qui l'accompagnaient à chaque mouvement, à chaque répons.

Malgré son tumulte intérieur, Luet ne lisait cependant chez Hushidh qu'un calme parfait. Se pouvait-il qu'elle souhaitât cette union, afin d'éviter de devenir la femme d'un infirme ? Non ; Shuya était sincère en disant que Surâme l'avait réconciliée avec cet avenir. C'était sa foi totale en Surâme qui lui donnait cette sérénité.

« Elle a raison d'avoir confiance », dit une voix, un murmure plutôt. L'espace d'un instant, Luet crut avoir entendu Surâme, mais elle comprit bientôt qu'il s'agissait de Nafai, tandis qu'elle passait près de lui pendant l'hymne processionnel des fleurs. Comment avait-il su quels mots prononcer juste à cet instant, pour répondre aussi parfaitement à ses pensées ? Était-ce Surâme qui forgeait un lien toujours plus serré entre eux ? Ou Nafai lui-même, qui lisait si profondément dans son cœur qu'il avait su de quelles paroles elle avait besoin ?

Ah, pourvu que ce soit vrai ! Pourvu que Shuya ait raison de croire en Surâme et que nous ne soyons pas obligés d'abandonner Hushidh quand nous partirons au désert, vers une autre étoile ! Ah, je ne supporterais pas de la perdre ! Je connaîtrais peut-être à nouveau la joie, mon nouvel époux me serait peut-être autant un compagnon que l'a été Hushidh, mais il resterait une douleur en moi, un vide, un chagrin qui jamais ne s'éteindrait en songeant à ma sœur, à ma seule famille en ce monde, ma déchiffreuse qui, dès ma prime enfance, a créé le nœud qui nous liera pour toujours l'une à l'autre !

Mais l'instant solennel finit par arriver, celui des vœux que devaient prononcer les futurs époux, les mains de Luet posées sur leurs épaules : celle de Mouj, dure, puissante, étrangère, et celle d'Hushidh, si familière au contraire, et si fragile à côté de celle du général. « Surâme ne fait qu'une âme de la femme et de l'homme », dit Luet. Une respiration. Un silence infini. Et puis les mots insupportables, qu'elle devait pourtant prononcer, et qu'elle prononça : « Qu'il en soit ainsi. »

L'assistance se leva comme un seul homme en poussant des acclamations, en applaudissant et en criant les noms des époux : Hushidh ! Déchiffreuse ! Mouj ! Général ! Vozmujalnoy ! Vozmojno !

Mouj embrassa Hushidh comme un époux embrasse une épouse – mais avec douceur, Luet le vit, avec tendresse. Puis il se retourna et conduisit Hushidh à l'avant de l'estrade. Cent, mille fleurs volèrent vers eux ; celles qu'on avait lancées du fond de l'amphithéâtre furent ramassées et relancées, jusqu'à ce qu'elles comblent l'espace entre l'estrade et la première rangée de bancs.

Au milieu du tumulte, Luet s'aperçut que Mouj lui-même criait. Elle ne comprit pas les mots qu'il prononçait, car il lui tournait le dos. Mais peu à peu, les gens du premier rang perçurent ce qu'il disait et reprirent ses paroles comme une litanie. À cet instant seulement Luet comprit qu'il tournait son propre mariage à son avantage politique : il répétait un mot, un seul, que la foule reprit bientôt avec une incroyable puissance.

« Basilica ! Basilica ! Basilica ! »

La clameur ne semblait jamais devoir finir.

Alors, Luet se mit à pleurer, car elle savait à présent que Surâme avait échoué, qu'Hushidh était unie à un homme qui ne l'aimerait jamais ; il n'aimerait que la cité qu'il avait reçue d'elle en dot.

Enfin, Mouj leva les mains – la gauche plus haut que la droite, paume tournée vers l'extérieur pour réclamer le silence, la droite tenant toujours celle d'Hushidh. Il ne voulait pas briser le lien qui l'attachait à elle, car c'était son lien avec la cité. La psalmodie mourut lentement, et un rideau de silence finit par tomber sur l'Orchestre.

Son discours fut simple et éloquent. C'était une protestation de son amour pour la cité, de sa gratitude d'avoir eu le privilège d'y ramener la paix et la sécurité, et de sa joie présente d'y être accueilli comme citoyen, époux d'une vraie fille de Surâme à la beauté simple et douce. Il mentionna également Luet et Nafai, et l'honneur qu'il ressentait de faire partie de la famille la meilleure et la plus courageuse de Basilica.

Luet prévoyait la suite. Déjà la délégation des conseillers avait quitté sa place, prête à s'avancer et à proposer que la cité accepte Mouj comme consul pour diriger les affaires militaires et les relations étrangères de Basilica. C'était une conclusion évidente que la vaste majorité du public, transportée d'extase par la majesté de la cérémonie, acclamerait à coup sûr. Les gens ne comprendraient que bien plus tard ce qu'ils avaient fait, mais même alors, ils considéreraient ce choix comme une réforme judicieuse.

Le discours de Mouj tirait à sa fin – une fin qui serait sûrement glorieuse et bien reçue par le public, malgré l'accent nordique de l'orateur, qui en d'autres temps aurait prêté à rire.

Mais soudain, Mouj hésita. Il hésita en un endroit inattendu de son laïus, en un endroit malvenu. L'hésitation devint silence, et Luet s'aperçut qu'il regardait fixement quelque chose ou quelqu'un qu'elle ne voyait pas. Aussi s'avança-t-elle, et Nafai la rejoignit aussitôt; ensemble, ils firent quelques pas qui les amenèrent à la gauche de Mouj, un peu en retrait, d'où ils pouvaient voir maintenant ce qu'il regardait ainsi.

C'était une femme. Une femme vêtue comme une fermière de Potokgavan – un costume bizarre, à vrai dire, à cette heure et en un tel lieu. Elle se tenait au bas de l'escalier central qui menait dans l'amphithéâtre; elle ne faisait pas mine d'avancer, si bien que ni les archers gorayni ni les deux gardes basilicains ne firent le moindre geste pour l'arrêter.

Comme le général se taisait, les soldats ignoraient quel comportement adopter; devaient-ils s'emparer de la femme et la refouler vivement?

« Toi! » dit enfin Mouj. Il la connaissait donc.

« Mais que fais-tu là? » demanda-t-elle. Elle n'avait pas la voix forte, et pourtant Luet l'entendit distinctement. Comment était-ce possible?

C'est parce que je répète ses paroles dans l'esprit de chacun, dit Surâme.

« Eh bien, je me marie, répondit Mouj.

— Il n'y a pas eu de mariage », dit la femme – toujours de cette voix douce que tous entendaient parfaitement.

Du bras, Mouj indiqua la multitude assemblée. « Tous ces gens y ont assisté.

— Je ne sais pas ce qu'ils ont vu, reprit la femme. Mais ce que je vois, moi, c'est un homme qui tient sa fille par la main. »

Un murmure monta de l'assemblée.

« Dieu, qu'as-tu fait ! » souffla Mouj. Mais Surâme porta sa voix étouffée jusqu'à l'oreille de chacun.

Alors, la femme s'avança, et les soldats ne firent rien pour l'en empêcher, car ils se rendaient compte que ce qui se passait ici n'avait rien de commun avec un simple attentat.

« Surâme m'a menée à toi, dit-elle. Deux fois, elle m'a conduite, et les deux fois j'ai conçu et porté des filles. Mais je n'étais pas ta femme. J'étais plutôt le corps que Surâme avait choisi d'utiliser pour porter ses filles. J'ai confié les filles de Surâme à la dame Rasa, qu'elle avait élue pour les élever et les éduquer, jusqu'au jour où elle déciderait de les réclamer comme siennes. »

La femme se tourna et pointa le doigt sur Rasa. « Dame Rasa, me reconnaissez-vous ? Quand je suis venue à vous, j'étais nue et sale. Me reconnaissez-vous cependant ? »

Tremblante, tante Rasa se leva. « Vous êtes bien celle qui me les a apportées. D'abord Hushidh, puis Luet. Vous m'avez dit de les élever comme si c'étaient mes propres filles, et c'est ce que j'ai fait.

— Ce n'étaient pas vos filles. Ce n'étaient pas mes filles non plus. Ce sont les filles de Surâme, et cet homme – celui que les Gorayni appellent Vozmujalnoy Vozmojno —, c'est l'homme que Surâme a choisi pour être son Mouj. »

Mouj... Mouj... Le murmure traversa la foule.

« Le mariage auquel vous avez assisté aujourd'hui n'a pas été contracté par cet homme et cette jeune fille. Elle n'était que la représentante de la Mère. Il est devenu l'époux de Surâme ! Et dans la mesure où cette cité est celle de la Mère, il est devenu l'époux de Basilica ! Je le dis parce que Surâme a mis ces paroles dans ma bouche ! Maintenant, à vous tous de le dire. Tout Basilica doit le crier : voici l'époux ! C'est l'époux ! »

La foule reprit la litanie. Voici l'époux ! C'est l'époux ! L'époux ! Et puis, peu à peu, le mot changea, remplacé par un autre dont le sens était le même : Mouj ! Mouj ! Mouj !

Tandis que la psalmodie montait, la femme s'avança vers l'estrade basse. Hushidh lâcha la main de Mouj, s'approcha de la femme et s'agenouilla devant elle ; Luet la suivit, trop hébétée pour pleurer : elle était à la fois trop bouleversée de joie devant ce que Surâme avait fait pour épargner le mariage à Hushidh, trop pleine du chagrin de n'avoir jamais connu cette femme qui était sa mère, et débordante d'étonnement de découvrir que son père était cet étranger du Nord, ce terrifiant général.

« Mère ! disait Hushidh – et elle parvenait à pleurer, elle, et ses larmes ruisselaient sur la main de la femme.

— Je t'ai portée, en effet, répondit la femme. Mais je ne suis pas ta mère. La femme qui t'a élevée, voilà ta mère. Elle, et Surâme qui t'a fait naître. Moi, je ne suis que la femme d'un fermier des terres humides de Potokgavan. C'est là que vivent les enfants qui m'appellent mère, et je dois retourner auprès d'eux.

— Non, murmura Hushidh. Devons-nous ne vous voir qu'une seule fois ?

— Je me souviendrai toujours de vous, répondit la femme. Et vous vous souviendrez de moi. Surâme gardera ces souvenirs vivants dans nos cœurs. » Elle tendit une main pour toucher la joue d'Hushidh, l'autre pour caresser les cheveux de Luet. « Si belles ! Si dignes ! Comme elle vous aime ! Comme votre mère vous aime, maintenant ! »

Puis elle se détourna et s'éloigna ; elle descendit de l'estrade, s'engagea sur la rampe qui menait aux loges sous l'amphithéâtre et disparut. Nul ne la vit quitter la cité, et pourtant, des récits surgirent bientôt, miracles étonnants, étranges visions, prodiges qu'on lui attribua alors même qu'elle n'aurait pu les accomplir en sortant de Basilica ce jour-là.

Mouj la regarda s'éloigner, elle qui emportait tous ses espoirs, tous ses projets et tous ses rêves ; elle emportait sa vie même. Il se rappelait parfaitement le temps qu'il avait passé avec elle ; c'était à cause d'elle qu'il ne s'était jamais marié, car pour quelle autre femme aurait-il ressenti ce qu'il avait ressenti pour elle ? À l'époque, il ne doutait pas de l'aimer contre la volonté de Dieu : n'avait-il pas éprouvé la puissance de Son interdit ? Quand elle était avec lui, ne s'était-il pas réveillé cent fois sans aucun souvenir d'elle, et pourtant n'avait-il pas surmonté les barrières que Dieu avait dressées dans son esprit, ne l'avait-il pas gardée et aimée ? Nafai le lui avait bien dit : sa rébellion même était orchestrée par Surâme.

Je suis la dupe de Dieu, l'instrument de Dieu, comme chacun, et quand j'ai cru rêver mes rêves à moi, créer mon propre destin, Dieu a mis mes faiblesses à nu et m'a brisé devant le peuple de cette cité. Devant cette cité entre toutes : Basilica ! Basilica…

Sur le devant de la scène, Hushidh et Luet se redressèrent ; Nafai les rejoignit comme elles s'approchaient de Mouj. Elles durent se placer tout près pour se faire entendre de lui, par-dessus la psalmodie de la foule.

« Père, dit Hushidh.

— Notre père, ajouta Luet.

— Je ne savais pas que j'avais des enfants, répondit Mouj. J'aurais dû m'en douter. J'aurais dû voir mon propre visage en vous regardant. » Et c'était vrai : à présent que la vérité avait été dévoilée, la ressemblance était évidente. Leur visage n'avait pas adopté le moule de la beauté basilicaine parce que leur père était des Sotchitsiya, et que Dieu seul savait d'où venait leur mère. Pourtant, elles étaient belles, à n'en pas douter, d'une beauté étrange, exotique. Elles étaient belles et sages, et fortes également. Il pouvait être fier d'elles. Au milieu des ruines de sa vie, il pouvait être fier d'elles. Tandis qu'il fuirait l'Impérator, qui saurait certainement ce qu'il avait tenté par ce mariage avorté, il pourrait être fier d'elles. Car c'étaient les seules créations de Mouj qui dureraient.

« Nous devons aller au désert, dit Nafai.

— Je ne m'y oppose plus.

— Nous avons besoin de votre aide, reprit Nafai. Il faut partir tout de suite. »

Mouj promena son regard sur le groupe qu'il avait assemblé de son côté de l'estrade. Bitanke. C'était Bitanke qui devait l'aider, à présent. Il fit un signe, et Bitanke se leva pour bondir près de lui.

« Bitanke, dit Mouj, j'ai besoin de vous pour préparer un voyage dans le désert. » Puis, s'adressant à Nafai : « Combien serez-vous ?

— Treize, à moins que vous ne décidiez de nous accompagner.

— Venez avec nous, Père, supplia Hushidh.

— Il ne peut pas, répondit Luet. Sa place est ici.

— Elle a raison, dit Mouj. Je ne pourrais jamais partir en voyage aux ordres de Dieu.

— De toute façon, reprit Luet, vous serez avec nous parce que votre semence fait partie de nous. » Elle posa la main sur le bras de Nafai. « Il sera l'aïeul de tous nos enfants, et aussi de ceux d'Hushidh. »

Mouj revint à Bitanke. « Treize. Des chameaux et des tentes, pour un voyage dans le désert.

— Je m'en occupe », répondit Bitanke. Et Mouj comprit, à son ton, à son assurance et au fait qu'il ne posait aucune question, que Bitanke n'était ni surpris ni inquiet de cet ordre.

« Vous étiez déjà au courant », dit Mouj. Il promena son regard sur les autres. « Vous aviez tout prévu depuis le début.

— Non, général, répondit Nafai. Tout ce que nous savions, c'est que Surâme essayerait d'empêcher le mariage.

— Croyez-vous que nous n'aurions rien dit, demanda Luet, si nous avions su que nous étions vos filles ?

— Général, dit Bitanke, vous devez bien vous rappeler que dame Rasa et vous-même m'avez ordonné de préparer les chameaux, les tentes et le ravitaillement ?

— Quand vous ai-je donné un tel ordre?

— Dans mon rêve, la nuit dernière», répondit Bitanke.

Ce fut le coup ultime. Dieu avait anéanti Mouj et Il était allé jusqu'à prendre sa place dans le rêve prophétique d'un autre. Sa défaite lui fut comme un fardeau pesant jeté sur ses épaules; il ploya sous le poids.

«Général, lui dit Nafai, pourquoi vous croyez-vous anéanti? Vous n'entendez donc pas ce que ces gens répètent?»

Et Mouj écouta.

Mouj! criaient-ils. Mouj! Mouj! Mouj!

«Ne voyez-vous pas qu'en nous laissant partir, vous devenez plus fort que vous ne l'étiez? La cité est à vous; Surâme vous l'a donnée. Vous n'avez pas entendu ce qu'a déclaré leur mère? Vous êtes l'époux de Surâme, et de Basilica.»

Si, Mouj l'avait entendu, mais pour la première fois de sa vie – non, pour la première fois depuis qu'il avait aimé Soif, tant d'années auparavant – il n'avait pas aussitôt envisagé quels avantages ou quels inconvénients ces paroles pourraient lui valoir. Il s'était seulement dit : Mon unique amour a été manipulé par Dieu; mon avenir brisé par Dieu; Il m'a possédé et a ruiné ma vie, passée comme future.

Mais soudain, voilà qu'il comprenait que Nafai avait raison. Mouj n'avait-il pas senti, au cours des derniers jours, que Dieu avait peut-être changé d'avis et qu'Il travaillait maintenant pour lui? Sentiment justifié. Dieu voulait emmener au désert ses filles retrouvées pour accomplir son impossible mission, mais à part cela, les plans de Mouj restaient intacts. Basilica était sienne.

Il leva les mains, et la foule – dont la psalmodie avait commencé à faiblir, au moins par lassitude – se tut.

«Grand est Surâme!» cria Mouj.

Et les gens applaudirent.

«Ma cité! reprit-il. Ah, mon épousée!»

Les gens l'acclamèrent à nouveau.

Mouj se tourna vers les jeunes filles et souffla : « Est-ce que vous voyez comment je pourrais vous faire sortir de la cité sans qu'on ait l'impression que j'exile mes propres filles, ni que vous me fuyez ? »

Hushidh regarda Luet. « La sibylle y parviendra.

— Ah, bravo ! grogna Luet. C'est à moi de me débrouiller, comme ça, tout à trac ?

— Plutôt deux fois qu'une, oui, renchérit Nafai. Tu peux y arriver. »

Luet se redressa, fit volte-face et vint se planter sur le devant de l'estrade. La foule se tut à nouveau, attentive. Luet était toujours branchée sur le système d'amplification de l'Orchestre, mais c'était sans importance ; la foule était si unie, si bien accordée à Surâme que les gens entendraient tout ce qu'elle leur dirait.

« Ma sœur et moi-même sommes aussi stupéfaites que chacun d'entre vous. Nous n'avions jamais deviné notre parenté, car bien que Surâme nous ait parlé toute notre vie, elle ne nous avait jamais dit que nous étions ses filles, pas de cette façon, pas comme vous l'avez vu aujourd'hui. À présent, nous entendons sa voix qui nous appelle au désert. Nous devons la rejoindre et la servir. À notre place, elle laisse son époux, notre père. Sois pour lui une épouse fidèle, Basilica ! »

Il n'y eut pas d'acclamations, rien qu'un puissant murmure. Luet jeta un coup d'œil derrière elle, craignant de s'y être mal prise. Mais, simplement, elle n'avait pas l'habitude de manipuler des foules ; Mouj, lui, savait qu'elle s'en tirait très bien. Il hocha donc la tête et lui fit signe de poursuivre.

« Le conseil municipal s'apprêtait à demander à notre père d'accepter la charge de consul de Basilica. Si c'était déjà une décision judicieuse, elle l'est doublement à présent ; car quand les prodiges de Surâme seront connus, toutes les nations d'Harmonie seront jalouses de Basilica, et il sera bon d'avoir un homme tel que lui pour parler à la face du monde et nous protéger des loups qui se dresseront contre nous ! »

Cette fois, des acclamations montèrent, pour retomber rapidement.

« Basilica, au nom de Surâme, veux-tu de Vozmujalnoy Vozmojno comme consul ? »

Cette fois, ça y était, Mouj le sentit. Elle leur avait enfin accordé une occasion claire de répondre, et la réponse fut celle qu'il attendait : un grand cri d'approbation qui monta de cent mille gorges. Mieux, bien mieux qu'un conseiller, c'était la sibylle de l'eau qui leur demandait d'accepter sa loi, et ce au nom de Dieu. Qui pourrait s'opposer à lui, maintenant ?

« Père, dit Luet quand les cris s'atténuèrent, Père, accepterez-vous la bénédiction de vos filles ? »

Quoi ? Qu'était-ce à dire ? À quoi jouait-elle ? L'esprit de Mouj resta égaré l'espace d'un instant ; puis il comprit qu'elle ne proposait pas cela pour émouvoir la foule. Elle n'essayait pas de contrôler ni de manipuler les événements. Elle parlait du fond de son cœur ; elle avait gagné un père aujourd'hui, aujourd'hui elle allait le perdre, et elle désirait lui faire un présent d'adieu. Alors, il prit Hushidh par la main et tous deux s'avancèrent ; il s'agenouilla entre ses filles et elles posèrent leurs mains sur sa tête.

« Vozmujalnoy Vozmojno, commença Luet. Puis : Notre père, notre cher père, Surâme t'a conduit ici pour mener cette cité vers son destin. Les femmes de Basilica jouissent de leurs époux jour après jour, mais la cité des femmes, elle, est toujours restée sans mari. Aujourd'hui, Surâme a choisi ; Basilica a enfin trouvé un homme digne, et tu seras son seul époux tant que ses murailles tiendront. Mais en dépit des grands événements que tu verras se produire, en dépit des gens qui t'aimeront et te suivront dans les années à venir, tu ne nous oublieras pas. Nous te bénissons de ce que tu te souviendras de nous, et à l'heure de ta mort tu verras nos visages dans ton souvenir, et tu sentiras l'amour de tes filles dans ton cœur. Qu'il en soit ainsi. »

Ils franchirent la porte du Goulet, où Mouj se tenait avec Bitanke et Rashgallivak pour les saluer. Il avait déjà décidé de faire de Bitanke le commandant de la garde municipale, et de Rash le gouverneur de la cité quand le consul serait en campagne. La troupe passa en file indienne devant lui, devant la foule qui agitait les bras, pleurait et criait des vivats ; trois douzaines de chameaux composaient la caravane, chargés de tentes et de provisions, de passagers et de caissons secs.

Peu à peu, les acclamations moururent dans le lointain. L'haleine brûlante du désert les piqua quand il descendirent dans la plaine rocheuse où l'on voyait encore les charbons noirs des feux trompeurs de Mouj, tels les stigmates de quelque redoutable maladie. Tous gardaient le silence, car l'escorte armée de Mouj marchait à leurs côtés, pour les protéger – et pour veiller à ce qu'aucun des voyageurs involontaires ne fasse demi-tour.

Ils chevauchèrent ainsi jusqu'à la nuit presque tombée, puis Elemak décida qu'on allait planter les tentes. Les soldats firent le travail à leur place, mais sur l'ordre d'Elemak, ils montrèrent soigneusement comment s'y prendre à tous ceux qui n'avaient jamais monté de tente. Obring, Vas et les femmes eurent l'air horrifiés à l'idée d'avoir à remplir eux-mêmes pareille tâche, mais avec les encouragements d'Elemak, tout se passa bien.

Pourtant, quand les soldats quittèrent la caravane, ce ne fut pas lui qu'ils saluèrent, mais dame Rasa, Luet la sibylle de l'eau, Hushidh la déchiffreuse – et, pour une raison qui échappa à Elemak, Nafai.

Dès que les soldats eurent disparu, les chamailleries commencèrent.

« Que les scarabées vous entrent par le nez et les oreilles et vous bouffent le cerveau ! cria Mebbekew à

Nafai, à Rasa et tous ceux qui se trouvaient à portée de voix. Pourquoi a-t-il fallu que vous m'emmeniez de force dans cette caravane suicidaire ? »

Shedemei se montra tout aussi furieuse, bien que sur un registre moins excité : « Je n'ai jamais demandé à vous accompagner ! Je devais seulement vous apprendre à réveiller les embryons ! Vous n'aviez pas le droit de m'obliger à venir ! »

Kokor et Sevet éclatèrent en larmes, et Obring ajouta ses grommellements aux cris de rage de Mebbekew. Rien de ce que leur dirent Rasa, Hushidh ou Luet ne put les apaiser ; quant à Nafai, lorsqu'il voulut ouvrir la bouche, Mebbekew lui lança une poignée de sable au visage, le laissant hoquetant, crachotant – et muet.

Elemak observa la scène en silence, puis, quand il considéra que la fureur générale s'épuisait, il s'avança au milieu du groupe et déclara : « Peu importe le reste, mes compagnons bien-aimés, mais le soleil se couche et le froid va tomber sur le désert. Installez-vous sous vos tentes et faites silence, sinon vous allez attirer les voleurs cette nuit. »

Naturellement, on ne risquait pas de rencontrer des voleurs si près de Basilica et avec une compagnie si importante. D'ailleurs, Elemak soupçonnait les soldats gorayni de camper non loin de là, prêts à intervenir dans l'instant pour les protéger si nécessaire. Et aussi pour empêcher quiconque de regagner Basilica, sans nul doute.

Mais ce n'étaient pas des gens du désert comme Elemak. Si je décide de rentrer à Basilica, dit-il silencieusement aux soldats invisibles, je rentrerai, et même vous, les meilleurs soldats du monde, vous ne m'en empêcherez pas ; vous ne saurez même pas que je suis passé près de vous.

Puis Elemak se rendit dans sa tente où l'attendait Eiadh qui pleurait sans bruit. Elle oublia bientôt ses larmes, mais Elemak, lui, n'oublia pas sa colère. Il n'avait pas crié comme Mebbekew, il n'avait pas hurlé ni geint ni grommelé ni discuté. Mais il n'en était pas moins furieux que les autres ; à leur différence, pourtant, quand il agirait, ce serait avec efficacité.

Mouj n'a peut-être pas réussi à tenir tête à Surâme, à éventer ses plans et ses manigances, mais ça ne veut pas dire que moi, j'en serai incapable, pensa-t-il. Puis il s'endormit.

Dans le ciel, un satellite passait lentement, tête d'épingle reflétant le soleil couché derrière l'horizon : un des yeux de Surâme, qui voyait tout, qui recevait toutes les pensées des êtres placés sous son cône d'influence. Tandis qu'ils s'endormaient les uns après les autres, Surâme entreprit de surveiller leurs rêves, dans l'attente, dans l'espoir, dans le désir de quelque message mystérieux du Gardien de la Terre. Mais il n'y eut nulle vision d'anges velus cette nuit-là, nul rat géant, nul rêve sinon les décharges synaptiques aléatoires de treize cerveaux humains endormis, transformées en aventures absurdes qu'ils oublieraient dès leur réveil.

ÉPILOGUE

Le général Mouj réussit selon ses espérances. Il unifia les cités de la Plaine et Seggidugu, et des milliers de soldats gorayni désertèrent pour se rallier à lui. Les troupes de l'Impérator se dispersèrent et, avant la fin de l'été, les terres sotchitsiya étaient libérées. Cet hiver-là, l'Impérator se tapit dans les neiges de Gollod, tandis que ses espions et ses ambassadeurs travaillaient à persuader Potokgavan de lever une armée et de la plonger comme une dague dans le dos de Mouj.

Mais Mouj avait prévu cette manœuvre et, quand la flotte potoku accosta, elle fut reçue par le général Bitanke et dix mille soldats, hommes et femmes d'une milice qu'il avait personnellement entraînée. Les soldats potoku périrent dans la mer pour la plupart, leurs navires en flammes, et leur sang teinta d'une écume rouge chaque vague qui se brisait sur la grève. Au printemps, Gollod tomba et l'Impérator mourut de sa propre main, avant que Mouj pût l'atteindre. Alors, Mouj prit place dans le palais d'été du souverain et déclara qu'il n'existait pas d'incarnation de Dieu sur Harmonie, qu'il n'en avait jamais existé – sauf une femme inconnue autrefois venue à lui pour être le corps de Surâme dans ses bras et qui lui avait donné deux filles à lui, l'époux de Surâme.

Mouj mourut l'année suivante, empoisonné par un dard potoku tandis qu'il assiégeait la capitale de Potokgavan bloquée par les inondations. Trois Sotchitsiya de sa famille, une demi-douzaine d'officiers gorayni et Rashgallivak de Basilica prétendirent à sa succession. Au cours des guerres civiles qui s'ensuivirent, trois armées convergèrent sur Basilica dont tous les habitants s'enfuirent, et malgré la courageuse résistance de Bitanke, la cité tomba. Les murailles et tous les bâtiments furent abattus et les équipes de prisonniers de guerre en jetèrent les pierres dans le lac des femmes, jusqu'à ce qu'il n'en restât plus une seule et que le lac débordant ne fût plus que hauts-fonds.

L'été suivant, il ne demeurait que d'anciennes routes pour indiquer qu'une cité s'était dressée là. Et si quelques prêtresses revinrent construire un petit temple au bord du lac, les eaux chaudes et froides se mêlaient à présent bien en dessous de la surface, si bien que les brumes épaisses ne s'en élevaient plus et que le site perdit son caractère sacré. Rares étaient les pèlerins à y venir encore.

Les anciens citoyens de Basilica se dispersèrent à travers le monde, mais nombre d'entre eux se rappelaient leur identité et ils transmirent leur histoire de génération en génération. Nous étions de Basilica, racontaient-ils à leurs enfants, c'est pourquoi Surâme est encore vivante dans nos cœurs.

GUIDE DE PRONONCIATION DES NOMS

Si le lecteur souhaite lire cette histoire en silence, il n'est pas très important qu'il sache prononcer les noms des personnages. Mais pour celui que cela intéresse, voici quelques indications sur ce sujet.

Les lois de la formation vocalique de la langue en usage à Basilica prévoient que dans la plupart des noms, propres comme communs, au moins une voyelle doit être prononcée avec le son *y* placé devant. Dans le cas des noms propres, il peut s'agir de pratiquement n'importe quelle voyelle, susceptible en toute légitimité de changer selon la préférence du locuteur. Ainsi, le nom de Gaballufix pourrait se prononcer Gya-BA-lou-fix ou Ga-BA-lyou-fix ; il se trouve que Gaballufix préférait pour sa part le prononcer Ga-BYA-lou-fix, et la plupart des gens suivaient naturellement cet usage.

Dhelembuvex (Del-EM-byouvex)
Dol (DYOL)
Drotik (DROT-yik)
Eiadh (EY-yath)
Kokor (KYO-kor)
Mebbekew (MEB-bek-kyou)
Nafai (NYA-faï)
Obring (OB-rying)
Elemak (EL-yé-mak)
Hosni (HYOZ-ni)
Hushidh (HYOU-chith)
Issib (IS-yib)
Luet (LYOU-et)
Sevet (SEV-yet)
Shedemei (CHYED-è-meï)
Trujnisha (Trouj-NYI-cha)

Rasa (RAZ-ya)
Rashgallivak (Rach-GYA-li-vak)
Roptat (ROP-tyat)
Zdorab (ZDOR-yab)

Vas (VYAS)
Volemak (VOL-yé-mak)
Wetchik (WET-chyik)

TABLE

7363

Composition Chesteroc Ltd.
Achevé d'imprimer en France (La Flèche)
par Brodard et Taupin le 28 mars 2008. 46466
Dépôt légal mars 2008. EAN 9782290330159
1er dépôt légal dans la collection : septembre 2004

Éditions J'ai lu
87, quai Panhard - et - Levassor, 75013 Paris
Diffusion France et étranger : Flammarion